Eltanin
Volume1

Editora Appris Ltda.
1.ª Edição - Copyright© 2023 do autor
Direitos de Edição Reservados à Editora Appris Ltda.

Nenhuma parte desta obra poderá ser utilizada indevidamente, sem estar de acordo com a Lei nº 9.610/98. Se incorreções forem encontradas, serão de exclusiva responsabilidade de seus organizadores. Foi realizado o Depósito Legal na Fundação Biblioteca Nacional, de acordo com as Leis nos 10.994, de 14/12/2004, e 12.192, de 14/01/2010.

Catalogação na Fonte
Elaborado por: Josefina A. S. Guedes
Bibliotecária CRB 9/870

S725e
2023
	Sousa, Mairo Vieira
	    Eltanin : volume 1 / Mairo Vieira Sousa. – 1. ed. – Curitiba : Appris, 2023.
	    331 p. : il. color. ; 23 cm.
	
	    ISBN 978-65-250-5008-9
	
	    1. Literatura fantástica brasileira. 2. Fantasia. 3. Magia. 4. Dragões. I. Título.
	
	                                                                                       CDD – B869.3

Appris
editora

Editora e Livraria Appris Ltda.
Av. Manoel Ribas, 2265 – Mercês
Curitiba/PR - CEP: 80810-002
Tel. (41) 3156 - 4731
www.editoraappris.com.br

Printed in Brazil
Impresso no Brasil

Mairo Vieira Sousa

Eltanin
Volume 1

Appris editora

FICHA TÉCNICA

EDITORIAL	Augusto V. de A. Coelho
	Sara C. de Andrade Coelho
COMITÊ EDITORIAL	Marli Caetano
	Andréa Barbosa Gouveia - UFPR
	Edmeire C. Pereira - UFPR
	Iraneide da Silva - UFC
	Jacques de Lima Ferreira - UP
SUPERVISOR DA PRODUÇÃO	Renata Cristina Lopes Miccelli
ASSESSORIA EDITORIAL	Daniela Nazario
REVISÃO	Stephanie Ferreira Lima
PRODUÇÃO EDITORIAL	Daniela Nazaro
DIAGRAMAÇÃO	Yaidiris Torres
CAPA	Lívia Weyl
REVISÃO DE PROVA	Isabela Bastos

AGRADECIMENTOS

Ao iniciar meu processo de escrita, pude perceber diversas deficiências em minha habilidade como escritor, o que me motivou a buscar leituras, estudos e aprendizados com outros profissionais para aprimorar esta árdua tarefa de contar histórias. Nessa jornada, tive o prazer de conhecer duas pessoas maravilhosas: Viviane Aparecida de Souza Estringuer e Marcelo Souza de Oliveira, excelentes companheiros que sempre me auxiliaram com seus conselhos e dicas, sempre que possível. Gostaria também de agradecer à Mag Brusarosco, por sua mentoria, cuja sabedoria é incomparável. Merecem menção honrosa também dois amigos próximos: Rogério Almeida da Cunha Junior e Rodrigo Miranda e Silva, que me ajudaram a definir alguns aspectos da história, enquanto eu estava escrevendo-a. Não poderia deixar de agradecer à minha amiga, Nathalia C. Gomes, por sua paciência em ler os primeiros textos do livro. Por fim, mas não menos importante, expresso imensa gratidão ao ilustrador Yago Henrique Oliveira Batista, que aceitou o desafio de dar vida às cenas que permeavam em minha mente e agora estão eternizadas no livro.

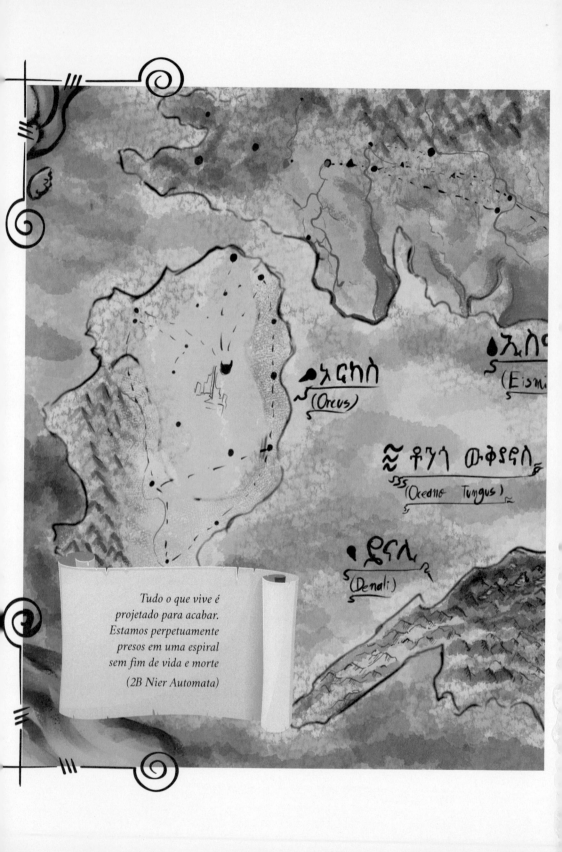

SUMÁRIO

PRÓLOGO.. 11
CAPÍTULO 1: O CURANDEIRO 15
CAPÍTULO 2: A INVEJA 21
CAPÍTULO 3: CACHORRO LOUCO 28
CAPÍTULO 4: O NASCIMENTO 37
CAPÍTULO 5: NOVA VIDA FAMILIAR 40
CAPÍTULO 6: SOCIEDADE DRACONIANA 45
CAPÍTULO 7: PREÇO A SE PAGAR 51
CAPÍTULO 8: SACRIFÍCIOS 57
CAPÍTULO 9: A LÍDER DA GUILDA DE AVENTUREIROS 66
CAPÍTULO 10: VELHAS LEMBRANÇAS 71
CAPÍTULO 11: RESOLUÇÕES 76
CAPÍTULO 12: TEMPERO E TRAVESSURA 82
CAPÍTULO 13: FORJANDO LEGADOS 87
CAPÍTULO 14: O REI DEMÔNIO E SUA FAMÍLIA 95
CAPÍTULO 15: LINGUAGEM DAS FERAS 101
CAPÍTULO 16: FOGO E FÚRIA 105
CAPÍTULO 17: FORMANDO LAÇO DE AMIZADE 112
CAPÍTULO 18: O REFLEXO DE SI MESMA 117
CAPÍTULO 19: TEM NOÇÃO DO QUE ESTÁ FAZENDO? 122
CAPÍTULO 20: VENTOS DE UMA NOVA GUERRA 130
CAPÍTULO 21: COMETA E DRAGÕES. PARTE 1 135
CAPÍTULO 22: COMETA E DRAGÕES. PARTE 2 139
CAPÍTULO 23: PROMESSA 144
CAPÍTULO 24: NOVA ROTINA 148
CAPÍTULO 25: MAIS UMA VEZ, MAS COM SENTIMENTO..... 152

CAPÍTULO 26: O CAMINHO PARA A ÁRVORE SAGRADA....... 160
CAPÍTULO 27: O TEMPLO.................................. 166
CAPÍTULO 28: POSSESSÃO ESPIRITUAL. PARTE 1 172
CAPÍTULO 29: POSSESSÃO ESPIRITUAL. PARTE 2 176
CAPÍTULO 30: SOMBRAS DO CORAÇÃO 181
CAPÍTULO 31: O CONTRATO COM A MORTE 186
CAPÍTULO 32: A FRÁGIL HOMEOSTASE..................... 193
CAPÍTULO 33: UMA CARTA EM MEIOS ÀS LÁGRIMAS 198
CAPÍTULO 34: CIDADE IMPERIAL TIAMAT.................... 203
CAPÍTULO 35: DANÇA DE DRAGÕES........................ 209
CAPÍTULO 36: A CALIGEM DO AMANHÃ. PARTE 1 220
CAPÍTULO 37: A CALIGEM DO AMANHÃ. PARTE 2 224
CAPÍTULO 38: CONSPIRAÇÕES NO CHÁ DA TARDE.......... 231
CAPÍTULO 39: INIMIGOS OCULTOS 239
CAPÍTULO 40: ALIADOS INESPERADOS 245
CAPÍTULO 41: ESTRADA DE SANGUE 257
CAPÍTULO 42: DESCARTANDO AS MAÇÃS PODRES 254
CAPÍTULO 43: O RETORNO DA ALVORADA 262
CAPÍTULO 44: O NINHO DE VESPAS 268
CAPÍTULO 45: AFLIÇÕES DO IMPERADOR................... 272
CAPÍTULO 46: AFLIÇÕES DA IMPERATRIZ.................... 278
CAPÍTULO 47: RITUAL DA VERDADEIRA FORMA. PARTE 1.... 283
CAPÍTULO 48: RITUAL DA VERDADEIRA FORMA. PARTE 2.... 290
CAPÍTULO 49: DESPEDIDA 297
CAPÍTULO 50: A MESTRA 308
CAPÍTULO 51: O RANCOR DO PASSADO AINDA VIVE......... 320
EPÍLOGO.. 326

PRÓLOGO

Duas entidades feitas de consciência e poder caminham calmamente pelo ambiente sombrio que é o espaço entre os mundos, à sua volta correm uma espécie de rio com águas leitosas. Esse rio se estende ao infinito em todas as direções até onde os sentidos das entidades alcança. Essa formação fluvial mística possuía ramificações, as quais a grande maioria de seus afluentes se interliga a pequenas lagoas e se formavam a partir dessas lagoas outros afluentes.

A entidade da direita pergunta:

— Você tem certeza de que deveríamos confiar o destino de uma boa parte do multiverso para quatro crianças mortais?

— Meu caro amigo, confiar é uma palavra forte, digamos que tenho fé! — Disse a entidade da esquerda, querendo passar credibilidade ao seu colega, mas falhando.

— Não acredito no que ouço, apesar de ouvir muito bem — A entidade da direita massageia os lados de sua cabeça, apesar de hoje ter atingido a plena iluminação, esse ser traz consigo gestos e costumes de suas antigas vidas mortais, como agora massageando as têmporas indicando uma enxaqueca que só existiu em épocas terrenas ou o desejo incontrolável de surrar seu estimado amigo pelos comentários evasivos sobre algo tão sério. E então ele continua: — Às vezes me pergunto por que você foi designado para administrar esta região do rio das almas comigo. Certo, responda com sinceridade, por que você me trouxe aqui?

— Juntos podemos ver melhor a malha do espaço-tempo e perceber se houve alguma mudança na anomalia que identificamos naquele universo ali! — A entidade da esquerda aponta para uma lagoa que estava a poucos passos de distância deles.

— Hum! Vejamos. — Após olhar para a lagoa por um certo tempo, a entidade da direita fala: — Não, o estado da anomalia continua enalte...

— der repente ele viu uma pequena flutuação na malha do espaço-tempo daquele mundo — O que é isso? Ou melhor, o que você fez?

— Deixa eu te lembrar do nosso papel, o qual é de cuidar desta parte do multiverso e impedir que alguém estimule as forças entrópicas de um determinado mundo, encurtando seu ciclo natural de existência. E fazer tudo isso sem interferir diretamente nos mundos, certo? — O seu colega ao lado concordou com um aceno de cabeça, fazendo a outra entidade continuar a falar:

— Esta anomalia aqui é uma das mais perigosas, por ter o potencial de espalhar as forças de entropia para os outros mundos, gerando um efeito cascata que, se não for contido, a existência desta parte do multiverso pode ser literalmente apagada.

— Espere um pouco! Eu sei de tudo isso, por isso que estava estudando uma forma de isolar este mundo para evitar a contaminação. — A entidade da direita interrompeu o seu amigo, com visível impaciência em sua voz, mas o seu colega ignorou isso, continuando a falar.

— Pense comigo, e se você não conseguir encontrar este método? Sei bem que você é inteligente, contudo, o tempo é um luxo que não podemos desperdiçar em uma única tentativa, então pensei em outra abordagem, para conter a anomalia, por dentro deste mundo.

— E é por isso que você optou por escolher as almas mortais. — Pela primeira vez a entidade estava ponderando e vendo a lógica na linha de pensamento do seu colega. — Então me diga, qual é a razão de escolher, justamente estas almas?

— O principal motivo é a força de seus destinos. Já percebi, como as leis da casualidade favorece estas quatro almas. — A entidade da esquerda estende o seu dedo indicador apontando para cada alma e justificando sua escolha — Veja, estas almas aqui e ali estão fortemente ligadas de maneira que um fortalece o outro, esta outra aqui teve uma cota de desespero que poderia fazer qualquer mente fraca enlouquecer, porém ela está firme, e por último, mas não menos importante, esta alma aqui tem a linhagem daquela mal-humorada que não desejo citar o nome...

— Não me diga que...

— Exatamente!

— Sabe o que ela fará se descobrir que você andou interferindo com a linhagem dela? Bem, meu amigo, terá muita sorte se sobrar algo de sua consciência!

— Espero que ela saiba mesmo. — Bufou a entidade da esquerda. — Assim, quem sabe, ela e os outros saiam das suas torres de marfim e venham nos ajudar a conter a anomalia, pois isso é do interesse deles também.

— Certo, certo. Então de onde você tirou estas almas?

— Daquele mundo ali do lado. — A entidade da esquerda apontou para uma lagoa não muito distante. Está, em especial, tinha múltiplas ramificações que faziam as águas do rio entrar e sair constantemente, quando a entidade da direita focou a sua atenção viu outra distorção nas tramas do espaço-tempo, contudo mais sutil e de uma natureza que ele podia reconhecer não importa as circunstâncias.

— Diferente do método usual, eu não peguei a alma dos mortos, mas sim, dos vivos. — Quando ele terminou de dizer esta frase, a entidade da direita serrou os punhos e lhe deu um único soco no rosto, deixando a entidade da esquerda perplexa, olhando-lhe com os olhos que pareciam dizer, por quê?

— Lembre-se bem de uma coisa, a nossa linha de trabalho não segue a filosofia: os fins justificam os meios, por isso que a partir de agora você está obrigado a vigiar estas almas, se algo acontecer com elas, vou garantir que você perca seu status e que seus restos caiam no poço do esquecimento. Estamos entendidos? — Os olhos da entidade da direita foram reduzidos a duas fendas de poder e raiva. — E mais uma coisa. — Continuou a entidade da direita que ainda tinha raiva o suficiente para usar o infinito tempo de sua existência se dedicando em bater no seu colega. — Vou avisar pessoalmente a dona "mal-humorada" que andou mexendo na linhagem dela, isso não termina aqui. — Com estas palavras, ele deixou o seu colega sozinho sem dar oportunidade de ouvir qualquer reclamação ou lamento.

CAPÍTULO 1:
O CURANDEIRO

Hoje é um grande dia, é o nascimento do filhote da família real. Em todos os nossos anos trabalhando como curandeiro para a realeza, é a primeira vez que sentimos as nossas escamas ouriçadas. Concordamos que isso requer a nossa atenção total.

Caminhando tranquilamente pelos corredores do palácio imperial que está situado na montanha da ilha flutuante de Draken, o curandeiro-chefe, Lorde Piterus, faz uma pequena reflexão sobre o que está por vir.

— Bom dia! Lorde Piterus. — Uma voz encorpada e feminina que vinha em sua direção lhe chamou a atenção.

— Bom dia! Lady Hilda, prazer em lhe ver. — Ambos trocam acenos respeitosos, enquanto estão andando lado ao lado na mesma direção. A Lady Hilda é a representante do Clã Dragão de Jade, um clã formidável em combate corpo a corpo.

— O que a capitã do terceiro regimento está fazendo tão cedo andando pelo palácio?

— O conselheiro-chefe me convocou.

— Oh! Sim, o Lorde Greta é uma figura bastante metódica. — A afirmação do curandeiro faz a capitã soltar um suspiro de cansaço.

— Só espero que ele não me peça nada irracional, mas mudando de assunto. É hoje que nasce o bebê da imperatriz Aria?

— Sim, nós estamos indo para o berçário, meus assistentes já confirmaram que o filhote está prestes a sair.

— Ela deve estar muito feliz e ansiosa. — A capitã diz aquelas palavras lembrando de sua amiga dos tempos da academia militar e esboça um leve sorriso no rosto.

Chegando a uma bifurcação, o curandeiro se despede da capitã e se dirige para a entrada do berçário, um local amplo e bem iluminado pelo sol, que se projeta pelas janelas talhadas nas pedras da montanha. O berçário já presenciou a eclosão de diversos ovos da família real ao longo dos inúmeros milênios. Hoje não será diferente.

Existiam outros ovos de outras figuras importantes do império. Os ovos estavam cuidadosamente armazenados em cápsulas de pedra e cristais mágicos preparados com magia de fogo, sendo constantemente aquecidos por artefatos mágicos que emitem um calor adequado para cada estágio de desenvolvimento do pequeno dragão, tudo sendo metodicamente monitorado pelos assistentes conhecidos como dragões comuns, termo designado para povos que têm uma mistura de sangue dos dragões verdadeiros com o sangue de outras raças.

O ovo da família imperial está cuidadosamente posicionado numa mesa de pedra esperando pelo curandeiro, caso haja necessidade, a hidra está lá para solucionar qualquer problema, além de fazer a avaliação inicial, quanto a saúde do recém-nascido, pois, mesmo sendo dragões, eles podem sofrer de problemas de má-formação ou dificuldades na eclosão do ovo.

O curandeiro olha para o ovo real na mesa, as suas três cabeças analisam atentamente cada ângulo não deixando passar nenhum detalhe. É um típico ovo draconiano, possuindo 1 metro de diâmetro, já está no seu sétimo mês no berçário. Com a sua coloração de um branco prateado fosco com linhas pretas saindo das extremidades do ovo e indo para o seu centro, formando um padrão que lembra redemoinhos. O curandeiro pega no ovo com as suas duas mãos e sente o calor emanado. Isso é um bom sinal, um indicativo de que faltava bem pouco para o filhote nascer.

Três pares de olhos se fecham em sinal de alívio. Obvio que ele se preparou por toda a sua vida para resolver qualquer problema relacionado à saúde, seja de quem for. É parte das atribuições do seu clã. Por milênios, o Clã das Hidras é responsável pela arte das porções de cura e venenos. Sua perspicácia lhe garantiu o posto de curandeiro-chefe da realeza. Sendo demonstrado nas suas vestes, sendo um robe branco com a gola do pescoço e as mangas possuindo um verde de tons claros, com o brasão do seu clã bordado nas costas, com fios de cor verde musgo, a roupa é feita dos mais finos linho do reino dos elfos.

O brasão é um majestoso galho de árvore, em que metade do galho tem folhas e a outra metade não tem, com as três cabeças estilizadas de uma hidra. Sendo que a cabeça da esquerda está olhando para a direita, a cabeça da direita está olhando para esquerda e a cabeça do meio está olhando para frente. Simbolizando que o clã se preocupara tanto com as questões de vida e morte. O movimento do ovo puxa a mente do curandeiro de volta para o momento presente:

— É o momento, chegou a hora.

Rachaduras não demoram a surgir e o barulhos da casca quebrando se torna audível. Logo, os primeiros pedaços começam a cair do ovo, revelando os primeiros sinais de vida, do ser que está lutando para se libertar. Agora emite os seus primeiros sons, agudos e fracos, mas denotando a sua intensa força vital. Não demora muito para que o curandeiro se aproxime do recém-nascido dragão e começa o exame.

As suas asas ainda não estão completamente desenvolvidas, porém já se mostram com uma ótima coloração rosada nas suas membranas alares. Suas escamas brancas aparentemente são firmes, sua pequenina cauda tem uma ótima movimentação e as suas quatro patas não denunciam nenhum tipo de paralisia ou problema congênito.

Gentilmente, o curandeiro segura o recém-nascido, pondo as suas mãos em volta daquele pequeno corpo, e uma das suas cabeças aproxima o seu ouvido no peito do pequeno dragão, buscando se há qualquer problema na respiração ou nos batimentos do seu coração, para o seu alívio, está tudo normal e, então, delicadamente abre os olhos do bebê que ainda estão fechados e faz uma análise visual. A pupila daquele dragão logo se contrai quando a luz faz o seu contato e, por último, as três cabeças do curandeiro começam a entoar um cântico mágico.

— *Cras nova surge, vitam manda, beatitudo tua pura est ut sol in aqua, tamen metuo vivere quod non intelligam, saltem volo me id ignotum fingere velle.*

Terminando de dizer o nome da magia, *Honesti vultus*. Com está magia, a energia mística da hidra penetrou no corpo do recém-nascido para estimular e assim conseguir ver as veias de mana que se espalham por todo o corpo do filhote, com todas as veias convergindo para o seu núcleo de mana adormecido, presente bem no centro do seu peito. A hidra procura com bastante cuidado ver alguma anormalidade. Depois desse exame, o curandeiro fecha os seus olhos, dando-se por satisfeito. Oficialmente, ele pode dizer que o bebê real nasceu saudável, sorrisos múltiplos brotam em seus rostos.

Aquele recém-nascido está bem agitado, exprimindo sons agudos que reverberam em quase todo o berçário, nada fora do comum, contudo, o curandeiro notou uma leve tremedeira em quase todo o corpo daquele bebê.

— Frio talvez.

Então, gentilmente ele envolve o recém-nascido em seus braços na tentativa de que o calor do seu corpo diminua o desconforto da criança.

Agora, é entregar o bebê para a cerimônia do primeiro banho e apresentar aos seus super ansiosos pais, em especial, a sua mãe que está à beira de pôr esta montanha abaixo. Não é para menos, ela ficou com você na sua forma de ovo durante 1 ano, só nos seus 7 meses finais, que você esteve sob os meus cuidados, o curandeiro pensou.

Agora, ficamos imaginando, qual será a sua vocação? Vai ser um erudito como é o Lorde Luart, ou do tipo mago como a imperatriz-mãe Margoris, ou como guerreiro a exemplo do seu pai o imperador Griffith? Os problemas do império não são poucos ou menos desafiadores, mas lhe garanto que, com determinação e coragem suficiente, você terá todas as armas que precisa. Sendo filho do seu pai, você herdou coragem, pelo menos, temos fé nisso.

Esses pensamentos do curandeiro passavam pelas suas múltiplas mentes, que é uma característica das hidras, enquanto isso, com o recém-nascido dragão repousando em seus braços, ele caminha para fora do berçário, passeando nos corredores largos da área comum. Agora iluminados por luminárias presas nas paredes que não utilizam fogo, mas, sim, um tipo de fungo fosforescente. Nesse espaço onde se encontram é normalmente pouco movimentado, porém, como hoje é o nascimento do filho do imperador, tem mais guardas e todos bem armados.

Logo, ele chega em uma sala de banhos para os recém-nascidos, lá é recebido pela responsável que coordena as empregadas. É uma dragoa do Clã do Fogo, que, na sua forma humanoide, tem ilhas de escamas vermelhas espalhadas em sua pele clara e que também estão presentes na maçã de seu rosto, seu par de cifres negros com tons avermelhados sai nas laterais da cabeça, fazendo uma curvatura para baixo cobrindo suas orelhas e afunilando até terminar em cima das suas sobrancelhas, seus olhos têm as pupilas de cor vermelho vivo, mesma cor que acompanha o seu cabelo longo e liso, amarrado na ponta por um anel de bronze decorativo.

Ela está usando um robe padrão para as empregadas domésticas que trabalham no palácio, tem cor completamente branco com um bordado de detalhes em preto, elas não apresentam nenhum tipo de símbolo específico.

— Nossa, que alegria, Lorde Piterus, se o senhor está aqui, isso quer dizer que a vossa alteza já nasceu e está perfeitamente saudável, né? — Diz a responsável do lugar com uma alegria juvenil em sua voz.

— Sim, Lady Catri, nós confirmamos a boa saúde da vossa alteza, acho melhor você dar logo o banho nele, pois o seu corpo está tremendo de frio.

— Oh! Sim, sim, entregue a vossa alteza para mim, pois ele estará em boas mãos.

O clã da Lady Catri é um dos mais renomados clãs, o Clã do Fogo, que se especializou em magia elemental de fogo. No caso da Lady Catri, ela pode não ser a mais forte, porém é uma das mais competentes em seu trabalho. Digna da admiração da hidra.

O curandeiro-chefe prontamente entrega o pequeno dragão para a mulher, que ela gentilmente segura em seus braços, quase como se fosse a sua própria cria, quando a cerimônia começa o curandeiro sai da sala com o sentimento de dever realizado. Agora, só falta informar ao conselheiro-chefe que será o responsável por dar a boa notícia aos seus pais.

CAPÍTULO 2:

A INVEJA

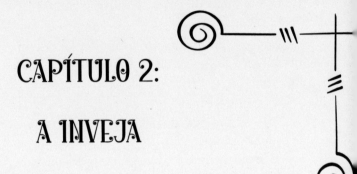

Saindo daquela ala do palácio, Piterus vai ao portal de teletransporte mágico mais próximo, chegando lá, suas mãos habilmente manipulam um tipo de painel contendo vários cristais, para especificar o local de destino que deseja chegar, que é o gabinete de assuntos internos, onde o conselheiro-chefe está.

Na entrada do gabinete, o curandeiro vê a capitã do terceiro regimento, assim como o capitão do décimo quarto regimento, Lorde Rudá. Ele é um representante do Clã Dragão-Fada, seu clã tem habilidades mágicas inatas bastantes formidáveis. Outro dragão que estava presente era o capitão do quinto regimento, Lorde Kazimir. Um representante do Clã das Sombras, um clã que se tornou especialista na magia elemental das sombras. Esses três capitães estão saindo da sala do conselheiro-chefe, ao mesmo tempo que estão discutindo algo.

— Certamente os elfos estão tramando alguma coisa. — Disse o Lorde Rudá com uma voz querendo transparecer uma fria análise, mas o aperto de suas mãos nos seus braços revelavam seu real desconforto com aquelas palavras.

— Os demônios também não vão ficar parados vendo os humanos tão agressivos com relação ao comércio nas terras dos anões. — Falou Lorde Kazimir, este sim, falando de forma apática e quase sem interesse dos joguetes de poder dos não dragões.

— Piterus, você por aqui! — Falou Lorde Rudá. Os séculos de convivência amigável entre aqueles dois dragões fazem que ambos se sintam confortáveis em serem informais nas suas palavras.

— Diga-nos, Lorde Piterus, como foi o nascimento do filhote do imperador? — A pergunta veio do Lorde Kazimir olhando para o curandeiro com olhos de íris de cor negra como carvão.

— Sim, ele nasceu bem, nós confirmamos a boa saúde da vossa alteza, estávamos indo encontrar com o Lorde Greta, para lhe informar. — A forma típica das hidras de falar é o equivalente a um trio de tenores falando em uníssono, o que pode gerar um certo desconforto para aqueles que não estão acostumados, mas aqueles três capitães estavam cientes disso.

— As notícias são ótimas, mas preciso me retirar, tenho um monte de papeladas que preciso olhar. — Disse a Hilda com genuína pressa depois que se lembrou do trabalho, que vem se acumulando nas últimas semanas.

Os outros dois capitães também se lembraram dos seus afazeres. Depois que sua colega disse aquelas palavras, eles bateram continência entre si e uma leve reverência de despedida para a hidra perto deles, então, cada um seguiu o seu rumo.

Seguindo em sua missão, Piterus entra na sala do conselheiro-chefe, essa sala é um amplo espaço com um armário cheio de livros e documentos muito bem-organizados cobrindo toda uma parede a sua direita, tapetes e gravuras talhadas na outra parede decoram a sala, que na luz do dia é iluminada pelo sol, por uma enorme janela feita de vidro e metal muito bem trabalhado por excelentes artesões do passado. *Um conservador e tanto*, pensa a hidra. Na frente dessa janela está o Lorde Greta, o conselheiro-chefe observa a movimentação dos cidadãos da capital imperial situada a uns poucos quilômetros da montanha, que era o centro pulsante do poder político e mágico do império.

— Lorde Piterus, tudo ocorreu bem com o nascimento de vossa alteza? — Ele se vira e olha diretamente para o curandeiro-chefe.

— Sim, tudo ocorreu bem, a vossa alteza é um filhote saudável. Nós já encaminhamos o recém-nascido para cerimônia do banho. Neste momento, a Lady Catri já deve estar terminando de fazer a sua função.

Os três pares de olhos da hidra estudam aquele velho dragão do Clã do Ar. Em sua forma humanoide, ele é um velho homem alto, com barba branca bem alinhada, mas cobrindo todo o seu queixo. Seus olhos, cor azuis-celestes, ainda retêm a sua antiga ferocidade. Seu par de chifres azuis são apontados para cima perfeitamente retos. Seus cabelos também brancos estão impecavelmente aparados e, para finalizar, vestia um terno cinza muito bem feito, o que lhe dá um ar mais formal com o detalhe de suas escamas azuis se mostrarem no seu pulso.

— Muito bem! Pegarei a vossa alteza e entregarei para os seus pais, você está dispensado, Lorde Piterus. — Disse solenemente o Lorde Greta, então ele canta versos curtos de magia do tipo mental.

— *Verbum dominii mei est orbis terrarum, deesse mihi hujus sententiae spiritum, ubi nihil plus valet in me, quam quod meae cogita- tioni meae tribuo. Vox animo* — O efeito dessa magia cria uma linha de comunicação diretamente na mente do alvo desejado, nesse caso, Lorde Greta está chamando o chefe da guarda real, requisitando uma guarnição formal para lhe acompanhar.

Greta Axel, líder do Clã do Ar, que também foi conselheiro-chefe do antigo imperador. Permaneceu no seu cargo com o atual imperador, entre tantos dragões verdadeiros é um dos poucos que detêm um enorme prestígio dentro e fora do império. Infelizmente, o sangue do dragão dourado não é forte suficiente nele para disputar o trono imperial, por muito tempo, essa foi a sua maior ambição, mas o destino não quis assim, não importa o quanto ele queira lutar contra esses grilhões, a falta do poder ancestral lhe impede de comandar o glorioso império.

Ele sente que é o dragão mais bem preparado para assumir o império e, mesmo assim, falta-lhe o principal. É necessário ter uma forte ligação com o sangue do Clã Dourado que esteve no poder, desde o primeiro momento, o verdadeiro dragão dourado é um ser de tal poder que pode rivalizar até com os deuses, isso é o que diz todos os escritos antigos a respeito do dragão dourado.

Seu avô há seiscentos anos conheceu tal ser e ele foi categórico em dizer que o verdadeiro dragão dourado é quase um deus entre os dragões, toda vez que um ser desses nasce, mudanças profundas acontecem no império e no mundo.

E agora o filhote do imperador nasceu e nasceu saudável, segundo o curandeiro-chefe. Depois que a hidra foi embora, Greta se permitiu soltar um suspiro de lamentação. *Que tipo de dragão você será, pequeno*. Pensa profundamente, nisso o bicho da inveja, lhe morde quando vislumbra a possibilidade dessa criança ser um futuro dragão dourado.

Entregar de bandeja todo o meu trabalho de transformar o império na superpotência que é, só por cima do meu cadáver! Sua própria voz mental arranhava no fundo da sua cabeça querendo se manifestar na forma de uma indignação de protesto, contudo, ele suprimiu isso como se fosse uma dor de cabeça incômoda, mas suportável.

O movimento da porta lhe tira de seus pensamentos, é a guarnição formal que ele havia requisitado, então, ele alinha sua roupa e sai em direção a seus afazeres.

Em pouco tempo, ele já pega o filhote na sala de banhos. O recém-nascido exalava um aroma levemente doce, em seguida, caminha até os aposentos da família imperial. Chegando em frente à porta, ele libera uma centelha de sua mana e automaticamente a porta se abre. A visão de Greta se depara com o casal imperial à sua espera.

A imperatriz, outrora representante do Clã da Água, foi reconhecida como membro do Clã Dourado, quando se casou com o imperador, e ele que na sua juventude foi membro do Clã do Fogo e se tornou imperador, quando passou nos testes e nos desafios que o próprio conselho lhe impôs, para determinar o quão forte é o sangue do Clã Dourado dentro dele, fazendo desafios que quase o obrigou sacrificar à própria vida.

Quando a imperatriz viu o seu filho nos braços do conselheiro-chefe, sua cauda tinha um balançar frenético, quando o recém-nascido foi colocado nos braços dela, foi recebido por várias lambidas carinhosas e um olhar de afeto do seu pai.

Nesse momento, Greta teve que suprimir ao máximo qualquer pensamento malicioso a respeito do recém-nascido, pois a ligação entre a mãe e o seu bebê é muito intensa, principalmente nos primeiros anos, é um laço de dependência emocional muito forte, pesando principalmente para o lado da mãe que poderia muito bem matar qualquer um que ela julgue ser uma ameaça a sua criança. Não importa se essa ameaça é real ou imaginária, portanto, ele não queria ser alvo dessa hostilidade. Isso não era para sempre, mudará depois do ritual da verdadeira forma, então, a dependência emocional diminui.

Quando Greta pensou no ritual, sua mente já estava elaborando planos de contingência para suprimir, se possível, eliminar esse novo empecilho em sua visão idealizada do que tinha para o império, mas, no segundo seguinte, voltou a conter esses pensamentos. *Pequeno dragão imperial, espero que para o seu próprio bem que não seja um verdadeiro dragão dourado!*

— Lorde Greta, muito obrigado pelos seus serviços. — Disse o imperador.

Com aquelas palavras. O líder do Clã do Ar se despede do casal imperial e, antes da porta se fechar atrás de si, olhou para a criança nos braços de sua mãe, com um olhar frio e apático.

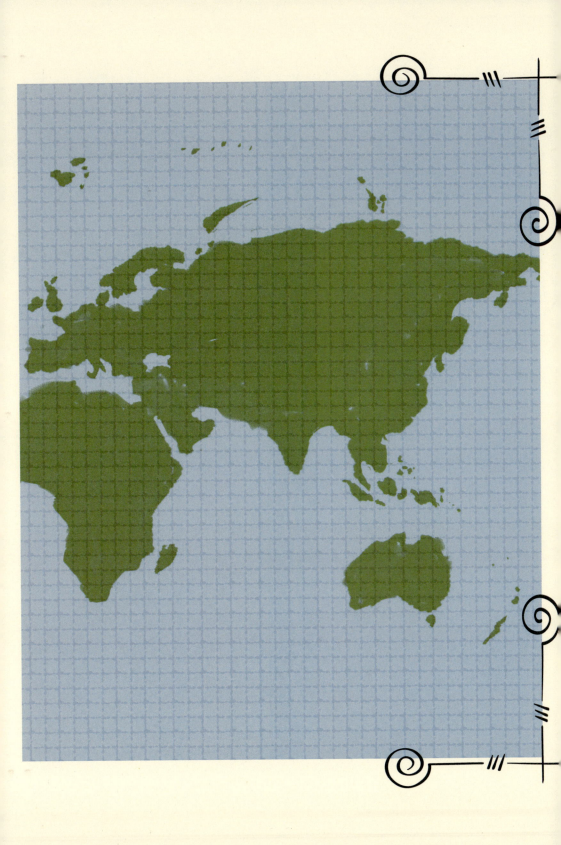

CAPÍTULO 3:

CACHORRO LOUCO

Arthur Brand é um garoto jovem com os seus 17 anos, órfão de mãe e seu pai o abandonou antes que ele nascesse. Desde quando tinha 3 anos, foi criado pela sua avó Katherine Brand, neta de alemãs que vieram com as primeiras ondas de imigração de europeus para o Brasil. Atualmente, viúva, teve 4 filhos, 2 homens e 2 mulheres, sendo que somente a mãe de Arthur ainda vivia com ela.

Julieta Brand conheceu o homem que seria o pai do seu filho, na universidade e no último ano, ela descobriu a gravidez. Informou ao futuro pai, mas ele não gostou nada da notícia, logo, tratou de sumir do mapa. Quando ela percebeu que foi abandonada, uma história comum entre tantas famílias, chorou por quase uma semana, Katherine, claro, estava furiosa com o cafajeste. Ela prometeu em seu coração, se tivesse uma oportunidade de encontrá-lo, no mínimo, dar-lhe-ia um tapa. Julieta teve o seu primeiro e único filho no começo de abril, 6 meses após formada.

Arthur foi um bebê que pouco deu trabalho, pouco chorava, era uma criança calma, mesmo quando cresceu um pouco mais, ao invés de brincar com outras crianças, sua curiosidade se encontrava nos livros e plantas, talvez, imitando a sua avó que tinha uma floricultura na garagem de sua casa. Tudo estava tranquilo, quando uma tempestade de notícias ruins aconteceu com a família. Julieta ficou doente e descobriu estar com leucemia, tão rápido foi o choque da descoberta da doença, foi a morte dela. No velório, o pequeno Arthur não chorava, mas seu corpo tremia, suas emoções estavam em ebulição interna, porém parecia que ele tinha dificuldade de expressá-las. Sua avó percebeu isso e logo o abraçou com todo o carinho que ela tinha por ele, para ela, o seu "filho" estava sofrendo mais do que qualquer um, mais do que ela mesma.

    Dois anos se passaram, Arthur tinha os seus 5 anos, era uma criança calada ou, pelo menos, calada com pessoas com quem não convivia, só tinha duas crianças que considerava seus amigos. Pedro era da escola e o Júlio seu vizinho há três casas de distância. Bem, aos seus 7 anos, passou a ter só um amigo, pois o Pedro teve que se mudar para outro estado. Arthur sentiu a separação, mesmo não demonstrando.

    Com os seus 8 anos, ele teve a sua primeira e não última experiencia de bullying escolar. Uma criança mais velha lhe deu um soco na cara na hora do intervalo, esse algoz do Arthur esperava ver o medo, mas o que ele viu foi um rápido soco no estômago seguido de outros dois na cara, que lhe fez cair feito uma madeira cortada por um lenhador. Agora, o papel de vítima se inverteu e o garoto mais velho estava com medo. Arthur não se sentia satisfeito e queria descer em cima do moleque para lhe dar um festival de socos, contudo, a mão forte de um professor logo o impediu e levou ambos para a diretoria. Outro moleque conseguiu convencer que ele foi a vítima, Arthur levou a pior, uma advertência e logo a sua avó foi chamada. Ela não estava brava, mas preocupada, esse tipo de comportamento violento não era típico de seu neto.

    Outros momentos de bullying aconteceram, mas eram quase todos apelidos ou pegadinhas de mal gosto que foram ignorados, mas os momentos de violência física eram sumariamente revidados de igual intensidade ou mais, Arthur tinha um certo talento natural para brigar, infelizmente, em nenhum desses episódios os adultos o viam como o imolado pelos valentões, mas, sim, sendo o próprio valentão, passou a ser visto como uma criança problemática, apesar das suas boas notas.

    O menino cresceu com uma expressão fechada, um garoto normal para descendência alemã, pele branca, cabelo liso, num loiro escuro que batia na altura de seu ombro, e seus olhos de um castanho-claros possuíam um brilho de selvageria e sua postura física falava: "não se aproxima de mim, senão acabo com você." Seus colegas de sala e mesmo os professores se limitavam ao básico do convívio escolar, não queriam se envolver com a "criança problemática".

    Arthur só conseguia relaxar em sua casa, sua avó era o seu mundo. Fazia de tudo para não lhe causar preocupação ou trabalho. Estudava o suficiente para ter boas notas. Ajudava na floricultura, no seu tempo livre, lia histórias de ficção e brincava com o seu único amigo, o Júlio, que tinha uma vocação e curiosidade científica. Ambos se dedicavam a recriar experimentos observados na internet, coisas simples, mas que absorvia a dupla por horas.

Os pássaros cantando ao longe foram o suficiente para fazer o Arthur murmurar preguiçosamente de baixo das suas cobertas. *Mais um longo dia*, pensou ele, *segunda-feira realmente não é nada agradável*. Logo, o seu olfato foi invadido com o aroma de café que estava pronto na mesa e uma voz feminina em um tom firme chama por ele:

— Ei, mocinho! Hora de levantar.

Reunindo as forças, começa o seu ritual matinal para mais uma semana, após fazer os últimos preparativos para ir à escola, foi se despedir de sua avó que ainda está terminando de tomar café, enquanto acompanha as notícias locais pelo rádio, ele lhe dá um beijo na testa e recebe a recomendação de sempre: tenha cuidado!

O trajeto até a sua escola tem quase 60 minutos no ônibus em um trânsito bom, além de uns 5 minutos de caminhada do ponto de ônibus até o portão de entrada da escola. Essa instituição de ensino particular é relativamente grande para os padrões locais e era considerada uma das melhores em toda região, sendo um prédio de três andares abrigando estudantes, tanto do ensino fundamental, como do ensino médio. Atualmente Arthur está no segundo ano do ensino médio.

Ele chega no horário, vai para a sua sala e se senta nas últimas cadeiras perto da parede e começa a ler uma revista em quadrinho. Nesse meio-tempo, ninguém se dignou a lhe dar bom dia! Todos prefeririam ignorá-lo, sua fama de garoto violento ou, como é popularmente chamado, de "Cachorro Louco", por entre os alunos, é a grande responsável disso.

As aulas do dia terminam sem nenhum incidente, então, ele se dirige para fora da escola sem falar com ninguém o dia todo, quando passa por um beco no seu caminho até a parada de ônibus, ouve risadas de muitos garotos e outra voz feminina quase gritando:

— PAREM JÁ COM ISSO!

— Ei, vadia! Saia já daí, o meu negócio não é com você. — Arthur se sentiu compelido a apertar o passo e chegar logo ao seu destino, ele não quer se envolver em mais uma confusão e causar preocupação para a sua avó.

— Bolão, arranque esta puta daqui.

Arthur cerrou seu punho, aquilo lhe incomodava. A vontade de correr direto para sua casa entrou em conflito. Ele reconhecia a voz feminina, ela é uma das garotas da sala dele, a mais tímida, se ela estava usando uma voz alterada como essa, isso era realmente grave.

Ele correu em direção ao beco e logo vê um grupo de dez garotos de sua idade ou mais velhos fazendo um semicírculo, em volta de outro garoto, que está próximo a um muro, ajoelhado tossindo no chão com uma mão na sua barriga e outra segurando uma muleta. Próximo a ele, tinha a tal garota que essa sendo arrastada por um garoto alto e gordo, ela se debatia ferozmente, mas sua força é infinitamente menor e, por fim, um desprezível conhecido do Artur, um projeto de delinquente que pousava como um mandachuva daquele grupinho.

— EI, DEIXE ELA EM PAZ! — Gritou Arthur, no mesmo instante que invadiu o cerco ao garoto ajoelhado.

— Isso não tem nada a ver com você, cai fora daqui!

Rosnou o líder do bando conhecido de Arthur que desde o fundamental fazia bullying. Até o momento que resolveu bater nele. Esse garoto sentiu que Arthur revidava com dobro de força e sem piedade, o que lhe rendeu um nariz quebrado, isso não impediu de tentar bater mais duas vezes e nas duas vezes, ele perdeu um dos molares.

— Tenta me encarar, filho da puta! — Disse o Arthur olhando diretamente nos olhos dele, fazendo a tensão entre eles crescer. Todos os espectadores ficaram congelados, pois a fama e a força daqueles dois que estavam se encarando já era muito reconhecida por todos os alunos.

Após mais alguns segundos de tensão, o garoto que encarava o Arthur deu sinal para que o Bolão soltasse a garota. Este prontamente fez, a garota logo se separou do garoto gordo e correu em direção ao outro garoto que usava muleta e que ainda estava agachado, atrás do Arthur. O restante daqueles meninos estavam se dirigindo para sair depois que o líder deles fez menção de que perdeu o interesse, então, Arthur se virou para ver o estado da dupla que estava atrás dele, quando sentiu um baque na cabeça que o fez cambalear para frente, quase caindo no chão.

Foi então que ele viu o líder do bando partindo para cima dele com um soco-inglês em ambas as mãos, ainda sentindo o impacto do primeiro golpe. Arthur desvia dos punhos que raspavam em sua face, isso lhe abriu filetes de sangue na maçã de seu rosto. Ele tenta tomar alguma distância para se reorganizar, porém o seu oponente está frenético indo até ele, decidido a finalmente acertar as contas do passado.

Praguejando em sua mente, por ser acertado daquele jeito. Arthur tenta uma finta, fingindo que dará um soco com a mão esquerda, mas o verdadeiro golpe é um gancho de direita, inesperadamente o seu adversário desvia momento antes.

O oponente do Arthur atinge a lateral direita do seu abdome que faz uma careta de dor. Já com raiva de tudo aquilo, Arthur teve uma ideia. Enquanto o seu oponente avançava como um touro enraivecido, estimulado pelos gritos de incentivo de seus comparsas. Arthur partiu para cima dele sem se importar se vinha um soco ou não, então, deu uma cabeçada que fraturou uma segunda vez o nariz do seu oponente.

O garoto se afasta gritando de dor, logo, pingos de sangue se espalham no chão, seus olhos vermelhos de ódio encaram Arthur, que está com os punhos levantados partindo para cima dele, mas a dor o impede de pensar direito. Sem perder a oportunidade, Arthur, com um chute de frente, atinge o peito do seu adversário e ele cai de costas, não dando chance para o oponente se levantar. Então, ele monta em cima do seu agressor, imobilizando seus braços com as pernas e deixando suas mãos livres para socar à vontade na cara desse infeliz trapaceiro.

Soco de direita, soco de esquerda, soco de direita, soco de esquerda, soco de direita, soco de esquerda, soco de direita, soco de esquerda, soco de direita, soco de esquerda, soco de direita, soco de esquerda.

A cada golpe, o rosto do líder do bando sangrava, o que antes se ouvia gritos de incentivo da plateia eufórica de garotos querendo ver um espetáculo de boxe de rua particular terminou em um silêncio diante da cena sangrenta. Só a respiração frenética de Arthur era permitido existir naquele momento. Arthur desferia socos e mais socos no rosto do seu oponente, que já estava desmaiado. Ninguém tinha coragem de apartar aquela briga, pois o "cachorro louco" cravou as suas presas na sua vítima. Foi nesse momento um garoto alheio ao começo da briga aparece atrás de Arthur, segurando-o e o retirando de cima do oponente derrotado.

— ARTHUR, PARE! PARE! TERMINOU, JÁ TERMINOU.

Grita aquele outro garoto que se debatia com o Arthur na tentativa de acalmá-lo, depois de alguns segundos, o próprio Arthur para de se mexer, então, o outro garoto se separa dele que fica deitado no chão com a respiração pesada.

Outra garota surge, dando ordens para os comparsas do garoto desmaiado para levarem este a um pronto-socorro que fica a um quarteirão dali. Quando ela olha para o seu irmão, que foi aquele que conseguiu terminar a briga, leva um susto, pois a sua camisa tinha manchas de sangue.

— Irmão, esse sangue é seu?

— Não, não, deve ser do "cachorro louco".

— Melinda, que bom que você veio eu... eu... es... estava com muito medo. — Quem falou foi a garota que estava presente desde o começo. Ela não parava de tremer, sua voz saia fraca de sua garganta. Melinda abraçando sua amiga se volta para o garoto sentado de muleta encostado na parede e pergunta:

— Ka, você está bem?

— Sim, estou bem, dessa vez fui salvo pela Úrsula e pelo Arthur.

Melinda e o seu irmão têm o seu olhar de surpresa ao saber que o "cachorro louco" veio ajudar. Ela olha para a sua amiga, que balança a cabeça em afirmação.

— Então, onde est...

Melinda e os outros quatro ali presentes congelaram quando viram a figura de Arthur, em pé, parado perto deles, com o sangue pingando de sua cabeça. O rapaz pega a sua mochila jogada no chão e vai saindo do local sem falar nada. Lutando com o pavor que afligia os seus nervos, fazendo com que simples palavras saíssem de sua garganta em uma genuína mistura de medo e agradecimento, a menina tímida Úrsula fala:

— Ob... OBRIGADA!

Arthur, de costas para eles, só balança a cabeça, sem nem olhar para trás. Chegando na sua casa, a sua avó fica pálida quando observa o estado físico de seu neto, roupa toda suja, manchadas de sangue, também tinha sangue nas mãos, rosto e cabeça do garoto. Ele caminhava com certa dificuldade, segurando a lateral direita de sua barriga. Katherine corre para acudi-lo e fazer os curativos, ela questiona o porquê ele estava naquele estado. Arthur só disse que caiu e que não foi nada demais, ela sabia que não foi acidente, então, insistia querendo saber o que aconteceu, ele novamente retrucava que foi um acidente.

Que merda eu fiz! Pensava Arthur na calada da noite em seu quarto, ele não se arrepende completamente pelo que fez, aquela era uma situação ruim, mas ele reconhece que exagerou. Sentiu que iria encarar uma avalanche de problemas e suspirava sozinho no escuro, o sono já pesava em seus olhos, devido aos remédios para dor, então, ele só se entregou àquela sensação na esperança de ter um bom sonho.

CAPÍTULO 4:

O NASCIMENTO

Arthur abre os olhos, ainda estava escuro em um breu completo. Ele sente que estava em um ambiente abafado e apertado, seria totalmente diferente se ele estivesse deitado na sua cama de solteiro, debaixo das cobertas de ilustrações do Bob Esponja que sua avó colocou ontem. *Eu não estou no meu quarto? Como assim? O que está acontecendo?* Ele se sente confuso. *Merda! Como saio daqui? Mas onde é aqui?* Ele pensa. *Vamos com calma! Entrar em desespero não ajuda*, ele dá vários toques na parede em sua volta. *Não parece ser muito grossa, se eu socar isso, talvez, eu consiga sair.* Ele dá o primeiro soco forte que foi seguido por um som agudo de algo se quebrando. *Ótimo, é isso, dá para sair.* Ele continua socando a parede, com mais força, até que consegue ver raios de luz invadindo a rachadura, com isso ele se anima e bate com toda a força que tem, isso faz a parede demolir.

O que ele vê é um monstro humanoide gigante que possui três cabeças de cobras ligadas a um único corpo, tem escamas de cor verde musgo, tal criatura estava olhando para ele.

— Mas o que...

Quando ele tenta falar, o que sai da sua garganta é um chiado agudo de um animal, só aí nota que ele mesmo é o animal. Seu corpo não é mais o mesmo, seus dedos não têm unhas, mas, sim, garras, ambos os braços estão cobertos por escamas brancas. Aliás, todo o seu corpo tem essas escamas brancas, ele também nota a sua cauda e suas asas.

Agora, sim, a confusão e a aflição tomam conta da sua mente, se já não bastasse toda a situação surreal, aquele monstro o pega e uma das suas cabeças se aproxima. *Vou morrer, virei lanche deste monstro*, esse pensamento invade a sua mente com força e ele fecha os olhos esperando o abate final, contudo, o que aquele ser faz é forçar que seus olhos sejam abertos.

— Mas que desgraçado, você está brincando comigo?

Ele tenta falar, porém o que sai novamente é apenas chiados agudos, sua raiva interna começa a brotar, contudo, o medo ainda se impõe. Nem mesmo quando o atacaram com um porrete de madeira sentiu tamanho pavor. *Eu só posso estar passando por um pesadelo, é a única explicação.*

No seu âmago, ele sabe que tudo está sendo muito real para ser um simples pesadelo, os seus cinco sentidos dizem que aquilo é a realidade, então, o tal monstro o segura em seus braços e o tira dali. *Serei morto aqui e agora? Estou com medo deste pesadelo, vovó por favor me acorde!* Arthur se mantém com os olhos fechados. *O que tiver de acontecer acontecerá, e não será nada agradável,* isso era os seus pensamentos mais intensos que brotavam no âmago de seu medo.

Arthur ouve uma voz feminina, porém, não se sente convidado a abrir os olhos. O monstro também fala, sua voz parece ser uma união de várias vozes falando ao mesmo tempo, então, ele sente que o monstro o entrega para a dona da voz feminina. Só aí o Arthur toma um pouco de coragem e abre os olhos, deparando-se com outro ser, com uma aparência um pouco mais "humana". Ela possuía escamas vermelhas que eram visíveis nos locais onde a sua roupa branca permitia ver, possuía um par de chifres que adornavam a sua cabeça, está levando-o para uma banheira com outras criaturas como ela.

— O quê? Vou tomar banho?

Qualquer tentativa de falar parecia ser inútil, até mesmo ele não conseguia entender nada do que era dito por entre aquelas "mulheres". Logo, as figuras femininas terminam de dar banho e lhe secam completamente com panos limpos. Elas estão falando bastante e rindo quando olham para ele. Sua confusão e pânico iniciais dão lugar à curiosidade. O que lhe trouxe uma avalanche de perguntas, perguntas que não serão respondidas agora. Pelo menos, é isso que a sua intuição diz.

Uma figura masculina com características semelhantes às das "mulheres" surge na entrada daquele espaço, mas ele não está só, está acompanhado de outras figuras masculinas, todos com aparências bem diversificadas, porém o que se destaca são as suas vestes. Aquele que aparenta ser um tipo de líder possui roupa semelhante a um terno de cor cinza, enquanto os outros têm roupas mais padronizadas que tinha uma cor carmesim, esse grupo carregava espadas guardadas nas respectivas bainhas, presas na sua cintura. A "mulher" entrega o Arthur para aquele "homem" que parecia ser o líder, que sai em passos firmes, cercado pelos outros "homens".

Como se já não bastasse, a cota de surpresas do Arthur aumentou em mais um nível. Entregue a um monstro diferente que aparentemente todos respeitavam e seguia escoltado, viu todos pararem próximos a uma imensa plataforma que tinha algo que se assemelhava a um painel com várias pedras coloridas em sua superfície. Em que um dos "homens" com roupas de carmesim manipula essas pedras. Em seguida, uma bola negra do tamanho de uma bola de futebol. Surge no meio da plataforma pairando no ar, em poucos segundos, cresce, tomando a forma de um círculo que tinha uma circunferência gigantesca. Foi só quando passaram por esse círculo de bordas negras que Arthur entendeu. Aquilo era um portal dimensional, nesse momento, esqueceu qualquer medo ou angústia que assombrava sua mente. Ele queria perguntar como aquilo funcionava, mas duvidava que alguém iria responder, mesmo se pudesse falar a língua deles. A caminhada durou mais alguns metros, andando por corredores imensos, foi quando eles param. A pequena viagem daquele grupo termina defronte a uma porta de proporções gigantescas.

— Quantos metros tem isso?

Os chiados de curiosidade são ignorados por todos. O portão se abre sem ninguém o tocar ou falar nada, estando completamente aberto, revela-se algo que impactará toda a vida de Artur. Dois imensos dragões estão pousados um do lado do outro, suas aparências demonstram uma aparente calma. O dragão da esquerda tem escamas brancas com um degradê de azul em suas asas e o dragão do lado direito tem escamas vermelhas-rubi na maior parte de seu corpo, mas a sua parte ventral e na sua íris reluzia em um amarelo-ouro majestoso.

O "homem" que carregava o Arthur o deixa aos pés do dragão branco que claramente balança a sua cauda avidamente, esse dragão não demora em cobrir o Arthur com lambidas, estranhamente, ele não sente nenhum medo ou desconforto, pelo contrário, é agradável. O dragão vermelho fala alguma coisa, sua voz preenche toda a sala, mas não tem sinal de ser nada agressivo, aqueles "homens" fazem uma reverência e se retiram, deixando para trás um Arthur cheio de problemas para lidar.

CAPÍTULO 5:

NOVA VIDA FAMILIAR

A mente de Arthur estava tumultuada. A montanha-russa de emoções desde que acordou como um dragão estava afetando o seu psicológico. Já se passaram meses desde que veio para o novo mundo. Nos primeiros dias, ele frequentemente dormia. Imaginando acordar na sua cama, com o cheiro de café sendo servido na mesa e sua avó lhe chamando, porém, quando acordava, via-se como um dragão no meio de outros dragões. Por isso, seu coração apertava. Sentimentos como aflição, angústia, desespero e outras emoções negativas, contaminavam o seu ser. Pouco a pouco, ele sentia que estava caindo em um poço sombrio.

Mesmo com esse tumulto mental, o seu corpo atual era de um dragão recém-nascido, então, necessitava de bastante comida. O grande problema era que ele odiava carne crua, basicamente esse era o único alimento que ofereciam para ele. Entre o seu paladar e a fome que assolava o seu estômago, a fome ganhou com larga vantagem e isso afetava ainda mais o seu humor deprimido.

Algumas coisas faziam ele não entrar na depressão completa. Uma delas foi o uso da magia. Desde o primeiro momento que veio para este mundo, Arthur viu a magia em todo o seu esplendor, com todos praticando feitiços ou usando artefatos mágicos. Com isso, ele sentia que podia achar uma solução para o seu problema e assim conseguir voltar para casa ao lado da sua avó de onde nunca deveria ter saído. Toda vez que alguém praticava magia na sua frente, ele prestava atenção na esperança de tentar reproduzir seus efeitos. Naturalmente, sendo um recém-nascido com o núcleo de mana adormecido, ele não tinha sucesso, não importa o quanto tentasse. *Merda, não está dando certo, mas por quê? É algo que eu não estou considerando? Ou eu não tenho talento para a magia?* Ele pensava.

Eventualmente, ele chegou à conclusão que era ainda muito novo para fazer algo avançado como magia. Isso porque percebeu que a maioria das magias feitas na sua presença tinha um importante componente verbal, ou seja, sem conhecer a língua ele não poderia fazer nada relacionado à magia. Compreendendo esse importante detalhe, Arthur buscava ouvir com atenção a cada palavra que os outros diziam e tentava reproduzir a sua fonética.

Em um desses momentos, ele falou sua primeira palavra no novo mundo, mas que acabou sendo o pivô de uma das brigas mais feias do casal imperial. Quando a família toda se reunia tarde da noite, ficavam juntos em um acolchoado especial que servia como cama. O dragão vermelho tinha o costume de levar parte de seu trabalho até na cama, para o desgosto da dragoa branca. Ela reclamava muito disso, mas seu marido ignorava. Arthur era um recém-nascido, que não completara um ano, quando seu pai dragão falou:

— Mas que *******. — Foi um palavrão na língua dos dragões, que ele disse no calor do momento enquanto lia algo. Um segundo depois.

— *****. — Arthur reproduziu desajeitadamente o que o dragão vermelho disse, fazendo-o ele suar frio de medo.

Sua esposa que sonhava em ver o seu filho falando pela primeira vez a palavra "mamãe", agora teve esse sonho arruinado pelo seu estúpido marido. Ela teve o cuidado de cobrir o seu bebê debaixo das suas asas, além de envolvê-lo em uma zona de silêncio, antes de lançar um olhar furioso para o seu marido. Depois, o expulsou, usando um ataque mágico baseado em gelo. O dragão vermelho era o imperador, isso não era só um título pomposo que deram para ele. Foi algo conquistado com muito suor e sangue, mas ele optou por não alimentar ainda mais o ódio de sua esposa. Isso resultou em ele ficar uma semana dormindo fora do quarto do casal, só então a dragoa teve cabeça para perdoá-lo. Desse dia em diante, o dragão vermelho parou de trazer o seu trabalho para casa.

Esse foi outro importante elemento que não deixou a depressão do Arthur piorar. O amor incondicional e atenção gentil que seus pais lhe davam o tempo todo. Para o Arthur, que só conheceu esse tipo de amor vindo de sua avó, foi estranho receber tantos cuidados por seres que nem mesmo eram humanos. Fazia ele sentir um conforto que chegava a ser inquietante. Ele não sabia definir exatamente esse sentimento. O que não era de todo ruim, mas ele temia se sentir apegado demais a eles, no fundo, ele odiava a ideia de ser pressionado entre escolher seus pais dragões e sua avó humana, era uma escolha inevitável que ele teria que fazer, mas queria evitar a todo custo, sem nem se quer pensar nesse assunto.

O dragão que era a figura paterna possuía escamas de uma cor vermelho-rubi, com outras partes possuindo uma cor amarelo-ouro, esta mesma cor era possível encontrar na íris de seus olhos. A dragoa branca que era a figura materna. Tinha um branco que parecia neve, mas suas asas possuíam um degradê de azul, indo das pontas das asas, com um azul-marinho até um azul-pálido, quando chega no seu torço.

Olhando para as suas próprias escamas brancas, Arthur concluiu que deve ter puxado mais para o lado da sua mãe do que o lado do seu pai. Além disso, ele se sentia uma formiga diante daqueles dois dragões que mediam uns 30 metros de altura, e ele não passava dos 50 centímetros em pé nas suas 4 patas.

O que surpreendeu de verdade o Arthur não era a imponência do físico do seu pai e mãe, mas era que ambos podiam mudar para uma forma menor e humanoide. Nessa nova forma, eles ainda iriam ter chifres e escamas espalhadas pelos seus corpos, porém iriam possuir rostos "humanos" e físicos de fazer inveja a qualquer atleta olímpico. O melhor de tudo era que essa transformação não necessitava de nenhuma palavra mágica. Na perspectiva do infantil dragão, dependia só da vontade do indivíduo para se transformar. Novamente, Arthur só estava meio certo.

Quando o seu pai dragão tomava a forma humanoide, parecia ser um homem na casa dos 30 anos, cabelos loiros ouros amarrados em um penteado tipo rabo de cavalo, um par de chifres de um tom vermelho rubi, saindo do meio de sua testa e acompanhando as linhas do seu cabelo penteado para trás, até que fazem uma curva abrupta e apontam para cima, sua pele branca está mesclada com escamas vermelhas.

Já a dragoa que era sua mãe, em sua forma humanoide, também aparentava ter 30 anos, tinha longos cabelos brancos prateados que chegava na altura do seu quadril, possuía um corpo de pele branca feita porcelana, mesclado por escamas brancas que cobrem o seu pescoço e seus ombros, podia ver as escamas no seu pulso em ambas as mãos. Além disso, ela tinha um par de chifre simples que sai no meio de sua testa apontados retos para cima. Seus olhos tinham um azul-celeste. Os traços de seu rosto eram finos e de aparência delicada.

Diferente do que alguém poderia imaginar, quando eles mudavam para a forma humanoide, já estavam usando suas roupas e assim como seus artefatos mágicos, em forma de anéis dourados com cristais embutidos. *É bastante oportuno, o fato de os dragões já usarem suas roupas quando se transformam, aposto uma grana preta em que tudo o que eles estão usando é mágico.* Arthur pensou.

Em seu primeiro ano de vida, no novo mundo, seus afazeres ficaram restritos ao quarto dos seus pais, com pelo menos um deles presentes, ele só não "morreu" de tédio, porque passava a maior parte do tempo dormindo. Quando estava acordado, explorava o amplo quarto, ao mesmo tempo, tentava se acostumar com o novo corpo, mesmo em suas quatro patas. Tropeçava e caia de cara no chão, principalmente quando queria correr. Deixando-o irritadiço e com fome e, quando comia, seu humor ficava deprimido e caia no sono. Sentia falta de fazer as refeições com a avó.

Essa foi a rotina do Arthur até o meio do seu segundo ano de vida, quando sua mãe levou ele para passear pelos corredores do palácio imperial. Há muito tempo, Arthur já havia notado que estavam em uma estrutura feita de pedra. *Seja o que fosse, este lugar, com certeza era imenso.* Ele pensou. Mesmo agora, medindo por volta de 90 cm, sua mãe o carregava em seus braços, sem nenhuma dificuldade. Caminhando atrás dela, tinha outras dragoas que o Arthur imaginava serem empregadas.

Quando mãe e filho encontravam com outros dragões, eles faziam profundas reverências. *Seja o que os meus velhos são, eles são muito importantes para que todos sejam tão respeitados assim. Ainda não consigo definir se é algo bom ou ruim. Claro, ser tratado com respeito é sempre bom, mas e se, devido ao status deles, for obrigado a fazer coisas que possam me afastar do meu objetivo de voltar para casa. O que farei?* Esses e outros pensamentos mais sombrios rondavam na mente do Arthur.

Quando ele saiu de seu devaneio, percebeu estar em um espaço amplo, existiam várias linhas de demarcação no piso desse espaço. Vários dragões em suas formas humanoides estavam realizando treinos de atividades físicas, muitos se reuniam em grupos, realizando manobras acrobáticas, dignas de profissionais, outros estão observando ou instruindo seus parceiros de treinos. Era um cenário que lembrava um ginásio de esportes na Terra.

Não demora muito, Arthur viu o seu pai na sua forma humanoide. Ele estava esticando seus braços e pernas, aparentemente fazendo alongamentos de seus músculos, próximo a ele, tinha outros dois dragões, eles conversavam com o imperador, até o momento, Arthur só conseguia reconhecer uma palavra ou outra. Ainda era insuficiente para entender o conteúdo da conversa. Apesar dos seus melhores esforços.

 Quando o dragão vermelho viu sua esposa com o seu filho, faz um gesto interrompendo a conversa, vai ao encontro deles dando um largo sorriso e fazendo um carinho na cabeça do Arthur, seus pais estavam conversando. Claro, ele não entendeu o que falavam de fato, porém o que aconteceu a seguir pegou o jovem dragão totalmente de surpresa.

CAPÍTULO 6:

SOCIEDADE DRACONIANA

Até o momento, Arthur estava nos braços de sua mãe dragoa. Ela estava usando um longo vestido esvoaçante de pura seda, combinava com a cor de seus olhos. Desde o primeiro momento que o Arthur a viu, mesmo na forma de dragão, ficou fascinado com a sua aparência. *Não consigo deixar de ficar encantado com ela, mesmo com os chifres e as escamas, acho ela muito linda. Talvez, porque este corpo sente instintivamente que ela é a sua mãe. De quebra, influência na minha percepção sobre ela.* Arthur pensou, então ele concluiu. *Uma coisa devo admitir. O velho lagarto tem um bom gosto.*

Seus pais estavam conversando, enquanto o Arthur estava absorvido em seus pensamentos. Voltando a si quando sua mãe o deixou no chão e segurou o seu rosto por entre as mãos. Falando em seu tom maternal, para ele ser um bom menino e esperar por ela ou era próximo a isso, pela interpretação do Arthur, pois muito das palavras que a dragoa usou ele não entendeu, mas mesmo assim ele respondeu.

— Sim.

Com isso, ela mostrou um dos seus sorrisos mais brilhantes, que poderiam afastar quaisquer sentimentos sombrios na mente do Arthur. Foi nesse momento que o seu desejo de voltar para Terra teve o seu primeiro abalo. Em seguida, a dragoa se levantou e estalou os dedos. Seu vestido esvoaçante brilhou em um flash, mudando para roupas leves, quase coladas ao seu corpo humanoide esguio. As roupas permitiam uma movimentação mais fluida de seu corpo, eram semelhantes às que o dragão vermelho estava usando.

Depois que a imperatriz mudou de roupa, ela entrou no espaço destinado para lutas corpo a corpo. Seguindo-a de perto, estava o seu marido, pai de seu filho e o atual imperador dos dragões, nessa ordem de importância para a dragoa. Ambos estão em lados opostos, encarando-se. Ele assumiu uma postura de combate típico dos soldados da academia militar. Ela assumiu uma postura de combate diferente, que a sua mãe lhe ensinou.

Sem esperar por um sinal, o imperador partiu para cima da sua esposa, com o punho fechado mirando em seu peitoral, mas o golpe foi habilmente desviado por ela, com um movimento de sua palma aberta da sua mão esquerda, a sua mão direita procurou atingir a lateral do abdômen dele, todavia o que atingiu foi espaço vazio, pois ele rapidamente se afastou numa distância segura, em simultâneo, pôde girar o seu corpo para desferir um chute alto, visando o rosto dela, porém ela evitou por meio de um espacate, conectado com uma rasteira, com intuito de quebrar o equilíbrio dele. Ela conseguiu, mas ele, por fração de segundos, teve chance de se recuperar girando o seu corpo no ar, quase como um gato.

Tudo aconteceu no espaço de alguns segundos. Tão rápido que o Arthur mal teve tempo de registrar. Ele já estava surpreendido quando a dragoa mudou de roupa no estalar de dedos, sua surpresa só aumentou quando viu os seus pais do novo mundo lutarem como se fossem artistas marciais. *Caramba, se eu não tivesse que voltar para Terra. Eu iria tentar ser igual a eles.* Arthur pensou. A sessão de sparring entre o imperador e a imperatriz se seguiu. Com cada oponente desferindo e evitando golpes do outro, de forma quase coreografada. A força e a velocidade dos seus golpes não eram para subestimar. Arthur viu tudo aquilo com um fascínio que brilhava em seus olhos. Ele não percebeu, mas a sua cauda balançava de empolgação.

Minutos se passaram com uma exibição de destreza digna dos filmes hollywoodianos. Com uma velocidade na qual os braços e pernas do imperador e da imperatriz pareciam ser só um borrão, eles não se permitiam dar nenhuma abertura, a cada segundo o espaço entre eles diminuía, a cada instante o ar envolta desse casal ficava agitado, tamanha era a força dos seus golpes. Abruptamente, eles pararam com os seus punhos, em um espaço curtíssimo de distância no rosto de ambos. Eles estavam se olhando, cada qual encarando o seu adversário. Arthur imaginou um clima de tensão emanando naquela cena, tanto que ele engoliu saliva sem fazer ideia o que iria acontecer em seguida.

Toda aquela tensão que o pequeno dragão estava sentindo foi quebrada quando o casal se beijou. *Sério mesmo! Eles são terrivelmente apaixonados.* Arthur pensou. Finalmente, se permitindo respirar diante daquela cena amorosa.

Mais um punhado de tempo se passou, e o Arthur começou a se habituar nesse novo mundo. Começando com o seu entendimento mais profundo a nova língua draconiana, ele descobriu qual era o nome que os seus pais dragões lhe deram, Rastaban Lucca de Draken, também chamado por eles carinhosamente de Ras. Seu pai é Griffith Lucca de Draken e sua mãe é Aria Lucca de Draken, ambos são imperador e imperatriz dos dragões, respectivamente. Quando ficou sabendo da real profissão dos seus pais, em um jantar, quase deixou a comida na boca cair. *Caramba, depois de acordar, sem mais e nem menos, em um mundo que tem magia e como um dragão, agora descubro que os meus velhos são imperadores dragões. O que mais falta acontecer? Invasão alienígena?* Ele pensou.

Rastaban ainda estava com receio de chamá-los de pai e mãe. Não queria se apegar a eles, ao mesmo tempo, já se passaram dois anos que ele estava nesse novo mundo. As dúvidas sobre a possibilidade de voltar para Terra começavam a surgir. Toda vez que isso acontecia, balançava a cabeça e falava para si mesmo: *foco cara. Não pode desistir agora, sem nem tentar. Deve existir algum meio de voltar para Terra. Por isso que devo aprender usar a magia, mas, caramba, por mais que eu tente, não estou conseguindo. O pior de tudo é que não importa o quanto peço para que os meus velhos me ensinem, eles só dizem: em breve você usará, tenha paciência.*

Diferente do que acontecia na Terra, os dragões não têm o costume de fazer aniversários, mas tinham algumas festas comemorativas. Rastaban chegou a ver uma dessas comemorações com os seus pais, ainda no seu segundo ano. Parecia ser uma procissão na qual jovens dragões andavam pela cidade até chegar na entrada de uma caverna. Quando saíram de lá, suas aparências diferiam, chegando ao *grand finale*. Os dragões fariam uma demonstração dos seus poderes para uma multidão empolgada. No final, Rastaban queria perguntar muitas coisas a respeito daquela exibição, por exemplo: por que faziam aquela festa? Por que os dragões mudaram suas aparências quando saíram da caverna? Ele também iria passar por isso?... Todavia, o rosto melancólico de sua mãe o fez engolir essas perguntas e se aconchegar perto dela, amenizando um pouco a dor que ela parecia sentir.

No começo do seu terceiro ano de vida, Rastaban participou de outra festa. Segundo os seus pais, era um baile de apresentação. Eles disseram que era um evento muito importante, no qual cada representante dos clãs que compõem o império iriam aparecer e prestar suas homenagens à família imperial.

O salão de baile era gigantesco. A maioria dos dragões estavam na sua forma humanoide, vestindo suas melhores roupas que, praticamente, brilhavam com as luzes dos vários candelabros dourados suspensos no teto. Aqueles que estavam na sua forma de dragão voavam em um certo padrão que faziam parecer uma dança aérea. Toda vez que um novo convidado chegava, ele prontamente se apresentava aos seus pais, todos eram muito respeitosos e fazem profundas reverências para a família imperial. No meio das apresentações dos recém-chegados, Rastaban teve um entendimento mais claro a respeito da sociedade dos dragões.

Basicamente, os dragões eram divididos em 10 clãs, cada um com características bastantes distintas entre si e todos tinham suas funções e importância para o império. De acordo com as palavras da sua mãe que explicava tudo com uma voz serena e calma, ela começou pelo clã que a família imperial pertence. O Clã Dourado, pelo que o Rastaban entendeu, é o único clã que pode assumir o trono do império.

— Por quê? — Rastaban questionou em seguida, no entanto, ela só disse que futuramente iria explicar.

— Depois vem o Clã do Fogo, os dragões desse clã possuem o domínio do fogo e a maioria das suas escamas são vermelhas.

— O papai é do Clã do Fogo? — Rastaban, ainda se sentia inquieto ao usar as palavras pai ou mãe, mesmo assim, as disse, pois logo conclui-o que ainda iria ficar um bom tempo naquele mundo e tinha que ter boas relações com aqueles dragões.

— No passado, seu pai fazia parte do Clã do Fogo, agora ele é do Clã Dourado. É uma longa história! — Disse a sua mãe.

Então, quer dizer que o trono do império não é hereditário, bem diferente da realeza do meu antigo mundo. Rastaban pensou.

— Seguindo com a explicação, tem o Clã da Água, como já pode imaginar, tem o domínio sobre a água e, em alguns casos raros, domínio sobre o gelo, que é o meu caso. — A Imperatriz apontava para si mesma, ao mesmo tempo, estufava o seu peito com um genuíno orgulho. — Continuando com a apresentação dos clãs, o Clã do Ar tem o domínio sobre o ar e, dentre todos os dragões, são aqueles que podem voar as maiores alturas nos céus. — Os olhos do Rastaban brilharam. Quando ouviu a palavra voar, então, ele perguntou.

— Quando vou poder voar?

— Ainda vai demorar um pouco, minha criança. — Aria disse aquilo com um sorriso meio melancólico.

— O Clã da Terra é particularmente interessante, olha as pontas de seus chifres, parecem ser feitos de cristais, suas escamas têm uma aparência metálica. Depois, vem o Clã das Hidras, eles têm três cabeças ligadas a um único corpo. — Quando o Rastaban viu uma hidra, as primeiras memórias de quando ele acordou no novo mundo piscaram na sua mente.

— O Clã Dragão-Fada é composto de dragões com uma poderosa força mágica, independentemente da aparência deles, você deve o mesmo respeito com qualquer outro dragão, entendeu? — Aria disse isso porque eles eram pequenos, tanto na forma de dragão, como na sua forma humanoide, pequenos para os padrões dos outros dragões. Na forma de dragão, eles possuíam asas que lembravam de borboletas ou de mariposas. Na forma humanoide, mesmo os mais velhos desse clã, com séculos de idade, iriam ter a aparência de adolescentes entre 13 a 17 anos.

— O Clã de Jade tem os mais poderosos dragões guerreiros. — Quando imperatriz apontou para um dragão desse clã, os olhos do Rastaban se arregalaram, por muito pouco ele quase gritou. *É o shenlong*, mas conseguiu se conter.

— O Clã do Sol são dragões com o domínio sobre o elemento luz, também são dragões muito fortes. E, por fim, o Clã das Sombras. São dragões com o domínio do elemento sombra. — Quando a mamãe do Rastaban apontou para esses dois dragões, era fácil dele identificar. Um tinha escamas completamente brancas, enquanto o outro tinha escamas completamente negras, respectivamente.

A festa aconteceu sem nenhuma intercorrência. Existiam pouquíssimas crianças, porém todas eram mais maduras do que o Rastaban, ele sabia disso, porque elas conseguiam mudar para a sua forma humanoide. Tinha somente uma exceção, uma pequena dragoa. Assim como os seus pais, ela tinha escamas completamente negras. Rastaban a viu de longe, contudo, não sentia vontade de interagir com ninguém, só ficando próximo aos seus pais.

CAPÍTULO 7:

PREÇO A SE PAGAR

Quatro anos se passaram, Arthur agora era chamado de Rastaban. É um filhote de dragão de escamas brancas pálidas. Desde que veio para esse novo mundo, desejava voltar para Terra, por isso que fazia de tudo, dentro de suas capacidades limitadas, para achar um meio de retornar. Ele não fazia ideia de como foi parar nessa situação, muito menos de como faria a viagem de retorno, mas ele apostou todas as suas fichas na magia.

Nesses quatro anos, ele observou como os dragões faziam a magia e concluiu que poderia ser de duas formas. Usando somente os seus pensamentos ou, na maioria dos casos, tinham que falar palavras mágicas. Neste último, as palavras eram de uma língua diferente que os dragões usavam no seu dia a dia.

Mesmo sabendo disso. Não ajudou em nada, pois, mesmo pronunciando as palavras mágicas, letra por letra, ele não conseguiu reproduzir nenhum efeito. Ele queria pedir ajuda, porém seus pais foram inflexíveis dizendo que era muito novo para pensar em usar magia. Por isso que ele ficava de mau-humor com esse tipo de resposta.

Por outro lado, seus pais se perguntavam: quem o filho deles puxou? Para ter esse interesse tão grande na magia, no entanto, o imperador sabia que a carranca mal-humorada de seu filho era quase igual de sua esposa. Principalmente quando ela era mais nova, mas ele nada falou, queria evitar em ser obrigado a dormir fora novamente.

A única alternativa que o Rastaban encontrou para a sua condição foi quando descobriu o espaço da biblioteca. Nele, poderia aprender mais sobre esse mundo, entender sobre as regras da magia, dominar a língua dos dragões e quem sabe achar uma pista para resolver o seu problema ou, pelo menos, era isso que ele queria. Infelizmente, para Rastaban, a realidade era mais dura, só obteve sucesso no melhor entendimento na língua dos dragões. Aos trancos e barrancos, ele já sabia ler, escrever e falar razoavelmente bem o novo idioma.

Droga, este livro não está ajudando. O pior é que suspeito que o bibliotecário está sacaneando com a minha cara. Todas as vezes que peço um livro de magia, ele me dá algumas edições de histórias infantis para dragões. Rastaban reclamava mentalmente. *Nunca pensei que ser uma criança novamente poderia ser tão irritante. Ninguém te leva a sério, todos te tratam como mais um bobo, que só está interessado em brincar. De quebra, você é fraco para fazer até as coisas mais simples por conta própria.*

Rastaban descontava a sua raiva mordiscando uma tira de carne seca que tinha consigo para o lanche, enquanto folheava um livro enorme para um humano, mas, para ele, era do tamanho médio. O que ele não sabia era que sempre que ia para a biblioteca as empregadas designadas pela sua mãe para lhe acompanhar conduziam ele para o espaço infantil, nesse lugar só tinha livros que ensinam as crianças sobre as maravilhas do império, em uma linguagem lúdica.

O lugar era um espaço quase vazio de leitores ou, pelo menos, era o que o Rastaban achava, até que uma voz feminina e infantil chama a sua atenção.

— Oi! Qual é o seu nome? O que você está lendo? Onde está a sua mãe? Por que você está sozinho? Você quer brincar comigo? — A cada pergunta, uma pequena dragoa de escamas negras, invadia o espaço pessoal do Rastaban. Após essa enxurrada de perguntas, Rastaban colocou os dedos na cabeça da criatura na sua frente, delicadamente, mas com firmeza, afastava e respondia a ela.

— Meu nome é Ras. Estou lendo um livro de magia ou, pelo menos, era isso que eu queria. — Rastaban estala a língua em desgosto. — Minha mãe está trabalhando. Gosto de estar sozinho e não, não quero brincar.

Quando a pequena dragoa ouviu a recusa do Rastaban, ela começou a ficar com os olhos marejados. Fazendo Rastaban coçar a cabeça de nervosismo e se amaldiçoar por dentro. Se perguntando o que ele havia ter feito para ser castigado desse jeito.

— Certo! Não precisa chorar. Toma! Está aqui o livro para você ler. Pode se divertir com ele, fique à vontade.

Ainda com uma voz chorosa, a pequena dragoa fala.

— Quero brincar com você!

Rastaban se sentia entre a panela e a frigideira. Ele não via nenhuma forma de sair daquela situação de forma fácil, por isso, teve que escolher o mal menor.

— Tudo bem! Eu desisto, vamos brincar. — Com essas palavras, o rosto da menina se iluminou, fazendo o Rastaban se perguntar novamente se ele jogou pedra na cruz.

Ao contrário do que ele achava a princípio, brincar com aquela dragoa o ajudou a relaxar sua mente, diminuindo consideravelmente o seu estresse. Com a mente um pouco mais leve e observando de perto sua recém-colega, Rastaban sentiu um brilho piscar na sua cabeça, quando uma suposição surgiu, mas tinha que pensar numa forma de como averiguar, se tinha razão ou só estava se enganando. Ele ficou tão distraído com sua iluminação e com a dragoa negra que nem percebeu que a sua mãe estava esperando, com um leve sorriso nos seus lábios. Rastaban se despediu da pequena dragoa e foi embora aos aposentos dos seus pais, só no meio do caminho que ele se lembrou de perguntar qual era o nome daquela menina. Dando de ombros em seguida. *Pergunto para ela no próximo encontro, o mais importante é confirmar as minhas teorias.* Ele pensou.

— Mãe! — A imperatriz, na sua forma Humanoide, carregava o seu filho em seus braços.

— Sim!?!

— Posso fazer uma pergunta e a senhora me responde com sinceridade? — Curiosa com a dúvida que o seu filho tinha, ela concordou com um aceno de cabeça.

— O fato de eu não conseguir usar magia é porque preciso aprender a manipular algo dentro de mim, mas só vou conseguir fazer isso depois que entrar naquela caverna. Certo? — Com essas palavras, Rastaban fez a sua mãe ficar de queixo caído, ficando por alguns segundos perplexa olhando para o seu filho. Tempo o suficiente para ele chamar por ela.

— Mãe? — Rastaban tirou ela do seu estupor.

— Sim! Quero dizer. Não! Quero dizer. Pela grande deusa! Como você acabou sabendo disso tudo? Alguém falou isso para você? — A última pergunta da Imperatriz soou mais agressiva. Rastaban nada sentiu, pois a aura hostil que a sua mãe estava prestes a liberar não era direcionada a ele.

Ao contrário das empregadas atrás dela que já estavam suando frio de medo, mesmo assim, Rastaban correu para corrigir o mal-entendido.

— Não, mãe! Ninguém me disse, eu conseguir concluir por conta própria.

— Como? — Aria estava genuinamente curiosa. Por sua vez, Rastaban não podia falar totalmente a verdade, por isso, ele misturou mentira com verdade.

— Desde que me lembro. Fiquei fascinado com a magia, então, observava com atenção todo mundo quando faziam algum feitiço, na esperança de reproduzi-lo. Com as minhas observações, percebi que a maioria das magias exige conhecer palavras mágicas, por imitação, tentei falar, mas nada aconteceu, por isso, voltei a observar com mais atenção, tentando resolver o enigma e parte da solução se mostrou naquela festa, na qual jovens dragões entraram em uma caverna. Suas aparências mudaram radicalmente, além disso, eles podiam soltar seus sopros. Então, pude ver que algo despertou neles, mesmo com tudo isso, eu só consegui perceber agora.

A imperatriz Aria estava pasma com o poder de observação e a dedução lógica que o seu filho já apresentava desde tenra idade. *Pela grande deusa, meu filho é um gênio!* Aria pensou. Todavia, uma parte da explicação chamou a atenção dela.

— Filho querido! Por que você disse que só percebeu isso agora?

— Mãe! Isso foi graça àquela menina que brincava lá atrás e pela senhora.

— Por mim! — Aria arregalou os olhos de espanto.

— Sim! Veja bem. Há alguns instantes, consegui sentir um formigamento na minha pele. Toda vez que isso acontece, a senhora libera um brilho em volta do seu corpo, mas o mesmo não pode ser dito por aquela menina. Com ela não senti nenhum formigamento ou qualquer coisa do tipo e nós dois não conseguimos fazer magia, da mesma forma que nunca entramos naquela caverna ou foi o que ela me disse.

Griffith já me falou várias vezes para eu controlar o meu temperamento. Sempre descartei as palavras dele como se fosse algo bobo. Agora vejo que ele tem razão. Pela grande deusa! Preciso mudar isso. Aria pensou, em seguida soltou um suspiro. Era inútil tentar enganar o seu filho e mentir para ele, seria ofender a sua inteligência, o chamando de estúpido. Ela nunca faria isso e rasgaria as entranhas de alguém que tivesse a coragem de falar mal do seu filho na sua frente.

— Ras, no geral, você está certo. Como sua mãe estou orgulhosa. — Aria encostou os seus chifres, nos chifres do seu filho, essa era a demonstração mais gentil de carinho por entre os dragões. Em seguida, ela olhou bem nos olhos dele, fazendo a sua melhor expressão de soberana, depois ela falou. — Como imperatriz, quero que preste atenção neste aviso. Você está proibido de falar qualquer coisa a respeito deste assunto fora da nossa família.

— Isso é segredo de Estado? — Agora foi a vez do Rastaban ficar pasmo. O que fez Aria rir com vontade.

— Não, meu bebê. É só que não quero que dragões invejosos e gananciosos ponham os olhos em você ou, pior, tentem prejudicar você de alguma forma. — Rastaban nunca viu outro dragão desafiando os seus pais ou contestando as autoridades deles. Por isso, achava que a sua mãe estava um pouco superprotetora, todavia, concordou com as palavras dela, só para acalmar as suas preocupações. Aria disse em seguida. — Hoje à noite! Teremos está conversa de novo com o seu pai. Ele precisa saber disso. Então, diga as mesmas coisas que você me disse para ele.

Rastaban prontamente concordou, ele confiava de coração em seus pais dragões. Claro, isso não aconteceu da noite para o dia. Foi necessário doses generosas de amor e carinho, ao longo desses quatro anos de convivência familiar.

Agora de noite, nos aposentos reais. A família estava toda reunida, da mesma forma que a Imperatriz ficou sem palavras com as palavras do Rastaban, o imperador ficou pasmo, concordando com sua esposa sobre a genialidade do seu filho, ficando tão feliz quanto ela, se não mais.

— Meu garoto é um gênio! — Griffith falou, enquanto estava carregando o seu filho em seus braços, fazia cócegas nele. O que, por sua vez, fazia todos os três rirem de coração. Mesmo que Aria, também, estivesse feliz, tinha que acalmar o espírito de todos e discutir os passos seguintes. Por isso, ela bateu palmas, chamando a atenção para si. Ela queria que os dois dragões mais importantes da vida dela estivessem concentrados.

— Muito bem, meninos, desculpe ser o estraga prazeres, mas temos que decidir, o que fazer a seguir?

— O que a senhora quis dizer com isso? — Rastaban perguntou.

— O que a sua mãe quis dizer, meu filho, é que você nos mostrou um talento bruto que, se bem nutrido, pode fazer coisas grandiosas, ao mesmo tempo, isso pode atrair atenção indesejada. — Griffith olhou para sua esposa em busca de aprovação. Ela acenou com a cabeça, então, ele continuou com o seu discurso. — Ras! Eu e a sua mãe sempre fomos vagos com o seu ensinamento na magia, não só porque você é uma criança, mas também é para protegê-lo. Dentro do nosso clã estará protegido de qualquer um que poderia se sentir ameaçado com a sua presença. Fora do nosso clã, a competição é feroz.

— Espere um pouco. O que quer dizer com isso? Eu nunca tive a intensão de sair do clã. — Rastaban questionou, sentindo o seu coração começar a ficar aflito. Dessa vez, foi a Aria que falou.

— Ras, meu bebê! Todo dragão, em uma determinada fase de sua vida, passa por um ritual, que chamamos de ritual da verdadeira forma. Passando por esse ritual, vão existir duas consequências. A primeira é ter o seu núcleo de mana desbloqueado, dando-lhe a plena capacidade de realizar magia. A segunda é que você será obrigado a ir para um dos nove clãs. — Aria falava em um tom calmo e maternal, ao mesmo tempo, sentia o seu coração se apertar ao vislumbrar o futuro sombrio.

CAPÍTULO 8:

SACRIFÍCIOS

— Não existe uma alternativa na qual eu possa praticar magia sem ter que me separar de vocês? — Rastaban perguntou, querendo se agarrar a um fio de esperança, mas a expressão angustiada dos seus pais já deu toda a resposta que ele precisava.

— Ras, querido. É algo que você terá que passar, mais cedo ou mais tarde. — Disse a sua mãe, fazendo das tripas coração, para se manter firme e não deixar o seu filho ver como era grande a sua dor.

— Ela tem razão, Ras. É algo inevitável. Todo dragão verdadeiro já fez ou vai fazer o ritual, a maioria se separa dos seus familiares sempre buscando o seu crescimento pessoal. Não se sinta mal por isso. — Seu pai termina de falar, mostrando um sorriso bobo que o próprio Rastaban aprendeu a amar de coração.

— Pai! Mãe! Eu entendo, mas... — Rastaban, fechava os olhos e respirava fundo, se preparando para falar algo que nos últimos meses estava sendo martelado em seu coração e mente. — Quero que saibam que esteja onde eu estiver sempre vou me lembrar de vocês. Não importa o que digam. Sempre serei o filho de Griffith Lucca e Aria Lucca. — Quando o pequeno dragão terminou de falar, seus pais ficaram tão comovidos que se abraçaram com o filho deles no meio. Eles desejaram de coração que aquele momento fosse eterno. Seus pais não sabiam, mas Rastaban falava aquelas palavras mais para si mesmo do que para eles. Rastaban não sabia se teria êxito em sua jornada de voltar para Terra, mesmo assim, ele iria tentar. Caso conseguisse ter sucesso, ele iria sempre dizer que aqueles dois dragões eram os seus verdadeiros pais.

— EU SOU O DRAGÃO MAIS FELIZ DO MUNDO. — Griffith gritou com toda a força, o que fez a sua esposa chamar a sua atenção e o Rastaban rir como uma criança que ele era.

— Ras querido, com tudo o que já dissemos. Você ainda quer estudar magia? — Aria perguntou.

— Sim! Mãe. — Rastaban respondeu sem nenhum traço de hesitação.

— Griffith, o que podemos fazer? — Aria se voltou para o seu marido.

— Não podemos ensinar a nossa magia para o nosso filho. Ele não tem o seu núcleo de mana desbloqueado. O que seria uma perda de tempo! Fora que não temos certeza em qual clã o nosso filho acabará entrando. — Griffith estava ponderando suas opções. — Outro ponto importante é que o Ras vai passar pelo ritual da verdadeira forma, quando tiver seis anos. Até lá, ele precisa ter uma fachada de uma criança comum, para não chamar atenção, pelo menos, até o dia do ritual.

— Pai! Se ensinar magia agora é difícil, posso tentar aprender sobre o mundo fora desta montanha? — Rastaban perguntou.

— Olha, não é uma má ideia! — Griffith ponderou — É algo que eu ou a sua mãe possamos fazer no nosso tempo livre, o que me diz, querida?

— Realmente, não é uma proposta ruim. Amanhã, vou à biblioteca separar alguns livros. Vamos estudar um pouco todas as noites aqui no quarto. Tudo bem, querido? — Rastaban, concordou com um aceno de cabeça. *Precisarei dar alguns passos para trás, se eu quiser dar muitos passos para frente. Não sei quanto tempo ficarei neste mundo, portanto, preciso ter a noção do bom senso e o que é conhecimento comum para um dragão.* Foi o que ele pensou.

Com isso, a rotina do Rastaban sofreu algumas pequenas mudanças. Ele ainda iria para a biblioteca voltada para o espaço infantil, para melhorar o seu domínio no idioma dos dragões e para se encontrar com a dragoa de escamas negras. Logo, eles estabeleceram um grande laço de amizade. Quando tiveram o seu segundo encontro, Rastaban ficou sabendo quem ela era Layla Kasper, filha de Zayn Kasper, o atual líder do Clã das Sombras.

Para o Rastaban que tinha lembranças da Terra, Layla parecia se comportar como uma filhota de tigre, daqueles que gostava muito de correr e pular constantemente. É lógico para se considerar com o fato de a Layla ser uma criança de verdade e não uma criança que tinha memórias de outro mundo, pensava Rastaban. Assim como ele, Layla já tinha uma altura de 1,50 metros de sua cernelha, suas asas tinham uma envergadura de

2 metros, grossas escamas cobriam toda a extensão de seu corpo, algumas protuberâncias pontiagudas se projetavam ao longo de sua cauda comprida e garras afiadas saiam nas pontas de seus dedos.

Com tudo isso, Rastaban nunca a viu machucar ninguém, mesmo que acidentalmente. Ele entendeu que no dia a dia todos que conviviam na montanha, seja um dragão de sangue puro ou um mestiço, coexistiam tão naturalmente que chegavam ao nível de ser um instinto. Rastaban só veio observar isso, após conviver por algum tempo com a sua amiga. Nem ele ou ela provocaram acidentes por causas dos seus corpos. Claro, se comparados aos adultos, a dupla era como formigas e, sem fazer magia, as possibilidades de acidentes eram quase zero.

Outra mudança na vida do Rastaban foi as aulas que os seus pais lhe davam todas as noites, quando eles se reuniam nos aposentos particulares, poucas horas antes de irem dormir. Desde o primeiro dia que veio para este mundo até aquele momento, Rastaban nunca dormiu longe de pelo menos um dos seus pais. Nem sentia vontade de fazer isso, pois, subconscientemente, sabia que estar ao lado deles era o lugar mais seguro para ter uma noite de sono. Além disso, ele queria aproveitar o máximo de tempo possível ao lado deles, pelo que disseram. Em breve, iriam se separar, após realizar o tal ritual.

O casal se intercalavam, na educação do pequeno dragão. Eles ensinaram para ele os momentos mais importantes da história do império, assim como as características principais de cada clã e dos seus domínios. Rastaban percebeu que, enquanto o seu pai era paciente em explicar até os menores detalhes dos assuntos, sua mãe falava com muita paixão, principalmente os assuntos históricos, transformando cada aula em contos dignos de uma epopeia. Eles eram ótimos professores para o pequeno dragão, cada um usando sua didática.

Até o início do seu quinto ano de vida, Rastaban já tinha uma formação cultural a respeito dos dragões acima da média. Mesmo assim, isso só foi uma pequena parcela de toda a bagagem de história e cultura dos dragões. Infelizmente, para o Rastaban, ele não percebeu nenhuma pista que poderia usar como ponto de partida para retornar para Terra. Em uma dessas aulas, seu pai fez um anúncio para ele.

— Ras!

— O que foi, pai? — Rastaban levantava o seu olhar do livro que ele estava lendo.

— Nos últimos meses, estava articulando com os líderes... — Antes que o seu marido entrasse numa divagação sem sentido. Aria o interrompeu.

— O que o seu pai quer dizer. É que achamos uma maneira de lhe ensinar magia.

— Serio mesmo!?! — Rastaban tinha um brilho de excitação nos seus olhos. Griffith tossiu para limpar a garganta e terminar a explicação.

— Sim, de fato! Mas fique ciente de algumas coisas. O que você estudará é a teoria por trás do básico na magia, portanto, até que o seu núcleo seja desbloqueado. — Com a ponta de sua garra, Griffith aponta para o peito do seu filho, indicando a localização do núcleo de mana — É o máximo que você pode aprender, por agora. Outro ponto importante é que outro dragão será o responsável por lhe passar esse ensinamento, portanto, seja respeitoso com ele. Entendido?

— Sim, pai.

— Há! Uma coisa que já ia esquecendo. As aulas vão acontecer com sua amiga, Layla.

— Bom! Acredito que a Layla vai gostar dessas aulas. — Rastaban disse, lembrando de sua colega de escamas negras. Alguns meses se passaram desde que Rastaban iniciou os seus estudos na teoria por trás da magia.

— Senhor Rastaban, por favor, preste atenção, entender a teoria básica por trás da magia é importante.

— Ops! Me desculpe, professora.

Rastaban já tinha 5 anos completos e mais alguns meses. Desde que veio para esse mundo, colocou muito esforço para aprender a língua dracônica. Por isso que sua compreensão a respeito da língua materna dos dragões era formidável para um dragão na idade dele. Ele já sabia ler, falar e escrever.

— Então, senhor Rastaban, qual é o princípio básico da magia?

— A magia é a manipulação dos elementos naturais, conforme a vontade do mago, por meio de sua mana.

— Muito bem, e o que seria a mana?

— A mana é a energia presente em todo o lugar. Isso quer dizer que a mana pode ser encontrada na água, no ar, na terra, nos seres vivos e até nos mortos. Com essa energia é possível manipular os elementos naturais, assim como suas ramificações elementais.

— Correto.

A dragoa que estava bombardeando o Rastaban com perguntas era a sua professora, Ayra Fresber, maga do clã Dragão-Fada. A sua forma humanoide tinha a aparência de uma adolescente, com seus 15 anos, apesar da sua idade real ser de 278 anos. Ela, assim como todos os dragões daquele clã, não eram altos. A sua professora media 1,50 metros de altura, tinha pequenos chifres que adornavam a extremidade de sua testa, fazendo um limite entre sua pele branca rosada e os seus cabelos de uma cor lavanda. Seus olhos eram multicoloridos, quase um arco-íris em suas pupilas. Na sua forma draconiana, ela tinha uns 15 metros em sua cernelha. Suas asas possuíam mais de 5 metros de envergadura. Tinham a aparência de ser asas de borboleta-monarca, possuindo um padrão de cores que vai de um tom laranja e terminando em negro meia-noite.

Com tempo e por meio dos seus estudos, Rastaban entendeu que existiam pouquíssimas crianças entre os dragões. Ele não sabia o motivo, mas suspeitava que tinha a ver com a baixa natalidade da espécie, seguido pela alta expectativa de vida de um típico dragão que era por volta dos 500 anos.

As aulas básicas de magia com a professora Ayra aconteciam em salas de estudos, no interior da biblioteca imperial que ficava na montanha. Era difícil para Rastaban não deixar de se impressionar com a escala grandiosa que o novo mundo mostrava para ele, quase todos os dias. Além disso, ele suspeitava que só estava vendo a ponta do iceberg.

— Mas, professora, quando a gente vai usar a magia de fato? — Layla perguntou.

— Isso porque a mana, nos seus corpos, não estão estabilizadas, só vai acontecer após o ritual da verdadeira forma. É após essa cerimônia que vai se revelar, de fato, em qual clã vocês pertencem, de lá as suas verdadeiras aptidões vão surgir. — Uma voz feminina, falou atrás do grupo. Ayra, totalmente surpreendida, exclamou:

— Vovó!

— Mas que neta desajeitada, me chamando de vovó na presença de seus alunos e no meio de seu trabalho, onde é que você aprendeu a sua etiqueta? Com os globins?

A dragoa que apareceu quase que do nada atrás deles. Foi a líder do Clã dos Dragões-Fada, Potria Fresber. Para Rastaban, era meio cômico ver uma pessoa com aparência de uma adolescente de 12 anos ser chamada de avó e ainda chamando a atenção de sua neta.

— Me degulpe ... — Ayra dizia isso, enquanto a sua avó apertava as suas bochechas como punição.

— Mas o que é esse ritual?

Rastaban fez a pergunta, ele sabia que o ritual era importante e todo dragão iria fazer em uma determinada fase de sua vida, no entanto, seus pais foram vagos a respeito desse ritual. Sem maiores detalhes, Rastaban viu uma janela de oportunidade de obter informações preciosas de alguém importante e experiente.

A matriarca olhava para o filho do imperador, com os seus olhos multicoloridos, quase como se estivesse analisando ele. Tirando a sua mão da sua neta, ela apontou para cima com o dedo indicador e figuras gasosas coloridas surgiram na frente dos pequenos dragões, então, ela começou a explicar usando essas figuras como demonstração.

— Tudo neste mundo tem mana. O que difere é a quantidade de mana e a qualidade da mana, no caso dos dragões. A quantidade de mana é naturalmente maior se comparado com os outros seres vivos, desde o nascimento, porém, ter acesso a essa mana no início é impossível. Isso porque a mana está no estado bruto e precisa ser purificada, em nossos núcleos de mana localizados no interior de nossos corações. Sem a realização desse processo, não poderíamos manipular a mana e, assim, realizar a magia propriamente dita. Nem mesmo voar para os céus ou, mesmo, usar os nossos sopros seria possível.

— Então, o ritual é, na verdade, a formação do núcleo de mana? — A anciã com aparência de adolescente, mas que, na verdade, tinha 412 anos, sorriu para a pergunta do Rastaban. Ela gostava de questionamentos inteligentes.

— Não exatamente, mas vejo que você é tão perspicaz quanto os seus pais, senhor Rastaban. Veja bem, o núcleo já está formado desde o nascimento, contudo, o corpo de um recém-nascido dragão ainda é muito imaturo. Por isso, o próprio corpo em formação deixa o núcleo de mana em um estado adormecido, que só despertará durante o ritual.

— Mas o que a senhora quis dizer com revelar, de fato, o clã onde a gente pertence?

— Boa pergunta, senhorita Layla. Ayra, por favor, faz as honras de responder. — As figuras gasosas criadas pela anciã continuavam se movimentando e mudando de cor, enquanto a sua neta respondia à pergunta.

— Certamente, vó... Lady Potria, então senhorita Layla, lembre-se que a qualidade da mana também é importante, quanto mais purificada é a mana, maior vai ser o poder de manipulação e consequentemente a escala da magia será maior. Pois bem! Quando a mana é purificada, ela adquire uma determinada natureza intrínseca que é proveniente do próprio dragão, ou seja, ao passar pela cerimônia e adquirir a primeira camada do seu núcleo de mana, a mana purificada por esse núcleo terá uma característica específica e isso está ligado à aptidão natural que o dragão possui.

— O que isso quer dizer exatamente, professora? — Rastaban perguntou.

— Por exemplo. Você, senhorita Layla. Seus pais são dois dragões negros, na cerimônia da verdadeira forma, a natureza da sua mana purificada poderia se revelar de um dragão vermelho, então, a sua natureza é de um dragão desse tipo e você iria viver com esse clã, para aprender melhor a controlar a e manipular a sua própria mana purificada.

Lagrimas começavam a brotar nos olhos da Layla, quando ela ouve a possibilidade de se tornar um dragão de um tipo diferente e, consequentemente, ser separada de seus pais, em sua voz trêmula, ela rejeita está possibilidade.

— Certo, certo, não precisa chorar, o que a sua professora falou foi uma pequena possibilidade de acontecer. É muito provável que a sua mana purificada seja da mesma natureza dos seus pais, pois ambos são dragões negros, mas, no caso do senhor Rastaban, o qual seus pais são de dois tipos diferentes, a probabilidade de ter uma mana purificada diferente dos seus pais é maior.

Rastaban ficou taciturno. Ele já sabia que após o ritual iria se separar dos seus pais, mesmo assim, ele não queria isso. Nas suas duas vidas, Rastaban sentiu que foi obrigado a ficar longe daqueles que ele amava. Independentemente da sua vontade. Primeiro, foi sua mãe humana que faleceu de leucemia, depois, sua avó, quando veio para o novo mundo, e, agora, as circunstâncias ameaçavam afastar ele de seus pais dragões. Ele já estava cansado de perder esses laços familiares. A fala da Potria Fresber tirou Rastaban do seu devaneio.

— O ritual vai acontecer em breve, daqui a alguns meses. Até lá, estudem a teoria básica por trás da magia com a professora de vocês, pois será muito útil mais lá para a frente. Eu já demorei muito aqui, só queria ver a minha neta ensinando e acabei me empolgando.

— Muito obrigado pela sua orientação, vó... Lady Potria. — Os dois pequenos dragões e a professora de magia fizeram uma profunda reverência, abaixando suas cabeças para a anciã. Enquanto a Lady Potria se dirigia para a saída, sua neta sentiu que algo não estava certo. Por isso, lançou uma pergunta para sua avó.

— Mas a senhora só veio me ver?

— Certamente não, o conselho está se reunindo hoje para discutir alguns problemas com os humanos. — Ela deixava a sala com uma expressão séria no rosto.

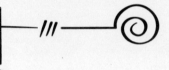

CAPÍTULO 9:

A LÍDER DA GUILDA DE AVENTUREIROS

O ar está impregnado com odor agridoce de ervas secas que exalam do cachimbo, pousado no cinzeiro que está numa mesa de madeira simples. A fumaça aromática que exala do fornilho do cachimbo passa por um caos de papéis e documentos presentes na mesa e se espalha na sala modesta da guilda de aventureiros, construída em pedras e madeiras habilmente arquitetadas para serem resistentes as intempéries do clima e do tempo.

Uma figura feminina pertencente ao povo elfo está sentada na cadeira atrás da mesa, limpa o longo cachimbo, põe ervas novas e, com a ponta dos seus dedos, invoca uma magia simples de fogo acendendo o seu fumo, após dar uma longa tragada, ela afunda na cadeira destinada à líder de uma das grandes organizações internacionais, a guilda dos aventureiros.

Seu trabalho como líder de uma das filiais da guilda, localizada na cidade portuária de Sinphy, que faz parte da União Nacional de Varis, também conhecido como Nação dos Elfos, nunca foi fácil. Passou os últimos 20 anos acumulando rugas, devido ao estresse de lidar com os pedidos absurdos que vinham de seus superiores, mas ela não tinha o feitio de ficar só reclamando. Ela tinha uma forte convicção de um dever a cumprir, então, fazia o que era necessário para realizar o seu trabalho, porém gostava de evitar que seus subordinados, em especial, os aventureiros, fossem postos para fazer trabalhos que seriam além das suas próprias capacidades. Isso porque ela mesma foi uma aventureira, durante os últimos 130 anos, ela realizou diversas missões que quase lhe custaram a vida. A última missão lhe rendeu o posto de líder da guilda, mas também teve que sacrificar o seu braço esquerdo.

A líder pega os últimos documentos que lhe foram apresentados. São pedidos de nobres locais para coletar recursos de alto valor em áreas perigosas, porém esses pedidos exigiam que os aventureiros fossem entrar em um dos vários reinos humanos e no império dos dragões. Dependendo dos grupos de aventureiros designados, isso poderia se tornar um incidente diplomático e motivos para o surgimento de várias rugas. Fora que o último relatório que ela recebeu hoje dizia que alguns reinos humanos estavam se aliando para uma possível guerra.

— Pelos espíritos, por que eles estão fazendo isso? — Ela fez essa pergunta em voz alta, sem esperar por uma resposta. Quando ouve algumas batidas rápidas na porta. — Pode entrar.

— Estou entrando, Sara, vim trazer o seu lanche.

— Mas já é hora de... Óh! Nossa! Já está de noite.

Rindo como uma garotinha, Mari fala:

— Eu sei que você perde a noção do tempo quando o trabalho o acumula dessa maneira e eu trouxe o Kelvin, para passear um pouco pela cidade.

A pessoa que entrou na sala da líder é a Mari Niyatí, humana, casada com a Sara Niyatí, e segurando nas mãos da Mari está uma criança adotada pelo casal, o menino humano Kelvin Niyatí.

Mari tem uma personalidade doce e carinhosa, uma verdadeira especialista em cuidar dos outros. Não foi à toa que na sua juventude ela foi o motivo de vários amores platônicos de diversos homens. Por ser uma maga especialista em magias de cura, tornava o motivo de várias "disputas amigáveis", para saber quem teria a honra de casar-se com ela, porém a única pessoa que fez o seu coração palpitar de verdade foi com a espadachim mágica de alto nível, Sara Niyatí. Elas se conheceram há 40 anos, quando faziam parte do mesmo grupo de aventureiros, contudo, o relacionamento amoroso só surgiu quando a Sara, na sua última missão como aventureira, quase morreu e perdeu o seu braço esquerdo protegendo a curandeira.

Sara faz uma pausa em seu trabalho. Vai até um sofá vermelho no canto da sala e tenta relaxar os seus músculos tensos. Sua esposa retira da cesta de palha que ela carregava em uma mão uma garrafa contendo um chá de sabor doce. Colocando em um copo simples que ela também trouxe consigo e entrega para Sara. Ela prontamente pega o copo e começa a beber, então, a Mari, sentada ao lado da sua amada, pega um dos sanduíches de carne seca da cesta. Reparte e entrega um dos pedaços diretamente na boca da Sara, outro pedaço é oferecido para o Kelvin sentado no colo da Mari, a criança come o seu pedaço de uma maneira que lembra um esquilo.

— Como o Kelvin tem se comportado?

— Você sabe que ele não dá trabalho. Ele é um garoto esperto, apesar de achar que ele pensa em coisas demais até para a idade dele.

— O que você quer dizer com isso?

— Às vezes, o pego murmurando consigo mesmo ou até mesmo suspirando. Como se tivesse mil pensamentos passando na sua cabeça. — Mari faz essas observações ao mesmo tempo que as suas mãos estão carinhosamente passando pelos cabelos negros da criança.

Faz cerca de cinco anos que um aventureiro trouxe para guilda um bebê humano que foi o único sobrevivente de um comboio que levava escravos. Esse bebê era o Kelvin que estava à beira da morte, por sorte da criança, Mari estava na Guilda, constatando o estado do garoto, ela prontamente decidiu salvar a criança, de maneira que ela não mediu esforços para isso. Sara sabia que a sua esposa tinha esse lado materno, mas, considerando o estado do menino, o lado maternal da curandeira foi amplificado em várias vezes. Tanto que a Líder da Guilda teve que aceitar o pedido egoísta da sua esposa, quando ela falou em querer adotar a criança.

O casal fica conversando mais um pouco sobre coisas triviais que aconteceram ao longo do dia. Quando a Sara nota que o Kelvin está olhando fixamente para a sua antiga parceira de trabalho, exposta em um suporte presa acima da lareira, sua espada do tipo katana, que ela herdou da sua antiga mestra espadachim.

— Você gostou da espada? — Sara faz a pergunta olhando fixamente para os olhos do garoto. A criança balança a cabeça em sinal de sim.

— Então, quando você crescer mais um pouco, eu pessoalmente vou te ensinar.

As palavras da Sara fazem o rosto do garoto se iluminar e brotar um sorriso caloroso no rosto da Mari. A própria Sara ri diante da reação do garoto e ela faz um carinho no nariz dele. No início, a Sara não gostava da ideia de adotar uma criança, pois ela nunca pensou na possibilidade de ser mãe. Ela achava as crianças irritantes, barulhentas e com grande tendência a se meter em problemas. O que exigia uma monitoração constante por parte dos seus responsáveis. Na época, fazia a Sara contorcer o rosto como se tivesse engolido um inseto.

Esse pensamento mudou ao longo da convivência com o garoto. Muito diferente das previsões pessimistas da Sara, Kelvin foi um menino carinhoso que sempre ouvia atentamente o que as duas mulheres diziam e sempre foi muito educado, apesar da sua personalidade introspectiva. Não parecia ter o comportamento de uma criança na sua idade. Com essas características e os anos de convivência, agora, Sara se sente grata por ele estar na vida dela e da Mari. O clima familiar foi quebrado por batidas na porta.

Sara se põe de pé, enquanto a Mari e o Kelvin ainda estavam sentados olhando para a porta:

— Pode entrar.

— Desculpe a intromissão, mas é um nobre elfo requisitando a sua presença, líder.

— Muito bem! Vou atendê-lo. Só peça para ele esperar alguns instantes, conduza esse nobre para uma das salas privadas de atendimento.

A pessoa que entrou foi um dos funcionários da guilda do expediente noturno responsável pelo atendimento. Depois que ele ouviu a resposta da líder da guilda, ele prontamente fez uma reverência para ela, gira os seus calcanhares e sai.

— Desculpe, Mari, mas o dever me chama. Você quer que eu requisite alguém para acompanhar você até chegar em casa?

— Não a necessidade disso. Eu e o Kelvin vamos ficar bem. Só não chegue muito tarde, você precisa descansar, eu fico preocupada com a sua saúde.

Sara fica intimamente feliz com a preocupação da Mari, em resposta, ela beija a testa dela. Mari sorri timidamente, então, segurando as mãos do Kelvin, ela se despede de sua esposa, a criança balança a sua mãozinha também se despedindo de Sara, ambos deixam o lugar.

CAPÍTULO 10:

VELHAS LEMBRANÇAS

Mari desce as escadas. Segurando firme nas mãos de seu filho, com a mão direita e, com a mão esquerda, segurava uma cesta de palha que algumas horas atrás estava cheia de lanches, mas, no momento, só tinha uma garrafa vazia. Quando ela chegou no hall de entrada da guilda de aventureiros, o lugar estava quase vazio por conta do horário, com somente alguns poucos grupos de pessoas entregando os seus trabalhos ou conversando amigavelmente com seus colegas. Além disso, ainda tinha diversos atendentes em cabines individuais, que tinham o papel de receber as requisições dos clientes para pedidos de serviços, dar orientação para os aventureiros, indicando qual serviço é mais adequado para eles fazerem. Por fim, fazer os pagamentos dos serviços concluídos.

Os aventureiros são uma amálgama de profissionais que fazem diversos trabalhos sob demanda. No caso da Mari, que passou 25 anos de sua vida como aventureira, foi, ao mesmo tempo, uma realização de um sonho, assim como uma experiência de sobrevivência a uma catástrofe natural.

Desde muito nova, ela sonhava em ser uma aventureira, graças às histórias que ela ouvia na sua infância. Depois que se formou numa pequena escola de magia na sua cidade natal, bem longe de onde ela vive atualmente, se formando como curandeira. Não demorou muito para encontrar seu espaço na guilda. Afinal, em algum lugar sempre tinha alguém que necessitava ser curado, e não era qualquer um capaz de curar. Por isso que a classe de curandeiro tinha um emprego relativamente fácil. Logo, no seu primeiro ano, o sonho se transformou em horror, quando presenciou a primeira morte de uma colega de equipe. Essa morte marcou Mari por toda sua vida. Nos anos seguintes, sempre que ela não conseguia salvar alguém com sua magia ou quando a pessoa ficava à beira da morte, como aconteceu com a Sara e com o Kelvin, as lembranças da colega morta assombravam a sua mente.

Sempre quando saia da guilda, Mari se despedia gentilmente de todos, contudo, Kelvin não deixou de perceber que, no momento que sua mãe virava as costas, as outras pessoas lançavam olhares frios. Em especial, os elfos. A repulsa deles para com sua mãe humana era quase palpável. O menino queria fazer algo a respeito, mas ele não sabia como fazer isso. Sua mãe Mari era uma pessoa caridosa que curava os outros sempre que podia, para ele, Mari era quase uma santa e, mesmo assim, era possível encontrar alguém que lhe desse um olhar estranho.

Quando mãe e filho saem do prédio da guilda, eles se deparam com as vias públicas da cidade iluminadas por postes que tinham um cristal laranja em sua ponta. Um desses postes fornecia uma boa iluminação mágica em sua proximidade e a cidade estava cheia desses postes. Isso permitia ter uma agitação urbana, mesmo de noite.

— Mamãe Mari!

— Sim, querido!

— Hoje, a senhora pode contar a história de como conheceu a mamãe Sara, de novo!

— É a terceira vez que conto essa história! Você gostou tanto assim dela? — O menino balançou sua cabeça com genuíno entusiasmo. Mari abriu a sua boca para falar algo, mas logo fechou antes que qualquer voz pudesse sair. Invés disso, ela só sorriu gentilmente para o seu filho.

Com trinta minutos de caminhada, eles chegaram em casa, nos subúrbios da cidade. Mari deu banho no Kelvin, colocou ele na cama e, como prometido, começou a contar a sua história.

— Vejamos! Eu havia acabado de sair da cidade onde nasci. Já era uma aventureira a algum tempo, reconhecida com uma curandeira de grau A. — Mari, estufa o peito com orgulho, depois pisca para o seu filho, fazendo ambos rirem, depois, ela segue dizendo. — Eu estava confiante que iria conseguir me estabelecer onde quer que fosse. — No mesmo momento que a Mari falava, ela cobria Kelvin, com um lençol macio e quente. Depois, ela se sentou ao lado da cama, com as pontas de seu dedo acariciava o rosto do menino. — O grupo em que eu estava tinha se dispersado. Vários membros estavam se dirigindo em vários lugares, cada um deles me convidou para segui-los em suas jornadas. Recebi até convites para ficar na cidade onde morava, servindo como curandeira oficial para o nobre que cuidava do lugar, mas recusei o convite. Por mais que ele fosse um bom homem, ainda desejava explorar o mundo. Ver vários lugares com os meus próprios olhos. — As pálpebras dos olhos do Kelvin, já estavam começando a tremer diante do peso do sono. — Sua mãe aqui, optou por acompanhar um amigo bestial, para este continente.

— O tio Carl! — Kelvin falou, reconhecendo de quem a sua mãe falava. Ele era um bestial gato.

— Sim, ele mesmo. — Mari confirmou em meia a uma risadinha. — Quando chegamos em uma cidade parecida com esta, fomos para uma das filiais da guilda de aventureiros. Como uma dupla, decidimos pegar um trabalho fácil. Eu já conseguia falar na língua dos elfos, mas tinha dificuldade de entender certas coisas, por isso que o seu tio estava sempre comigo. Com o trabalho de coleta em mãos, entramos na floresta buscando os recursos que o pedido exigia. Conseguimos pegar tudo e estávamos voltando para a cidade, quando o seu tio alertou para um cheiro estranho.

— Era o cheiro de batalha. — Kelvin disse com uma voz grogue de sono.

— Sim, sim, isso mesmo, cheiro de batalha. — Esse termo era um eufemismo utilizado pelas duas mulheres, quando queriam falar de uma luta sangrenta na presença do seu filho. — Quando eu e seu tio chegamos ao local da batalha, encontrei a Sara, lutando ferozmente contra feras mágicas, ao mesmo tempo, que protegia os outros companheiros do seu grupo que estavam feridos ou desmaiados. Carl correu para ajudar a Sara, eu fui curar os feridos. — O ronco agudo do menino faz a Mari se calar, dar um beijo na testa dele e sussurrar um "boa noite", em seguida, sai do quarto do menino, sem fazer um único barulho.

Mari vai para a cozinha preparar algo para Sara comer, seria só uma refeição leve. Não demora muito e ela ouve o barulho da porta da frente se abrindo. Correndo para atender a sua esposa, Mari teve uma leve surpresa. Sara estava trazendo consigo uma criança encapuzada. Antes que a Mari pudesse dizer qualquer coisa, Sara falou:

— Mari, vou explicar tudo mais tarde, mas antes deixa eu lhe apresentar. Esta menina é a Lis Van Mahara, a partir de amanhã ela será minha discípula. — Sara aponta para a criança que estava prontamente tirando o capuz da sua cabeça, revelando ser uma menina élfica de cabelos negros meia-noite, com olhos azuis-celestes brilhantes. A menina baixava a cabeça em reverência.

— Lis, está é Mari Niyatí, minha esposa. — Por um breve instante, Lis arregala os olhos de surpresa e tenta disfarçar. Mari solta uma risada divertida, quando percebeu a surpresa da criança, depois faz a mesma reverência que a criança fez, terminando em um sorriso gentil.

— Vamos entrar! Estou morrendo de forme. — Sara deu um leve toque nos ombros da menina, indicando para ela entrar na casa.

Lá dentro, Sara e Lis jantaram a comida preparada pela Mari, enquanto elas comiam, o quarto de hóspedes foi arrumado. Colocando panos limpos sobre a cama e uma lanterna com vela acesa para iluminar o lugar. Depois foi ajudar a pequena convidada a se acomodar no quarto. Só então se certificou de trancar as portas da frente da casa e entrou no seu quarto. Sara já tinha terminado de tomar um banho, estava usando um roupão de dormir, enquanto usava a toalha para secar seus cabelos loiros curtos.

— Deixa eu ajudar você, Sara. — A elfa não falou nada, se entregando no toque delicado de sua amada, depois de alguns minutos de silêncio, Mari falou: — Sabe, o Kelvin pediu para eu contar, de novo, sobre como a gente se encontrou. — Sara estava com a cabeça baixa, tendo o cabelo e a toalha cobrindo seu rosto. Isso não impediu da Mari, ver a reação de sua esposa élfica, sendo refletido em suas orelhas pontiagudas abaixando-se.

— Pelos grandes espíritos! Não me diga que você falou toda aquela história na íntegra. — Sara meio reclamou e meio gemeu ao lembrar do passado que queria esquecer.

— Não, Kelvin já estava roncando quando cheguei na parte na qual eu e o Carl encontramos você e sua antiga equipe em apuros.

— Bom! Não quero que ele saiba o quanto fui idiota na época. — Sara suspirou em alívio. Mari levanta o rosto de sua esposa para olhá-la nos olhos.

— Sara, entenda que não somos perfeitos. Cometemos erros e julgamos as coisas por causa daquilo que acreditamos ser o certo. Eu não te culpo por tentar me matar e ao Carl, no momento que corremos para ajudá-la. Você estava desesperada em sobreviver e agitada por conta do combate, por isso que não te culpo e você deve fazer o mesmo. — Sara queria discordar da sua esposa humana. Dizendo que o que a motivou quase matar ela e Carl era o seu preconceito contra humanos e medo de ser escravizada, contudo, o beijo da Mari em seus lábios encerrou qualquer discussão a respeito desse assunto.

— Sara, não deveríamos estar discutindo sobre coisas do passado, mas, sim, sobre a sua atual discípula.

— É verdade, Mari, descul... — Mari, põe o dedo indicador nos lábios da Sara.

— Menos desculpas e mais explicações. — Sara concordou com um aceno de cabeça, com as palavras de sua esposa.

— Certo! Depois que você e o Kelvin saíram da Guilda... bem, você não vai acreditar no que tenho para te contar...

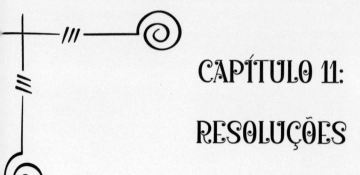

CAPÍTULO 11:

RESOLUÇÕES

A líder da guilda com as energias parcialmente renovadas. Pega o seu cachimbo na mesa, põe na boca e sai da sua sala particular, que fica no terceiro andar do prédio. Em passos largos se dirige ao segundo andar, onde ficam as salas privadas. Essas salas são normalmente utilizadas por grupos de aventureiros de *rankings* altos. Para discutir os detalhes de missões de altos níveis com os funcionários da guilda ou para negociar os itens de alto valor obtidos durante as missões, todavia, esse caso era diferente. A sala será usada para ouvir apelo de algum nobre. Seja lá o que for, deve ser algo sério, pois nenhum nobre iria sair do conforto de sua mansão à noite para pedir algo banal.

Ao entrar na sala, ela encontra quatro figuras usando mantos com capuz cinza-escuro, sendo que duas dessas figuras estão em pé atrás do sofá como se fossem seus guardas pessoais. Outros dois indivíduos estão sentados no sofá. Também era nítido ver que uma das pessoas sentada era uma criança.

Sentando-se em outro sofá no lado oposto, Sara solta pelas suas narinas a fumaça do seu fumo e, olhando com uma expressão fechada, ela diz:

— Senhores, o que vocês desejam desta humilde guilda de aventureiros. Especialmente agora de noite.

Uma voz masculina da pessoa sentada na frente dela fala:

— Antes de começarmos a discutir qualquer coisa, gostaria de perguntar. A senhora garante que esta sala é segura para tratar de assuntos delicados?

Era óbvio para a líder da guilda que, seja lá o que eles vieram fazer, seriam problemas de proporções gigantescas que seriam a causa de novas rugas em seu rosto. Sem deixar transparecer qualquer sinal de nervosismo, ela diz:

— Bem, a sala é relativamente segura. Pelo menos, não sei de nenhum incidente causado por vazamento de informações que aconteceu neste ambiente, mas, se você quiser, posso pegar um artefato mágico para garantir o sigi...

— Tudo bem! Para agilizar a nossa conversa, o meu guarda vai fazer essa garantia, se você não se importar.

O homem interrompe a proposta da Sara e oferece um dos seus guardas para fazer a segurança do ambiente. Ela, já meio apreensiva diante daquelas figuras, aceita a oferta, pois queria terminar logo com isso.

O homem faz o sinal para seu guarda que estava a sua direita. Esse sentinela levanta suas mãos, revelando uma varinha de metal bronzeada com uma safira presa na sua ponta. Com o instrumento mágico, ele estava desenhando runas mágicas no ar e recitando o seu cântico.

— Non dicam, silentium me suffocat et obstrepit, taceo, tacebo. — Em poucos segundos, termina de invocar sua magia citando o seu nome. Quietus. Com isso, surge uma cúpula translúcida que envolve todos os que estão presentes naquela sala.

Quietus é uma magia especializada do elemento ar de alto nível. Tem o efeito de bloquear qualquer saída de som para fora da cúpula translúcida. Essa magia normalmente envolve um cântico relativamente longo, mas aquele guarda em questão encurtou o seu cântico.

Poucos magos conseguem fazer tal maestria e ter um deles bem na sua frente sendo subordinado pelo nobre em questão faz o sensor de alerta de problemas da Sara apitar. Certamente, ela está com uma cara de poucos amigos, desejando do fundo da sua alma que o dia termine para ela poder deitar a cabeça no travesseiro, ao mesmo tempo, ser mimada pela Mari.

O homem na frente dela retira o capuz que cobria parcialmente o seu rosto e revela ser o Conde Manoj, ele é o principal administrador da cidade Sinphy, seu rosto é de um elfo próximo à terceira idade, assim como a Sara, já apresenta rugas pela passagem do tempo e mechas de cabelos grisalhos se misturam com o restante de seu cabelo loiro escuro, porém ainda mantém a imponência e a prepotência típica dos nobres de sua estirpe.

— Indo direto ao assunto, tenho um trabalho que só você pode realizar e mais ninguém.

— O que seria esse trabalho, meu senhor?

— Quero que você cuide, por um determinado tempo, desta criança.

— Como é?

— É isso mesmo que você ouviu.

A Sara, por instinto, sabia que o pedido do Conde envolvia a criança ao lado dele. Mesmo assim, ela não queria acreditar, todavia, as palavras do Conde tinham o toque da realidade cruel. Então, ela avidamente tentou negar o pedido, com uma dor surgindo em suas têmporas.

— Com todo o respeito ao Conde, mas você tem noção que está me pedindo para fazer?

— Isso não é um pedido. É uma ordem!

O conde falava com uma voz calma e serena, como se estivesse recitando doces palavras para uma criança que estava prestes a dormir, mas a sua postura de nariz empinado como se estivesse olhando para um simples inseto fazia a líder da guilda ficar à beira de perder a paciência.

— Tudo o que você precisa saber esta contido nesta carta.

O senhor Manoj faz um sinal para o seu outro guarda a sua esquerda, então, esse lhe entrega a carta selada magicamente por um selo que só é proveniente pelo supremo conselho dos anciões, obviamente a líder reconhece o símbolo. A sua reação quando recebeu a carta foi bufar uma quantidade generosa de fumaça pelas narinas, então, ela cantou um dos seus principais feitiços mágicos do elemento ar.

— Cupio cum moriar, manus in oculis meis, lucem volo, volo triticum dilectae manuum me praeterire, iterum hanc dulcedinem sentire tuam mollitiem, quae fatum meum mutavit. — Terminou de cantar, falando o nome da magia. Mediocris manus.

A fumaça que saia do seu fumo e aquela que já se encontrava no ambiente se condensaram e formaram um braço que ela poderia utilizar por um determinado tempo no lugar daquele que ela perdeu.

— Não se preocupe, eu espero você terminar de ler.

Procurando se concentrar no que a carta estava dizendo. A líder ignora a falsa simpatia que o Conde queria demostrar. Ela desfaz o selo mágico contido no envelope e começou a ler. A carta estava dividida em dois trechos importantes. O primeiro era as ordens oficiais que dizia que ela seria responsável tutora e guardiã da criança, Lis Van Mahara. Esse nome era familiar para ela, mas ela não conseguia se lembrar de onde.

O segundo trecho da carta foi escrito por uma velha conhecida que ela não ouvia falar há muito tempo, Gozen Tomoe. Ela é uma bestial loba e sua antiga mentora. As últimas notícias que Sara ouviu a respeito da sua mestra diziam que ela se tornou a principal guarda-costas da primeira-ministra da nação dos elfos, Marjorie Van Mahara. *É claro! Van Mahara, é a principal família no centro dos acontecimentos políticos da nação élfica, como pude esquecer disso, sua tola.* Sara se repreendia mentalmente.

A sua Mestra explicava melhor as circunstâncias do pedido. Segundo ela, a criança é filha da primeira-ministra. A menina sofreu um acidente e acabou fazendo um contrato de alma com um espírito das sombras de alto nível. A ministra, sabendo das implicações políticas e até na vida pessoal da criança, pediu para a sua mestra ajudar nessa questão. Tomoe se lembrou da sua antiga aluna que originalmente foi uma aventureira de ranking-S nacional e é agora líder da guilda de aventureiros em uma das filiais. Numa cidade longe da capital, seria perfeito para proteger e treinar *"o pequeno poço de problemas"*. Esse pequeno trecho foi a própria Sara que pensou, quando olhou para a criança que estava ao lado do conde.

O Conde ia falar algo quando viu a Sara terminar de ler a carta, mas, com a sua mão feita de fumaça, faz um sinal para esperar por um momento e, com a outra mão, ela pressionava a ponta dos seus dedos no seu nariz fino. Com os olhos fechados, ela tenta digerir mentalmente os fatos que estavam acontecendo na sua frente.

O contrato da alma é simplesmente algemar a sua alma com um espírito para que ambos possam compartilhar experiências, sentimentos e mana, porém, para realizar essa categoria de contrato, é necessário um espírito compatível que esteja em ressonância com a alma do usuário, se não existir essa compatibilidade, o espírito pode ficar sem o controle no interior do usuário e provocar uma explosão de mana, destruindo tudo em volta e consequentemente matando o contratante. Normalmente, esse contrato só seria possível se o contratante tivesse no mínimo terceira camada do seu núcleo de mana. Isso só poderia acontecer quando ela tivesse na maioridade de 20 anos, todavia, a criança na sua frente deve ter a idade próxima do Kelvin, isso seria impossível:

— Que piada de mal gosto está acontecendo aqui? — Ela murmura baixinho para si mesma, dando um sorriso infeliz.

Certamente, a sua mestra não iria mentir sobre isso. Caso esse fato fosse exposto para o público, teria algumas vozes exigindo que a criança, que não tem nenhuma culpa, fosse obliterada. Principalmente porque ela representa um risco para toda a nação, caso ela perca o controle. Também teria outra facção desejando que a criança fosse treinada como uma arma viva apontada para as outras nações. Independentemente da situação, a criança estaria condenada a não ter uma vida normal. Então, foi por isso que a sua mestra pensou nela. Estar afastada do ambiente político da capital e, ao mesmo tempo. Ser treinada por ela para controlar melhor as suas capacidades sem perder o controle. É o ideal para que a criança tenha uma chance de ter uma vida feliz. Agora, Sara entende que a situação era delicada e tinha que ser tratada com a maior discrição possível.

Mas que merda. Não fode com a minha vida. Bem! Acredito que posso simpatizar com a primeira-ministra e o desespero que ela deve estar sentindo. Se não fosse pelo Kelvin, isso nunca teria passado pela minha cabeça, mas como vou contar para a Mari, devo contar a verdade para ela? Conhecendo-a, não vai negar em ajudar a cuidar da criança, pelo contrário, ficará muito feliz em ter mais uma criança na nossa casa, mesmo assim...

Com a determinação renovada, a líder da guilda abre os olhos e encara olho a olho o Conde Manoj, pela primeira vez, ele olha para Sara, como se fosse uma nobre de status iguais aos dele, ele diz:

— Muito bem! Vejo que você já entendeu corretamente tudo que deveria. — Surgiu um sorriso de canto de boca, então, ele se volta para a menina, que em todo esse tempo estava quieta ao seu lado.

— Ela vai ser a sua mentora a partir de agora. Obedeça-lhe se você quiser ter uma vida. — A menina simplesmente balança a cabeça em sinal de positivo, com isso, o seu guarda desfaz a magia, Quietus, ao mesmo tempo, Sara queima a carta que ela tinha em mãos.

O conde se levanta e põe o capuz na cabeça cobrindo parcialmente o seu rosto, sai da sala com os seus guardas logo atrás dele, deixando a Sara olhando para a pequena criança.

\\\

Quando a Sara termina de contar a sua história, ela já estava deitada ao lado da Mari. O casal estava se abraçando, uma sentindo o calor reconfortante da outra.

— Sara, eu sei que você não teve escolha em aceitar a criança como sua discípula, mas não é perigoso para nós aqui ter alguém que pode literalmente explodir? — Mari questionou sua esposa.

— Entendo suas preocupações, Mari, porém acho pouco provável que a menina fique instável dessa forma. Algo muito sério deve acontecer para que isso ocorra. Como sobrecarregar o seu núcleo com mana ou ficar bastante abalada psicologicamente. Neste momento, a menina é a única que corre perigo.

— Você se refere ao contrato com espírito que ela tem? — Mari perguntou.

— Também, lembre-se que muitos elfos querem usar a Lis como uma arma, literalmente. — Mari ficou horrorizada com as palavras da Sara.

— Mari, por favor, me ajude com isso. — Sara olhava para os profundos olhos castanhos claros da sua amada. A elfa já sabia qual resposta que sua esposa diria, mesmo assim queria ouvi-la.

— Claro que vou lhe ajudar Sara, com o melhor das minhas habilidades. Nunca iria lhe abandonar em momentos de necessidade. Você e o Kelvin são insubstituíveis para mim. — Com essas palavras, Sara enterra seu rosto nos pomos da Mari. Apreciando a suavidade da pele dela e seu doce aroma. Se sentindo, mais uma vez, grata por ter Mari e Kelvin na sua vida.

— Sara, já que você vai ensinar a Lis, acho que seria justo também passar para o Kelvin o nosso legado. O que você me diz?

— Tem certeza, Mari? Você sempre disse que o Kelvin era muito novo para ser ensinado sobre magia.

— Eu ainda acho que ele é novo demais para isso, mas seria difícil explicar para ele, porque não lhe ensinamos magia, ao mesmo tempo, que você está orientando outra menina, que tem quase a mesma idade que ele. Tenho medo de que ele se sinta, de alguma forma, rejeitado.

— Entendi! Pode ser um pouco difícil no início, mas conto com a sua ajuda. — Com entendimento mútuo, o casal Niyatí dorme tranquilamente.

CAPÍTULO 12:
TEMPERO E TRAVESSURA

A cidade de Sinphy é considerada, na nação élfica, o mais importante entreposto comercial do continente de Farir, localizada na Baía Ponta da Flecha, ao norte do continente. Possuindo um dos maiores portos comerciais com capacidade de receber, ao mesmo tempo, centenas de navios de médio porte e outra centenas de navios de grande porte. A cidade é extremamente agitada, tanto de dia, como de noite. O que permite uma mistura cultural única em todo o continente oriental.

Diferente das outras cidades da nação élfica que praticamente são partes da grande floresta, a cidade de Sinphy tem uma arquitetura de casas e estabelecimentos comerciais que têm um pouco das culturas que cada viajante traz consigo, em outras palavras, é possível encontrar casas feitas de tijolos vermelhos oriundos dos reinos humanos. Com o teto sustentado por colunas de calcário condensado típicos do império dos dragões. Iluminadas por lamparinas coloridas da cultura demoníaca e, por fim, plantas ornamentais que enfeitam as suas frentes e as calçadas.

Para muitos elfos, a cidade em si era uma joia exótica, possuindo uma beleza ímpar que chama suas atenções sem precisar se aventurar para longe de sua pátria-mãe, contudo, outra pequena parcela dos elfos só consegue ver a cidade sendo uma ferida na sua sagrada floresta. Essa visão discordante acabou pesando para o lado favorável à cidade, pois as principais famílias élficas poderosas tinham ramos de negócios na cidade, apesar de ser distante da capital.

Nos subúrbios da cidade, tem uma humilde casa de dois andares com um pequeno jardim na sua parte de trás. Essa era a casa onde a família da líder da guilda de aventureiros morava. Nessa manhã, a família está recebendo um novo membro temporário.

De manhã, o menino Kelvin está prontamente ajudando a sua primeira mãe, Mari, a pôr o café da manhã na mesa, quando a sua segunda mãe, Sara, desce as escadas com a mais nova convidada. Uma menina élfica de cabelos de cor negra meia-noite, com olhos de um azul tão profundo como um dia sem nuvens. Sua figura era tão bonita quanto da sua verdadeira mãe. A primeira-ministra da nação élfica.

A primeira ação que o menino kelvin fez, quando viu essa estranha em sua casa, foi a mesma que ele tem toda vez que vê um estranho entrar em seu ambiente privado. Correu para se esconder por entre as pernas da Mari e olhar timidamente para a pessoa desconhecida com seus olhos castanhos brilhantes em um visível acanhamento.

Tanto a Mari, como a Sara sabiam que ele agia assim, mas não imaginavam que ele teria a mesma reação com outra criança que tem aproximadamente a mesma idade que ele tem. Elas trocaram sorrisos silenciosos, então, Mari, com todo o sentimento amoroso e maternal que tem pelo menino, falou:

— Kelvin, querido, aquela menina ali se chama Lis, ela ficara conosco por um longo tempo. Então, seja amigo dela, tudo bem? — Kelvin balança timidamente a cabeça em afirmação e guiado pela mão gentil da Mari se aproximou da menina élfica e falou:

— Olá, sou Kelvin Niyatí, prazer em lhe conhecer! — O menino disse exatamente o que lhe foi ensinado, como uma maneira correta de se apresentar, em uma voz baixa, porém audível. Deixando transparecer todo seu recato.

— O prazer é todo meu, me chamo Liz Van Mahara. — Em contrapartida, a menina chamada Lis falou sem timidez, fazendo uma leve reverência pegando nas pontas de sua saia estendendo um pouco para os lados e depois abaixando a sua cabeça, deixando Mari e Sara agradavelmente surpresas.

— Muito bem, crianças, vamos comer! — Mari, com a sua alegria habitual, chama a atenção para si e conduz a pequena dupla para se sentar e partilhar a primeira refeição do dia. A mesa retangular de madeira tinha uma grande variedade de frutas, sucos, um pouco de pão que praticamente só é encontrado nessa cidade e leite de gado.

E como era comum naquela casa, Sara se senta em uma extremidade da mesa. Mari se senta logo à esquerda da Sara. Kelvin se senta ao lado. E agora com a menina Lis foi levada a se sentar ao lado do Kelvin, mesmo transparecendo timidez, o menino comeu a sua refeição tranquilamente. Nesse meio-tempo, Sara falou:

— Lis, ainda vou precisar arrumar algumas coisas lá na guilda, mas depois do almoço estarei de volta para iniciar o seu treinamento, até lá, fique aqui em casa, se precisar de alguma coisa fale com a Mari, ela vai lhe ajudar dentro do possível, tudo bem?

— Sim, senhora! — Educadamente, Lis respondeu.

Depois que a família terminou de tomar o café da manhã, Sara se despediu da Mari e do Kelvin e seguiu direto para o seu trabalho, enquanto a Mari fica cuidando das tarefas domésticas com a assistência do Kelvin. Desde que o menino conseguia andar e falar por conta própria, ele sempre quis ajudar a sua mãe adotiva. No início, ela não deixava, pois ele era uma criança que deveria brincar com outras crianças, mas logo Mari percebeu que seu filho era muito introvertido. Com muita dificuldade em socializar com estranhos, por isso, ela permitiu que a criança fizesse tarefas simples e, às vezes, fosse ao mercado para comprar algo para ela. Claro com ela seguia ele a distância em nome da sua segurança. Com o passar dos meses, Kelvin já tinha a confiança da Mari em fazer essas tarefas simples e quase todos na vizinhança conheciam aquele menino de cabelos negros.

A menina élfica ficou sentada nos bancos de madeira em que era ligada à mesa da cozinha. Observando mãe e filho recolhendo o que restou do café da manhã. A mãe do menino limpava as tigelas e copos de madeira sujos usando magia simples de água, enquanto o menino usava um pano para secar as louças limpas e depois guarda tudo no armário da cozinha, com isso, ela se lembrou da sua verdadeira mãe. Sendo filha da primeira-
-ministra, obviamente ela não fazia as tarefas domésticas, que era o papel das empregadas. Mesmo assim, a saudade bateu, sentindo os fragmentos de lágrimas querendo se acumular no canto de seus olhos, ela balançou a cabeça e não se permitiu demonstrar essa tristeza. Não queria ser motivo de preocupações, pois já causou problemas demais para sua mãe e não queria ser um fardo para os estranhos que gentilmente lhe acolheram.

Depois que tudo estava limpo e organizado, Mari entregou uma pequena bolsa contendo um punhado de moedas de cobre para o Kelvin. Depois disse:

— Kelvin, vou precisar de temperos, vá comprar para mim na feira, antes que fique muito cheia de pessoas naquele lugar. Tome sempre cuidado ao atravessar a rua, e principalmente, não demore, quero fazer o almoço cedo, pois eu e a Sara começaremos a treinar vocês. — Quando a Mari falou em treinar, os olhos do menino se arregalaram e brilharam de excitação. Era uma das coisas que ele sempre vinha pedindo, que as suas duas mães ensinassem um pouco de magia, contudo, ambas as mulheres diziam para ele: você ainda é muito novo e vamos treinar você quando estiver mais velho. Isso sempre deixava o menino cabisbaixo.

Com isso, Kelvin saiu de casa em direção à feira. Caminhando para a sua esquerda, ele passa por duas esquinas na rua de sua casa e depois dobra em um beco estreito, entre duas casas que dava acesso a uma viela, dando mais alguns passos, o menino chega a uma feira livre cheias de comerciantes com suas barracas vendendo uma enorme gama de produtos. Diziam que se você tiver sorte, dinheiro e paciência em andar pela cidade pode achar quase tudo para vender. Naquela parte da feira, Kelvin já era bastante conhecido por quem trabalha lá, recebendo um apelido de pequeno Kel.

— Olha se não é o pequeno Kel. — Falou um velho comerciante elfo que vendia frutas em sua barraca.

— Olá, pequeno Kel. — Disse um homem humano de meia-idade que vendia bijuterias.

— Bom dia, pequeno Kel. — cumprimentou uma mulher bestial gata que estava arrumando as coisas em frente a sua loja de roupas.

Para esses e outros que falavam com o Kelvin quando o viam, o menino respondia com um bom dia, olá, até mesmo com um aceno de suas pequeninas mãos, isso acontecia todas as vezes em que ele ia fazer compras. Rolava até uma superstição no qual dizia que o dia em que o pequeno menino humano vinha fazer as suas compras era o dia de maior movimento e quando os comerciantes locais mais lucravam. Óbvio que, de fato, isso era só uma superstição boba, mas, para pessoas como mercadores que se agarravam a tudo para conseguir vender e ganhar o pão de cada dia, toda boa sorte era bem-vinda.

Quando o menino chegou na pequena loja de especiarias, a filha da dona que também trabalhava na loja correu até o Kelvin, abraçando e enterrando o rosto da pequena criança em seus fartos seios.

— Oh, Kel! É tão bom te ver, você é tão lindo e fofinho, poderia ter nascido há 10 anos, assim a irmãzona aqui teria te arrebatado. Olha, mãe, quem veio nos ver!

— Satirá, deixe o pequeno Kel em paz e não abrace ele desse jeito. Você o está sufocando com sua gordura inútil!

— Mãe! Eu não tenho gordura inútil. — A jovem filha da dona da loja fez beicinho em protesto da acusação impiedosa.

A moça era uma rara hibrida da raça élfica com a raça demoníaca. Isso lhe deu traços faciais típicos dos elfos, assim como um corpo robusto típico dos demônios. Sua mãe era uma senhora de idade avançada com puro-sangue élfico, certamente o pai da jovem mulher era um típico demônio que conseguiu se estabelecer longe da sua terra de origem.

— Kel, por favor, fale alguma coisa. — A filha da dona buscou apoio da criança, que estava com o rosto vermelho de beterraba tanto pela falta de ar, como pelo constrangimento de estar perigosamente perto daqueles montes sagrados.

— Já falei mais de mil vezes, deixe o pequeno Kel em paz! — A dona da loja acerta a cabeça de sua filha com sua bengala de madeira, obrigando a filha a largar o menino e esfregar a sua cabeça para aliviar a dor do golpe, por sua vez, Kelvin conseguiu recuperar o seu fôlego e a cor de seu rosto só ficou um pouco menos vermelha, pois ainda se lembrava da sensação de maciez que os montes sagrados tinham.

— Aqui, garoto, você veio comprar isso, certo? — A velha senhora trazia consigo uma sacola de papel contendo um pequeno frasco de vidro que tinha um pó marrom escuro, isso era um tipo de pimenta, que foi seca e moída, é um tipo de tempero bastante usado na região. O menino olhou rapidamente o conteúdo e confirmou com um aceno de cabeça. Rapidamente, ele entregou todas as moedas de cobre que tinha que era o valor exato do tempero.

O garoto se despediu das duas mulheres com um sorriso radiante. Teria sido abraçado novamente pela filha da dona da loja, se a sua mãe não tivesse arrastado a jovem para o interior do estabelecimento. Quando o Kelvin estava na viela, ele se lembrou de algo, então, fez um pequeno desvio, caminhando por uma rua cheia de curvas sinuosas, logo, ele ouve sons de metal se chocando contra metal.

CAPÍTULO 13:

FORJANDO LEGADOS

Em poucos passos de distância, Kelvin chegou na beira de uma escadaria que dava acesso a uma porta de madeira de cor verde. O lugar tinha uma chaminé que exalava uma densa fumaça branca. Os sons de batidas metálicas aconteciam em um ritmo constante, esse mesmo som era como uma melodia agradável aos ouvidos do garoto.

Kelvin estava nos fundos de uma residência que também servia como oficina e loja que vende, faz e realiza reparos de todo o tipo de armas brancas. A primeira vez que ele esteve naquela loja estava com a sua segunda mãe, pois ela queria fazer uma encomenda pessoal. Vez ou outra, a criança aparecia na loja querendo ser aprendiz da mestra de forja, porém todas as vezes ele foi rejeitado com toda sorte de desculpas que a anã conseguia pensar na hora, mas dessa vez era diferente. Ele seria finalmente educado na magia pela suas duas mães, isso era motivo suficiente para ele tentar novamente em ser aprendiz dá anã.

Ciente que não tinha muito tempo, ele desceu pela escada de pedra branca, chegando na porta, ele verificou se estava aberta, quando percebeu que poderia entrar, timidamente empurrou a porta e espiou o interior do lugar, de lá ele conseguiu ver as costas da mestra de forja martelando o metal. Ela tem os seus 1,35 metros de altura, corpo tão musculoso quanto um levantador de pesos profissional. Seus cabelos laranja intensos estavam amarrados em um coque. Suas mãos estavam vestindo grossas luvas de couro negro, na sua mão esquerda, segurava uma pinça de metal que mantinha fixa a um bloco de metal incandescente. Já com a sua mão direita, segurava um martelo de forja, sob a luz das chamas da fornalha parecia que o martelo tinha a sua própria magia da criação. O martelo subia e descia em batidas constantes como uma máquina bem precisa, a cada golpe do martelo, faíscas de metal incandescente saltavam como grilos de fogo vivo.

Naquele breve instante, o menino ficou maravilhado com o trabalho da mestra de forja. Para ele, era como ver algum tipo de deusa criando o seu próprio mundo. Depois dos poucos segundos de contemplação, as marteladas pararam e a mestra voltou a colocar a peça de metal na fornalha, então ela falou:

— Garoto é você de novo? — A anã falava na língua dos elfos, mas tinha um sotaque bastante carregado, denunciando ainda mais as suas origens nortenhas.

— Sim. — Timidamente o menino admitiu e, mesmo com a fala rude da anã, ele reuniu a coragem que precisava e falou:

— Quero que me ensine a ser um mestre de forja. — O garoto abaixou a cabeça o máximo que podia, se prostrando e encostando sua testa no chão sujo de fuligem da oficina.

Por sua vez, a anã, que durante todo esse tempo estava de costas para o garoto, deu um longo suspiro de resignação. Coçando a cabeça pensando em uma forma de se livrar do pestinha insistente sem arruinar o bom relacionamento que tinha com uma das suas mais fiéis clientes.

— Garoto, quantas vezes eu já disse não?

— Desde a última estação das chuvas, umas 10 vezes. — O menino respondeu sem hesitar. Isso significava uma média de uns três "não" por mês. Sentiu que a mulher estava se aproximando até ele, contudo, não levantou a cabeça. Esperava, mesmo sendo um pouco insolente, mostrar para aquela anã a sua determinação.

Quando ela parou na frente dele, ela abaixou o seu martelo de forja em um baque surdo no chão. O que fez o corpo magro do menino se tremer por um instante, então, ele levantou sua cabeça e encarou a mestra de forja. Sua pele branca estava avermelhada por causa do calor intenso, pingos de suor afloravam em suas têmporas e escorriam até o seu queixo quadrado. Seus lábios carnudos estavam entre abertos, neles exalavam o ar de sua respiração pesada, mas o que se destacava nela era os seus olhos esbranquiçados e sem vida, incapazes de captar qualquer fragmento de luz.

— Garoto! Vou aceitar ensinar sob duas condições. A primeira condição é que as suas duas mães devem concordar com isso, pois não quero nenhum tipo de dor de cabeça e nenhum atrito com aquelas duas. E segundo, você deve conseguir carregar esse martelo, se não, você só será um peso morto para mim e vai atrapalhar os meus negócios. Não tenho tempo para cuidar dos filhos dos outros.

Kelvin na mesma hora concordou. Seria um pouco trabalhoso receber a aprovação da sua primeira mãe, mas, se ele for um bom menino, ele tinha confiança que poderia superar esse obstáculo. Nesse instante, ele tinha que superar o desafio ainda maior na sua frente. O martelo em si não era muito grande, tinha um cabo de madeira maciça medindo aproximadamente uns 20 centímetros, o punho do martelo tinha uma tira de couro macia que ajudava a manter a ferramenta firme na mão. A cabeça do martelo era feita de um metal prateado com diversas listras negras em um padrão uniforme único.

O garoto pegou a sua compra do mercado que estava seguro em seus braços finos. Colocou em cima de uma mesa e depois viu o martelo no chão, suas duas mãozinhas seguraram firmes no cabo da ferramenta de forja. Era óbvio até para ele que esse teste era uma forma da mulher corpulenta que estava na frente dele de braços cruzados dizer "não" para o seu pedido, mesmo assim, ele não recou.

Pelo seu físico magro de músculos finos, seria humanamente impossível de levantar qualquer coisa mais pesada que um saco de cinco quilos de arroz, contudo, o menino tinha um trunfo que ele mantinha em segredo, desde o dia em que ele foi adotado pelas suas maravilhosas duas mães. Ele fechou os olhos e respirou fundo, procurava sentir o ar fluindo em seus pulmões, procurava sentir as batidas calmas de seu coração e, acima de tudo, sentir o pulsar vigoroso do seu pequeno núcleo de mana. Canalizando um fluxo constante de sua mana purificada para as veias de mana, em seguida, injetando nos seus músculos e ossos ganhando uma força extra além das suas capacidades naturais.

Quando o menino tentou levantar o martelo, o objeto se recusava a ceder um milímetro sequer, a cada segundo que se passava, ele usava cada grama de esforço e força de vontade para suspender o martelo, contudo, não parecia ser suficiente, mesmo usando mana. Se recusando a desistir, ele bombeou toda a mana de seu núcleo para todos os seus músculos. A tensão do esforço estava colocando bastante pressão nos seus tendões e fibras musculares dos seus braços, causando uma dor que faria um homem adulto gemer, mas a criança cerrou os dentes ignorando a agonia em seu corpo, praticamente implorando para ele parar. O menino não queria mostrar fraqueza, não queria vacilar, não queria ser impotente, enquanto outros tiravam o que era precioso para ele. Por isso que precisava ser o aprendiz dela, custe o que custasse.

A mestra de forja era cega desde o nascimento, por isso, os seus outros sentidos, tanto os naturais, quanto os místicos, eram bem mais desenvolvidos em comparação a maioria das pessoas comuns. Conseguindo captar detalhes que a maioria perdia, quando ela colocou o seu próprio martelo de forja na frente do garoto e disse para ele levantar. Sabia que seria impossível dele conseguir suspender a sua ferramenta de trabalho, pois é feito do aço anão. Um dos objetos mais densos que só um verdadeiro mestre ferreiro anão pode fazer. Além disso, seu martelo é encantado com várias magias e, nesse momento, o artefato mágico está com uma massa extra cinco vezes maior do que deveria ter. Ela queria que a pequena peste desistisse e lhe deixasse em paz.

Por meio de sua audição, ela podia ouvir o enorme esforço que o garoto humano estava fazendo. Por meio das solas de seus pés, mesmo usando suas botas, ela conseguia sentir as micro vibrações que o martelo produzia ao tentar ser levantado. O rosto da anã ficou pálido quando as vibrações no ar estavam lhe dizendo que o martelo de forja estava ficando suspenso, mas não foi só isso que os seus ouvidos captaram, também conseguiram ouvir o grito de esforço final que a criança fazia, quando ela foi estender os braços para deter o menino, já estava um segundo atrasada.

Kelvin estendeu o martelo de forja acima da sua cabeça, porém no momento seguinte seu corpo cedeu, sua mente se apagou, devido ao uso da sua mana a tal ponto de quase secar o seu núcleo. O martelo de forja teria caído e machucado o menino gravemente, se não até mesmo matado ele, se com o movimento de sua mão a anã não tivesse chamado o seu martelo que voou até ela.

A mestra de forja, logo colocou o seu martelo na alça do seu avental de trabalho, que serve para proteger ela do calor infernal que era a sua fornalha. Tirou as grossas luvas e foi atender o garoto, depois de realizar uma rápida verificação, usando seu tato e sua magia pessoal de diagnóstico, ela notou que os tendões dos seus dois braços estavam prestes a serem rompidos, um pouco mais de esforço ele teria aleijado temporariamente os seus membros, não só isso, o seu núcleo de mana estava perigosamente esgotado, levaria algum tempo para ele se recuperar. Tirando isso, ele estava bem.

A anã sentia o suor frio correr em sua espinha, ao mesmo tempo que um sorriso ordinário começava a se formar em seu rosto. *Quanto tempo eu não sentia este sorriso? Muitos anos provavelmente, este pequeno monstrinho, não, corrigindo, este pequeno discípulo, talvez seja aquele que realmente irá herdar o meu legado.* Esses pensamentos passavam na sua mente, mas quando balançou a sua cabeça, ela concluiu que não era o momento de pensar nisso. Tinha que cuidar da criança. Carregou o menino até o andar de cima e deitou ele na cama rústica onde ela dormia, depois, deu uma moeda de cobre para um grupo de outras crianças que brincavam na frente da sua loja para avisar a Sara Niyatí e Mari Niyatí que o filho delas estava na casa dela e estava bem, que logo ele iria voltar para casa.

Depois de um tempo, quando a mestra de forja estava terminando de martelar o seu mais recente trabalho, ela ouviu a porta da frente se abrir, quando foi atender ela ouviu a voz de uma das suas mais antigas clientes em um tom nitidamente aborrecida:

— Onde está o meu filho? Estou aqui para levá-lo para casa. — Era a Sara, com uma expressão severa no rosto, com o seu cachimbo exalando fumaça. Era uma visão verdadeiramente temível, mas, como a anã era cega, tal aparência não tinha nenhum efeito na ferreira.

— Está lá em cima deitado se recuperando. — A anã não esperou por uma réplica da Sara e foi logo subindo para o seu quarto. A elfa seguiu logo atrás da ferreira com um monte de perguntas para fazer. Quando a anã abriu o seu quarto e mostrou o menino dormindo em um sono pesado, o coração da Sara pulou uma batida, então, ela correu até ele verificando a sua condição física.

— Pelos grandes espíritos, o que aconteceu? Por que ele está deste jeito?

— Isso em parte é a minha culpa, então, humildemente peço perdão, mas antes de tirar conclusões precipitadas deixa eu contar toda a história. — A mestra de forja puxou uma cadeira para se sentar, por sua vez, Sara se sentou na beirada da cama enquanto a sua mão direita segurava as pequenas mãos de seu filho.

A anã contou tudo o que ocorreu desde a insistência dele em ser o discípulo dela nos últimos meses, até o teste de hoje. Incluindo o seu truque do martelo. No início a elfa estava estupefata com a persistência de seu filho e depois com raiva da anã por permitir que a situação chegasse a tal ponto. Sara estava prestes a levantar da cama e gritar de indignação, quando o aperto em sua mão lhe chamou a atenção.

— Ma... Mamãe!

— Kelvin, meu garoto, você está em um mar de problemas que merece explicações sérias — As palavras da Sara não condiziam com as suas ações, que foram de abraçar e fazer carinho na cabeça de seu filho.

— Mãe, por favor, me escute — As mãozinhas do menino tocaram nas bochechas da sua segunda mãe, de maneira que ela não virasse a cabeça ou desviasse o olhar. Os castanhos claros encararam os verdes escuros, não em sinal de desafio, mas, sim, em sinal de uma sincera determinação. — Não fique brava com a senhora anã. Assim como quero ser ensinado na magia, pela mamãe Mari e por você, também quero ser um mestre de forja, assim como ela, então, mãe, se alguém tem culpa sou eu, aceitarei qualquer tipo de castigo, mas, por favor, permita que eu seja ensinado tanto na magia, como em ser um mestre de forja.

A Sara não estava preparada para isso. As palavras de seu filho tinham um peso que ela nunca sentiu vindo dele em nenhum momento. O menino era reservado, carinhoso, às vezes, um pouco teimoso, mas nunca havia demostrado esse desejo intenso por algo. Sara não sabia o que dizer ou mesmo o que pensar. O segundo impacto em sua mente veio de onde ela menos esperava.

A Sara viu a mestra de forja sair da sua cadeira e se ajoelhar diante dela, se prostrando com a cabeça baixa em sinal de submissão dizendo:

— Por favor, permita que ele seja o meu discípulo, quero honrar os esforços que ele dedicou em me convencer a ensiná-lo. Ele só chegou ao ponto de ficar em uma cama com os braços machucados e o seu núcleo de mana quase esgotado, devido à minha teimosia. Esse é um erro que quero corrigir passando para ele todo o meu legado.

— Você está louca? — A elfa ficou em pé em um salto, olhava para a figura curvada da anã cega com os olhos arregalados, pois para qualquer um passar o seu legado é passar todo o seu conhecimento, em outras palavras, é passar até mesmo os seus segredos de seu ofício, aquilo que torna o seu trabalho único. Esse tipo de conhecimento só era passado de pais para filhos. Sara, ciente disso, estava disposta a ensinar o seu legado para o Kelvin, contudo, o mesmo não poderia ser dito para a ferreira anã que vivia só e estava aparentemente fadada a passar os restos de seu tempo de vida assim. A elfa não conhecia os motivos de ela ter esse estilo de vida e nem se importava com isso, pois ela devia ter as suas razões, contudo, a história é outra se o seu menino dominar tanto o seu legado, o legado da Mari e o legado da mestre de forja. — Você não se importa em ser banida ou mesmo caçada por outros de seu povo? — A elfa fez a pergunta averiguando sua resposta. Esperando ver se conseguia capitar algum plano oculto.

Como resposta a anã bufou em desprezo, depois falou:

— Aqueles... — A anã queria falar um xingamento, porém conseguiu evitar falar no último momento ciente da presença da criança, então, ela continuou. — Eles não têm o direito de interferir no meu legado, este conhecimento foi passado para mim, pelo meu pai e o pai do meu pai passou para ele e assim por diante. Se o meu legado fosse passado para outro anão, provavelmente ele teria usado para ganhar dinheiro a custo de sacrificar muitas vidas. Não quero ver mais manchas de sangue sujando ainda mais a herança dos meus antepassados. Até ontem, estava satisfeita em levar este conhecimento para o túmulo, mas, agora, vejo um grande potencial no garoto e estou disposta a acreditar nele.

— Muito bem! Da minha parte, eu permito.

Kelvin queria pular de alegria, porém as dores nos seus braços fizeram ele se conter e só mostrar um radiante sorriso, mas a segunda frase de sua segunda mãe foi uma acalmada nos ânimos exaltados do menino.

— Você só vai começar os ensinamentos de forja quando cumprir os seguintes requisitos: um, se recuperar das lesões em seus braços, dois, depois que terminar o seu período de castigo e três, você deve receber a aprovação da Mari. — O menino se encolhia a cada requisito, mas ele não fez nenhuma objeção, a mestra de forja também não falou nada contra, concordando silenciosamente com a líder da guilda.

Depois que tudo foi esclarecido. A elfa fez o seu braço esquerdo de fumaça e pegou o seu filho em seus braços e a anã conduziu eles até a porta de entrada da loja, também entregou a sacola com o frasco de tempero que o menino carregava consigo, quando mãe e filho estavam saindo o menino falou:

— Até logo, mestra!

— Baaa! — A anã dispensou com um aceno de mão o seu honorífico, dito pelo menino. — Nós, mestres de forja, não perdemos tempo com títulos pomposos. Somos seres práticos. Me chame pelo meu nome, pequeno kel.

— E qual é o seu nome?

— Agatha Blackarion ou só me chame de Agatha.

CAPÍTULO 14:
O REI DEMÔNIO E SUA FAMÍLIA

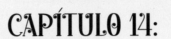

Um dia depois dos acontecimentos da cidade de Sinphy, atravessando o oceano em outro continente do extremo ocidental, que está a milhares de quilômetros de distância, acontecia um evento que tem o potencial de abalar as estruturas de poder deste mundo.

— Papai, papai, olhe! — Uma voz infantil e cheia de uma genuína alegria de uma menina chama a atenção de seu pai.

— Huuuum! O que foi, amorzinho?

— Eles estão acenando para gente! — A criança apontava para um cavaleiro que estava em cima de sua montaria aérea que parecia ser uma grande ave de rapina, voando próximos deles.

— Então, como princesa, você deve acenar de volta.

— Oooooooiiiiiii! — As gargalhadas da menina eram contagiantes para o seu pai que não parava de ver, com grande satisfação em seu coração, a alegria de sua filha.

— Olhe também, Lili.

— Minha análise prevê que ele tem 40,256% de chances de cair se não segurar firme nas rédeas de sua montaria. — Em contraste da animação da menina, a voz da dita Lili não tinha nenhum sinal de sentimentalismo, parecendo ser quase robótica.

— OOOOOOOH! Ele quase caiu mesmo. — A criança se surpreendeu depois que viu o cavaleiro se agarrar desesperadamente nas rédeas da montaria para não cair, depois que o animal passou por uma turbulência, que quase fez ele perde o equilíbrio.

Essa cena inusitada acontecia no continente demoníaco. Terra original do povo demoníaco, esse povo era composto de diversas raças com uma ampla variedade de características, porém, em sua maioria, eles têm uma pele tão negra quanto a um poço de piche, além de ter uma alta afinidade com a mana voltada para o fortalecimento do corpo. Isso permitia que eles tivessem uma capacidade física desumanas, superado somente pelos dragões. As pessoas que estavam tendo uma conversa animada eram o rei demônio, Yakov Smert, sua filha, Yeva Smert, e o constructo mágico, Lilith, apelidado carinhosamente pela princesa de Lili. Esses três estão viajando pelo território demoníaco para averiguar uma importante construção que o rei demônio está empreendendo.

O trio está numa carruagem puxada por um Odrorega, que seria como um búfalo com pelagem densa e de cores vibrantes que possui dois pares de olhos nas laterais da sua cabeça. Com o rei está uma comitiva composta de soldados montados em feras terrestres e aéreas, além de funcionários da administração pública e escravos, ao todo, tem 5 mil indivíduos ao redor da carruagem da vossa majestade.

Eles avançam por uma área desolada que só tem pedra e areia, um lugar sem nenhuma alma viva, mas que, a dois dias de viagem, eles iriam chegar na cidade fortaleza Alastor, um lugar construído para inibir tentativas humanas de invadir o território demoníaco pela via marítima ao norte do continente.

O rei Yakov está todo bobo vendo a sua filha hiperativa que está animada pela viagem que estão realizando, vendo-o assim, ninguém iria imaginar que ele obteve a posse da coroa real assassinando e traindo os seus principais rivais ao trono, que seriam seus tios, primos e, até mesmo, irmãos. Ele foi impiedoso com qualquer um que fossem um empecilho para suas ambições, quando ele assumiu o poder, casou-se com a única pessoa que ele tinha um pouco de sentimento. Era a sua prima de primeiro grau. Não demorou muito, ambos tiveram uma única filha, Yeva. A criança nasceu com uma condição raríssima, ela herdou um corpo especial que fazia a sua mana purificada de seu núcleo se comportar de uma maneira diferente que seria típico de qualquer outro ser vivo, proporcionando habilidades únicas que até o momento era desconhecidas, até mesmo para o rei.

Isso seria motivo de muita alegria, contudo, a rainha faleceu durante o parto, o rei ficou abalado, todavia, ele se recuperou quando recebeu a sua filha em seus braços, o que, de forma inesperada, tornou ele um verdadeiro pai coruja.

Seis meses após o nascimento de sua filha, o rei estava preocupado com a segurança da Yeva, pois poderia existir algum inimigo dele com a intenção de ameaçar a vida da sua criança para o atingir. Foi aí que ele teve uma brilhante ideia, construir um constructo mágico que servisse de servo e guarda-costas para a sua menina. Para realizar tal façanha, ele gastou uma quantidade absurda de dinheiro e tempo. Era um projeto que ele mesmo iria realizar com as suas próprias mãos. Não poupou esforços para fazer uma verdadeira obra de arte, algo que nunca poderia ser reproduzido em nenhum lugar do mundo. Demorou três anos, mas finalmente ele conseguiu.

Foi assim que surgiu Lilith, nome dado pelo Rei que referir-se à deusa-mãe de todos os demônios, pois, como a sua filha não tinha uma figura materna, ele achava que aquele constructo, em parte, pudesse suprir essa ausência. Lilith foi esculpida por uma liga metálica, que combinados apresentavam três características importantes. Um – a mana era absorvida pelo meio em que ela estava, não importa o ambiente, ela sempre teria energia para se movimentar e fazer suas funções. Dois – consegue absorver qualquer impacto físico e converter em energia que pode ser usada para contra-ataque. Três – apesar da sua aparência física, seu corpo é bastante leve, permitindo uma movimentação extremamente fluida. O rei implantou diversas magias de ataque e defesa, que poderiam ser utilizadas pelo constructo, visando defender a princesa, e, por último, mas não menos importante, um espírito artificial capaz de ter um certo ego para julgar o melhor curso de ação em qualquer situação, além de seguir as ordens do rei e, em um certo grau, os desejos de sua filha.

— Meu rei, os batedores encontraram um ótimo ponto para montar acampamento, o senhor deseja parar ou devemos continuar? — Um dos oficiais do exército do rei demônio informou ao seu governante sobre a descoberta dos batedores, por meio de um amuleto de comunicação, que todo alto oficial tinha consigo.

— Ótimo, diga aos oficiais que vamos parar nesse ponto, não precisamos ter pressa para chegar. — O rei demostrou o seu desejo de parar, pois, apesar de que eles ainda teriam umas duas horas de sol do dia, ele não estava com tanta pressa assim.

— Papai! Papai! Já chegamos? — Sua filha, sempre cheia de energia, interrogava o seu pai.

— Princesa Yeva, ainda faltam cerca de 560 quilômetros para chegar ao nosso destino. — Quem respondeu foi a voz robótica da Lilith desprovida de qualquer emoção.

Não demorou muito e a comitiva do rei chegou ao local designado. Quando a carruagem parou, o rei, sem esperar por ninguém, abriu a porta e saiu do veículo. Os soldados próximos se ajoelharam perante ao seu soberano, qualquer um poderia constatar o quão poderoso ele era. Com um corpo que media dois metros de altura envoltos de uma montanha de músculos hipertrofiados, moldados por anos de batalhas sangrentas. Sua pele negra como piche possuía tatuagens de tinta amarela que eram runas gravadas no seu torso e braços. Isso era um artefato alquímico mágico que iria desaparecer depois de algum tempo de uso, mesmo assim, era poderoso o suficiente, digno para o rei demônio. Ele estava vestido roupas que eram compostas por duas peças de vestes sobre o corpo, uma vestimenta de baixo e um manto, os trajes eram costumeiramente caseiras com vários comprimentos de tecido de lã, com pouca costura, presas com grampos ornamentais, o tecido possuía cores vibrantes. Seu cabelo ruivo parecia uma juba de leão que brigou com seu oponente momentos atrás.

— Papaaaai, me seguraaaa! — A princesa Yeva pulou nos braços de seu pai, feita uma bala de canhão. Yakov, habilmente, a segurou e começou a rodar com ela em seus braços, fazendo ela gargalhar de forma radiante. Por conta de seu nascimento peculiar, a princesa tinha uma aparência física diferente, invés de um corpo negro típico dos demônios, ela tinha a pele branca como uma nuvem, seus olhos tinham uma esclera negra e a sua pupila um branco prateado. Seus cabelos eram tão negros como a pele de qualquer demônio. Ela estava vestida com roupas semelhantes ao que o seu pai usava.

Logo atrás da princesa, saía Lilith. Tão alta como o rei, a superfície de seu corpo tem um azul-marinho metálico seguido de linhas onduladas de tonalidade amarelas vivas, seu torço feminino reproduzia o contorno de músculos bem trabalhados. Ela possuía quatro braços que demostravam força, sua cabeça não tinha uma face, no lugar, as mesmas linhas amarelas que piscavam quando ela falava algo, adornando a sua cabeça tinha um par grande de chifres que se dobravam no alto de sua moleira. Para qualquer espectador casual, Lilith parecia ser uma estátua que ganhou vida. Presa em cada lado de seu quadril, tinham duas claymores, também usava as mesmas roupas que pai e filha estavam usando.

— Agora, seja uma boa menina e fique perto da Lilith, logo, nós vamos jantar.

— Tudo bem, papai!

O rei entregou a sua preciosa filha para o único ser que ele tinha total confiança. Lilith recebe gentilmente Yeva em seus braços e a menina monta em cima dos ombros do constructo, era o seu segundo lugar favorito. O primeiro lugar era os braços de seu pai. Enquanto isso, ela olhava o seu pai indo em direção aos oficiais do exército, que estavam organizando o acampamento.

CAPÍTULO 15:

LINGUAGEM DAS FERAS

Já era tarde da noite, o acampamento foi montado em cima de uma pequena colina, que permitia uma boa visão em toda área ao redor. Várias tendas foram armadas ao redor de uma grande fogueira e alguns soldados patrulhavam, com olhares visivelmente sonolentos. A tenda em que o rei estava não diferia das demais, porém ela se localizava mais ao centro do acampamento, no seu interior, a vossa majestade dormia em cima de tapetes e travesseiros que davam o mínimo de conforto em viagens longas. Usando o braço do governante como travesseiro, estava a sua filha que roncava e babava em um sono pesado e, por fim, o constructo mágico estava sentado próximo da entrada ao estilo seiza. Dessa forma, o Golem poderia reagir a qualquer ataque com o mínimo de movimento possível, assim como alguns guerreiros bestiais faziam.

Yeva desperta de repente, ela sente que o chamado da natureza estava vindo. Seria muito constrangedor, até para ela, molhar os tapetes. Na calada da noite, ela rapidamente se põe de pé e sai da tenda. Olha em volta e vê somente dois soldados em frente à fogueira balançando suas cabeças na vã tentativa de lutar contra o sono. A lua cheia estava ajudando ela a ver o seu entorno, enquanto ela se dirige para uma posição um pouco afastada do acampamento para se aliviar. Lilith, silenciosamente, seguia a menina logo atrás como uma sombra azulada de dois metros de altura.

— Lili, tudo bem, eu só vim fazer xixi.

A menina sussurrava e protestava contra a vigilância constante do golem azulado, todavia, o constructo mágico ignorou as palavras da menina, então, ela teve que desistir e fazer aquilo que ela tinha que fazer. Depois que ela terminou de atender o chamado da natureza atrás de uma árvore, estava caminhando para a tenda do seu pai, quando ouviu algo que parecia ser um choro de uma criança. Yeva logo estranhou, pois a única criança que deveria existir ali ela era mesma.

— Mamãe, eu quero a minha mamãe!

Sendo guiada pela voz que ela ouvia, Yeva adentrou numa tenda que ficava ao lado da tenda do pai dela. Nesse espaço, existiam vários caixotes de madeira. O cheiro de comida em conserva era forte e, novamente, ela ouvia aquela voz de criança chorando.

— Lili, você consegue ouvir esse choro?

— Minha análise indica que tem um grunhido de uma fera a alguns metros.

— Fera? Onde?

Lilith, prontamente, vai em direção aos caixotes de madeira. Começa a retirá-los de suas posições originais, até que revela uma caixa escondida por trás de outras. Com um simples movimento, ela o abre mostrando que realmente tinha uma fera. Tal criatura tem a sua pele coberta por escamas cinzentas escuras, possuía um par de asas que tinham a mesma cor das suas escamas. Suas patas traseiras eram semelhantes às de uma ave de rapina, sua cauda era proporcionalmente longa em comparação ao restante de seu corpo. Seu focinho curto tem uma boca com dentes pontiagudos, de fato, isso não é uma criança como Yeva, pensou no início, mas a voz de lamento vinha exatamente daquela fera, que aumentou o seu lamento, quando observou a menina e seu golem.

— MAMÃE, MAMÃE, MAMÃE!

— Ei, ei, calma, não vou te machucar.

— Princesa Yeva, o que você deseja fazer com esta fera?

— E?... E? Eu... só quero que ele fique calmo, me ajude aqui, Lili, mas não machuque ele.

— Magia do tipo mental, *Pax animii*. — Diferente de um mago comum que necessita cantar os versos mágicos. O golem só necessita falar a magia que queria usar. Diminuindo consideravelmente o tempo de conjuração, contudo, o menor tempo de conjuração tinha um preço a se pagar, era o alto custo de mana, mesmo para magias em que normalmente se gasta pouca mana. Essa desvantagem é parcialmente compensada pelo golem, absorvendo a mana bruta do ambiente ao redor.

Assim como foi o desejo da menina, o golem usou uma magia para estabilizar o estado mental do animal, uma luz verde fluiu em uma das suas mãos em direção aos olhos da fera. Isso fez a criatura parar de se debater, facilitando a princesa se aproximar. A pedido dela, o golem soltou as amarras que prendiam o filhote. Yeva ainda estava confusa com a situação. Por que ela conseguia ouvir uma fera falar? A menina se questionou mentalmente, então, ela fez uma tentativa intuitiva.

— Olá! Eu sou Yeva. Como você se chama?

— Eu... eu não tenho nome.

— Ok! Então, como você veio parar aqui?

— Eu não sei, uma hora estava dormindo no ninho que a mamãe fez para gente, mas, de repente, acordei aqui.

— Lili, você consegue ouvir ele falar?

— Negativo, o que esse filhote está emitindo são sons típicos da sua espécie, não detectei nenhuma palavra vindo dele.

Agora, a princesa de alguma forma entendia a situação. Ela podia se comunicar com aquela fera, pelo que a criatura disse, ele foi capturado de seu ninho e trazido até aqui. *Diga se sou ou não esperta*, mentalmente ela dava um autoelogio e estufava o seu peito contente, porém ainda tinha algumas perguntas que precisavam ser respondidas.

— Lili, que fera é essa?

— Conforme os dados do meu catálogo, essa é uma fera predadora do tipo alada chamada Gugala, são naturalmente encontrados na cordilheira de Askathon ou, em raras ocasiões, em outras partes do continente demoníaco. A sua principal característica é ter escamas explosivas que ela usa para abater a sua presa.

— Lili, onde fica a cordilheira de Askathon?

— Da nossa posição atual, está cerca de 5 mil e quinhentos quilômetros.

— Nossa, distante demais, não faz nenhum sentido alguém ter cruzado todo o deserto amarelo, capturado este filhote e trazido até aqui. E para o quê? — Yeva sentia que toda aquela situação estava errada, quando ela se lembrou de algo que o constructo falou. Fez novas perguntas para a sua fiel companheira azulada.

— Lili, você disse cordilheira, certo?

— Afirmativo.

— Então, quer dizer que eles costumam viver em montanhas ou lugares de terreno alto.

— Precisamente.

— Qual é o lugar mais próximo de onde estamos que seria uma montanha ou um terreno alto?

— Segundo o mapa da região, existe o Monte Kroni, que fica a 10 quilômetros da nossa posição atual.

— Lili, é possível alguém ter saído do acampamento capturado esse filhote e ter voltado aqui com ele?

A resposta demorou um pouco mais para ser respondida, então, o golem disse:

— Conforme a minha análise probabilística, dependendo das condições e dos métodos aplicados na captura desse filhote, tem, no máximo, 72,037% de êxito nessa operação.

A princesa fica pensativa com as respostas que a Lilith dava, em simultâneo, ela estava com o filhote nos seus braços fazendo carinho nele, em sua mente ela estava racionalizando da seguinte forma. *Ainda tem duas perguntas importantes que não foram respondidas, quem fez isso? Por que fizeram isso? Bem! Acredito que não vou conseguir responder isso agora, vou até o papai, talvez ele saiba algo que eu não sei.*

— Lili, vamos voltar até o papai, talvez ele saiba resolver esse enigma.

Yeva saía da tenda com o filhote de Gugala em seus braços, quando estavam no lado de fora, Lilith pega ambos com os seus braços e em alta velocidade salta para longe. Momentos depois, uma fera com 10 vezes do tamanho do filhote em seus braços se choca violentamente, onde eles estavam momentos antes, gerando uma grande explosão.

Lilith pousa a 500 metros de onde estavam, nos braços do constructo, Yeva via todo o acampamento pegar fogo, logo, ela ouvia gritos de homens e mulheres perturbados sem entender o que acabou de acontecer, no meio de tudo isso, uma fera rugia alto exalando toda a sua fúria. As escamas de baixo da sua cauda brilhava em um intenso amarelo fogo. Só, então, ela se lembrou de uma pessoa muito importante para ela que ainda estava lá.

CAPÍTULO 16:

FOGO E FÚRIA

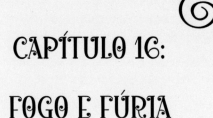

— PAPAAAAAAAAI! PAPAI! PAPAI! PAPAI! LILI, PAPAI ESTÁ LÁ, VOCÊ PRECISA SALVAR ELE.

A criança se debatia nos braços do constructo. O medo e o desespero tomaram conta da princesa, lágrimas brotam nos seus olhos e escorriam livres sem parar, foi quando ela ouviu o filhote que ainda estava nos seus braços também gritar.

— MAMÃAAAAE, ESTOU AQUIIII!

A fera se vira na direção onde o filhote gritava, contudo, em uma atitude totalmente inesperada, solta uma rajada de fogo na direção deles, como contramedida. O golem pisa no chão e na frente deles surge um muro de rocha que bloqueia a torrente contínua de fogo. Quando, de repente, o ataque do monstro foi interrompido por um demônio, vestido uma armadura negra completa, feita de construções de sombras duras, oriundas das tatuagens espalhadas no corpo do rei. Com a sua poderosa força física, saltou na frente da criatura dando um poderoso soco, provocando uma onda de choque, que fez a fera cambalear para o lado. Depois, o rei deu mais um salto que parou perto onde estava a princesa.

— PAPAI?

— Sim! Sou eu, amorzinho, mas me diga. Por que você está com este filhote de Gugala em seus braços? Bem! Depois você vai me explicar, agora temos um problema maior. Lilith, leva eles dois para longe daqui em uma posição segura e fique sempre perto dela.

Depois das palavras ditas pelo rei, Lilith, sem perder tempo, corre numa velocidade super-rápida. Em questão de segundos, ela já estava a 1,5 km de distância de onde acontecia uma luta feroz. Yeva, parcialmente recuperada com o susto que ela levou, observa ao longe o caos que a batalha entre o poderoso rei e a fera sem controle provocavam, o filhote de Gugala choramingava por sua mãe. Então, a pequena fera se vira e encara o rosto da menina, fazendo um apelo:

— Yeva, né! Por favor! Me ajude, salve a minha mãe, eu farei qualquer coisa, mas por favor, salve a minha mãe.

A criança olhava para a criatura que apelava por sua ajuda. Ela simpatizava com aquele filhote, pois momentos atrás ela pensou o pior, que o seu pai poderia ter morrido. Mesmo agora, ele lutava com todas as forças para subjugar o animal enlouquecido pela raiva, ou seja, ele ainda corria risco. Ela queria fazer algo a respeito disso. Se livrando dos restos de suas lágrimas, ela perguntou para a sua fiel guardiã.

— Lili, nós não podemos ajudar o pai?

— Negativo, o rei ordenou explicitamente que deveríamos ficar longe do local de combate e que eu não me separasse de você.

A criança praguejou em sua mente, precisava pensar numa forma de contornar a situação, quando ela teve um clarão de pensamento. Sem perder tempo, ela questionou o golem:

— Lili, qual é a probabilidade de isso ser uma tentativa deliberada de assassinato ao papai?

Depois de um minuto de espera, veio a resposta:

— Considerando todos os elementos presentes, minha análise indica que essa probabilidade está em torno de 97,836% de chances.

— Lili, você pode rastrear os arredores e ver quem está observando o combate do papai?

— Afirmativo.

— Faça isso, Lili!

— Magia do tipo manipulação de mana, Oculorum Lumine. — Todo o corpo do golem brilhava em pulsos de uma luz azul, depois de alguns segundos, veio o resultado da magia: — Existem 2.786 indivíduos tipos demônios, divididos em dois grupos, o primeiro é composto por 2.784 demônios que está a duas horas da nossa posição numa distância de 1,5 quilômetros. O segundo grupo formado por dois demônios está às dez horas da nossa posição voando em cima de feras, numa distância aproximada de 3 quilômetros.

— É isso, tem que ser isso, Lili, vamos capturar esses dois demônios. Agora!

Injetando mana nas suas pernas, Lilith dispara numa corrida de alta velocidade e usando uma solitária árvore como trampolim de salto, instantes depois, apareceu onde tinha dois demônios montados em feras que lembram águias. A dupla só teve tempo de arregalar os seus olhos de espanto, vendo que o golem, em um único movimento de sua claymore, decapitou as suas montarias. Instantes seguintes, quando eles estavam em queda livre, foram restringidos por cordas brilhantes feitos de mana que saia nos dedos do constructo, em uma manobra realizada de forma precisa, foram pegos no ar e pousavam no solo em segurança.

Mesmo com os seus rostos parcialmente cobertos por um pano preto, eram nítidos que eles estavam com medo, porém não se sabia se o medo era devido à experiência de quase morte ou do olhar de uma menina de cinco anos, que tinha um brilho prateado de uma fúria silenciosa.

— Vocês podem se explicar. O que estavam fazendo?

— A... a... no... nós...

— SEUS BANDO DE VERMES INÚTEIS OLHE PARA MIM E RESPONDAM À MINHA PERGUNTA, AGORA!

— Vo... Vo... Vossa alteza, no... nós estávamos averiguando se... se... se não iria acontecer ou... ou... outro ataque inimigo.

Os dois demônios, restringidos completamente pelo golem, estavam abalados com os gritos da menina. Suas vozes eram miseráveis quando respondia para aquela pequena criança, que, em outros momentos, eles no máximo iriam fazer uma reverência para ela, por ser da realeza. Eles não tinham nenhum pingo de sentimento de devoção por ela, que era mimada o tempo todo pelo rei. Quando as coisas não podiam ser mais impressionantes, eles viram o filhote de Gugala em volto nos braços da menina grunhir alto e a princesa com uma expressão séria observava a fera.

— Yeva, eles têm o mesmo cheiro do ninho onde eu e a minha mãe estávamos.

— Huuum, certo!

A princesa, com o rosto envolto de uma sombra diabólica, mostra um sorriso de canto de boca, então, ela fala algo que deixa os prisioneiros em pânico se debatendo e suando frio.

— Lili, use magia de terra e crie duas lanças de rocha e aponte na direção da barriga deles enfiando de baixo para cima. Evite os órgãos vitais e seja devagar, ao meu comando.

— Vou repetir a minha pergunta, o que vocês estavam fazendo?

— NÓS ESTÁVAMOS EM POSIÇÃO PARA ASSEGURAR SE O REI SERIA MORTO OU NÃO PELA FERA! — Como a princesa havia ordenado, Lilith fez uma lança de pedra em cada um dos seus braços.

— Como vocês atraíram o Gugala adulto até aqui?

— SEQUESTRANDO O SEU FILHOTE, NÓS PROVOCAMOS A SUA IRA, ENTÃO, USANDO UM ARTEFATO MÁGICO, CONSEGUIMOS INTENSIFICAR E DIRECIONAR A FÚRIA DA FERA PARA CIMA DO REI. — Lilith apontou as lanças para a barriga dos dois demônios, ao mesmo tempo que um filete de sangue demoníaco fluía pela ferida aberta, o terror da situação devastava a mente e o espírito dos cativos da princesa.

— Onde está esse artefato?

— ESTÁ NO ALFORJE DA CELA DA MINHA MONTARIA, LOGO ALI.

Yeva prontamente vai em direção ao cadáver da fera indicada por um dos prisioneiros, não demora ela acha uma placa de cristal esverdeado em formato hexagonal com runas gravadas nela, correndo em direção ao golem ela entrega o objeto, perguntando:

— Lili, você sabe como desfazer o efeito deste artefato?

— Para desfazer o efeito deste artefato, tem que se aproximar do alvo e injetando a mana no artefato é possível reverter o processo e quebrar o seu estado psíquico, contudo, o alvo em questão teve o seu estado de fúria potencializado, então, para desfazer o efeito de fúria, vai ser necessária uma grande quantidade de mana.

— Lili, estabeleça uma comunicação telepática entre mim e papai

— Magia do tipo mental. Vox animo. — Uma das mãos de Lilith está pousada em cima da cabeça da princesa, depois de alguns segundo, ela consegue conversar com o seu pai.

— Papai, o senhor consegue me ouvir? — A comunicação entre eles era alta e clara, mas também era possível ouvir os sons das explosões que a luta entre o rei demônio e a fera mágica ensandecida estavam travando entre se.

— Yeva, eu não estou brincando aqui, não posso conversar agora.

— Espera, não desligue! O Gugala adulto foi induzido a nos atacar.

— O quê? Murus ignis imperatoris. — De repente, o rei foi obrigado a conjurar uma magia defensiva em poucos instantes, formando uma imensa muralha de grossas paredes possuindo 20 metros de altura e mil metros de extensão, compostas das magias elementais de fogo e terra com a magia não elemental de barreira. Com esse movimento, ele impediu que as escamas explosivas da criatura se espalhasse para o restante do acampamento, salvando os socorristas, que evacuavam o restante dos sobreviventes para longe do local da batalha. Isso lhe custou muita mana, mais precisamente, o seu núcleo de mana de nona camada ficou com menos da metade da mana purificada.

— Ufa! Esta passou perto, mas o que você está dizendo? Onde você está?

— Pai, por favor, me ouça, este Gugala está sob influência de um artefato, por isso que ele está no estado de fúria cega, a Lili disse que tem que usar o artefato próximo à fera e injetar a mana para fazê-la parar de atacar, mas tem que usar uma grande quantidade de mana.

— Então, não tem jeito, vamos ter que matar esta fera, eu gastei muito da minha mana só me defendendo. — O rei saltou por cima da muralha de chamas ardentes, como era produto da sua própria magia, estas chamas não lhe causavam nenhum mal.

— Não, pai, não faça isso, ela não tem culpa. — Yakov, correu ao longo da muralha para chamar a atenção da fera, enquanto estava cantando uma magia elemental de água.

— Aquas exstinguentes flammas perditionis, da mihi in hoc bello cruento fortitudinem tuam, lavans a terra praevaricationem inimicorum meorum. Arma tenebrarum aquas. — Em poucos segundos, se formou uma coluna de água de 30 metros de altura acima da cabeça do rei que desceu em direção à fera mágica no formato de uma espada.

— YEVAAA! EU... eu entendi a situação em parte, sei que a fera não tem culpa, mas se deixarmos do jeito que está. A fera vai causar muitos estragos em nosso território e mortes para a nossa gente, por favor, entenda. — A criatura mesmo com o estado mental alterado tinha um forte instinto de sobrevivência, por isso que ela conseguiu realizar uma manobra evasiva e usando suas escamas explosivas atacando diretamente na magia do rei demônio. A resposta do Yakov foi reformar a sua espada de água em um martelo, buscando atacar pelas laterais.

— Então, pai! Permita que eu e a Lili façamos isso, posso usar a minha mana com a Lili juntas podemos fazer isso e se eu estiver perto da Lili, vou ficar bem, é isso que o senhor sempre diz, certo?

Depois de alguns segundos que pareceu uma eternidade, tanto que a princesa achava que iria acontecer o que ela não queria, a morte da Mãe Gugala ou, pior, o seu pai se ferindo gravemente, então, o seu pai fala:

— Lilith, vou atrair o Gugala para o alto, quando for o momento, entre no ponto cego do animal e desfaz o estado da magia que está afetando a mente da criatura, mas, acima de tudo, garanta a segurança da Yeva.

— OBRIGADO, PAPAI. EU TE AMO!

— Mas que inferno, preciso parar de mimar você, vou desligar.

Sem demorar nenhum segundo a mais, a menina segura o filhote de Gugala e pula nos braços da Lilith. O trio vê o rei levantando voou em alta velocidade, enquanto está disparando diversas magias de fogo para atrair a atenção do animal. A tática foi efetiva, pois a fera do tamanho de um grande avião comercial bate as suas assas e vai em direção ao seu alvo, ambos, rei e a fêmea Gugala, sobem alto nos céus banhados com os primeiros raios de sol que já estavam surgindo.

— É agora, Lili. VAMOOOOS!

O golem, por meio de uma poderosa magia, parte em direção ao confronto aéreo que desenrolava próximo às nuvens, Yeva e o filhote estavam envoltos numa luz branca, era também uma magia de barreira bastante poderosa, por isso, eles não sentiam a pressão do ar formado pela alta velocidade em que eles estavam viajando. O rei viu o trio se aproximando de canto de olho, jogou mais uma magia de fogo, para chamar ainda mais a atenção da fera, agora, ele realizou um mergulho em queda livre e se virou para encarar o animal:

— VOCÊ É FRACO, SEU INÚTIL, GRAVE ESTAS PALAVRAS EM SEU PEQUENO CÉREBRO, EU SOU O GRANDE REI DEMÔNIO E PAI DA FUTURA RAINHA DEMÔNIO, EU SOU YAKOV SMERT.

Lilith intercepta a fêmea Gugala que estava em queda livre perseguindo o rei, acertando a lateral da cabeça do animal com uma das suas mãos que estão segurando o artefato. Ela ativa o poder do objeto, raios vermelhos partindo do objeto envolve todo o corpo da criatura, isso faz a fera rugir alto, então, um som semelhante à vidraça sendo quebrada surge e o artefato se quebra em milhares de fragmentos, com isso, o Gugala perde a consciência e cai sem nenhum controle.

— Lili, amorteça a queda do Gugala, agora.

O golem realiza uma manobra aérea e se alinha nas costas do animal e executa a magia, gravitas, uma luz roxa cobre todo o corpo do animal e usando as suas capacidades mágicas ao máximo, começa a diminuir a velocidade de queda, não demora muito o rei também corre para ajudar, dessa forma, conseguiram evitar que a queda fosse fatal para a fera mágica. Quando todos estavam no chão, Yeva liberta o filhote para ir em direção à sua mãe e ela mesma corre em busca dos braços de seu pai.

— PAPAAAAIIII!

— Meu docinho!

Pai e filha se abraçam fortes, cheios de amor, o corpo da menina tremia, devido à tensão de toda a situação, as descargas de adrenalina faziam os músculos de suas pequenas pernas perderem um pouco de força, mas isso não foi nenhum problema, pois ela estava segura nos braços de quem mais amava nesta vida.

CAPÍTULO 17:

FORMANDO LAÇO DE AMIZADE

—... E assim utilizando a mana fornecida pela princesa Yeva, com a minha própria mana, o artefato sofreu sobrecarga causando o seu colapso, contudo, o efeito desejado que era a quebra do estado psicótico do alvo foi alcançado. Seguindo os desejos da princesa, foi realizado uma manobra aérea para evitar a queda abrupta do alvo, o que poderia provocar a sua eminente morte, fim do relatório.

Um par de bocas estavam com os queixos caídos, entretanto, outra boca mostrava sem pudor nenhum um largo sorriso. Lilith passava o relatório de tudo o que aconteceu. Desde o momento em que ela e a princesa Yeva descobriram o filhote de Gugala até o momento da ação aérea que resultou em uma criatura que estava desmaiada metros de distância de onde acampavam.

Os dois oficiais tenentes estavam abismados com a narração dos acontecimentos. Se aquela história fosse dita por qualquer um, eles diriam que tal pessoa estava louca, mas quem estava informando era o Golem pessoal da família real. Feito pelo próprio rei e que era incapaz de mentir, principalmente quando foi o próprio rei que exigiu a narração dos fatos pelo constructo mágico. No entanto, o rei estava com um sorriso extremamente satisfeito, sua filha, sangue de seu sangue, era sagaz e impiedosa, tais qualidades são indispensáveis para ser uma monarca no mundo dos demônios. Além disso, ela herdou uma habilidade bastante útil que era de se comunicar com as feras e, ainda por cima, uma fera de Grau S. Em termos de força, é a segunda maior categoria de poder, dentro da classificação geral.

— Deixando a questão das habilidades da princesa Yeva de lado, meu Rei, devemos pensar no atentado contra a sua vida.

Um ponto importante foi abordado por um dos tenentes, quando este se recuperou de seu espanto quanto ao relatório. *De fato*, o rei pensou. *Eu quase morri nesse ataque, se não fosse pelos meus artefatos mágicos em forma de tatuagem, meus restos mortais seriam puras cinzas, nem tenho certeza se Lilith poderia proteger a minha filha, se fosse pega totalmente desprevenida.*

As únicas pistas do atentado era o relato do Golem, pois, quando foram procurar os dois prisioneiros que a Yeva capturou por meio da Lilith, seus corpos jaziam no local informado, com estacas pontiagudas de rochas que perfuravam os corpos da dupla em múltiplos locais. A única coisa que se sabia era que eles faziam parte da equipe de batedores.

Isso demonstra que existia mais alguém que estava observando o desenrolar dos acontecimentos, numa posição que foi inviável que o Golem pudesse captar. Além disso, forças de oposição estavam infiltradas no exército, na luta pelo trono, o rei obviamente fez muitos inimigos, os que foram tolos os suficientes para encará-lo de frente já estavam mortos. Então, sobraram aqueles que usaram o bom senso e se esconderam nas sombras do anonimato e vigiavam de longe, feitos animais carniceiros. Em seu âmago, o rei dizia para si mesmo: *não serei uma carniça, largado em algum lugar solitário à espera que a minha carne seja consumida, não, eu estou muito vivo e forte o suficiente para arrancar as tripas de qualquer oponente.*

A destruição do artefato também representa um revés para que fosse possível descobrir os mandantes desse atentado, pois possuir tal objeto que era capaz de influenciar a mente de uma poderosa fera não poderia ser encontrado em qualquer lugar. Mesmo o próprio rei, considerado um gênio na confecção de artefatos mágicos, não tinha certeza se podia reproduzir tal feitiço mágico. Pelo que ele pode perceber, foi necessário induzir a raiva na criatura para que assim o efeito desejado pudesse ser alcançado. *Ainda bem que implementei técnicas de análise mágica na Lilith.* Assim o rei pensou.

Enquanto o rei e seus oficiais do exército estavam discutindo os acontecimentos de horas atrás e planejavam quais seriam as suas ações futuras, a princesa estava ao lado do seu mais novo amigo, tendo outra importante discussão.

— Como vou chamar você? Aliais, você é menino ou menina?

— Eu sou um menino, mas por que eu devo ter um nome?

— É que estava pensando, se a sua mãe permitir, eu queria que você fosse o meu amigo e, sendo assim, quero te dar um nome para que você viesse até mim, quando falar o seu nome.

Para aqueles que estavam observando a criança e a pequena criatura, viam a menina falar em dar um nome para aquele filhote e a própria criatura responder por meio de seus grunhidos. Muitos soldados estavam correndo de um lado para ao outro. Muita coisa devia ser feita, que seriam: tratar dos feridos, recuperar parte dos mantimentos, enterrar os mortos, entre outras coisas. Era provável que eles iriam continuar seguindo para o seu destino original, pois era mais perto chegar na cidade fortaleza de Alastor do que fazer meia volta e viajar até a capital.

A criatura que provocou essa comoção estava desacordada. Presa em uma série de travas mágicas fixas no chão, que foram invocadas por alguns magos, aqueles que ainda estavam vivos e capazes de utilizar suas magias. A criatura só estava viva por ordens do rei que atendia aos desejos egoístas da princesa, era isso que a maioria dos soldados pensava. Para alguns, aquela fera deveria ser abatida imediatamente, pois era perigosa demais. A criatura foi a causa direta da morte de muitos dos seus companheiros, que não tiveram nem chance de lutar por suas vidas, contudo, todos entendiam que o desastre só não foi pior, porque o próprio rei lutou contra a criatura. Portanto, ir contra a vontade daquele que lutou diretamente contra um poderoso inimigo e venceu, enquanto eles mesmo eram impotentes diante do monstro, era inaceitável. É bom senso entre os demônios a filosofia de ser fiel as suas ambições, seja lá o que você queira, se você não for forte para seguir isso, então, abaixe sua cabeça e obedeça ao vencedor.

A respiração da fêmea adulta era pesada. Partes de suas feridas foram curadas por meio da magia, então, ela não corria o risco de morrer. Com ela, estava a princesa Yeva, o filhote da criatura e alguns soldados empunhando lanças em suas mãos. Um pouco de suor frio corria em suas espinhas, todas as vezes que o Gugala expirava pesadamente. Mesmo desacordada, a fera emanava intimidação, todavia, a mesma intimidação aparentemente não afetava a princesa que falava com uma voz infantil de uma menina da sua idade. As palavras da menina foram interrompidas quando a fera remexe os seus olhos com a indicação que estavam abrindo, logo, o filhote daquele animal se agita nos braços dela.

— Mamãe, mamãe, sou eu, acorde.

— Onde est... MEU FILHO, você está bem? Onde estou? O que está acontecendo?

— Olá, desculpe me intrometer, mas eu sou Yeva Smert, a princesa dos demônios.

— Princesa? Ah! Agora, me lembro, meu filho foi sequestrado, então, foram vocês bastardos.

Os soldados presentes no local viram a Princesa Yeva conversar com a fera que acabava de acordar, ela se dirigia para a criatura como se estivesse conversando com outro lorde demônio de status sociais semelhantes aos dela. Era uma situação inimaginável, mas tal fato ficou mais bizarro quando a própria princesa se ajoelhou diante da criatura e falou as seguintes palavras.

— Nos perdoe, é certo que membros do meu povo instigaram a sua ira. Qualquer um, na sua posição, ficaria com óbvia revolta, mas entenda que isso foi parte de uma articulação maquiavélica para usar a sua cólera e direcioná-la contra a vida do meu pai. O rei Yakov Smert. Eu, como representante da família real, estou aqui para dizer que não queremos lhe causar nenhum mal.

— Mãe, é verdade, ela me protegeu o tempo todo, inclusive, quando a senhora atacou a gente.

— EU O QUEEEÊ?

— E foi graças a ela que a senhora não foi morta.

A fêmea estava tentando processar as palavras que aquela pequena demônio estava dizendo. Que, por sinal, elas estavam conseguindo conversar. Ao longo dos seus 100 anos de vida, essa é a primeira vez que isso acontecia. Deveria ser impossível, demônios não deveriam entender a linguagem da sua raça, ao mesmo tempo, sua raça não deveria entender a linguagem dos demônios, então, por que aquela pequena criatura, que em outros tempos só iria servir de alimento para o seu filhote, estava conseguindo estabelecer esse diálogo? Apesar de algumas dores que ela estava sentindo, certamente, a dor de cabeça de pensar na situação em que se encontrava era a pior.

Os soldados ficaram em alerta quando o monstro começou a se mexer e rugir em sua voz gutural. Eles só não partiram para cima para matar aquilo, porque as palavras da princesa ajoelhada fizeram a criatura parar.

— Entendi! Se você está pedindo desculpas, então, posso concluir que vocês não querem causar nenhum mal a mim ou ao meu filho, certo?

— Sim!

— Tudo bem, eu mesma não tenho interesse em procurar brigas inúteis. Principalmente quando o meu filho pode correr risco de se envolver nisso, então, prometo não atacar nenhum demônio que está aqui agora, mas, se for necessário, eu vou me defender e defender o meu filho.

— Muito obrigada! — A princesa mostrou um sorriso radiante.

A fêmea Gugala observava a pequena menina demônio falar com todos os outros demônios, exigindo que ela fosse liberta dos seus grilhões e que garantiria que a fera mágica não iria atacar no momento que fosse solta, quase todos eles estavam com olhares incertos, porém a atitude deles mudou quando um grande demônio de cabelos escarlate gritou alguma coisa, então, todos eles se prontificaram a libertá-la. Por alguma razão aquele demônio que segurava a pequena menina, era estranhamente familiar para a fêmea Gugala. *Onde eu vi ele antes? Sá! Isso não deveria ser do meu interesse, só devo pegar o meu filho e voltar para casa.* Ela pensou, no momento em que estava sendo liberta dos seus grilhões.

— Antes que você parta, eu queria pedir uma coisa.

— ... O quê?

— Se você permitir, eu quero ser amiga do seu filho.

— Por quê? Entendo que você é especial por conseguir conversar com a gente, mas por que tem esse interesse, principalmente que, segundo as suas palavras, tentei matar o seu pai?

— Como eu disse antes, você foi usada como arma numa tentativa de assassinato, em outras circunstâncias, você ou meu pai poderiam ter falecido, se não mesmo ambos, porém tudo ocorreu relativamente bem, graças ao seu filho, ele foi importante para eu conseguir salvar você e o meu pai. Ele me ajudou e eu o ajudei, é isso que amigos fazem, um ajuda o outro. — Os olhos amarelos da fêmea Gugala estavam encarando os olhos prateados daquela estranha menina demônio, depois de ponderar em alguns segundos, a criatura falou:

— Tudo bem, eu vou permitir que vocês se tornem amigos. Acho que isso deve ser o mínimo que posso oferecer, depois que você o devolveu em segurança.

— Muito obrigado, mamãe.

— Muito obrigada. A gente vai se ver em breve, Yulian. — Disse a Yeva.

— Vou esperar por você, Yeva. — Respondeu o filhote de Gugala, que agora tinha um nome.

Com isso, mãe e filho partiram em direção ao seu lar, sem dar importância aos vários sentimentos que os demônios tinham, diante dos eventos recentes, ao mesmo tempo que os demônios não tinham a percepção de como a amizade entre Yulian e a Yeva iria impactar no futuro da escolha do próximo governante do reino demoníaco.

CAPÍTULO 18:

O REFLEXO DE SI MESMA

A cidade de Alastor é um centro urbano construído em torno de uma fortificação militar que recebeu o mesmo nome da cidade. Nome de um importante rei demônio que expulsou os humanos do continente demoníaco em um conflito que aconteceu há 1000 anos e deu fim à última grande guerra humano-demônio. O local foi estrategicamente escolhido, pois é o ponto geográfico onde os continentes de Orcus, também conhecido como continente demoníaco e o continente Esmir, conhecido como continente humano, quase se tocam. Tendo alguns quilômetros de mar separando as duas faixas de terras.

Por ser uma cidade que surgiu em torno da fortaleza, atende às necessidades básicas dos oficiais do exército e suas famílias, por isso que tudo na localidade segue um padrão e ordem típicos de uma estrutura militar, tudo é voltado para a defesa de uma iminente invasão. Nenhuma pedra poderia ser empilhada sem o conhecimento e autorização dos militares. Mesmo assim, os cidadãos que vivem nesse lugar buscam a melhor forma tornar a sua estadia o mais agradável possível. Com um comércio aquecido e várias atividades culturais que acontece a cada esquina ao ar livre, porém isso era ofuscado quando uma menina demônio estava passeando nas ruas da cidade, sentada nos ombros de seu golem pessoal.

A princesa e o golem se destacavam no meio da multidão, ambas estavam fazendo um passeio, aproveitando ao máximo o que a cidade podia oferecer em termos de entretenimento, todos os moradores viam essa dupla com um misto de curiosidade e espanto.

— Olha, Lili! — A animação radiante da princesa Yeva contrasta com a reação robótica do constructo mágico Lilith.

— Ele está cantando a lenda de Athoth. — Com sua habitual voz desprovida de qualquer emoção, Lilith explica para a sua protegida a história por trás da canção que elas estão ouvindo.

A cada esquina, tinha uma apresentação artística feita por trovadores cantando diversas lendas de diferentes demônios. Cada história era cantada numa melodia agradável, algumas tinham um ritmo animado, outras tinham um tom melancólico. Em todos, tinha sempre uma pequena plateia assistindo, principalmente compostas de outras crianças. A Yeva não ficava muito tempo parada em uma apresentação, pois queria desfrutar tudo o que podia, em poucos dias, o trabalho que o seu pai estava fazendo na fortaleza terminará, eles iriam voltar para a capital do reino demoníaco.

Elas ficam passeando por horas até que o estômago da princesa começa a roncar, então, elas vão em direção à mansão do Lorde da cidade, onde ela o golem e o seu pai estão hospedados. Apesar de dizer ser uma mansão, na verdade, é uma casa ligeiramente maior que as outras, mas por fora é praticamente idêntica às demais, a residência do Lorde da cidade fica mais próxima da fortaleza. Semelhante às casas dos outros altos oficiais do exército, pois eles não podiam levar tempo para chegar na fortaleza, em caso de ataque. Quando a Yeva e a Lilith estão passando por uma esquina próxima a um beco, a menina escuta um baque surdo.

— Espere, Lili, você ouviu isso?

— Se você está se referindo ao barulho do impacto de um corpo caindo no chão, sim, eu ouvi.

— Como é? Um corpo? Lili, precisamos voltar, alguém pode estar precisando de ajuda.

Seguindo as ordens da princesa, o golem retorna até chegar no meio do beco e se depara com um saco de pano de aparência pútrida e fétida no chão, dele se formava uma poça de sangue.

— Lili, me coloque no chão, agora.

Imediatamente, o constructo mágico tira a Yeva dos seus ombros e a criança corre até o saco prendendo a respiração para resistir ao odor desagradável que vinha daquilo. Quando ela conseguiu desatar o nó e abrir o saco, a princesa ficou horrorizada com o conteúdo. Era o corpo de uma mulher humana, nua e tinha diversos hematomas, cortes, feridas, seu rosto estava desfigurado e inchado em vários pontos, tornando a identificação quase impossível. O cabelo loiro da mulher estava molhado com o seu próprio sangue, em sua nuca, era possível ver uma ferida horrível, provavelmente provocada pela queda que a mulher sofreu.

— Lili, precisamos ajudá-la, cure ela. — Quando o golem se aproxima e toca no corpo moribundo daquela mulher, realiza o seu feitiço de diagnóstico, injetando a sua mana para ressoar com a mana da mulher, obtendo um efeito como uma ressonância magnética bem detalhada. O feitiço apontou diversas fraturas e rachaduras ósseas, baço rompido, um dos rins parou e o outro está apresentando sinais de falhar, seu canal vaginal tem diversas lacerações, a córnea de seu olho direito foi deslocado e, por fim, uma contusão cerebral grave.

— Aviso, é impossível curar totalmente o alvo sem pôr em risco a sua própria vida.

— Lili, então, cure as feridas mais graves, quando a gente chegar na mansão do Lorde da cidade, podemos fazer a sua cura completa, certo?

— Aviso, segundo as leis do reino, é proibido levar um escravo para qualquer lugar, sem a autorização de seu dono.

— O quê? Escravo? — A fala do golem pegou a princesa de surpresa. Então, Lilith aponta para os pulsos da mulher, neles era visível uma mancha roxa envolta de seu pulso, provavelmente causado pelas algemas que prendiam a mulher, sentindo que não podia perder mais tempo, a Yeva fala:

— Lili, só não deixe ela morrer, por favor!

Lilith, sem perder mais tempo, usa uma das mais poderosas magias de cura que tinha a sua disposição, Cibum renovationis. Sua mana infiltrou no corpo da mulher ao nível celular deslocando e estimulando suas células troncos para ir em direção aos órgãos danificados e reparar os danos mais graves, tal procedimento beirava a uma regeneração completa, porém exigia que o paciente tivesse à sua disposição proteínas, vitaminas e outros nutrientes que auxiliasse o processo de cura, contudo, o corpo da mulher humana não tinha o suficiente para reparar todas as lesões que sofreu. Por isso que o golem concentrou a cura na contusão cerebral, no baço e nos rins. Ir além disso poderia matar a pessoa que a princesa estava tentando salvar.

— Lili, o que podemos fazer agora?

— Devolver a escrava para o seu respectivo dono.

— O quê? Não, Lili. Não podemos fazer isso, seja lá quem fez isso, fará de novo até matá-la.

— Então, você poderia comprar esta escrava de seu respectivo dono.

— Isso seria ... — Quando a ideia de comprar um ser humano como se fosse uma coisa passou na cabeça da Yeva, seu rosto se contorceu em desgosto como se tivesse engolido um inseto. Por um momento ela queria reprender a sua companheira, mas lembrou que a Lilith só fazia as coisas com base em seu julgamento lógico. Sentindo um sentimento ruim borbulhando em seu coração, a menina resolve jogar o seu principal trunfo.

— Lili, por meio da autoridade da família real, confisco este bem em nome do interesse nacional, como futura rainha demônio, preciso conhecer os meus inimigos e esta escrava será a minha principal fonte de informação.

Uma semana se passou desde que a Yeva resgatou a escrava do beco, devido à gravidade dos seus ferimentos, a mulher foi colocada em um coma induzido por magia. Dessa forma, a humana poderia ser tratada das suas lesões sem sofrer uma dor excruciante. Mesmo depois de todo esse tempo, ninguém sabia do passado daquela escrava, nem quem foi o seu dono original, muito menos do porquê ela estava naquele estado lamentável.

Houve uma pequena confusão quando Yeva trouxe para a casa do Lorde da Cidade aquela mulher. A situação só não foi mais problemática, porque ela era a princesa e, como tal, garantiu a todos, inclusive para o seu pai, que a escrava não causaria problemas para ninguém e, para garantir isso, Yeva, colocou a escrava em um quarto só para ela, era um quarto simples destinado aos empregados domésticos, o que já era o suficiente para fazer os procedimentos médicos.

Diariamente naquela semana, a princesa com o seu golem iriam fazer a rotina de aplicar tônicos que forneciam nutrientes para o corpo da escrava, realizar a magia de cura e, por fim, limpar as feridas que ainda não foram devidamente curadas. Apesar de ter sido um processo longo e exaustivo, rapidamente mostrou os resultados. Seu rosto não tinha nenhuma marca de agressão que ela havia sofrido, revelando a sua singela beleza, as diversas manchas roxas que tinha em sua pele branca desapareceram de seu corpo, ao final da semana, a mulher estava praticamente curada, mas o que preocupava realmente Yeva era os traumas mentais da humana.

Yeva está sentada em uma cadeira lendo um livro, em pé ao seu lado, está a sua amiga mais preciosa, Lilith, e na frente das duas está a escrava humana deitada numa cama em um sono profundo, quando a princesa fecha o livro e olha para fora da janela, observa o céu noturno, do seu ponto de vista, ela conseguia ver algumas estrelas cintilantes, era uma cena praticamente igual a que ela viveu na Terra, quando estava em seus momentos mais sombrios. Para Yeva, tudo aquilo não se passava de um sonho ruim, que ela queria esquecer, porém, em certas ocasiões, as lembranças ruins surgiam e a condição daquela escrava foi uma dessas situações nas quais ela se via naquela mulher.

Os movimentos da cama tira a princesa de seu caótico mar de pensamentos. A humana estava acordando, lentamente ela abre os olhos, revelando ter uma heterocromia. O seu olho esquerdo é de um azul cinzento, enquanto o seu olho direito é de um amarelo avermelhado. Ela tenta se levantar, mas o seu corpo ainda está bastante debilitado. Ainda sentada na sua cadeira, a Yeva fala:

— Por favor, não se esforce muito, você ainda precisa de repouso.

Quando a escrava ouviu as palavras da criança. Os piores temores da princesa se concretizaram. A humana entrou em um estado de pânico, seu rosto branco ficou ainda mais pálido. A parte inferior de seu corpo ficou molhada e ela tentava se manter longe da pequena criança como se fosse os piores monstros na frente dela. A mulher balbuciava palavras sem sentido para Yeva:

— Lili, você entende o que ela está falando?

— Sim, princesa. É o idioma humano, você deseja que eu sirva de intérprete?

— Sim, por favor! — Novamente, a Yeva tenta se comunicar com a mulher.

— Por favor, se acalme, você ainda está bastante fraca. — Dessa vez, as palavras da princesa por intermédio de seu constructo mágico, fizeram a mulher parar de se debater e timidamente olhar para a criança na sua frente. Ela ainda estava morrendo de medo, mas aquela era a primeira vez em anos que alguém falou na linguagem humana. Engolindo um pedaço de saliva, ela falou com uma voz roca.

— Quem é você? — Depois que a mulher humana fez a pergunta. A pequena criança demônio, apesar das sombras que cobriam parte do seu rosto, tinha um brilho prateado em seu olhar, se levanta da cadeira, cruza os braços, estufa o peito e fala:

— Sou a futura rainha demônio. Sou Yeva Smert. Sua salvadora!

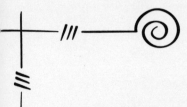

CAPÍTULO 19:

TEM NOÇÃO DO QUE ESTÁ FAZENDO?

Yakov estava em pé sob uma arena de treino, ele estava só usando uma calça de seda larga branca e encarando outro adversário, que era outro demônio que tinha uns 20 centímetros a menos do que o rei, porém ainda possuía um físico que faria inveja muitos combatentes experientes. O adversário de Yakov também estava usando uma calça de seda branca e, além disso, usava uma espada e escudo de madeira, na sua mão direita e esquerda, respectivamente.

O combate começou quando ambos os lutadores partiram para cima. Sem pestanejar, o demônio armado desferiu um golpe descendente de sua espada de madeira, mirando na cabeça de Yakov, enquanto protegia o seu lado esquerdo com o escudo.

O rei cronometrou precisamente o golpe que vinha em sua direção e desviou no último segundo, atacando o escudo do adversário com um poderoso soco de direita. Ambos os combatentes não estavam usando magia ou artefatos mágicos, pois era uma disputa de pura força física e habilidades de combates inatas de cada um, mesmo assim, o demônio armado sentiu o golpe do rei, como se o monarca estivesse usando uma marreta. Usando um trabalho de pés, ele conseguiu evitar dar alguma brecha para o rei atacar.

— Meu rei, permissão para falar à vontade. — O demônio armado falou, ao mesmo tempo, faz outra investida contra o rei.

— Duke, essa tática de me distrair durante uma luta não vai funcionar. — Yakov sorriu para o seu amigo, enquanto desviava de uma estocada. — Mesmo assim, fale livremente.

— Você vai mesmo permitir que a sua filha tenha um imundo humano como escravo a serviço dela. — Para Duke, essa ideia era, além de absurda, repugnante.

— Sei que deve ser difícil para você entender, caro amigo, mas confio no julgamento da minha filha.

— O quê? Por quê? — Duke ficou tão perplexo, que deixou uma abertura para Yakov, atacar com pura força bruta.

— Mesmo na sua tenra idade, Yeva provou ter um julgamento de ação e frieza superior, se comparado a muitos demônios. — Agora, foi a vez do outro demônio desviar dos sucessivos ataques do Yakov.

— O senhor se refere aos acontecimentos de alguns dias? — Duke estava se referindo à tentativa de assassinato contra Yakov, que usaram uma fera mágica enlouquecida. Ele aproveitou uma chance de acertar um forte chute frontal no plexo solar do Yakov. O rei conseguiu aguentar o peso do golpe, usando só os seus braços para se defender.

— Sim, meu amigo. Claro que ela ainda tem um longo caminho, se quiser ser rainha de fato, mas acredito que ela está no caminho certo. — Yakov aproveitou uma das tentativas do Duke de estocá-lo e aparou a espada de madeira com as palmas de suas mãos, no mesmo instante, o rei desarmou o seu oponente.

— Só mais uma pergunta, meu rei. — Disse o Duke, levantando os braços em sinal de rendição.

— Pergunte. — Yakov, se dirigia para a saída da arena seguido de perto pelo Duke.

— O senhor não teme que essa escrava humana seja um perigo para a princesa, tanto um perigo físico, quanto o perigo de sua imagem perante aos outros lordes demônios? — Duke guardava o escudo de madeira que tinha rachaduras em toda sua extensão, no suporte de armas de treino. Fazendo a mágica imbuída no suporte, reparar os danos sofridos pelo escudo. Yakov também guardava a espada de madeira, enquanto respondia o seu amigo.

— Eu pessoalmente verifiquei essa humana, enquanto ela estava em coma induzido. Digo que as feridas em seu corpo eram reais e ela teria morrido, se não fosse a intervenção da minha filha com o seu golem. Por isso que acho pouco provável que essa humana seja uma assassina contratada. Mesmo assim, dei ordens expressas para a Lilith matar a humana, caso ela represente alguma ameaça para Yeva. — O rei enxuga o suor em seu rosto com uma toalha. — Quanto à imagem da Yeva perante aos outros lordes demônios, isso é um problema dela, não meu. — A resposta do Yakov surpreendeu Duke. Então Yakov, continuou a falar — Meu amigo, eu amo a minha filha de todo o coração e não existe nada que não faria pela felicidade e segurança dela, mas tenho plena consciência que o trono do rei não é zombaria. É uma responsabilidade que poucos são capazes de arcar, e a Yeva precisa provar ser capaz, se quiser sentar no trono. Se não, o que aguarda para ela é uma vida de sofrimentos, arrependimentos e solidão, em outras palavras, tudo aquilo que não desejo para minha filha.

Entendendo o ponto de vista do rei Yakov, Duke Glabour, general demoníaco e lorde demônio que governa a cidade fortaleza de Alastor, adquire um novo respeito pelo seu rei, ele dobra os joelhos e abaixa a sua cabeça.

— General Duke Glabour, — Yakov falou em uma voz profunda. — como seu rei, quero que teste a Yeva como qualquer outro demônio com potencial de subir ao trono do nosso reinado, sem qualquer favoritismo. Eu confio no seu julgamento. Como um pai, peço que proteja minha filha com todo o seu poder, caso eu não possa fazer isso.

— Sim, meu rei. — O general abaixa ainda mais a sua cabeça, tocando sua testa no chão.

— Agora, levante e me acompanhe no café da manhã.

Pouco tempo depois, o rei Yakov estava sentado na mesa, comendo com a família do lorde demônio Duke. Elas eram sua esposa Galina Glabour e suas duas filhas gêmeas, Yuliya e Yelena, ambas já tinham a idade real de 57 anos, porém tinham uma aparência jovem como se tivesse 19 anos. Elas herdaram os cabelos loiros ouro de seu pai e os olhos vermelho sangue de sua mãe. Yeva também estava lá, sentada entre as gêmeas, elas estavam acariciando as bochechas ou alimentando a criança com toda a sorte de comidas doces. Yakov conversava com Duke e sua esposa. Quando o amuleto de comunicação do rei, em forma de anel em um dos seus dedos, começou a piscar, atraindo a atenção de todos.

— Desculpe, preciso atender esta ligação.

Yakov tirou o anel em seu dedo e colocou em cima da mesa. O cristal azul-celeste no centro da mesa projetou no ar uma imagem em três dimensões e no tamanho real das pessoas que estavam ligando para o rei. Era um casal de demônios, o homem da projeção, assim como a Yeva, tinha uma característica peculiar. Sua pele era um vermelho intenso, enquanto os seus cabelos como a esclera de seus olhos eram negros como o céu noturno, em contraste com as suas pupilas que tinham um brilho alaranjado. A mulher sentada numa cadeira tinha características muito semelhantes aos do Yakov, mas o que se destacava nela era o inchaço em sua barriga denunciando a sua gravidez, o casal usava mantos de seda de cores vibrantes, eles estavam de cabeça baixa em reverência ao rei.

— Meu rei, fico feliz em lhe ver. — O casal falou em uníssono.

— Oleg Smert e Yekaterina Smert, podem ficar à vontade. — O rei falou.

— Bom dia, tio Oleg, tia Yekaterina. — Yeva falou, quando terminou de engolir uma guloseima.

— Meu pequeno floco de neve, seu pai está lhe tratando bem? — Yekaterina perguntou, olhando em direção para a princesa, como se ela estivesse na sua frente.

— Claro que sim, papai é o melhor. — As palavras da menina fizeram o coração do monarca dar várias batidas de felicidade, quase desmoronando seu rosto indiferente. Quase.

— Qual é o prazer de sua ligação, priminha? — Yakov perguntou.

— Oh! É mesmo. Preciso dos documentos que ateste que sou uma representante do rei. Quero fechar logo um acordo comercial com o império.

— Quem vai assinar o acordo?

— É claro que serei eu, meu Rei. — Yekaterina falou, como se fosse a coisa mais óbvia do mundo.

— Como assim? — Yeva falou com uma voz um pouco alta demais para o seu gosto, atraindo a atenção de todos, mas ela estava perplexa demais para perceber. — Tia, a senhora está grávida, deveria estar descansando, e não viajando por aí!

— Oh! Meu floquinho de neve, obrigada pela sua preocupação, mas estou bem. O bebê só vai nascer daqui a oito meses, até lá, eu já vou estar de volta na segurança do meu lar. — Yeva ainda estava consternada com a falta de preocupação de sua parente que tem mais de 80 anos, mas que na Terra seria o equivalente a uma mulher de 26 anos. Sua consternação só ficou maior quando Galina, a esposa do Duke, falou:

— Princesa Yeva, a Yekaterina está certa, não precisa se preocupar, nós, demônios, temos dificuldades de ter nossos bebês, porém, quando eles estão em nossas barrigas, só uma catástrofe nos fará perdê-los.

Quando Galina voltou o seu olhar afiado para suas filhas, elas estavam suando frio, caladas, rezando para todos os deuses demoníacos para que a sua mãe não as envergonha-se na frente de todos. Galina teria perguntado para suas filhas quando é que elas lhe dariam um ou dois netos, mas com a princesa tendo apenas cinco anos e estando presente na sala de jantar, a fez deixar a questão de lado e terminou de tomar o seu chá de forma refinada.

— Meu floco de neve, quando você crescer mais um pouco, vou explicar tudo para você sobre bebês. — Quando Yekaterina falou isso, Yakov cuspiu parte do chá que estava bebendo, quando sentiu o olhar de todos sobre ele, tratou de mudar de assunto, o mais rápido possível.

— Yekaterina, só vou demorar mais um pouco aqui em Alastor, até finalizar o projeto em que estou pessoalmente trabalhando. Até lá, aguarde eu chegar na capital.

— Como desejar, meu rei. — Yekaterina falou, olhando de forma divertida para o seu primo.

— Meu Rei e General Duke, quero acertar com vocês os detalhes de segurança da minha família, nos últimos dias, eu me sinto mais inquieto — Oleg falou, fazendo Duke e Yakov levantarem as suas respectivas sobrancelhas.

— Aconteceu alguma coisa, lorde Oleg? — Duke perguntou.

— Graças aos deuses, não. Mas não consigo relaxar, principalmente agora com a minha esposa grávida do nosso primeiro filho. — Oleg já tinha passado por tantas experiências ruins que temia que a pouca felicidade que tem agora pudesse ser perdida, como se fosse areia ao vento. Por sua vez, Duke e Yakov pensaram que as mesmas pessoas que tentaram assassinar o rei tivessem tentado algo contra Oleg e sua esposa.

— Lorde Oleg tem razão. — Disse o general. — Este é o melhor momento de reforçar as medidas de segurança. — Então, os três homens passaram alguns minutos acertando e confirmando todos os detalhes.

— Muito obrigado, meu rei, por proteger a minha família. — Oleg abaixou profundamente a sua cabeça.

— Que isso, lorde Oleg. Você é parte da família. É claro que vou me preocupar em protegê-los. — Oleg sabia o que foi necessário para que Yakov pudesse chegar ao trono. Isso incluiu derramar sangue de seus próprios parentes, porém Oleg preferiu confiar naquele que se senta no trono e dita as regras do jogo do que antagonizar o monarca e perder a felicidade que lutou tanto para conquistar.

— Antes de desligar, quero convidar a todos para vir ao oásis de Bifrons. — Yekaterina falou, ganhando sorrisos das gêmeas e da Yeva.

— Será um prazer! Faremos uma visita, depois que o seu bebê nascer.— Yakov falou.

— Eu não posso me afastar da minha posição sem comprometer a segurança da fortaleza de Alastor, mas a minha mulher e filhas podem usar essa oportunidade para relaxar. — Disse Duke.

— Ótimo, eu aguardo todas vocês, meninas. — Comentou Yekaterina, desligando.

— Yuliya e Yelena, parem de brincar com a princesa e vão se arrumar para o trabalho, senão vão se atrasar. — Galina falou, enquanto limpava os cantos de sua boca com um lenço, como uma verdadeira dama refinada.

— Sim, mãe. — As gêmeas falaram em uníssono, repetindo a mesma etiqueta da Galina.

— Princesa Yeva, eu apreciaria que você me acompanha-se para algumas aulas de etiqueta.

— Por quê? — Yeva perguntou, com um monte de migalhas da comida em seu rosto.

Galina iria abrir a boca para responder, quando os amuletos de comunicação dela, do seu marido e do rei piscam ao mesmo tempo. Os três se entreolharam, quando viram quem estava chamando por eles. Galina rapidamente enxotou suas filhas para fora da sala de jantar, dizendo para levarem a Yeva com elas. Só quando as meninas foram embora que eles atenderam a ligação. O cristal na mesa projetou a imagem de um demônio vestindo uma armadura metálica fosca, com cristais mágicos embutidos no seu peitoral e ombreiras do tamanho de uma maçã. Ele estava ajoelhado, prestando o devido respeito para todos.

— À vontade, coronel Ivan. — O rei falou.

— Muito obrigado, meu rei.

— Seja breve, Ivan, por que você nos chamou? — Galina perguntou.

— Coronel Galina, General Duke, Rei Yakov, um enviado dos anões deseja se reunir com nossas lideranças com urgência. De acordo com eles, as nações humanas estão se unindo para guerrear contra os anões.

(Horas mais tarde, no continente do norte)

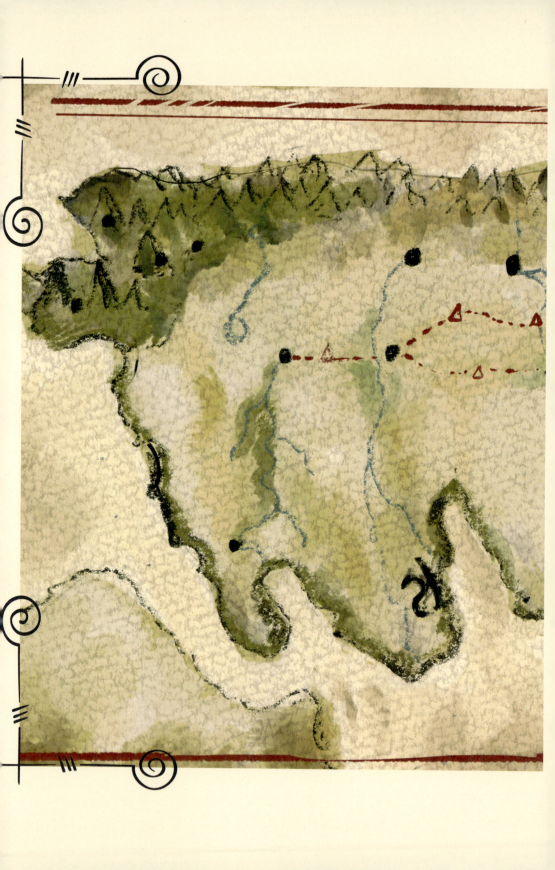

CAPÍTULO 20:
VENTOS DE UMA NOVA GUERRA

Na cidade portuária de Ran, a chuva da primavera caía em toda a região. O ar úmido, seguido de ventos fortes vindos do mar, fazia a temperatura do ambiente ficar tão fria quanto um dia típico de inverno. Por isso que a lareira estava estalando e ardendo no escritório do governante da cidade. O senhor Lofar é um humano, estava sentado na sua cadeira de rodas, olhando para o mais novo e atualizado mapa-múndi. Gastou uma generosa quantidade de dinheiro, mas isso não tinha importância, pois conhecimento era algo mais valioso e poderoso que qualquer ouro ou joia deste mundo. Era uma mentalidade que quase nenhum nobre como ele tinha.

Passando pelo seu dedo, ele viu os quatro grandes continentes: continente de Farir, conhecido como continente verde ou terra dos elfos, continente de Eismir, chamado de terras do norte ou lar dos humanos, continente de Orcus, conhecido como grande deserto ou terra demoníaca, e, por fim, continente Denali, conhecido como florestas de montanhas ou lar dos monstros do sul, separando essas terras tinham os oceanos Tungus e Phantus, estes ocupam a maior parte do mapa. As raças das águas certamente não têm do que reclamar no quesito espaço, assim pensou o senhor Lofar. Existe uma nota de rodapé no canto do mapa, apontando para uma ilha, que dizia ilha flutuante de Draken, terra dos dragões, localização aleatória.

— Meu senhor, por que aqui diz localização aleatória?

A pessoa que questionou isso foi a sua empregada pessoal, mas ainda em treinamento, Judy, apesar de ser uma menina nova, tendo em torno de seus 15 anos, se esforçava para aprender o máximo possível sobre uma grande variedade de coisas. A sua curiosidade era uma das suas características que Lofar mais gostava.

— Vejamos, esta ilha viaja pelos céus ao redor do mundo. A lenda diz que um deus dragão fez a ilha subir aos céus e viajar por aí. Se isso é verdade ou não, eu não sei dizer, mas apostaria as minhas fichas que sim, pois um dragão é um ser muito forte.

A empregada parecia estar pensativa e, ao mesmo tempo, fascinada com a história que o administrador da cidade dizia. Neste momento, surge uma batida na porta, uma voz masculina perguntava:

— Senhor Lofar, posso entrar?

— Sim, por favor, entre.

Sem demora, a porta abriu e surge o seu mordomo-chefe que é um bestial raposa, usando o seu terno típico de sua função e com um óculos pousado em cima de seu focinho, e, logo atrás dele, um homem com uma constituição típica de um soldado, usando armadura de placas do exército, seu rosto aparentando ter uns 30 e poucos anos, sua expressão facial era rígida, o queixo largo, seguido de suas costeletas que se união ao cabelo curto, fazia ele parecer estar mal-humorado.

— Mestre Lofar, este é o Tenente Vargas, em nome do rei, ele pediu uma audiência com o senhor.

Seu mordomo faz a apresentação do tenente e ele prontamente faz uma reverência, abaixando levemente a sua cabeça molhada pela chuva que caía lá fora, então, com uma voz grossa ele fala:

— Preciso conversar com o senhor a sós, por favor.

— Sim, claro, Judy, por favor, saia!

— Sim, meu senhor.

O oficial do exército seguiu a menina com seus olhos, quando ela saiu fechando a porta, ele começou a falar:

— Estou aqui sob ordens do rei, ele exige que o senhor participe do esforço de guerra.

— Guerra?

— Sim, estamos noticiando todos os nobres da região, da costa leste.

— Quando a decisão foi tomada?

— Desde ontem, nossa unidade está espalhando a notícia por toda a costa. Levando em conta o tempo de viagem até a capital, diria que o anúncio de guerra aconteceu há uma semana.

— Entendo, então, por favor, entregue os detalhes dos recursos exigidos, vou procurar providenciar tudo o mais cedo possível.

— Muito obrigado pela sua cooperação, o rei ficará satisfeito. Se me der licença, devo me retirar, ainda preciso chegar amanhã para a próxima cidade.

O tenente de aparência carrancuda lhe entrega um documento com todos os detalhes, dos recursos para o esforço de guerra. Isso inclui recursos materiais e humanos. Depois, ele bate continência, gira os seus calcanhares e sai do escritório. Deixando o senhor Lofar sozinho, não demora muito, outra batida na porta.

Lofar sentado em sua cadeira de rodas, olhando fixamente para a chuva que atingia a vidraça da janela quase o dia todo, percebe o seu fiel mordomo-chefe, Kitus, entrar.

— Você conseguiu ouvir tudo, né?

— Sim, meu senhor.

— Me dê a sua opinião sincera, Kitus, é sensato guerrear contra os anões?

O mordomo balançava suavemente as suas orelhas, apoiando uma das suas mãos no seu focinho, o nobre gostava de ouvir outras opiniões em outra perspectiva, e o seu mordomo era perfeito para isso.

— Olhando de forma objetiva. É uma loucura, como uma nação independente, os anões preferem a neutralidade diplomática. É evidente que isso é uma tática para vender os seus produtos para qualquer um que possa pagar, mas os reinos humanos querem exclusividade para aumentar o seu poderio militar, por isso que as outras nações vão intervir para evitar que isso aconteça.

— Sim, você tem razão, mas por que ir para guerra com uma desvantagem tão óbvia?

— Hum! Infelizmente, não sei dizer, meu senhor. Com todo o respeito, só posso dizer que os humanos são tão gananciosos que qualquer nação humana poderia ter feito essa manipulação nas sombras para atingir este cenário.

— Entendo!

— O que o senhor deseja fazer?

— Por enquanto, não posso ir contra a vontade do rei, preciso providenciar estes recursos, mas isso está me incomodando. Kitus, mande uma equipe de espionagem para a capital, precisamos saber ao certo quem está instigando o nosso reino para ir à guerra.

— Ao seu comando, meu senhor. Aliais, posso usar a Judy? Creio que será uma boa experiência para ela.

— Sim, claro.

— Se me der licença, preciso ver se o seu café da manhã já está pronto.

— Certo, e muito obrigado pela sua opinião a respeito do assunto.

— Eu existo para lhe servir.

CAPÍTULO 21:

COMETA E DRAGÕES. PARTE 1

No seu escritório, Griffith está lendo e assinando algumas papeladas que estão sendo entregues pelo seu assistente pessoal, Jae-in, um dragão do Clã de Jade, ambos estão na sua forma humanoide. Esses dois já têm uma convivência de algumas décadas, então, a montanha de papeladas que eles tinham que ler e averiguar é vencida em poucas horas, em uma das papeladas lidas em silêncio pelo seu assistente pessoal, despertou sua atenção especial que logo repassou para o imperador.

Lendo atentamente o documento, Griffith fica sabendo que o fenômeno celeste conhecido como A Viajante, que acontece no intervalo de 200 anos, acontecerá daqui a poucos dias e seria visível para todo mundo no céu noturno. Um dragão em média consegue ver esse evento, pelo menos, uma vez na sua vida, se tiver muita sorte umas três vezes. É um espetáculo de luzes que quase todo o império para pra apreciar, com isso, o imperador começa a pensar em algo. Quando a porta de entrada do seu escritório se abre e entra o conselheiro-chefe, andando a passos largos, segurando uma carta selada.

— Vossa majestade, desculpa a entrada repentina, mas recebemos uma carta urgente.

O imperador só levanta a sobrancelha e pega a carta posta na mesa. Imediatamente, ele sente que a carta tem um selo mágico alquímico. Tal selo é usado somente por chefes de estado em assuntos oficiais. Entendendo o motivo da agitação do Lorde Greta, ele rapidamente pega uma faca curta guardada na gaveta da sua mesa e recita alguns versos mágicos.

— *Scribo vobis mala, maybe vos non legitur, sed fortasse et etiam statim responsum.* — A faca que tinha uma lâmina prateada escurece, logo em seguida, com a ponta da lâmina, ele corta o selo e a carta pode ser lida com segurança.

Assim como o Griffith imaginou, o seu conteúdo era problemático e bastante sério, depois que terminou de ler, entregou a carta para o Greta, quando o conselheiro-chefe levantou o seu rosto no momento que terminou de ler, falou:

— Precisamos fazer uma reunião com urgência, convoque o ministro de relações exteriores e os generais presentes, não podemos perder tempo.

— Entendido, vossa majestade, quer que eu convoque a imperatriz também?

— Não, vou informá-la quando tiver acertado todos os detalhes na reunião.

— Sim, vossa majestade, como o senhor desejar.

Horas depois, após ficar discutindo em uma longa reunião, o imperador entra nos seus aposentos particulares para dormir. Já era tarde da noite e ele encontra sua esposa e filho, ambos dormindo juntos como era o costume, desde que o seu menino nasceu. Quando Griffith se aproxima deles, sua esposa abre os olhos sonolentamente.

— Ops! Desculpa se acordei você — Disse o imperador.

Por sua vez, com a voz preguiçosa a sua esposa responde:

— Tudo bem, mas você demorou. Houve algum problema no trabalho?

— Não diria que foi um problema, recebemos uma carta, com um pedido de reunião com o embaixador dos anões, parece que eles querem negociar conosco, por isso, estava em reunião para acertar todos os detalhes desse encontro. — É comum o casal imperial ter esse tipo de conversa, além disso, era uma obrigação que ambos tivessem pleno conhecimento de tudo o que se passava na administração pública do império, pelo conteúdo da conversa, a imperatriz fica um pouco mais em alerta e usa uma magia de link mental com o seu marido para discutir o assunto, sem arriscar acordar o seu filho.

— O que os anões queriam? — Perguntou a imperatriz.

— Um acordo de cooperação mutua de defesa, parece que parte dos reinos humanos concretizaram uma coalizão para guerrear contra os anões, como eles estão preocupados de que talvez não consigam resistir a esse conflito, eles estão pedindo a nossa ajuda para defender as terras deles.

— Compreendo, realmente isso não é algo para se levar de ânimo leve. — A imperatriz solta um suspiro mental, enquanto ela cede mais espaço para que o marido possa se deitar ao seu lado. Quando Griffith se acomoda no acolchoado circular que eles chamam de cama, a imperatriz logo se aconchegou no corpo do seu marido, sentindo o calor confortável que naturalmente ele emitia, já o imperador usou uma das suas asas para cobrir tanto a sua esposa, como o seu filho, em seguida, o imperador fez um breve resumo do que aconteceu na reunião.

— Quer dizer que aceitaremos esse acordo de defesa mutua? — perguntou a Aria.

— Se eles aceitarem os termos da parceria, sim! — Griffith balança a cabeça em afirmação.

— Bem, mas eu não estou convencida disso. — Aria levanta abruptamente a cabeça e olha diretamente para o seu marido, então, ela continua. — Já disse várias vezes, devemos ser independentes como sempre fomos em questão de defesa do nosso território, não podemos entregar nada que seja relacionado a isso, por mais irrelevantes que sejam. — Apesar de ser uma dragoa de gelo, Aria defende o seu ponto com tanto afinco, quanto um dragão de fogo caçando sua presa.

— Tudo bem, eu já entendi, conversaremos sobre isso mais tarde. — Griffith tenta acalmar a sua esposa antes que ela fique exaltada demais e faça algo que se arrependa depois. Buscando uma forma de mudar de assunto, ele se lembra de algo e então fala rapidamente para o seu próprio bem: — Recebi um relatório interessante que você vai gostar de ouvir.

— Fale. — Aria olha para o seu marido com os olhos afiados de um predador.

— Os observadores celestes disseram que a viajante aparecerá na próxima semana, e por conta disso, estava pensando em fazer um evento com todos que têm família reunida aqui no palácio para apreciar o espetáculo, o que você acha?

— Primeiro, fingirei que você não está mudando de assunto, essa discussão com relação aos anões ainda não terminou, senhor Griffith. — Aria vira a cabeça para o lado ainda aborrecida com o resultado da reunião, mas logo em seguida sua voz mental fala com uma alegria de uma garotinha. — Segundo, acho uma ideia maravilhosa, poderíamos fazer uma espécie de piquenique com muita comida e bebida para todos e faríamos nos jardins internos, será maravilhoso fazer isso com nossa família reunida.

— Sabia que você iria gostar. — Griffith sentiu o alívio momentâneo da pressão que a sua própria esposa fazia, logo, uma pergunta brota na cabeça do imperador — Como anda o temperamento do Ras?

— Ele melhorou bastante com tempo, mas ainda tem os seus momentos de depressão, claro, acontece com menos frequência, mas ainda assim... — Aria olha para o seu filhote com um misto de ternura e preocupação.

— Queria entender o que se passa na cabeça dele para ter esse estado depressivo, e sendo ainda tão novo que nem passou pelo ritual da verdadeira forma. Você tem certeza de que não devemos levá-lo para um especialista do Clã das Hidras? — Griffith expõe as suas preocupações, mas a sua esposa responde:

— Não penso que seja necessário, como já disse, ele melhorou bastante. Acredito que deveríamos dormir, a sua cara de cansaço é evidente. — Griffith concordou com a sugestão da Aria e, com isso, o casal imperial terminou o dia, sem perceber que em um dado momento o filho deles acordou e pensou que seus pais estavam tendo uma de suas várias discussões acaloradas e fingiu continuar dormindo, para não ser arrastado para coisas problemáticas.

CAPÍTULO 22:

COMETA E DRAGÕES. PARTE 2

 Quando o imperador e sua família chegaram nos jardins suspensos que fica ao longo da encosta da montanha, viram o lugar cheio de dragões na sua forma humanoide, comendo, bebendo e se divertindo com jogos de cartas, os mais jovens tinham a liberdade de se encontrar com os seus amigos ou com os seus interesses românticos. As poucas crianças buscavam brincar com os seus amigos e isso não foi diferente para Rastaban, quando a sua amiga Layla se aproximou dele, seguido dos pais dela.

— Vossas majestades, poderiam deixar que o Ras brinque comigo.

— Claro que sim. — Disse Aria. Sem esperar que seus pais falassem mais alguma coisa. Rastaban corre até a sua melhor e única amiga naquele lugar.

— Não corram para muito longe, entenderam? — O imperador Griffith e o líder do clã das sombras, Zayn Kasper, falaram ao mesmo tempo, e alto o suficiente para as crianças ouvirem.

— Sim! — A dupla respondeu em uníssono. Com isso, os dois dragões machos observaram seus filhos se divertirem com sua respectiva amizade, enquanto suas esposas se abraçaram como boas amigas.

— Gostaria de beber comigo? — Griffith perguntou para Zayn, que ainda olhava para a direção onde sua filha foi, com uma expressão complexa no rosto.

— Sim, sim! Caro imperador, será uma grande honra. — Zayn balançou sua cabeça, afastando um futuro apavorante que imaginou e se concentrou no presente.

— Por hoje, deixe as formalidades de lado e relaxe. — Griffith, dava tapinhas nas costas do dragão negro.

— Como o senhor desejar. — Zayn sorriu meio sem jeito, enquanto era conduzido para a mesa com várias bebidas, com teor alcoólico suficiente para matar um humano comum com uma única dose, mas, para os dragões, os deixavam levemente divertidos e relaxados.

Naquele momento, Rastaban buscou se desligar de sua condição de reencarnado e só queria curtir o evento. Quando a pequena dupla se deu conta de seu entorno, o jardim interno já tinha mais dragões dos mais variados clãs. Todos nas suas respectivas formas humanoides, vestindo as suas melhores roupas para a ocasião. Como era de costume, o céu noturno acima deles praticamente não tinha nuvens, afinal, eles estavam em uma ilha flutuante e já estão em uma altura considerável, o que era excelente para ver a passagem de um fenômeno celeste.

— Ei, Ei, Ras, você sabe o que é a viajante? — Perguntou a Layla cutucando no ombro de seu amigo, então, ela continua. — Papai e mamãe me explicaram, mas eu ainda não entendi direito.

— Hum! Como posso te explicar? — Rastaban, estava ponderando a melhor forma de explicar o fenômeno. — Pelo que entendi a viajante é um cometa, pense que é uma grande bola de pedra e gelo que possui um caminho definido no espaço, parecido com que a ilha de Draken faz, todavia, a viajante faz o seu caminho em torno do sol, o que veremos é a passagem do cometa próximo ao nosso planeta.

— Nossa, Ras! Como você sabe de tudo isso? — Perguntou a sua amiga com um genuíno entusiasmo, no momento que o dragão de escamas brancas pálidas iria falar ser só um conhecimento comum de astronomia, seu cérebro congelou e começou a gaguejar tentando consertar a burrada que acabou de fazer, com medo de cometer outro erro, ele falou a mentira mais simples que pensou na hora.

— Li em um livro da biblioteca.

Quando a Layla iria perguntar, qual era este livro, os murmúrios dos dragões em volta chamaram a atenção da dupla que olharam para cima. O que viram foi um espetáculo de luzes coloridas que surpreendeu até mesmo o Rastaban. Ele não imaginou que seria daquele jeito. O núcleo do cometa era imenso para os padrões da Terra, possuindo um brilho mais intenso que a própria lua cheia. Sua cauda se espalhava no céu noturno, indo de uma ponta a outra no horizonte como véu multicolorido caindo sobre todos. A medida que o cometa seguia em sua viagem caminhando na direção leste-
-oeste, deixando todos os espectadores maravilhados.

Se lembrando de uma superstição da Terra, Rastaban desejou algo do fundo do seu coração. Se cercando de uma determinação de ferro, jurando para si mesmo que iria achar uma forma de voltar a ver a sua avó, nem que seja por uma última vez. Ele não sabia como faria isso, nem sabia que meios utilizará para alcançar esse objetivo e muito menos tinha garantias que teria êxito, porém, ele sente que deve fazer todo o possível.

— Espere por mim, eu juro que vou até você. — A voz do Rastaban era só um sussurro, mas, em seus ouvidos, parecia ser um grito de determinação.

Poucos minutos antes da passagem do cometa, Aria estava cercada de dragoas. Uma delas era Lady Hilda, uma representante do clã de jade. Em sua forma humanoide, Hilda tinha 1,88 metros com um corpo com músculos bem tonificados, sua pele branca rosada tinha escamas verdes espalhadas nos seus braços, pernas, pescoço e na maçã do seu rosto. Mesmo tendo um rosto com linhas finas, ainda mostrava que ela era uma guerreira temperada para o combate, ainda mais que ela usava um tapa-olho no lado direito, seus chifres eram semelhantes às galhadas de um cervo. Seus cabelos verdes eram extremamente lisos e longos, terminavam perto do seu quadril. Hilda estava se sentindo um pouco desconfortável devido à roupa que estava vestindo, que era um vestido de seda vermelha que dava destaque às suas curvas suáveis e suas costas com um longo corte em V.

— Céus, nunca achei que me arrependeria em usar um vestido, depois de algumas horas. — Hilda reclamou para as suas amigas.

— Relaxa, mulher, olha! Você já está atraindo olhares de alguns. — Disse a Lady Imara, dragoa do Clã da Água, que, assim como a imperatriz, é uma rara especialista em manipulação de gelo, na sua forma humanoide, as curvas de seu corpo eram mais sensuais.

— Pela grande deusa, não. — Hilda correu para as costas de outra dragoa, a Lady Areta, uma representante do clã do fogo, mesmo na sua forma humanoide, ela era uma gigante que media 2,20 metros. Areta não falou nada, ficou tranquilamente bebendo sua caneca de cerveja, enquanto a Hilda trocava de roupa com um estalar de dedos, para um uniforme militar, usado em eventos oficiais.

— Agora me sinto mais à vontade. — Hilda saia das costas de sua colega com um rosto levemente corado. — Desculpe Aria, amanhã vou devolver o seu vestido. — Assim como alguns dragões que estavam perto, a imperatriz Aria suspirou, porém por motivos diferentes.

— Tudo bem, não se preocupe. Só queria ajudar você a ser um pouco mais feminina. — Aria falou.

Quando a Hilda iria falar alguma coisa, a dragoa negra, Sulritê Kasper, esposa de Zayn Kasper, corre para ajudar o seu marido que estava andando com dificuldade sendo ajudado pelo Griffith. O dragão negro balbuciava coisas como: filhinha, não vai embora ou não deixe o papai sozinho, entre outras coisas.

— O que aconteceu? — Sulritê perguntou com uma voz meio aflita.

— Desculpe, não achei que Zayn fosse fraco para bebida. — Griffith falou, se sentindo um pouco culpado. — Já mandei chamar o Lorde Piterus.

— Oh! Imperador, não se preocupe e obrigada por cuidar do meu marido. — Sulritê agradeceu ao Griffith enquanto ela e Hilda levavam Zayn para um lugar mais afastado para descansar. Em seguida, o imperador ouve uma música particularmente boa sendo tocada e diversos casais estão dançando alegremente, com isso, ele estende a sua mão para a sua esposa e fala:

— Lady Aria, me concede a honra desta dança. — Rindo como uma garotinha, Aria pega na mão de seu marido e ambos caminham para curtir aquele momento, enquanto algumas dragoas olhavam para ela com um pouco de inveja. Depois de um tempo, dançando lentamente, Aria quebra o estranho silêncio entre eles.

— Não é só Zayn que é fraco para a bebida.

— Culpado como acusado. — Griffith confessou, depois que vacilou uma e outra vez nos passos de dança.

— Você não quer parar para descansar um pouco?

— Não! — Griffith, se apertou ainda mais com o corpo da imperatriz, como se quisesse impedir que a sua esposa se afasta-se dele um centímetro a mais. Aria não pôs resistência, aninhando sua cabeça nos ombros largos do seu marido. Apesar de estar com um pouco de álcool na cabeça, o imperador pensava em várias coisas ao mesmo tempo, contudo, quando os murmúrios dos outros dragões avisaram para eles que a Viajante estava passando, Griffith viu sua esposa olhar para cima e ser banhada na luz do evento cósmico, com isso, só restou um único pensamento em sua cabeça.

— Aria. — Griffith chamou pela sua esposa, sem nunca desviar o seu olhar nela.

— Sim!?! — A imperatriz olhou para o seu marido.

— Eu te amo.

— Te amo mais. — Aria mostra um sorriso radiante.

CAPÍTULO 23:

PROMESSA

Durou um mês o período de castigo do menino Kelvin, depois de sua atitude impetuosa e insistência em ser um mestre de forja, foi vetando-o qualquer tipo de ensinamento ou treinamento a respeito da magia. Esse castigo não era só uma forma de fazer o menino refletir sobre as suas ações, mas também era um período de recuperação necessário para o corpo da criança, em especial para os seus braços que tiveram danos consideráveis. A magia que o menino executou na casa da Agatha era a magia de fortalecimento do corpo que ele aprendeu como autodidata. Isso provou para as suas duas mães que ele era quase um gênio em conseguir fazer isso com tão pouca idade, ao mesmo tempo, as assustou, pois esse tipo de magia, se praticada imprudentemente, pode colocar o corpo de qualquer um sobre muito estresse, causando lesões graves e até mesmo permanentes. Principalmente para Kelvin, que só era uma criança humana comum com o corpo em desenvolvimento.

Ficar de molho por um mês para o Kelvin foi difícil, mas tolerável. O que lhe causava verdadeira preocupação era que, até aquele momento, ele não recebeu aprovação da sua primeira mãe a respeito de seu aprendizado com a anã. Ela não disse nem que sim e nem que não, o que fazia o menino ficar apreensivo quanto à resposta dela. Ele queria ter a aprovação dela em simultâneo, não queria cometer o mesmo erro em ser insistente demais, provocando o efeito contrário e sendo impedido de ter os ensinamentos de mestre de forja.

Nos últimos dias, ele olhava para sua mãe humana com os seus grandes olhos castanhos claros brilhantes em uma súplica silenciosa. Por sua vez, a Mari fingia não ver os olhos de cachorrinho que o seu filho fazia, foi um pouco difícil para ela resistir a esse apelo silencioso do seu menino. Ela queria ter certeza de que ele percebesse o quão inconsequente ele foi e que não repetisse isso. No fundo, ela estava inclinada a permitir que ele recebesse o legado da Agatha. Afinal, só um louco ignorante iria recusar tal oferta, mas o seu coração estava um pouco abalado e preocupado com o seu menino. Ela não queria que nada de ruim acontecesse com ele.

Depois do café da manhã, Sara supervisiona o treinamento da menina Lis, repassando o básico da magia e sua interação com o espírito contratado, ao mesmo tempo, Mari faria os afazeres domésticos e ficava de olho no Kelvin, que estava no canto da sala lendo um livro infantil.

Mari se lembrou que precisava comprar algumas coisas na feira, estava se arrumando para sair, quando o seu olhar caiu sobre o seu menino que estava lendo uma das suas histórias infantis favoritas, mas sem a sua alegria habitual, dando um longo suspiro de resignação, ela chama pelo garoto:

— Kelvin, venha comigo até a feira e me ajude a carregar as compras, por favor.

Com o chamado da sua primeira mãe, rapidamente recupera um pouco da sua animação e corre até ficar do lado dela e ambos caminham juntos nas ruas da cidade até chegar na feira. Depois de quase uma hora de compras, eles estão voltando para casa, com um braço, a Mari carregava parte das compras e com o outro segurava a mãozinha de seu filho que também carregava as compras mais leves com a outra mão. Durante todo o caminho eles, quase não falaram nada, ainda, sim, ambos sentiram que precisavam falar algo e primeiro a ter coragem a quebrar o impasse foi a própria Mari:

— Kelvin, por que você quer tanto ser um mestre de forja?

Naquele momento a pergunta o pegou de surpresa, o que por um instante o fez levantar a cabeça e olhar para a sua primeira mãe, depois ele começou a ponderar se deveria revelar as suas reais intensões. Ela para de andar e se agacha para ficar na mesma altura que ele, olhando bem nos olhos dele:

— Por favor, querido, me diga. Quero entender as suas razões para você agir assim, eu queria que você se comportasse como uma criança normal, mas parece que você está se forçando a crescer, assumindo um fardo muito pesado para alguém da sua idade. — Vendo a súplica de sua mãe, o menino entendeu que ser honesto naquele momento era a melhor coisa a se fazer, então, ele falou:

— Mamãe Mari, você iria acreditar se eu fosse dizer que me lembro com clareza o momento em que a senhora me adotou. O quanto a senhora lutou por mim para me manter vivo, após ter perdido muito sangue depois do golpe da adaga que acertou o meu peito. — Kelvin aponta para o exato local onde ele havia sido esfaqueado e tinha uma ferida quase mortal que sangrava profusamente por causa daquele golpe. Hoje em dia, o local não tinha qualquer sinal de cicatriz ou marca na pele, porém a Mari se lembrava perfeitamente daquele dia, como se fosse ontem, mesmo já tendo anos. Kelvin era só um bebê, a própria Mari não havia poupado esforços para salvar a vida daquele que seria o seu filho. Ela ficou chocada e boquiaberta diante daquela revelação, ela queria negar aquilo, mas a realidade na sua frente não se importava com os seus desejos.

— Mãe, — Kelvin chamou a atenção da sua primeira Mãe, então ele continuou: — estou cansado de me sentir fraco e impotente. Estou cansado de que outros tirem de mim aqueles com quem me importo. Quero ser forte para proteger você e a mamãe Sara, por isso que quero ser um mestre de forja como a senhora Agatha.

Mari estava com os olhos se enchendo de água, mesmo sendo consciente que precisava ser forte diante de seu filho, essa mesma criança estava demostrando uma forte determinação. Algo além para uma criança naquela idade e estava usando isso para retribuir o amor que ele sentia pela sua família. Mari queria dizer coisas obvias como é dever dos adultos proteger as crianças ou quem deveria ser protegido era ele e não ela ou a Sara, até queria dizer que ele deveria ser só uma criança e não se incomodar com isso, contudo, seus instintos lhe diziam que para o menino na sua frente essas palavras eram vazias, pois Kelvin era uma criança que perdeu parte da sua inocência, em alguns aspectos, ele amadureceu cedo demais e nada do que ela poderia fazer ou dizer mudará isso.

— Oh! Meu menino, eu não percebi isso até agora, me perdoe. — Mari abraçou o seu filho da forma mais carinhosa que ela podia fazer. Por mais irracional que fosse, ela estava se sentindo culpada, um sentimento de ter falhado com a sua criança estava criando raízes em seu coração, por sua vez, Kelvin retribuiu o abraço de sua mãe adotiva. Suas mãozinhas acariciavam a nuca da Mari, buscando confortar aquela mulher maravilhosa que ele aprendeu a chamá-la de mamãe Mari, com a mamãe Sara, formaram a família que ele ama do fundo da sua alma, somente a sua irmã da Terra tinha esse amor familiar e mesmo agora distante dela. Ele pensava na irmã que foi obrigado a se separar quando reencarnou neste mundo e ocupou o corpo do menino Kelvin.

Quando mãe e filho se desvencilharam de seus abraços, eles riram da bagunça molhada que era o rosto de ambos. Com a manga da sua camisa, ela enxugou as lágrimas de seu filho, assim como as suas próprias, depois colocou o seu melhor sorriso no rosto e então falou:

— Entendi, permito que você receba o legado da Agatha, mas tem que fazer uma importante promessa.

— Sim, mãe, farei qualquer coisa!

— Você tem que me prometer nunca mais chegar em casa no estado em que você chegou da casa da anã naquele dia.

— Entendi, mãe, prometo ser mais cauteloso.

Kelvin sela essa promessa beijando a testa da Mari e com isso mãe e filho voltam para casa se sentindo mais leves e felizes. Durante o almoço, a Mari informou para a Sara sobre a sua decisão, então, elas concordaram em se reunir com a mestra de forja para discutir sobre como seria o regime de ensino do Kelvin, para isso, convidaram a Agatha para a reunião na noite seguinte.

Quando a Agatha chegou na casa da família Niyaty, estava usando roupas de aparência bem desgastadas que consistia de camisa, calças e botas de couro, seus cabelos laranja intensos estavam amarrados com o habitual coque, em uma das suas mãos segurava um bastão de metal que usava para se guiar nos arredores e o seu inseparável martelo de forja estava firme amarrado na sua cintura. Kelvin já recebe a anã na entrada da casa fazendo uma saudação simples que ela retribui da mesma forma, então, o garoto conduz a anã para a sala de estar da casa, onde a Mari e a Sara já estavam sentadas esperando por ela e assim a reunião começa.

CAPÍTULO 24:

NOVA ROTINA

Kelvin lentamente abre os olhos, fitando o teto de seu humilde quarto que estava começando a ser clareado pelos raios de sol. Se colocando sentado na cama, ele boceja, esfregando os olhos. Pronto para começar a rotina que adquiriu em sua vida nos últimos dias.

Sem que ninguém mandasse, ele iria para os fundos do quintal para iniciar a rotina de exercícios, dado pela sua mãe Sara, que consistia em correr algumas voltas no quintal, depois, fazer algumas sessões de agachamentos, abdominais entre outras atividades.

Quando a sua mãe Mari lhe chama, Kelvin já está encharcado de suor. Ele vai tomar banho, depois, ajuda a arrumar o café matinal com a Mari. Toma o café da manhã com toda a família reunida, incluindo a convidada especial, a garotinha Lis. Desde quando ela chegou na casa dele, Kelvin e a Lis não tiveram nenhuma grande conversa e se limitaram com troca de algumas palavras. Não existia nenhum tipo de hostilidade por parte deles, era só uma falta de oportunidade de terem um diálogo um pouco mais longo que um olá.

Depois do café da manhã e se despedir da sua família, Kelvin corre até a oficina da anã, desde quando ele começou o seu aprendizado de mestre de forja, há exata uma semana. Agatha estava dando lições dos princípios básicos de como diferenciar um bom ou mau metal para se trabalhar. Por ser cega, ele tinha que identificar os metais por meio do som e do peso que essas diferentes peças tinham. Agatha sempre dizia:

— Todo metal tem suas impurezas, dependendo do seu objetivo na peça que quer criar, você vai precisar ter um metal com muita ou pouca impureza, saber disso requer bastante prática e experiência.

— Agatha, você pode me dar algum exemplo? — Kelvin perguntou.

— Vejamos! Peças comuns ou peças com feitiços mágicos de grau baixo necessitam ter um metal com um certo nível de impureza, contudo, peças com feitiços de grau alto vão precisar de um metal mais puro possível. Isso porque as impurezas atrapalham o fluxo de mana, consequentemente, impede uma implementação de feitiços mais fortes que uma fagulha de magia de fogo ou uma brisa de magia de vento.

— Nossa, é complicado. — Kelvin, já começava a vislumbrar como era espinhoso o caminho do mestre de forja.

— Por isso que eu te disse no início, ser um mestre de forja requer muita experiência e prática.

Claro que os primeiros dias ele não conseguia ver nenhuma diferença entre os metais, mas ontem ele conseguiu identificar a primeira peça de metal, quando a anã o testava. Era um pequeno avanço, se comparados aos dias anteriores, mas já era uma coisa boa para o garoto. Quando a loja estava cheia de clientes, o menino ajudava no atendimento com mais naturalidade, até mesmo se comparado à anã, pois ele não tinha o sotaque carregado dela. Ele de tenra idade já falava a língua dos elfos muito bem.

Depois, ele almoçava em casa e, após um tempo de descanso, a dupla Kelvin e Lis fazia o seu treinamento com a Sara no combate corpo a corpo. Esse treinamento consistia em trabalho com os pés e como empunhar uma espada. Sara fazia questão que a dupla fizesse uma série de repetições dos mesmos movimentos, para que eles criem uma memória muscular do básico.

Kelvin percebia que a Lis ficava tão focada no treinamento que praticamente não conversavam. Assim como ele, Lis estava muito centrada em aprender o máximo possível o que a líder da guilda dos aventureiros tinha a ensinar. No fim da tarde, Kelvin ainda teria aulas de curandeiro com a Mari, nessas aulas, ele seria ensinado como realizar magias de cura.

— Kelvin, querido, repita comigo. *Videte membra tua, quae cadunt per mundum, non sunt tua, sunt partes terrae quas donas ad vitam. Cicatrix.* — Mari falava palavra por palavra, pausadamente, para que seu filho pudesse repetir os versos mágicos.

— Nossa, tanto trabalho para uma magia que só cura arranhões e inchaços. — Kelvin meio reclamou, meio gemeu, depois de algumas dezenas de repetições.

— É assim mesmo, querido, lembre-se que magia de cura não faz milagres. É necessário saber qual é o problema que o nosso paciente está

sentido e usar um feitiço de acordo, para evitar desperdiçar preciosa mana.
— Mari explicava tudo pacientemente.

As aulas não seriam muito longas, pois até esse ponto o garoto estava nas últimas, seguindo direto para a cama e dormindo feito uma pedra. Essa foi a rotina que o Kelvin seguiu diligentemente nos últimos dias. Isso deixava as suas duas mães agradavelmente surpresas. Elas esperavam que o Kelvin ou a Lis fizessem reclamações a respeito do árduo treinamento. Principalmente o Kelvin, pois ainda tinha o seu ensinamento de mestre de forja, mas o que as duas mulheres viram foi a forte determinação e a sede de conhecimento que a dupla tinha.

Em uma madrugada, Kelvin acordou um pouco cedo demais. Ele tomou um susto quando abriu os olhos, seu quarto estava misteriosamente bem mais iluminado e essa luz vinha do lado de fora. Então, ele saltou da sua cama e abriu a janela. O que ele viu foi a passagem de um cometa rasgando o céu e iluminando tudo em sua trajetória, logo, ele saiu do quarto e correu até o quarto das suas mães, quando elas ouviram a criança chamar por elas e observaram o fenômeno luminoso. Saíram praticamente só com as suas camisolas, ambas empunhando suas respectivas armas, uma espada curta e um cetro encantado. O menino passou pelas duas mulheres gritando em alegria:

— Vamos lá fora ver isso.

Elas se entreolharam e de novo, viram a criança que estava com os olhos brilhando de alegria. O menino já tinha aberto a porta que dava acesso ao quintal e já iria correr para fora, Mari e Sara já estavam atrás dele, encantadas com o fenômeno natural, quando a Mari se lembra de alguém que deveria estar lá.

— Kelvin, vá chamar a Lis, rápido!

Sem pensar duas vezes, o menino corre até o quarto de hóspedes, onde a menina elfa dormia agarrada em seu travesseiro babando. Estranhamente ele sentiu estar vendo um déjà vu com aquela cena, mas não se lembrava de onde exatamente, rapidamente afastou isso da sua cabeça e com sua voz animada falou:

— Lis, Lis, acorde, rápido, está passando um enorme cometa no céu.

A menina ainda grogue do sono toma um susto com o "estranho" em seu quarto que estava bem iluminado, mas rapidamente recupera os seus sentidos, sendo praticamente carregada pelo garoto que era ligeiramente mais baixo que ela até o quintal da casa. A dupla ficou maravilhada com o espetáculo de luz que acontecia acima das suas cabeças. Com isso, a Lis juntou as suas duas mãos como se estivesse rezando e fez dois pedidos silenciosos e se lembrando o que a levou estar ali e o que queria alcançar.

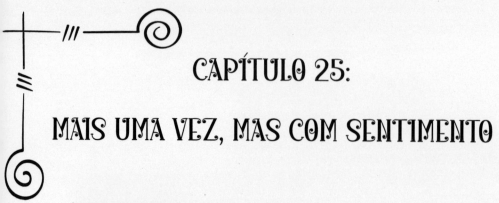

CAPÍTULO 25:
MAIS UMA VEZ, MAS COM SENTIMENTO

(Seis meses atrás)

Uma menina adorável com seu curto cabelo cor de trigo e orelhas pontiagudas executa passos silenciosos na mansão, onde vivia, que ficava localizada na capital Erikô da nação élfica. Essa menina é Lis Van Mahara, tal menina se escondia das empregadas que eram responsáveis por cuidar dela, não fazia isso por travessura, mas por dois motivos válidos na visão da pequenina elfa.

Motivo número um: ela queria ficar só, se sentia sufocada pelos excessos de cuidados e mimos, nunca se sentia confortável com o número excessivo de pessoas em sua volta, isso era um fato, tanto nesta vida, como na vida anterior.

Motivo número dois: ela queria vasculhar a biblioteca da mansão sem ser incomodada, estava em busca de algo que pudesse usar para encontrar o seu irmão, alguma magia ou algo parecido. Se os outros adultos tivessem ouvido os motivos para ela estar ali, iriam pensar que a menina imaginava um irmão, pois ela é filha única da primeira-ministra da nação élfica.

Em seu coração a menina tinha o sentimento de que "o seu irmão estava lá fora, em algum lugar", era persistente, ela não tinha nenhuma evidência, ou pista, ou qualquer coisa que pode-se dizer que ela tinha razão, ela só sentia. Ela queria reencontrar o precioso irmão que lhe salvou na outra vida.

A mais de seis anos ela veio para este mundo, ocupando o corpo de uma bebê elfa. Foi algo que a deixou sem reação, uma hora estava no seu quarto dormindo na Terra e outra hora acordava como uma bebê e, ainda por cima, elfa. *Eu morri mesmo? Como eu morri? Dormindo?* Algumas vezes, ela se questionava e sentia que algo não estava certo. Precisava de respostas, mas só conseguiu recentemente, quando já podia ler de forma razoável.

Ela não tinha certeza do que procurar, ela queria alguma coisa, uma pista, algo que fosse possível indicar o caminho correto, daquilo que ela desejava, então, após se esgueirar nos corredores da mansão. Ela achou a entrada da biblioteca, rapidamente entrou sem pensar duas vezes.

A mansão existia no interior de uma árvore, suas paredes e o piso eram o próprio caule da árvore, moldado magicamente por magos élficos de eras passadas, mesmo tendo esta característica, o visual interno da mansão tinha paredes e o piso lisos, nem parecia que a estrutura fazia parte da árvore. Sua configuração interna era o mesmo de qualquer outra mansão da região, porém maior, isso também se reflete no espaço da biblioteca. Com enormes estantes de livros e pergaminhos, todos bem organizados e ocupavam quase todas as quatro paredes, no centro da biblioteca tinha uma ampla mesa com vários assentos e no seu teto um lustre com pequenos cristais embutidos nas suas pontas. A menina correu para a estante mais próxima e começou a olhar seus títulos.

— Monstros da floresta, não é isso. Administração publi. Não, não. Magias de categoria um, huuuuum, não também. Lendas da gloriosa nação élfica, talvez, vou separar este.

A pequena criança olhava avidamente cada título, aqueles que chamava a sua atenção ela separava, sua caça demorou uns 30 minutos. Já tinha reunido uns três títulos, por enquanto, ela tinha que se limitar a esses, rapidamente ela se sentou em um canto no chão da biblioteca, para aproveitar melhor a luz do dia e começou a ler.

O primeiro livro que as suas pequeninas mãos pegaram foi "Magias de rastreamento volume 1." Logo, ela devotou toda a sua atenção para a leitura. Apesar desse livro estar em outra língua totalmente estrangeira para o seu antigo mundo, ela aprendeu o idioma da língua dos elfos em um menor tempo possível, tanto que os adultos achavam estranho o fato dela se dedicar mais em aprender a ler e escrever do que brincar com seus brinquedos ou com outras crianças. As outras crianças também a estanharam, mesmo a Lis, tendo uma idade próxima a delas, parecia ser mais velha, isso, de certa forma, encantou as outras crianças, tanto que se tornou uma das meninas mais populares.

Conforme o livro, a magia de rastreamento tinha que cumprir condições para ser realizada. Rastrear o alvo, dependendo da técnica utilizada, exige preparações prévias, possível localização do alvo e a quantidade de mana utilizada, por exemplo, quanto maior é a área de busca, maior é a exigência da quantidade de mana, para operar a magia, além de outros fatores que podem interferir na magia, segundo o autor, era necessário conhecer essas variáveis, além de ter um bom controle da sua própria mana.

— Controle de Mana, hum...

Lis já sabia o que era mana e meio que conseguia sentir essa energia. Era como beber algo quente e sentir o calor se espalhar pelo seu corpo, todavia, esse "calor" irradia no meio do seu peito onde fica o coração. Ela tem, está percepção da mana, mas, ainda não tem o controle, pois, quando ela fazia o exercício de controle da mana, que seria direcionar a mana interna para partes específicas de seu corpo, foi o mesmo que segurar água com as mãos abertas, mesmo por meio de várias tentativas. A mana em seu corpo era distribuída de forma igualitária. *Será que estou fazendo certo?* Pensava ela com os seus olhos fechados e braços cruzados.

— Parece que a nossa pequenina maga está com problemas!

Uma voz feminina quebra a sua concentração. Tanto que ela salta de susto e olha em direção a fonte da voz, que estava bem ao seu lado agachada. A figura feminina via a pilha de livros que a pequena menina separou para ler. Essa voz pertencia à guarda-costas pessoal da sua mãe, Gozen Tomoe. Ela é uma bestial mulher loba ou, como a Lis dizia para si mesma, ela era uma lobisomem. A guarda-costas tinha uns 1,80 de altura, pelagem negra com algumas mechas brancas no topo da sua cabeça e olhos amarelos ouros, sempre vestia um quimono de cores mais sóbrias e, presas em sua cintura, duas katanas guardadas em suas respectivas bainhas, com uma diferença de tamanho entre elas.

— Senhora Gozen... Onde está a mamãe?

— Ela está em seus aposentos, como você fez um pequeno alvoroço com as empregadas, então, a sua mãe me pediu para encontrar você.

— Desculpe!

— Tudo bem, isso não é nada de mais, porém estou curiosa. Por que você está lendo estes livros? — A pergunta da bestial foi respondida pela garotinha élfica por um silêncio inquietante.

A bestial por instinto sabia que a criança era diferente de alguma forma, só não sabia dizer que forma e nem se isso era bom ou ruim.

Já a Lis sentia os olhos questionadores da guarda-costas, ela não sabia o que dizer. *É prudente falar que sou uma reencarnada? Falar que tenho lembranças de minha vida como humana? Que eu estava em busca de meu irmão humano? E se falar isso, qual será a reação dela e de todos em minha volta? Desprezo? Abandono? Incredulidade?* Lis ficou sem reação, mordendo os lábios inferiores e olhando para baixo. Ela ficou em silêncio com uma miríade de sentimentos se contorcendo em seu pequeno coração.

Observando a criança, Tomoe achou prudente deixar essa questão de lado. *Seja como for, não é saudável fazer a pequenina, que ainda não completou seus 7 anos, ser pressionada desse jeito, seja o que está criança deseja, eventualmente iria se abrir para alguém. Só espero que eu seja digna da confiança dessa menina.* Pensou a guarda-costas, com isso a bestial se põe de pé e fala.

— Vamos ver a sua mãe! E vamos guardar estes livros, ainda é cedo para você ler isso.

A criança, em silêncio, só balança a cabeça para cima e para baixo. Ela se levanta com os livros em seus braços e os guarda em seus respectivos lugares. Do canto de seu olho, ela vê a bestial pegando um livro em uma das estantes. Olha o seu título e estende esse livro para a menina pegar. Com um ar de curiosidade, ela olha e lê a capa do livro, *Nível básico de manipulação mágica — exercícios práticos*. Depois, ela olha para a guarda-costas, com olhar questionador.

— Se você quer ser uma maga, você tem que saber controlar a sua mana, ao nível de ser tão boa quanto a sua mãe, para poder executar qualquer magia.

— Muito obrigada.

Lis mostra um largo sorriso, enquanto agradece à velha loba. Logo, elas saem da biblioteca e vão em direção aos aposentos da Marjorie Van Mahara. Chegando lá, a primeira-ministra está escrevendo uma carta na mesa de sua escrivaninha.

A mãe da Lis tem cabelos loiros que formam duas tranças laterais, estas criam um arco passando por baixo de seus longos ouvidos que se prendem em um laço de seda branca na sua nuca, seu rosto de traços finos e um corpo esbelto são o exemplo perfeito da famosa beleza das mulheres élficas ou, melhor, ela já é mais bela, até mesmo para o padrão dos elfos. O seu longo vestido de seda branca com detalhes em azul-celeste acrescenta para a mulher élfica uma beleza quase mística. Além da sua formosura, a primeira-ministra é reconhecida principalmente pelo seu status social, pois sua linhagem sanguínea advém a uma das famílias que já produziram muitos líderes da nação élfica, a família Van Mahara. Diante da vida pública, o seu comportamento é voltado para transparecer toda a autoridade que um líder deve ter, todavia, isso muda quando se trata da convivência familiar. Ela tinha uma frágil autoconfiança em si, após o assassinato do marido.

— Mamãe!

A Lis vai em direção à sua mãe com o livro que a bestial lhe entregou. A pequena menina tem sentimentos confusos com relação à sua mãe élfica, por ter ainda memórias de sua outra vida, ela lembrava e comparava os comportamentos das duas mães, ambas as mães trabalhavam muito, quase não tinham tempo para ela, porém a sua mãe élfica era muito mais atenciosa e carinhosa, em comparação com a outra mãe, mas ela tinha mais anos de convivência com a outra mãe humana, ao ponto de saber exatamente como ela iria pensar e agir, no fim, ela achou por bem também construir essa relação de filha élfica-mãe élfica.

— Minha bebê, onde você estava?

— Na biblioteca, lendo este livro foi escolhido pela senhora Gozen.

— Hum! Deixa eu ver, *Manipulação mágica*, olha! A minha filhinha quer ser igual à mamãe?

— Sim!

— Já agradeceu à senhora Gozen.

— Sim!

— Boa menina! — Lis não tinha uma real intenção em se tornar uma maga semelhante à mãe, mas queria usar a magia para achar o seu irmão de sua vida passada.

— Senhora Marjorie, o que acha de deixar a pequena Lis fazer um contrato com um espírito menor? Assim, ele poderia auxiliá-la na manipulação da mana. — A bestial fez essa proposta.

— Não, é cedo demais, ela ainda nem completou 7 anos. — Marjorie inclina a cabeça ponderando sobre está questão.

— Sim, mas acredito que, sendo um espírito menor, não trará nenhum prejuízo para a criança e ela tem uma força de vontade suficiente para superar isso sem dificuldade. — Disse a Bestial.

Não era comum uma criança tão nova quanto à sua filha fazer um contrato espiritual. Normalmente, se espera que tenha uma idade de pelo menos 8 anos para fazer esse tipo de contrato, óbvio que usar um espírito para manifestar a magia traz inúmeros benefícios. Marjorie, sendo uma maga espiritualista mais forte de sua nação, sabia muito bem disso. Ela possuía contratos com 10 grandes espíritos e outros 100 espíritos menores. Além disso, formou o seu primeiro contrato aos 7 anos. Isso trouxe-lhe muito destaque dentro da família Van Mahara. Se sua filha seguir os passos dela, isso seria o ideal, porém espíritos, mesmo os menores, podem possuir uma forte vontade em não se submeter ao mago, isso pode gerar prejuízos temporários para o circuito de mana dela, no pior dos casos.

A Lis sabia por alto o que significava fazer um contrato com um espírito. Ter esse tipo de contrato é o mesmo que ter um auxiliar para executar magias, quanto maior é o espírito, mais fácil será a realização de uma magia complexa, seria como ter um assistente para fazer um trabalho manual. Em troca desse auxílio, o mago fornece uma certa quantidade de mana para o espírito que cresce com esse fornecimento constante de mana. Sabendo disso, os olhos da menina brilharam diante da proposta da bestial, se ela tiver o contrato com um bom espírito, as chances de usar a magia para achar o seu irmão melhorarão bastante.

A criança implora para a mãe deixá-la fazer esse contrato com o seu olhar, enfrentando com determinação o azul-turquesa dos olhos da sua mãe. Marjorie não fala nada de imediato. Normalmente, ela teria dado um posicionamento firme, porém, quando se trata de sua única filha, ela ficou hesitante, a possibilidade de algo dar errado era baixa, mas ainda existia.

— Ok, permitirei, mas quero que você se dedique ainda mais na magia. Isso não é brincadeira, tem que levar a sério.

— Sim, entendido!

A filha respondeu à mãe com verdadeira determinação, por mais de 6 anos ela ansiava por um meio que pudesse utilizar para encontrar o seu irmão e agora ela viu uma porta se abrir para esse objetivo e iria entrar nessa porta, não se importando com as consequências ou os riscos.

Vendo o olhar da sua filha, que se manteve firme todo esse tempo, Marjorie se lembrou do olhar firme e determinado do seu falecido marido. Quando ele, um elfo de família simples, pediu a mão dela em casamento, mesmo ele sabendo de qual família ela vinha, ele foi verdadeiro em seus sentimentos, com poucas palavras, mas que carregavam mais sentimentos que jamais viu em toda a sua vida, ele conquistou o coração dela.

Você está vendo a sua filha, meu amor, ela tem o seu olhar, sua filha está aqui me olhando, assim como você já fez. Sorrindo para sua filha quando pensava isso, ela deu um caloroso abraço no resultado do seu único amor.

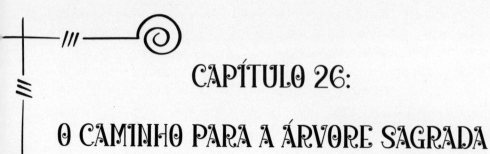

CAPÍTULO 26:

O CAMINHO PARA A ÁRVORE SAGRADA

— Mamãe, o que significa este termo que está escrito aqui?

— Deixa eu ver... hum! *Magna arbor*, este é outro nome dado para a árvore sagrada.

Marjorie Van Mahara e Lis Van Mahara estão juntas montadas em um Guajaruta, que é uma espécie de felino com chifres e tem um par de caninos salientes que sai de sua mandíbula superior, o animal do tamanho de um cavalo está caminhando pela estrada levando-as em direção ao templo da árvore sagrada, que fica a trinta quilômetros da capital. Elas não estão só. Na vanguarda delas, também montada em outro Guajaruta está a guarda-costas, Gozen Tomoe, e na retaguarda tem um par de arqueiros elfos atentos a todo e qualquer sinal de um possível perigo.

O clima agradável, com o vento balançando a copa das árvores, fazia um ambiente favorável para que, mãe e filha, estreitassem ainda mais os seus laços familiares. Lis perguntava sobre tudo que ela via de diferente e sua mãe, Marjorie, alegremente respondendo às perguntas da filha. Foi difícil para Marjorie achar uma vaga na sua agenda de compromissos, se fosse por ela, iria passar mais tempo com a filha, porém o seu trabalho exigia muito.

Uma semana se passou, desde que a primeira-ministra permitiu que sua criança fizesse um contrato com um espírito menor. Nesse tempo, a primeira-ministra realizou todos os preparativos para fazer essa cerimônia. Isso porque, para realizar esse contrato, deve ser feito no templo na árvore sagrada. Como o próprio nome já diz, o templo existe em uma árvore que também é denominada como árvore-da-vida ou, na linguagem antiga, magna arbor.

A árvore sagrada é considerada o local mais sagrado para todos que vivem e dependem da floresta. Se especula que a floresta do continente de

Farir só existe devido ao poder da planta. É possível dizer que os elfos só existem devido à planta. Por isso que o seu acesso é restrito, até mesmo a primeira-ministra sendo a pessoa que possui um dos maiores poderes políticos e mágicos da nação élfica deve se submeter às regras, quando se trata do local mais sagrado de sua nação. Os sacerdotes são extremamente rígidos nesse ponto, ficando até alheios a outras questões políticas e sociais importantes da nação.

A estrada que leva para o templo era feita de um piso de pedras cortadas, larga o suficiente para passar oito cavaleiros com suas montarias um do lado do outro, apesar ser um caminho que leva para um importante lugar, não tem nenhuma construção ao longo de todo o trajeto. Somente a floresta densamente verde existe em ambas as margens da estrada. Existem artefatos mágicos ao longo de todo o caminho. Tais artefatos repelem feras hostis, possuindo uma forma de estalagmite cristalizado, mediam em torno de um metro de altura. Eram absurdamente caros e difíceis de se fazer, contudo, no intervalo de cada quilômetro da estrada existe um deles.

O possível potencial de perigo fica a cargo de bandidos, porém, tentar roubar nesse caminho é praticamente cometer suicídio, pois com os sacerdotes existe uma força armada chamada, na linguagem antiga, Sagitta Sanctus. Tal força era composta de cinco mil membros, patrulhavam os arredores da árvore sagrada, eles garantem a segurança ao longo das terras ligadas diretamente ao templo.

O exército da nação não tem jurisdição para essa força armada, onde eles só respondem aos sacerdotes. Por isso que Marjorie nunca confiou cegamente neles, como os seus antecessores faziam. Depois do assassinato de seu marido, a sua desconfiança perante os sacerdotes só aumentou, porém ela não tinha nenhum indício que os ligassem ao assassinato, mas algo dentro dela dizia que eles sabiam mais do que falavam.

Passadas três horas de viagem, o grupo já estava nas sombras formadas pela copa da árvore sagrada e ainda faltava mais três horas para eles chegarem ao templo propriamente dito. Lis fica totalmente de boca-aberta com a grandiosidade da árvore. Nesse ponto da viagem, boa parte da luz do sol do meio-dia é bloqueada pela planta mística, tornando o ambiente mais úmido e escuro.

Marjorie acha extremamente fofa as reações da sua filha. Apesar de todo o trabalho que teve para conseguir fazer essa cerimônia, a viagem tem se provado, até o momento, bastante prazerosa, pois, além de passar um precioso tempo com a sua menina, seus espíritos contratantes se sentiam bem em estar tão próximos do templo. Marjorie sentia isso ressoando nas oito camadas do seu núcleo de mana.

— A mestra e sua filha estão felizes, né?

— Filein, você se sente à vontade para sair?

— Sim, minha mestra, apesar de eu gostar de ficar dormindo no seu núcleo de mana, é bom esticar as pernas de vez enquanto.

— Olá, Filein! Já faz um bom tempo que não te vejo.

— É verdade, pequena Lis, desde o ano passado.

Um gato branco usando um chapéu de palha, nesse chapéu tem um véu de seda branca cobrindo parte de seu rosto, salta do peito da Marjorie e, em suas quatro patas, caminha no ar ao lado da mãe e filha, tendo uma conversa casual com elas. Esse é um dos dez grandes espíritos com contrato firmado com a Marjorie. Lis já viu todos os espíritos com ligação com a sua mãe. A primeira vez aconteceu após o nascimento dela. Todos eles queriam ver a filha da sua mestra, depois disso, ela via, vez ou outra, alguns deles, sendo que o espírito gato, Filein, era o mais recluso.

Quanto mais avançavam pela estrada em direção ao templo, mais taciturno ficava o ambiente e a sensação de serem observados também era maior. Marjorie já estava acostumada com esse clima que as terras da árvore sagrada tinha, porém a Lis ficou um pouco inquieta olhando de um lado para o outro, sua mãe, percebendo isso, envolve a sua filhinha em seus braços, ao mesmo tempo que, o espírito Filein distrai a criança conversando sobre coisas bobas, com isso o tempo passa e eles já estão a uns quinhentos metros de distância, sua guarda-costas, Gozen Tomoe, levanta a mão e todos param de andar.

Saindo as margens da estrada surge um cervo que tem em sua cabeça uma galhada em aspecto de galhos de árvore e nas pontas desses galhos têm folhas vermelhas, sua pelagem é de um puro branco, mas nas suas quarto patas acende um fogo amarelo que não queima onde ele toca, obviamente ele é um grande espírito. O seu contratante está montado nele, que é uma mulher elfa de pele marrom, seus cabelos lisos negros são bastante longos. Ela está usando um vestido de cor púrpura com detalhes em branco que possui mangas desproporcionalmente mais longas, adornado ou seus ouvidos de elfa tem joias de ouro com pedras preciosas de diferentes cores, em uma das suas mãos está segurando um galho de árvore que possui flores brancas em sua extremidade.

Quando tal figura surge, quase todos desmontam de suas montarias e se ajoelham para esse ser. Somente Marjorie se mantém em cima de sua montaria, com a sua filha. A primeira-ministra está cobrindo os olhos da menina com as mãos. O espírito gato Filein está pousado em cima dos ombros da primeira-ministra, nisso os outros nove grandes espíritos saltam do corpo da primeira-ministra. A Águia penas de gelo Vilaí, Urso pardo com olhos de chamas vermelhas Dorank, Lobo de pelos prateados Farel, Furão de pelagem dourada Luicía, Besouro de armadura Metálica Branfront, Cobra de escamas de ametista Silis, Leão de juba de raios Loran, Sapo da fumaça negra Guol e Porco-espinho com espinhos de diamante Turus.

Todos os dez grandes espíritos de Marjorie estão em volta da primeira-ministra encarando aquele ser, a própria Marjorie está emanando tanta mana que chega a ser visível a olho nu. Seus olhos de azul-turquesa brilhavam em intensidade crescente, sem qualquer sinal de demonstração de sentimentos. Ela está sustentando a pressão do olhar da elfa de pele marrom que, assim como a Marjorie, está emanando mana visível. A aura mágica de ambas as elfas fazia o ar do lugar vibrar em ressonância aos poderes delas, como se uma tempestade estivesse prestes acontecer na floresta, porém as mulheres não demonstravam qualquer sinal de hostilidade. Por fim, a elfa de pele marrom solta uma gargalhada como se ela tivesse visto algo hilário, então, ela fala:

— Desculpe! Onde estão os meus modos? Bem-vinda ao solo sagrado primeira-ministra. Estou aqui para lhe acompanhar até o local da cerimônia, por favor, queira me seguir.

Dizendo essas palavras, a elfa de pele de cor marron, ainda sentada na sua montaria, abaixa a sua cabeça em sinal de reverência, e a aura magica que momentos antes ela soltava agora foi suprimida. Nisso, a elfa se volta para a estrada e sua montaria caminha lentamente em direção ao templo. Quando a elfa de pele marrom volta sua atenção para a estrada, todos os dez grandes espíritos de Marjorie se voltam para dentro do corpo de sua mestra e todo o grupo da primeira-ministra volta andar. Lis, com sua voz que parecia ser um mero sussurro, pergunta:

— Mamãe! Quem é ela?

— Ela é uma sacerdotisa do templo da grande árvore e ela é a sua tia de segundo grau, Beatrix van Mahara.

— Mas, mãe, por que vocês se enc...

Colocando o dedo indicador nos lábios da sua filha e sussurrando uma voz para ser audível aos ouvidos da menina, Marjorie dá o seguinte aviso:

— Não fale nada sobre poder mágico perto de uma sacerdotisa, especialmente perto da sua tia, em geral, todos os sacerdotes se consideram o ápice do poder, eles sentem muito orgulho disso, apesar de ser falso.

A pequena elfa de cabelos cor de trigo tinha muitas perguntas flutuando em sua mente, mas o aviso de sua mãe élfica fez ela conter a sua curiosidade. Ela ainda sentia a sensação em sua pele, quando a sua mãe cobriu com suas mãos gentis os olhos dela, era um formigamento como se uma eletricidade estática estivesse correndo por seu corpo, também sentiu a presença de todos os dez grandes espíritos que têm contrato com a sua mãe. Foi neste instante que a Lis vislumbrou uma fração do grandioso poder que a sua mãe tem, mesmo diante de tal presença, ela não sentiu medo, pois, por mais grandioso que esse poder era, não era violento.

Por um momento, Lis se perguntou: *quão forte é a minha mãe élfica?* Depois ela balançou sua cabeça tentando afastar esse pensamento. Ela não poderia perder o foco, ela tinha que se vestir de toda a determinação que poderia reunir e se lembrar do porquê estava ali.

CAPÍTULO 27:

O TEMPLO

Não demora muito e todo o grupo da Marjorie é recepcionado na porta de entrada do templo por outro grupo composto de 5 pessoas, 3 elfos e 2 elfas, todos eles possuem pele marrom. Os elfos estão usando ternos refinados de um azul-escuro com detalhes em preto, segurando os seus cajados de madeira bem trabalhado e decorados com penas ou ossos de animais, as elfas estão usando vestidos semelhantes ao que a Beatrix está usando e, em suas mãos, também estão segurando galhos com flores presas em suas pontas.

Olhando para esse grupo, Lis dificilmente iria pensar que eles seriam sacerdotes de algum templo sagrado, mas pareciam ser nobres elfos vestidos para ir a uma noite de gala, ela se perguntou: *eles se vestem assim o tempo todo ou este é um evento especial?*

O cenário em volta deles reforça a impressão de que a cerimônia seria "uma noite festiva", pois, apesar de ainda ser de dia, boa parte da luz do sol é bloqueada pelos galhos e folhas da árvore sagrada. Estando alguns metros de distância da árvore, consegue entender o porquê o povo élfico valoriza tanto essa planta.

Seu tronco possuía uma extensão, tanto de largura, como de altura, que superava em muito qualquer edifício que ela já viu na sua outra vida. Ligado em seu tronco, existiam inúmeros insetos, plantas e fungos fluorescentes. Os cheiros de flores com terra molhada eram fortes o suficiente para a Lis perceber sem dificuldade como aqueles odores eram agradáveis. O que fazia a menina inspirar profundamente, querendo sentir esse cheiro peculiar. Ela sente que o ar é muito mais úmido próximo à planta mística, em comparação à floresta como um todo, mas não era abafado ou calorosamente desagradável, pelo contrário, parecia ser muito mais refrescante estar perto do templo, algo que ela dificilmente poderia imaginar. Até os pelos em seu corpo estavam eriçados. Um claro indicativo de um local com abundância de mana.

— Bem-vindos à entrada do sagrado templo, nossos ancestrais estão satisfeitos diante da sua chegada. — Disse um dos sacerdotes do templo.

— Eu e minha filha nos sentimos honradas em estarmos aqui, vossa santidade. — Marjorie disse, abaixando levemente sua cabeça. Lis ficou em silêncio e imitou os gestos dela, quando um dos sacerdotes elfos começou a falar.

— Atendendo ao seu solene pedido, conduziremos o rito de contrato com espírito menor.

— Meu coração se enche de felicidade. — Lis desmonta da montaria com a ajuda de sua mãe. Marjorie recitou as palavras como se estivesse lendo um texto decorado, sem nenhuma emoção aparente.

— O rito será conduzido pelo sumo-sacerdote. — A entrada ao templo só foi permitida para a primeira-ministra e sua filha, seus guardas pessoais terão que esperar pelo lado de fora.

— Entendido. — A pequena Lis também abaixou a sua cabeça imitando a sua mãe, do canto de seus olhos ela viu a bestial que cuida da segurança da sua mãe com os joelhos no chão e de cabeça baixa, não conseguia ver os outros elfos, mas ela imaginava que eles estavam em uma posição semelhante à loba. Lis nunca largou a mão da sua gentil mãe.

Quando o sumo-sacerdote foi mencionado, Lis sentiu um leve aperto da mão de sua mãe. Para Marjorie, a menção do sumo-sacerdote foi um golpe que ela não esperava, mas a presença da sua filha fez ela recuperar a compostura, querendo evitar que a menina ficasse preocupada, ainda, sim, o coração da primeira-ministra ficou inquieto.

Quando a Lis ouviu que somente ela e sua mãe iriam entrar, ela queria questionar o porquê, porém teve que fechar os seus lábios. Do canto de seus olhos, Lis viu a senhora Tomoe apertar a sua mão na katana repousada em sua bainha, mas sem fazer menção de que iria tirar.

Quando a Marjorie fez um gesto que compreendeu as palavras do sacerdote, todos os sacerdotes cercaram mãe e filha. Os elfos bateram a ponta dos seus cajados no chão, quanto que as elfas balançavam para cima e para baixo os galhos em suas mãos. Com isso, o chão em seus pés emitiu uma luz branca intensa, por um breve instante, a Lis teve que fechar os seus olhos. Quando abriu novamente, todos eles estavam em uma sala branca. Todo o espaço parecia ser revestida de mármore, com colunas que sustentavam um teto abobadado iluminado por um enorme lustre dourado com cristais, o aspecto dessa sala era simplesmente lindo e tinha o ar de uma demonstração de ostentação de riqueza, então, a Beatrix falou:

— Por favor, me acompanhe, os preparativos ainda precisão ser feitos.

Marjorie assentiu com a cabeça e, segurando a mão de sua filha, elas caminharam por um enorme corredor que possuía o mesmo nível de ostentação. Existiam outros elfos e bestiais armados com seus arcos e flechas, eles também usavam uma túnica verde musgo e, por cima, tinha a armadura de couro bem trabalhado, todos eles baixavam levemente suas cabeças, quando a sacerdotisa, a primeira-ministra e sua filha passavam.

Depois de alguns minutos de caminhada pelos corredores, Beatrix abre uma porta dupla revelando um espaço que mais parece ser um dormitório com uma cama de madeira coberta por um lençol branco, em cima da cama, também tinha uma muda de roupa, também tinha uma mesa e cadeiras, em cima da mesa, tinha vários jarros de barro e ramos de plantas bem-organizados.

— Mude as vestes de sua filha, enquanto eu preparo o unguento.

— Sim!

Lis, com auxílio de sua mãe, tirou o seu vestido verde-claro com detalhes em branco e vestiu uma manta comprida que terminava na altura de seu tornozelo feito de uma lã simples. Ao mesmo tempo, ela viu a sua tia em segundo grau amassar várias folhas de um ramo de uma planta, depois, misturou com diversos líquidos, tudo em uma cuia de madeira. Tal mistura exalava um aroma forte que logo impregnou no ar, tinha o cheiro de uma fruta cítrica. Com a mão esquerda segurando a cuia de madeira e com a mão direita segurando um pincel, Beatrix pede para a menina estender os braços para frente.

— Não precisa ter medo, estarei ao seu lado o tempo todo! — Lis, se encorajando com as palavras de sua mãe, estende os seus finos braços revelando a sua pele branca como porcelana.

Sem perder tempo, a sacerdotisa pinta em todo o seu braço runas élficas com o líquido vermelho que vinha da mistura que ela fez. As mesmas runas ela desenhou na testa da pequena menina. Lis olhava para as runas élficas com curiosidade. Ela já viu algo semelhante nos livros da biblioteca, porém o que estava sendo desenhado em seu corpo pareciam ser mais complexos.

Quando a Beatrix terminou, ela colocou a cuia de madeira na mesa e ficou em frente à porta dupla por onde elas viam batendo palmas duas vezes e abrindo a porta, revelando um salão completamente diferente. O chão desse lugar era formado por inúmeras trepadeiras enroladas umas sobre as outras como se tivessem sido tricotadas, as paredes são parte de um tronco de madeira coberto por um fungo verde de um brilho fluorescente, o teto era coberto por uma densa folhagem, pontos brilhantes flutuavam no ar.

No centro desse salão, Lis viu um homem elfo de pele marrom escura sentado no chão com as pernas cruzadas em direção a elas. Ele parecia ser mais jovem que a sua mãe, seus olhos revelam um azul intenso, ele também possuía um curto cabelo negro. O elfo só estava vestindo uma calça de couro simples, amarrado em sua cintura uma corda de trepadeira adornada com penas de pássaros. Seu físico era magro com feições delicadas que parecia quase afeminado, sua pele exposta tinha pinturas rúnicas com uma tinta branca.

— Olá! Para aqueles que não me conhecem, sou o sumo-sacerdote Rêveur.

A voz do sumo-sacerdote ecoou por todo o salão, pela primeira vez enquanto estiveram aqui, tanto a Beatrix, como a Marjorie se ajoelharam no chão. Lis imitou a sua mãe, mas não deixou de ficar abismada, em nenhum momento, ela viu a sua mãe élfica se ajoelhar para alguém. Nesse instante, os batimentos de seu coração começaram a se acelerar, ela não estava sentindo medo, era outro sentimento. Era ansiedade que estava querendo se manifestar. A pequenina elfa tentou se acalmar, respirando fundo até que sentiu o seu coração voltar ao normal. *Preciso me manter firme*, ela pensou, *não posso vacilar agora*.

— Beatrix, você pode sair, a partir daqui conduzirei o ritual.

— Entendido, vossa graça. — Lis viu do canto dos seus olhos sua tia se levantar e sair do salão, quando as portas foram fechadas.

— Marjorie Van Mahara e Lis Van Mahara, venham aqui ao centro do salão. — Quando o sumo-sacerdote chamou pela Lis e sua mãe, ela hesitou por um momento em se levantar, mas o sorriso caloroso da Marjorie deu força suficiente para a menina se levantar e andar em direção ao sumo-sacerdote.

— Você deve ser a pequena Lis Van Mahara, né?

— S... Sim!

— Não precisa ter medo, não pretendo lhe fazer nenhum mal, principalmente quando se trata da filha da mulher mais amada pelos espíritos. Como você tem passado, Marjorie?

— Estou bem, vossa santidade. O meu trabalho como primeira-ministra consome muito do meu tempo, mas tento ser uma boa mãe para a minha filha.

— Acredito que sim, não conheço ninguém mais competente para conduzir nossa nação e nem a mais gentil para educar uma criança como você, Marjorie.

— Estou grata pelas suas palavras, vossa santidade.

— Daremos continuidade ao ritual de contrato com um espírito menor. Leve a sua filha para o centro da formação mágica.

Depois de uma troca de palavras amigáveis entre o sumo-sacerdote e a primeira-ministra, Lis é conduzida pela sua mãe ao centro do salão, acariciando o rosto da menina e olhando diretamente nos olhos dela, Marjorie fala:

— Não tenha medo, eu estarei aqui com você, você só precisa ser fiel ao desejo de seu coração, tenho certeza de que você conseguirá se vincular a um bom espírito, então, tenha fé em si e lembre-se, eu te amo, minha filha.

— Entendido, mamãe!

Marjorie deixou em pé sua filha no centro do salão, ficando atrás do sumo-sacerdote. O elfo de pele morena começou a cantar. Sua voz ecoou por tudo o lugar, os pontos de luz que flutuavam, agora estavam se reunindo ao redor da Lis, girando como se fosse um ciclone. A canção do elfo fala de um passado distante. Um tempo em que guerras aconteciam a todo momento, que só parou quando um valoroso elfo fez um contrato com um espírito, e para simbolizar esse contrato, uma semente foi plantada numa terra estéril e regada com o sangue e bravura desse herói elfo, germinou e cresceu uma muda de uma planta, que seria a árvore sagrada.

No centro do ciclone, Lis estava maravilhada pela exibição de luzes que acontecia ao seu redor. A voz do elfo que cantava a melodia era de um grave bastante profundo, como o eco que o salão produzia, parecia que um coral de homens de vozes graves acompanhavam a canção do elfo. As runas élficas pintadas nos braços e na testa da Lis brilhavam com mais intensidade, à medida que a canção do elfo se aprofundava, nesse momento, um ponto de uma luz dourada descia sobre o teto de folhas em direção a Lis.

Quando a menina viu esse ponto de luz, todo traço de ansiedade que ela estava sentindo foi apagado, no lugar, o coração da menina foi preenchido com sentimento de alegria e realização, como se ela estivesse reencontrando um precioso amigo há muito perdido. Ela se sentiu convidada a tocar nesse ponto de luz, ela queria se reconectar com aquilo que ela imaginou que havia perdido, ansiando ser inteira novamente. Quando ela ouviu o grito de sua mãe élfica.

— LIIIIIIIIIIIS!

A pequena elfa só teve tempo de olhar para a sua mãe partindo em direção a ela com um par de asas de gelo em sua costa, quando um feixe de luz negra caiu sobre ela, cobrindo todo o seu corpo.

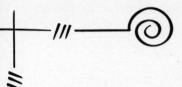

CAPÍTULO 28:

POSSESSÃO ESPIRITUAL. PARTE 1

Quando a Marjorie deixou a sua filha no centro da formação mágica, ela sentia uma inquietação, mas não sabia definir exatamente esse sentimento ou do porquê estava sentindo isso, então, atrás do sumo-sacerdote ela viu o ritual começar corriqueiramente, quando surgiu um espírito menor disposto a fazer um contrato com a Lis, um dos seus grandes espíritos, Filein, gritou:

— Marjorie, tire a Lis de lá, agora!

O vínculo entre o mago e o seu espirito é bastante próximo e, no caso da Marjorie com seus espíritos, a conexão entre eles era ainda mais profunda, então, qualquer anormalidade sentida por um dos seus espíritos, a elfa sentia como sendo os seus próprios sentimentos. O mesmo é válido para os sentimentos da própria Marjorie sendo passados para todos os dez grandes espíritos, gerando um *looping* emocional que se retroalimenta e, nesse instante, a primeira-ministra sente pânico.

Marjorie gritou o nome da sua filha, no mesmo instante, as asas de gelo de Vilaí brotam das costas da elfa com intuito de aumentar a sua velocidade e sua mobilidade. A mulher salta em direção à filha, mas esta ação foi um segundo tarde demais. Um pilar de luz negra caiu sobre a criança, Vilaí teve que desviar no mesmo instante, evitando que o corpo da Marjorie tocasse no pilar de luz negra.

— Vilaí, a Lis...

— Marjorie, se acalme. A pequena Lis está viva. — Disse o espirito águia, que usava cada grama de sua força de vontade, para se manter racional e não se perder no poço de agonia e medo que a sua mestra era nesse momento.

— Sumo-sacerdote, o que está acontecendo? — Rosnou Marjorie.

O questionamento da elfa tira Rêveur de seu estupor. Em seguida, ele executar a magia, quis es, possui um canto curto e tem efeito de identificar o espírito marcado como alvo. Quando a mãe da Lis se aproxima do sumo-sacerdote exigindo uma explicação, ela viu a cara de pânico exposta no rosto do elfo, antes que Marjorie pudesse exigir uma resposta, Rêveur falou:

— De alguma forma, a sua filha atraiu a atenção de algum grande espírito, não, deixa eu me corrigir, um ser espiritual ainda mais poderoso e antigo que os nossos se interessou pela sua filha e ela está sendo julgada se é merecedora de estabelecer uma ligação para a sua alma.

— Mas como isso é possível? O ritual que você fez deveria atrair somente espíritos menores?

— Esse poderoso espirito forçou a sua entrada e fez isso sem nenhum esforço, até parece... — Rêveur não completa a frase, pensando em vários cenários onde era possível aquele acontecimento. Marjorie já estava farta daquilo, ela queria salvar a sua filha o mais rápido possível, no momento que ela ia em direção ao pilar de luz negra, a mão do sumo-sacerdote segura em seu braço.

— O que você fará? — Perguntou o elfo.

— Não é óbvio? Salvarei minha menina. — Disse a elfa, indignada e ainda tentando manter sua mente sã.

— Você não...

Antes que o sumo-sacerdote pudesse terminar de falar, uma enorme pata com garras em sua ponta feita de pura escuridão rasga o elfo de pele morena pela metade com a mesma facilidade que uma criança quebra um galho seco.

Marjorie teria o mesmo destino, se Vilaí não tivesse tirado a sua mestra do lugar no último segundo. Quando a Marjorie olha em direção para onde havia um pilar de luz negra, o seu rosto se contorceu em horror, ela selou sua boca que ameaçou soltar um grito de desespero, quando ela viu a sua filha com aparência totalmente distorcida.

O cabelo outrora loiro trigo da Lis ganhou o tom preto meia-noite, em seus braços saia uma massa de escuridão que terminavam na forma de enormes patas com garras, grandes o suficiente para cobrir um elfo adulto, essa mesma massa era visível em suas pernas, em sua boca surgia presas e uma espuma branca doentia, não tinha nenhum vestígio de seu adorável rosto, parecia ser uma fera raivosa, pronta para atacar ao menor sinal de provocação.

— Liiiis, por favor, pare! — Quando Marjorie tenta conversar com a sua filha, a criança a ataca sem aviso. Marjorie usa os seus braços para se proteger como um ato instintivo, no mesmo instante, dois dos seus grandes espíritos se manifestam em seu corpo. Dorank, o urso de olhos flamejantes, fortaleceu os músculos da elfa para além dos seus limites e o Guol, sapo da fumaça negra, envolveu a mulher em uma camada protetora de escuridão, para anular a escuridão causticante que vinha do corpo da garota.

Os esforços de ambas as entidades espirituais salvaram a primeira-ministra da morte certa. Mesmo assim, o corpo da Marjorie foi lançado para o outro lado do salão, rachando a parede com o impacto e tossindo um pouco de sangue. Rapidamente, Luicía, Furão de pelagem dourada, envolveu a sua mestra com uma aura dourada curativa.

No momento em que Marjorie teve forças para olhar para frente, sua própria filha partiu para cima dela em um ataque impiedoso. Mesmo sendo atacada, os únicos pensamentos da elfa eram salvar a sua criança, esperando aguentar o próximo golpe e tentando pensar numa forma de salvar a Lis sem machucá-la, o ataque da menina foi interceptado por outro espírito, contudo, esse não era o dela, e sim da sua prima, Beatrix.

Suígard era o nome daquele espírito, com os seus poderosos chifres, acertou a Lis com força suficiente para quebrar rochas, o que fez o corpo da criança ser jogado para o lado, mas diferente com que aconteceu com a sua mãe, a menina não tinha nenhum arranhão, rugindo em desafio como uma fera selvagem. Lis e Suígard se chocam mais uma vez, em uma competição clara de força bruta, onde um tentava subjugar outro.

— Beatrix, pare, essa é a Lis! — A sacerdotisa elfa estava na porta do salão suando profusamente em um esforço mágico de fornecer toda a mana necessária, para o seu espírito contratado pudesse derrubar uma garotinha.

Normalmente, isso seria fácil, aquele primeiro golpe já deveria ter sido o suficiente para incapacitar a sua parente de sangue, mas aquela coisa recebeu o impacto como se não fosse nada e ainda partiu para cima do seu espírito com uma força avassaladora. Em outras ocasiões, ela ficaria feliz ou até mesmo surpresa diante de tal exibição de poder.

Elas eram, Van Mahara, a única família que devia estar acima das outras famílias, contudo, a sacerdotisa só está sentindo uma coisa, medo. Seja qual for o espírito que estava tentando tomar o controle do corpo da sua prima-sobrinha, era em uma categoria equivalente à própria árvore sagrada, mas isso era um absurdo, Beatrix queria fazer várias perguntas, porém só conseguiu formular uma.

— Onde está o sumo-sacerdote?

Marjorie estava relutante em dizer a verdade, pois seria como rotular a sua filhinha como uma assassina, então, ela só responde:

— Ele morreu!

— O quê!?!

A resposta surpreendeu Beatrix, a distraindo por um segundo. Com essa pequena janela de tempo, foi mais que o suficiente para que o embate entre o grande espirito e a garotinha possuída se desequilibrasse a favor da Lis. Sua força monstruosa foi suficiente para suspender o espirito no ar e o lançar na porta de entrada do salão. A sacerdotisa só teve tempo de pular para o lado, evitando ser acertada. Suígard se fragmentou em vários pontos de luz, depois que impactou na parede e voltaram para o corpo de sua mestra. O golpe só não causou danos para ambos, mas toda mana gasta na luta foi desperdiçada, deixando a sacerdotisa momentaneamente enfraquecida.

Em seguida, novas mudanças aconteceram na compleição física da Lis, sua postura corporal mudou para o equivalente de um animal quadrúpede, a massa de energia negra envolveu o restante do corpo da menina, como se fosse uma gosma pegajosa tentando englobar aquele pequeno corpo infantil, deixando só a sua cabeça exposta, crescendo até a altura de cinco metros até a cernelha.

CAPÍTULO 29:

POSSESSÃO ESPIRITUAL. PARTE 2

Tomoe, no lado de fora, presenciou eventos que fez o seu sangue congelar, primeiro, foi um tremor no solo, que foi percebido em todo o lugar, os dois soldados elfos que faziam parte da escolta da primeira-ministra se entreolharam sem saber o que fazer, pois era a primeira vez em suas vidas que presenciaram o fenômeno como um terremoto. Em seguida, todas as formas de vida que podiam realizar algum tipo de som o fizeram ao mesmo tempo, Tomoe conseguia perceber a melodia cheia de medo que aquele som tinha, parecia que tudo o que era vivo estava compartilhando o mesmo sentimento, o medo de morrer. Em resposta a esse sentimento, a madeira árvore sagrada emitiu estrondo tão altos como trovões em uma tempestade furiosa, dava a sensação de que a árvore como um todo iria se partir.

Os soldados elfos só podiam fazer a única coisa que veio na mente deles, se ajoelharam perante a árvore sagrada e pediram clemência por suas vidas e pelas vidas de seus familiares. Tomoe, por sua vez, apertava o punho da espada até os dedos de sua mão ficarem brancos, ela queria achar um meio de entrar no templo e correr ao lado da primeira-ministra, certamente estava tendo problemas, ela sentia que algo deveria ter dado terrivelmente errado. *Eu não devia ter deixado que elas fossem para o interior do templo sem a minha presença, agora, só posso aguardar e esperar que elas saiam seguras do templo.*

No salão onde acontecia uma luta desesperada, outros sacerdotes apareceram, com parte da força armada do templo, sagitta sanctus, cercando a criatura para combatê-la. Marjorie queria gritar com eles para impedir que machucassem sua filha, quando a possessão espiritual emitiu um uivo gutural exalando um instinto de matar congelando todos de pavor, até mesmo o mais experiente combatente não teve forças para mover um único músculo diante de tal intensão assassina, essa mesma vontade de matar não afetou Marjorie, mas ela ficou congelada no lugar, não por medo, pois, em seus ouvidos, ela podia jurar que com aquele uivo ouviu os choros de sofrimento de sua filha e isso a estava devastando.

— Marjorie, por favor, se recomponha.

— Filein!

— Se todos trabalharmos juntos, é possível salvar a Lis.

— Entendi, só me diz como.

Enquanto o espírito gato Filein está explicando o seu plano para a sua mestra, a criatura que possuía o corpo da Lis fez menção que iria recomeçar a sua investida, mas as trepadeiras que formavam o piso do salão começaram a se enrolar no corpo da criatura feito cobras, a possessão espiritual não ficou parada, atacando e rasgando toda trepadeira que a tentava conter, porém, quando uma trepadeira era destruída, outras duas apareciam para subjugá-la e uma voz familiar surgiu atrás dos sacerdotes.

— Eu iria apreciar muito se não me dessem como morto com antecedência.

— Sumo-sacerdote!?!

— Sim, sou eu e, quando digo que só vou morrer quando chegar a hora, não estava sendo metafórico. Agora, me escutem, eu pessoalmente cuidarei dessa situação, evacuem e não deixe ninguém entrar. — Quando o elfo apareceu atrás dos sacerdotes, as pontas das suas orelhas estavam terminando de se regenerar em uma velocidade impressionante. O que poucos sabiam era que, enquanto estiver nas terras da grande floresta, o sumo-sacerdote não poderia sofrer nada, além da morte natural por velhice.

Com a intensão assassina sendo anulada pelo sumo-sacerdote, todos os presentes movimentaram para obedecer às ordens de seu líder, enquanto ele estava se perguntando. *Onde está a primeira-ministra?* No canto de seu olho, ele viu um vulto partindo para cima da criatura.

Marjorie parte para cima da possessão usando o máximo de seu potencial, os seus 10 grandes espíritos estavam aprimorando o corpo da elfa para além do seu máximo. Agora, a pele da elfa estava mais resistente que diamante, em todo o seu corpo gavinhas de puro poder saltavam para fora como se fossem erupções solares, três pares de assas brancas cintilantes se agitavam em suas costas, elas tinham três metros de envergadura e a cada batida emitia um ar gélido de vários graus abaixo de zero. Os cabelos loiros dourados da Marjorie se agitavam no ar como se estivessem em uma tempestade, em seus olhos crepitava pura mana, seus músculos saltavam a cada batida de seu coração, querendo acomodar aquela força insana, em suas veias não corria mais sangue, mas, sim, pura mana, graças aos seus 100 espíritos menores, eles estavam atraindo e estabilizando a mana no corpo dela, tornando-a, por alguns segundos, o ser mais forte daquele mundo. Para todos os espectadores, era como se estivessem vendo uma deusa da guerra em toda sua fúria desenfreada.

Com a velocidade de um raio, Marjorie cruzou todo o salão e golpeou a massa de escuridão com a sua própria magia escura infundida em suas mãos, os seus aliados espirituais estavam guiando ela para acertar nos pontos fracos do inimigo, ao mesmo tempo que estavam evitando que algum golpe acertasse a criança. Foi uma coordenação precisa que poucos elfos poderiam fazer com seus espíritos contratados.

A massa negra tentava se regenerar o mais rápido possível, porém os ataques da Marjorie foram implacáveis, isso não impediu a possessão espiritual revidar usando centenas de tentáculos tão grossos quanto os troncos de uma árvore adulta e tão velozes quanto uma bala, suas pontas afiadas poderiam perfurar uma rocha como se fosse manteiga. A elfa teve que recuar, para não ser atingida e arriscar perder o seu foco nas magias que estavam nas pontas de seus dedos, mas vários tentáculos partiram em perseguição, com uma velocidade monstruosa. Marjorie desviava dos tentáculos que só acertavam a sua imagem residual, em um dado momento, ela se posicionou no teto logo abaixo da possessão.

No teto, Marjorie executa a parte mais complicada do plano de resgate, bem na ponta do indicador da mão direita, ela colocou um dos seus espíritos menores que concordaram em romper o contrato com a elfa e firmar o contrato com a Lis, ao mesmo tempo que carregava uma mensagem para a alma de sua filha, ela tinha esperança que isso faria a criança lutar pelo seu corpo e se livrar da possessão, mas isso tinha que ser realizado precisamente, injetando o espírito no meio da palma da mão direita da Lis, onde fica um dos meridianos de mana da criança.

Tanto o rompimento do contrato, quanto o estabelecimento do novo contrato devem acontecer em frações de segundos, senão o espirito se dispersa naturalmente voltando para a árvore sagrada, outro fator importante é que no momento do rompimento do pacto a Marjorie e o espirito vão sofrer uma dor intensa, como se uma parte de seus corpos estivessem sendo arrancados, no caso da primeira-ministra, isso iria provocar perda do seu foco nas magias preciosas em uma luta tão complicada. Para a elfa, essa dor era um custo pequeno a se pagar para salvar a sua filhinha.

Como tubarões famintos caçando sua presa, os tentáculos partiram para cima dela, antes que tivessem chances de alcançar a elfa, eles foram interceptados pelas trepadeiras deixando um caminho livre até a possessão.

— Marjorie! Agora! — Rêveur não sabia como aquela mãe pretendia salvar a sua filha, mas logo entendeu que a primeira-ministra não iria desistir tão fácil da criança, por isso que ele decidiu ser o suporte para aquela mãe, mas se ela não tivesse êxito ele prometeu para si mesmo, que iria parar aquela coisa, mesmo se fosse necessário matar a menina.

Usando o teto para ganhar um impulso adicional, Marjorie se lança em direção à filha numa velocidade vertiginosa, conseguindo separar o corpo da menina da massa de energia negra, tomando o cuidado para não machucar a Lis. A elfa pousa no chão formando uma onda de impacto que reverberou por todo o lugar, fazendo até mesmo os galhos mais altos da árvore sagrada balançarem em resposta.

A criança se debatia nos braços de sua mãe, a pele da menina perdeu todo o seu tom rosado adquirindo uma aparência de um branco cadavérico, veias negras faziam um contraste doentio, com tudo isso a elfa não perdeu seu foco. Serrando seus dentes em resposta a dor que sentirá, Marjorie acerta precisamente o meridiano na palma da mão direita da Lis, com a ponta do seu indicador tendo um fraco brilho dourado e injetando o espirito, tudo isso aconteceu em décimos de segundos, rápido demais até mesmo para a massa negra impedir, contudo, isso não significará que deixaria o seu receptáculo escapar tão fácil assim.

Como uma onda, a gosma de energia negra tentou envolver mãe e filha, porém foi impedida pelos grandes espíritos da elfa, que saltaram de suas costas, atacando aquela coisa com tudo o que tinham, Dorank incinerou com suas chamas vermelhas, Farel usou sua luz nas suas garras e dentes para dilacerar, Silis bateu com sua cauda como se fosse um chicote, Loran usou seus raios para dar cobertura aos seus aliados, assim como Vilaí, que conjurou suas lanças de gelo para perfurar, atacando de cima para baixo, em simultâneo, atacava de baixo para cima, Turus, fazendo brotar espinhos afiados feitos de diamantes.

Marjorie estava incapaz de sair de lá, devido à dor intensa que sentia em cada um dos seus músculos, provocada pela quebra do contrato espiritual, ela só teve a resolução de envolver sua filha em seu corpo, protegendo-a com tudo o que tinha.

Tudo aconteceu no espaço de segundos, mas para os nervos já abalados da elfa parecia que durou uma eternidade, então, em um dado momento, a massa de energia escura se fragmentou em diversos pontos de luz negra, a maioria voltou para a árvore sagrada, contudo, uma pequena parcela atravessou o corpo da Marjorie como se não existisse e se fundiu com o interior do núcleo de mana da Lis, provando que a pequena criança foi forte o bastante para submeter àquela grande força espiritual.

Com o fim da batalha, todos os grandes espíritos da elfa voltaram para o núcleo de mana da sua mestra, sentindo que o pior já passou, Marjorie olha para a sua filha, que voltou a ter uma pele branca rosada, as veias negras sumiram completamente, seu rosto voltou a ter aquela aparência adorável que ela amava, mas o seu cabelo ainda era preto meia-noite, em seu toque o corpo da criança não tinha nenhum calor, ela parecia estar em um sono profundo, um medo quase irracional começou a crescer na mente daquela mãe, quando pensou na possibilidade de a sua filha estar morta.

Suas mãos estavam trêmulas, a visão da sua filha com o corpo mole se sobrepôs à imagem do seu falecido marido, quando ela viu o corpo dele inerte no chão, pela segunda vez na vida, a mulher sentiu que iria se quebrar a qualquer momento, o sentimento de perda se espalhou dela para todos os seus espíritos que compartilharam a dor de sua mestra, Marjorie queria gritar, queria aplacar essa dor, mas só conseguiu derramar lagrimas silenciosas de um desespero enlouquecedor.

CAPÍTULO 30:

SOMBRAS DO CORAÇÃO

Lis lentamente abre os olhos, ela se vê deitada em um gramado, o céu do descampado está escuro, é uma noite que não tem nenhuma lua ou estrelas brilhando no céu noturno, o vento soprava suavemente e existiam algumas nuvens negras no horizonte, mesmo sem a luz da lua, ela conseguia enxergar depois de alguns segundos se acostumando com o Breu, olhando em volta, a menina só enxerga um campo, um gramado sem fim, não existia nada que se destacava neste cenário.

— Mamãe!

Quando chamou por sua mãe élfica em voz alta, ela levou um susto levando suas ambas as mãos em seus lábios, aquele tom de voz não era a voz que ela reconhecia como da garotinha élfica que vivia em um mundo surreal. Era a voz do seu eu humano da Terra, logo ela tratou de olhar o seu corpo. Sim, aquele era o seu corpo original, ela queria que tivesse algo que pudesse refletir a sua imagem e ver o seu rosto, mas ela tinha certeza de que voltou, de alguma forma, para o seu corpo original. *Mas por quê? Como isso aconteceu? Ou, melhor, onde eu estou?* Perguntas e mais perguntas surgiam em sua mente.

— Olá! Tem alguém ai!

Lis só ouvia o som do vento remexendo na grama alta, sem obter nenhuma resposta, ela decidiu se levantar e andar. *Pode não ser a minha melhor decisão, mas ficar parada aqui provavelmente não fará acontecer nada.* Ela pensou. Verificando novamente o estado do seu corpo, ela começa a andar, sentimentos conflituosos borbulham em seu coração. Ela sente que deveria estar feliz, por estar de volta em seu corpo original, invés disso, ela tem um sentimento que se traduz em uma tristeza apática. Ela não queria se separar de uma forma tão abrupta daquela mulher que lhe amou como se fosse sua própria filha.

Depois de algumas horas andando sem rumo, sente o seu corpo pesado, o suor pinga em seu rosto, apesar de só ter caminhado. Ela se sente ofegante, fazia muito tempo que não fez tanta atividade física, olhando em volta, o mesmo cenário monótono perdurava, o sentimento de solidão começava a manchar a mente dela, como gotas de café em um copo de leite.

— Irmão! Mamãe! Onde vocês estão? Alguém, por favor! Me responda.

Lágrimas brotam em seus olhos, nunca em toda a sua vida se sentiu tão sozinha dessa forma, solidão, angústia, medo e outros sentimentos pesados batiam em seu coração como ondas do mar, cada vez mais invadindo o seu espaço, ela queria deitar ali mesmo e chorar, descarregar tudo aquilo que sentia de uma vez, mas não se permitiu fazer isso, tinha que andar, tinha que sair daquele lugar, ela queria voltar, voltar para perto de seu irmão, queria também voltar para perto de sua mãe, mas qual mãe? A única figura materna que veio em sua mente foi a imagem da Marjorie.

— Preciso voltar pra ela. — Lis disse em uma voz melancólica.

Cada passo que ela dava, sentia o peso do cansaço físico em seu corpo, suor e lágrimas se misturavam sem pudor nenhum, ela se sentia pequena, inútil, desamparada, frágil. Teve que reunir forças para dar sempre o próximo passo, não queria ficar naquele lugar nenhum segundo a mais, tinha que achar uma forma de sair dali seja qual fosse o meio, de repente, ela escuta um barulho vindo da grama alta.

— Quem está aí? — Lis, com sua voz chorosa, faz uma pergunta na esperança de encontrar alguém.

O que surgiu na sua frente foi um animal, parecia ser um cachorro um pouco maior que um chihuahua, sua pelagem é completamente negra, exibia dentes afiados e uma língua desproporcionalmente longa, no mesmo instante que esse cachorro apareceu, ele cravou seus dentes no tornozelo da garota. Lis gritou de dor, mas a dor não vinha do tornozelo, mas, sim, em seus seios, em um ato reflexo tentou chutar o cachorro, mas ele só saltou para longe.

A menina começou a correr, sem perder tempo, o cachorro partiu em perseguição, para ela aquele cachorro exibia um sorriso malicioso, o corpo da Lis já desgastado não corria rápido o suficiente, então, novamente o cão mordeu a canela da sua perna direita, mas a dor vinha de seu peito do lado direito, novamente ela tentou acertar um golpe no animal raivoso, mas ele se esquivou, agora o tamanho do animal era maior, tinha uma altura semelhante à de um pastor alemão.

Completamente em pânico, a garota tenta fugir dali, seus seios tinham uma dor lacerante, também exalava um fedor de algo podre, ela correu, correu até tropeçar em suas pernas bambas, agora aquele cachorro andava em direção a ela, era evidente em seus olhos o prazer que ele sentia em torturá-la. A garota se arrastava no chão na tentativa de fugir, mas aquele cachorro queria provocar nela mais dor, então, ele pulou em cima dela que pôs os seus braços na frente para se defender, quando os dentes da criatura enterraram nos músculos de seu braço, a dor latejava em sua vagina, todo o seu quadril ardia como se facas estivessem lhe perfurando. A menina chorava e gemia, seu corpo havia diminuído de tamanho, sua aparência era do seu eu humano quando tinha sete anos, em contrapartida, o cão era do tamanho de um cavalo, toda vez que aquela criatura lhe mordia, alguma parte íntima de seu corpo projetava uma dor que ela pensava que tinha superado.

A enorme criatura deu uma patada na pequena garota, seu corpo foi jogado para o lado como se fosse uma boneca de pano, caindo no chão sem um pingo de forças para reagir. Seu coração e sua mente estavam em frangalhos, ela não queria morrer desse jeito, se sentindo suja, asquerosa, uma figura patética, que só servia de brinquedo para o monstro que andava em sua direção, queria lutar, mas não tinha forças, queria revidar, mas era impotente, um líquido gosmento e negro escorria por entre as suas pernas, todo o seu corpo fedia a algo podre.

Por que tenho que passar por isso? Ela pensou: *será que estou sendo punida? O que eu fiz de errado? Morrer é a forma de eu pagar pelo meu erro? Queria ter a chance de recomeçar, queria fazer a coisa certa, queria pedir perdão, redimir de meus pecados, desculpe, desculpe, desculpe, me perdoe, para quem devo pedir perdão? Não me odeie após a minha morte, não tive a intensão de fazer nenhum mal.*

— Li... Li... Lis!

— Quem é Lis?

— Ir... Ir... Irmã!

— Irmã?

O monstro de pelagem negra estava a poucos passos do corpo da menina deitado, ela escutou vozes que pareciam estar distantes, gritando algo que ela não entendia, as vozes diziam nome de alguém que ela não conhecia ou clamava por uma irmã, essas falas estavam perto dela, mas onde? Movendo a sua cabeça em direção à fonte da voz, ela notou um brilho dourado vindo da palma de sua mão direita, olhando para cima com os olhos sem vida, a garota viu a boca do enorme monstro aberta prestes a devorar a sua cabeça em uma única mordida, sua baba escorria por entre os seus caninos, sua língua asquerosa se contorcia em excitação, seu bafo fedido fazia ela lembrar de seus pesadelos do passado.

Sua mão trêmula de um brilho dourado tocou no focinho do monstro, no mesmo instante parte de seu focinho foi queimado, fazendo o animal recuar de dor, com uma expressão incrédula, ela olha para o monstro que esfregava uma das suas patas dianteiras no focinho queimado, a criatura com os olhos vermelhos de ódio se prepara para pular em cima da garota.

A menina se levanta, mesmo sob o protesto do seu corpo, suas pernas tremiam, sua respiração era pesada, só o esforço para se manter em pé parecia ser demais, ela sentia que poderia cair de novo no chão a qualquer momento. Quando o monstro deu um rugido alto que parecia fazer o ar vibrar em sua volta, ela gritou de volta, já estava farta daquilo, ela se odiava por se sentir suja, se odiava por se sentir culpada, se odiava por se sentir impotente, mas, acima de tudo isso, odiava aquele monstro por fazer ela se sentir assim, foi por causa dele que ressurgiu tudo aquilo que ela sentia nojo dentro dela.

Quando o monstro salta para cima dela, o tempo em volta desacelera e então ela sente quatro presenças tocando as costas em apoio, uma presença é de uma mulher linda que possui uma pele de um puro branco, olhos de cor de prata e cabelos lisos negros, ela esbouçava um sorriso que transparecia confiança, outra presença é de um homem lindo, ele tinha cabelos loiros curtos um par de chifres dourados que saiam da lateral da sua cabeça e apontavam para cima, além de exibir escamas douradas na maça de seu rosto, seu sorriso era caloroso e afetuoso, outra mão era de outro homem tão lindo quanto o anterior, ele tinha cabelos negros amarrados atrás em forma de trança, seus olhos castanhos eram brilhantes e seu sorriso era estranhamente familiar, e por fim, a outra mão era de uma mulher de orelhas pontiagudas, sua beleza era inigualável, seus olhos azul-turquesa olhavam diretamente para a menina, nos lábios daquela mulher, a menina leu as seguintes palavras:

— Eu te amo, minha filha.

Foi, então, que ela se lembrou, quem ela era, do porquê estar ali e o que vinha buscar, ela se lembrou ser amada, mesmo com todos os defeitos que tinha, mesmo se sentindo suja por dentro, ainda teria alguém para lhe estender a mão, ela não estava só e não importa o que pudesse acontecer, aquelas pessoas não iriam abandoná-la. Fechando os seus punhos, o tempo volta fluir na velocidade normal. Lis reuniu todas as suas forças para dar um soco na lateral do focinho do animal.

O monstro é lançado para o lado, por uma força descomunal que vinha daquele golpe, sangue negro escorria no lugar onde ficava um dos caninos, mas a criatura não se intimidou, se pôs de pé diante do seu adversário que era uma garotinha de seis anos de orelhas pontiagudos e cabelos cor de trigo, aquele ser mostrava olhos ferozes. Para o monstro, aquela garotinha mais parecia ser um rato que exibia suas presas, foi descuido dele brincar demais com sua presa, seu orgulho não poderia permitir ser subjugado dessa forma, tinha que eliminar aquela figura insignificante como o seu mestre o havia ordenado.

Então, o monstro e a Lis partem um em direção ao outro, suas determinações postas à prova, suas vontades elevadas ao máximo. Se fosse considerar o aspecto físico, o monstro tinha a vantagem, ele era maior, mais forte, apesar de estar ferido e ter perdido um dos seus caninos, ainda tinha forças suficientes para rasgar a carne de qualquer criatura dezenas de vezes sem ficar cansado. Em contrapartida, Lis tinha uma aparência cansada, seu peito arqueava buscando desesperadamente por ar, ainda exibia feridas abertas por todo o seu corpo, mas no campo de batalha, onde eles lutavam, a força do interior de sua alma era o mais importante, e entre uma criatura que só recebia ordens de seu dono como uma marionete, contra um ser que ainda tinha a vontade de viver sendo apoiada por outros que lhe amavam e respeitavam, Lis tinha uma esmagadora vantagem.

Quando o punho da garotinha élfica que tinha um brilho dourado alcançou o focinho do monstro, uma explosão branca cobriu todo o lugar, toda a região de gramado foi cercada por uma cúpula de luz branca que, instantes depois, se transformou em um pilar de luz que subiu aos céus.

CAPÍTULO 31:

O CONTRATO COM A MORTE

Lis abre os seus olhos e agora está em um lugar que tinha o chão, teto e paredes completamente brancos, ela não conseguia ver o limite desse espaço, parecia ser infinito, não importava a direção em que olhava, enquanto estava confusa com o desenrolar dos acontecimentos. Lis sentiu um frio na espinha e instintivamente olhou para trás.

O que viu foi um ser sentado em um trono completamente negro, usava roupas sociais iguais a que homens de negócios usavam em seu antigo mundo, sua pele negra parecia ser feita de obsidiana, ele não tinha um rosto, sua cabeça era esculpida de uma maneira peculiar, parecia ter um bico curto de papagaio cobrindo a parte superior de sua cabeça, na parte inferior, tinha um queixo fino e um par de pequenos chifres adornavam o alto de seu crânio, ele batia palmas lentamente.

Lis sentiu perigo real, tudo nela dizia que aquele ser era de fato perigoso, nada do que ela passou em toda a sua vida poderia igualar o medo que estava sentindo, porém já havia encarado a morte, quando lutou contra aquele monstro, se fosse necessário lutar novamente, ela o faria, pois tinha que voltar para perto das pessoas que amava. Então, ela ficou em pé, suas pernas tremiam, seus braços tremiam, mas o seu olhar era firme que encarava aquela criatura, que, mesmo não tendo uma boca, ela imaginou que ele exibia um sorriso sarcástico.

— Maravilhoso! Simplesmente maravilhoso! Depois de milênios, conseguir encontrar alguém forte o suficiente para receber uma fração do meu poder.

— O quê? O que você quer dizer com isso? Aliais, quem é você?

— Oh! É mesmo, esqueci de me apresentar, eu sou um espírito conceitual, em outras palavras, eu represento um conceito da realidade.

— Desculpe, mas eu não entendi nada, você tem um nome?

— Eu sou aquilo que vocês nomeiam de Morte.

— Isso quer dizer que eu morri?

— Não, absolutamente não! Não estou aqui para levar você, ainda não é o seu momento, estou aqui para lhe conceder parte do meu poder.

— Por quê?

— Tenho minhas razões, por exemplo, o fato de você ser de outro mundo instiga a minha curiosidade, assim como acho interessante você ser consciente de como é doloroso viver e como já se sentiu atraída por mim, acho isso particularmente lisonjeiro. — Lis abriu a boca para retrucar, mas nada saiu e esse silêncio disse muitas coisas para o espírito da morte.

— Você deseja perguntar mais alguma coisa? — A morte questionou.

Lis balança rapidamente sua cabeça para se recuperar do choque que aquela entidade mística provocou em seu âmago, então, pergunta.

— Por que vim parar aqui neste mundo?

— Boa pergunta, infelizmente, não posso te responder, pois eu não sei.

— O quê? Por quê? Você é a morte deve... — A morte interrompeu a menina de forma abrupta.

— Criança, eu não sou um Deus, pelo menos, não aqui neste mundo, tenho outros papéis a desempenhar no grande esquema das coisas, então, estou muito atarefado em meu trabalho e, por isso, forcei o meu caminho até você, quero seu auxílio para manter o equilíbrio, em troca lhe darei parte do meu poder para realizar seus desejos, mas lembre-se que não sirvo a ninguém, não devo nada a ninguém, não faço distinção de raça, sexo ou idade, todos em algum dia vão me conhecer, é só uma questão de quando.

— Desculpe por lhe ofender. — Lis abaixa profundamente sua cabeça, em um pedido sincero de desculpas.

— Aceito suas desculpas, de certo modo entendo suas razões de estar tão agitada assim, pois consegui vislumbrar o seu passado e imagino o quanto você deve estar se sentindo confusa até agora, sinceramente, não sei quem te trouxe para este mundo e o porquê, só posso afirmar que você não veio sozinha.

Quando a morte disse isso, seus olhos se encheram de lágrimas, seu corpo tremeu e ela desabou no chão, chorando e ficou assim por um tempo, chorando, tremendo, soluçando, jogando para fora os mais intensos sentimentos que estavam dentro dela até aquele momento. Aquele ser místico não falou nada sobre seu irmão perdido, mas não precisava, pois quaisquer fagulhas de incertezas que ela tinha antes foram esmagadas pela verdade oculta das palavras da morte. Depois que finalmente teve forças para se recompor, Lis falou:

— Muito obrigada! De verdade, você não tem noção que saber que não estou sozinha significa para mim.

— Criança, cada vez mais você está me provando que a minha decisão de formar o contrato contigo vai ser um grande negócio, isso até me faz querer conhecer os outros três que vieram com você. Pena que só posso formar contrato com um único mortal.

— Espere! Como assim, outros três? Não foi só eu e meu irmão?

— Não posso responder a essa sua pergunta, pois, novamente, eu não sei, mesmo sendo a morte, não sou onisciente, chega de perguntas, nosso tempo está chegando ao fim.

Lis tinha uma abundância de perguntas para fazer, mas aquele ser que representa a própria morte não a permitiu fazer mais nenhuma pergunta, o mais estranho é que, depois que ela começou a conversar com ele, se esqueceu do seu medo inicial, em um certo aspecto, ele era até amigável, talvez por ele escolher ela para receber o seu poder. Lis o via como um homem modesto, apesar da sua aparência física. Quando a morte estala seus dedos, da lateral de seu trono, surge um ser em um formato de lobo. Seus pelos eram chamas negras, suas garras saiam uma fumaça negra, seus olhos tinham uma pupila branca como a neve, ele estava balançando o rabo e se comportava como um animal domesticado pulando em cima da Lis, lambendo o seu rosto e, pela primeira vez, a garotinha soltou gargalhadas sentindo cócegas pelas lambidas do lobo.

— Antes de terminar esta conversa, preciso dizer algumas coisas!

— Oh! Sim, continue.

— Este seu familiar é um fragmento minúsculo do meu poder, contudo, ele é bastante poderoso, até mesmo para você, então, fique mais forte para conseguir usar ele da maneira correta, se por algum momento você se tornar fraca, este mesmo poder vai lhe consumir, mas eu acredito que não fiz uma escolha ruim, confio em seu potencial.

— Muito obrigada! Eu acho.

— Quero também lhe agradecer!

— Pelo quê?

— Eu apostei com a velha que você iria passar no desafio e acabei ganhando.

— Ve...— Quando a Lis ia perguntar por quem a morte se referia, ela escuta uma voz de uma mulher bastante irritada.

— Velha é o cassete, seu sádico maldito!

Virando a sua cabeça em direção à voz, ela vê uma mulher alta, seu corpo tinha curvas voluptuosas, sua pele eram troncos de uma árvore, usava um vestido colado em seu corpo composto por folhas, seus cabelos eram trepadeiras que se arrastavam no chão, ela tinha um rosto lindamente esculpido na madeira, seus olhos mostrava um verde brilhante, sua expressão, de fato, mostrava todo o descontentamento para o ser sentado no trono.

— Devido ao seu teste, o meu interior está bagunçado, minha linda criança quase morreu, a mãe desta garotinha sofreu um estresse tremendo e você está aí, sentado em seu trono, como se nada tivesse acontecido.

— Primeiramente, velinha, foi você que aceitou a aposta.

— Não me chame de velha, seu bastardo louco!

— Segundo, eu só faço apostas que eu sei que vou ganhar. Terceiro, os danos que você sofreu foram irrisórios, não sei por que está reclamando como uma histérica.

— VOCÊEEEEEEE.

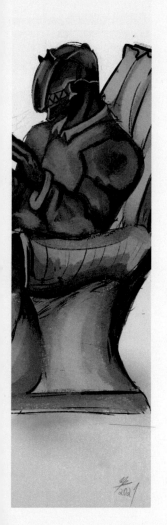

Por um momento, parecia que aqueles seres tinham esquecidos da presença da pequena Lis, a discussão entre eles era intensa, a aura que eles emitiam era bastante forte, especialmente a aura da árvore sagrada, quando ela ouviu a menção da mãe quis perguntar sobre o que estava acontecendo de fato, mas não conseguia achar brecha para falar, a discussão entre eles perdurou por alguns minutos, onde a árvore sagrada despejava insultos sem pudor nenhum e a morte calmamente contra-argumentava e a irritava de forma proposital. Cansada da discussão, a árvore sagrada se volta para a pequena Lis, seus olhos por um breve momento pareciam avaliar a pequena menina como se fosse um objeto.

— O que me deixa mais frustrada é saber que aquele sádico ali conseguiu ver uma criança com bastante potencial de crescimento, e eu não.

Por um momento, Lis viu a morte com a cabeça inclinada apoiada em suas mãos, a menina imaginou que, se a morte tivesse uma boca, ele estaria mostrando um sorriso zombeteiro, então, ela suspirou já farta da situação, agora, a morte falou:

— Acredito que terminamos por agora, essa criança precisa voltar para o lugar de onde ela pertence.

A morte estala os dedos e a mente da Lis se apaga, quando sua consciência volta, ainda com os olhos fechados, ela sente gotas caindo em seu rosto, também ouve um murmúrio fraco de uma mulher, abrindo os seus olhos ela vê a sua mãe élfica de joelhos perto de onde estava, os olhos da sua mãe estavam fechados, mas escorria lagrimas de tal forma que parecia ser uma chuva em seu rosto, os cabelos da mulher élfica estavam desgrenhados, seu vestido estava sujo e rasgados em muitas partes, existia também alguns ferimentos aqui e ali.

— Mamãe!

Marjorie arregala os olhos, quando ouve a voz tímida de sua filha, agora seu choro se tornou mais audível, suas mãos feridas estavam tremulando, mas ainda correram para agarrar a sua filha como se o objetivo fosse para impedir a pequena criança de ir a algum lugar, o rosto da Marjorie estava enterrado no peito da sua menina dizendo repetidamente:

— Desculpa, desculpa, desculpa, desculpa.

Lis se lembrou do que passou alguns instantes atrás, então, abraçou a cabeça de sua mãe e suas lágrimas saíram, nesse momento, ela falou palavras que já deveriam ter dito há muito tempo, eram palavras simples, mas que carregavam muito significado.

— Mamãe, eu te amo.

CAPÍTULO 32:

A FRÁGIL HOMEOSTASE

Horas mais tarde. Marjorie acorda novamente, ela tinha adormecido de exaustão por causa do ocorrido, se vê com a sua filha em seus braços que ainda estava dormindo profundamente. Os curativos e ataduras nos seus braços e nos braços da sua menina foram um lembrete daquilo que elas passaram. Naquele momento, Marjorie não tinha vontade de pensar naquilo que considerou um dos seus momentos mais aterrorizantes. Ela só queria que a sua filha estivesse ao alcance de seus braços, para sempre.

Mãe e filha estavam usando uma manta simples de seda branca. Deitadas em uma cama de casal em um quarto monástico. Enquanto Marjorie pensava em muitas coisas, umas batidas rápidas na porta chama a sua atenção.

— Desculpe, estou entrando. — Era o sumo-sacerdote, usando um rico traje cerimonial adornado com ouro e com vários cristais mágicos lapidados em forma de folhas das mais variadas cores, deixava uma fenda exposta no meio de seu peito que terminava acima de seu umbigo. Formava uma representação física da própria árvore sagrada, com a pele marrom escura do elfo sendo o seu tronco. O traje cerimonial parecia ser excessivamente longo para o corpo esguio do elfo, porém isso não impedia os seus movimentos graciosos. Ele segurava um longo cajado de madeira, esculpido com várias runas místicas em cada centímetro do artefato mágico.

— Por que você está aqui? — Marjorie perdeu qualquer ímpeto de seguir o protocolo diante de uma autoridade religiosa e apertou ainda mais a sua filha em seus braços, usando o seu corpo para impedir que algum mal chegasse na sua criança.

— Calma, Marjorie, eu vim conversar de forma amigável, não tenho a intensão de causar nenhum mal a você ou a sua filha. — Rêveur levanta a sua mão em um gesto universal de paz, então, uma cadeira de madeira brota do chão próximo à cama e o sumo-sacerdote se senta nela. Marjorie ainda estava cautelosa, mas ficou calada esperando que o elfo começasse a falar.

— Primeiramente, peço desculpas, deveria ter implementado medidas de segurança mais rígidas para a cerimônia de sua filha. Como era um contrato para um espírito menor, não achei que fossem necessárias tais medidas, mas veja no que deu. — Rêveur suspirou de frustração.

— O que você quer dizer com isso? — Agora, Marjorie estava mais intrigada do que cautelosa.

— Para resumir a história, sua filha fez um contrato com um espírito no mesmo patamar que a árvore sagrada.

— O quê? Como assim? Isso é impossível! — Marjorie quase gritou de indignação, mas se conteve no último instante. Sua voz era só um sussurro que fez parecer ser um rosnado.

— Sei que deve ser difícil de acreditar. Pelos grandes espíritos, eu mesmo ainda não estou acreditando que isso fosse possível. — Rêveur coça a sua cabeça em um ato involuntário de nervosismo, então, ele continua: — Mas o fato inegável é que a sua filha atraiu a atenção de um poderoso espírito e estabeleceu uma conexão com esse espírito em sua alma.

— Como isso é possível? Lis nem tem sete anos completos. — Marjorie sentiu o mundo em sua volta girar.

— Diferente de um contrato com um espírito menor, no qual qualquer um pode estabelecer um contrato com relativa segurança. Um contrato com um espírito maior exige que o contratante chame a atenção desse espírito, em seguida, o espírito-alvo vai estabelecer um tipo de teste ou uma prova da boa vontade do contratante, se o contratante passa no teste do espírito, isso quer dizer que as vontades das partes que vão assinar o contrato se alinham, consequentemente, suas manas entram em ressonância e o contrato é firmado.

— Eu sei de tudo isso! — Reclamou Marjorie. — Mas como isso se aplica à minha filha?

— Independentemente do tipo de contrato, nós expomos nossa alma para todos os espíritos, em outras palavras, os espíritos sabem quem nós somos de verdade e o que mais desejamos nesta vida. Se os nossos desejos se alinham com as suas naturezas, então, atraímos os interesses dos espíritos. — Marjorie abriu a boca para falar, mas o sumo-sacerdote a impediu.

— A pergunta que você deve se fazer é: o que a sua filha deseja, para atrair atenção do grande espírito da morte? — Com as palavras do elfo, Marjorie ficou pálida como um fantasma.

— Antes que você possa pensar em qualquer coisa desnecessária, a própria árvore sagrada me disse para cuidar de vocês duas, enquanto estiverem aqui dentro do templo. Não me pergunte o porquê, mas esse é o desejo do espírito no qual estou ligado, então, só posso cumprir com os desígnios dela.

Marjorie estava pensativa com tudo que lhe foi dito, estava tentando assimilar o impacto que aquela informação e todas as suas implicações, quando ela escuta uma voz feminina.

— Olá, minha criança.

Quando a Marjorie levanta a cabeça para olhar em direção à fonte da voz, ela viu a figura do sumo-sacerdote exatamente como ele era. Um homem de estatura mediana e esguia, com pele marrom escura, possuía linhas do rosto finas e delicadas, parecendo quase afeminado, algo comum para todos os sacerdotes, mas a cor em seus olhos mudaram, deixou de ser um azul intenso e passou a ser um verde-musgo, sua aura mágica era grandiosa como se o ser na frente da elfa, fosse um colosso de centenas de metros fazendo-a se sentir uma formiga. Apesar disso, Marjorie não estava com medo, pelo contrário, se sentia agradável, como se estivesse encontrando com a sua melhor amiga. Marjorie ia se levantar para se ajoelhar diante da manifestação da árvore sagrada, ela não estava se importando para o sumo-sacerdote, mas a história muda quando se está diante da encarnação de um dos seres mais poderosos do mundo, mas a árvore sagrada deteve ela.

— Não há necessidade disso, minha criança, fique à vontade. Sei bem que o seu corpo foi levado ao limite e vai precisar de alguns dias para você se recuperar completamente. — O espírito da árvore sagrada sorriu, usando o rosto do sumo-sacerdote. Foi um sorriso tão caloroso, que faria a pessoa do coração mais frio se sentir viva novamente.

— Estou aqui para confortar o seu coração e responder a algumas de suas perguntas. — A voz da árvore sagrada soava mais doce que mel nos ouvidos da elfa, mesmo isso, não deixou a primeira-ministra tranquila, invés disso, ela ficou mais inquieta, porém não perdeu o foco e se concentrou na oportunidade que ela tinha em mãos.

— Por que a minha filha? Ela só é uma criança inocente e não tem nada a oferecer para os grandes espíritos. — Marjorie sentiu que os seus olhos ameaçaram se encher de água, mas ela resistiu.

— Ó! Minha criança, o fato da sua filha ter apenas 6 anos e 10 meses é irrelevante. Mesmo se a pequena Lis fosse uma recém-nascida de alguns dias, o resultado seria o mesmo. O que importa é os desejos mais profundos da alma do indivíduo que queira fazer o contrato e como esses desejos se alinham com as nossas naturezas espirituais. Só para relatar, também tive interesse na sua filha, porém aquele maldito chegou na minha frente. — A árvore sagrada deliberadamente não falou que usou a alma da Lis na aposta com a morte, isso seria irrelevante e desnecessário naquele momento.

— Ainda sim, isso não explica o porquê da minha filha. — Marjorie estava sentindo um nó na garganta, seu coração batia em ansiedade, seus olhos ficaram marejados de lágrimas. — Ela só é uma criança, minha bebê, a única que tenho, por quê? Por quê? Por quê? — Marjorie desaba em lágrimas, se agarrando no corpo da sua filha no máximo que ela podia. A árvore sagrada ficou em silêncio, deixando a mãe élfica desabafar toda a angústia que estava sentido. Quando o choro da mulher foi reduzido a alguns soluços, a árvore sagrada voltou a falar.

— Não cabe a mim dizer o porquê, a única pessoa que pode lhe dizer é ela. — Quando Marjorie olha para onde a encarnação da planta mística estava apontando, vê a sua filha sonolenta murmurando algo, então, continua a falar: — Só posso afirmar com toda certeza é que sua filha não tem nenhuma má vontade com ninguém ou com o local onde ela vive. Por mais que a morte seja irritante e sádica em muitos momentos. — Por um breve instante o rosto do sumo-sacerdote se contorceu em desgosto. — Mas ela serve ao propósito de manter o equilíbrio natural, sem a morte não há vida e sem a vida não há morte. Vida e morte são opostos que se complementam. Não deixe que os seus conceitos pré-concebidos obscureçam aquilo que você deve fazer de fato, por mais cruel que possa parecer a decisão que você deva tomar.

Com essas palavras, Marjorie recuperou parte do equilíbrio emocional, apesar das várias incertezas que ela tinha a respeito do que levou a sua filhar fazer um contrato com um espírito da morte e as implicações disso no futuro. Marjorie tinha quase certeza de que as outras grandes famílias élficas não ficariam de braços cruzados com uma criança tendo um poder equivalente ao do sumo-sacerdote, isso era sem precedentes na história dos elfos.

— Existe algo que você queira perguntar, antes de me retirar? — Perguntou a árvore sagrada.

— Sim, existe. Você sabe quem matou o meu marido? — Marjorie tinha quase certeza que o pessoal do templo deveria saber de algo, se não mesmo o próprio espírito da planta mística. A própria Marjorie não ficaria parada de braços cruzados, deixando os assassinos impunes, no mínimo, ela exigia justiça, no mundo ideal, ela queria vingança.

— Sim, eu sei, mas não posso dizer. — A resposta da planta mística foi como um soco na boca do estômago da Marjorie, que sentia a bile subir pela sua garganta, de tanta raiva que estava sentindo, antes que ela pudesse falar alguma coisa, o grande espírito místico falou. — Se eu revelar quem matou o seu marido, pode desencadear eventos que vão afetar o frágil equilíbrio natural da floresta. Eu não me preocupo com os jogos de poder, desde que não ponha em risco a grande floresta.

A raiva da Marjorie estourou feita bolha de sabão, substituída por uma confusão mental que a elfa não sabia o que pensar, diante daquela revelação. Ela queria fazer mais perguntas, porém a mente de Marjorie foi um segundo mais lenta, pois os olhos do sumo-sacerdote voltaram a ser de um azul intenso e sua aura mágica perdeu toda a sua grandiosidade, voltando a ser quem ele era de verdade.

— Você conversou com a árvore sagrada. — A fala do Rêveur era para ser uma pergunta, mas saiu como uma afirmação. A primeira-ministra só balançou a cabeça, confirmando as palavras. Ele se afundou na cadeira se sentindo terrivelmente cansado. Depois de alguns segundos de um silêncio sufocante, Rêveur recuperou parte de suas forças para se levantar e sair, mas a Marjorie o deteve no último momento.

— Por favor, espere. Gostaria de lhe pedir um favor.

Rêveur se virou e olhou para a primeira-ministra com a mesma tranquilidade que um pai olha para sua criança.

— Por favor, permita que a minha guarda-costas bestial entre no templo e venha me ver. — Marjorie abaixa a sua cabeça ao fazer esse pedido.

— Assim será feito.

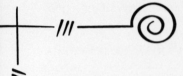

CAPÍTULO 33:

UMA CARTA EM MEIOS ÀS LÁGRIMAS

Enquanto a luz boreal da passagem do cometa se desvanecia, sendo substituída pelo raiar do dia, cada membro da família Niyaty se lembrava de seus afazeres diários. A única que ficou parada no quintal olhando para o céu, perdida em pensamentos, foi a própria Lis. Quando ela voltou a si, o menino Kelvin tocava em seu ombro.

— Lis, venha comer, a refeição já está na mesa.

— Sim, sim! — Lis balançava a cabeça para afastar os últimos fragmentos de lembranças. Parte dela estava grata em ser bem recebida por uma família tão calorosa, mas outra parte, grande o suficiente para não ser ignorada, se arrependia de já ter pensado em pagar qualquer preço para encontrar o seu irmão perdido. Ela ainda queria encontrá-lo e esperava trazê-lo como membro da sua nova família élfica, mas o resultado acabou sendo diferente.

— Por que você juntou as mãos dessa forma? — Kelvin perguntou, também juntou as mãos como se fosse uma reza, imitando o gesto que ela fez alguns momentos atrás.

— Isso! Vejamos, em um lugar muito distante, existe um costume no qual toda vez que alguém vê a passagem de um cometa junta as mãos, dessa forma, e faz um pedido desejando algo. — A resposta da menina fez surgir uma estranha taciturnidade entre eles, mas não demorou muito para que o menino quebra-se o silêncio.

— O que você desejou?

Lis demorou um pouco para responder à pergunta, ela ainda tinha receio de falar que estava à procura de seu irmão perdido e como isso iria repercutir, naqueles que estão em torno dela, já que para todos os efeitos ela é filha única. Quando ela abre a boca para responder.

— Crianças venham comer, rápido! — Mari falou de dentro da casa.

— Já estamos indo. — A dupla respondeu ao mesmo tempo.

Depois que toda a família comeu, Kelvin e Sara saíram para os seus respectivos compromissos, Mari ficava na casa para mantê-la limpa e organizada, enquanto a menina Lis cumpria a sua própria rotina de treinamentos dada pela líder da guilda de aventureiros. O treinamento consistia em um misto de exercícios físicos e mágicos. Lis iria dar várias voltas ao redor do quintal, enquanto exalava a sua própria aura mágica. Para um expectador casual, viria que a menina, literalmente, exalava vapor d'água em todo o seu pequeno corpo, como se estivesse acabado de sair de uma sauna. Depois de mais uma hora de corrida, a menina élfica não tinha nenhum pingo de suor em seu corpo, mas ficava com a respiração ofegante, com os músculos da perna latejando por causa do grande esforço físico. Em seguida, ela ficava na sombra de uma árvore e meditava com as pernas cruzadas, com o objetivo de fazer a sua mana aprimorada circular igualmente por todo o seu corpo, enquanto inspirava e expirava profundamente. Lis se lembrava claramente das palavras de sua mentora em seu primeiro dia de treinamento.

— Lis, você tem problemas para controlar o seu fluxo de mana, não é?

— Sim! Como a senhora soube disso?

— Quando você anda por aí, acaba aprendendo alguns truques para sobreviver. Deixa eu pensar numa forma simples de explicar para você. Para qualquer elfo comum, a mana em seu corpo flui como se fosse água em um riacho, mas, por algum motivo que não sei explicar, a sua mana, Lis, flui de maneira diferente, se eu pudesse comparar, sua mana flui como se fosse mel, denso e pastoso.

— Isso quer dizer que a minha própria mana apresenta resistência ao ser manipulada.

— Isso mesmo! — Sara ficou agradavelmente surpresa. — Você é tão inteligente quanto o meu filho.

— Obrigada. — A menina élfica deu uma risadinha.

— O que precisamos fazer é que a sua mana tenha um fluxo constante, para que você mesma possa se habituar em manipulá-la com facilidade, para isso, temos que temperar o seu corpo, assim como uma espada é posta numa fornalha para ser moldada pelo ferreiro, fazendo exercícios físicos e mágicos.

— Entendi! — Lis balançava a cabeça em afirmação. — A senhora tem algum conselho para dar? — Por fim, Lis perguntou.

— Sim, não importa as circunstâncias, não tente se comunicar com o seu espírito dentro de você, no momento, ele está adormecido em seu pequeno núcleo de mana, porém, quando ele acordar, você terá que lidar com um fluxo de mana extremamente poderoso, algo que é demais para o seu corpo suportar, estamos entendidos?

— Certo, mas como eu faria isso? — Lis perguntou.

— Se você fechar os olhos e se concentrar para dentro de você, vai ser possível ouvir um eco de uma voz, diferente da voz que tem em sua mente, esse vai ser o espírito maior que reside dentro de você, mas, como já disse antes, não tente se comunicar com ele sem a minha permissão, estamos entendidas? — A voz da Sara era severa o suficiente para parecer ser um instrutor militar disciplinando um recruta.

— Sim, senhora.

Depois da rotina matinal de treinamentos, Lis iria almoçar com toda a família Niyaty reunida. Em seguida, tomava um banho e um breve descanso, Lis iria se juntar ao Kelvin no treinamento de esgrima com supervisão direta da Sara e, no final da tarde, ficava livre para fazer o que tivesse vontade, desde que não se metesse em problemas, é claro. Essa foi a rotina da Lis, desde que veio para essa nova casa, sentia muitas saudades de sua mãe e queria achar uma forma de se comunicar com ela. Então, ela pediu um conselho para sua mentora em um dado momento.

— Você quer achar um meio de se comunicar com sua mãe? — Sara fez a pergunta, enquanto todos da família estavam partilhando mais uma refeição do dia.

— Sim. — Lis balançava a cabeça em afirmação.

Mari olhou para a criança com um olhar maternal, ela se colocou no lugar da Marjorie, imaginando como se sentiria se ela fosse obrigada a se distanciar do seu filho. Esse breve pensamento fez ela sentir um frio na espinha, logo ela estava matutando sua mente para achar uma solução. Kelvin, por sua vez, estava concentrado demais na comida, pois cada minuto que não estava na loja de armas era um minuto atrasado demais. Nos últimos dias, o trabalho da mestre de forja tem se intensificado, de forma que ele passava a maior parte do tempo ajudando no atendimento a loja do que treinando a sua forja, isso não sairia de graça, a anã prometeu fazer o seu primeiro martelo de forja, em troca da ajuda do menino. Kelvin prontamente aceitou esse pedido.

    Os lábios da Sara se contorceram em um sorriso no canto de boca e com um movimento de seu pulso direito, o único que ela tinha, fez surgir um envelope lacrado com um selo vermelho que ela tirou de seu anel dimensional. A elfa entregou para a criança a correspondência, falando em seguida.

— Essa carta chegou ontem lá na guilda endereçada a você.

    Quando a Lis viu escrito em um dos lados do envelope "De: Marjorie Van Mahara Para: Lis Van Mahara", a criança quase foi às lágrimas, pois reconhecia a caligrafia da sua mãe, ao mesmo tempo, se xingava por dentro, de não ter pensado na possibilidade de escrever uma carta. Ela só tirou os olhos da carta, quando sentiu uma mão acariciando sua cabeça, era o Kelvin que parecia estar confortando-a, esse simples gesto fez surgir velhas memorias da Terra. Novamente, ela teve que fazer um grande esforço para não chorar, isso até que ela foi abraçada por trás pela Mari, confortando a menina, da mesma forma que fazia com seu filho. Sara também estava logo atrás dando tapinhas em seu ombro. Aqueles gestos de carinho diziam para Lis que ela tinha um espaço naquela família. Por fim, Lis libertou as lágrimas silenciosas para fluírem de seus olhos azuis-celestes.

CAPÍTULO 34:

CIDADE IMPERIAL TIAMAT

Rastaban estava nos cômodos particulares da família imperial, olhava para o lado de fora da montanha. Do seu ponto de vista, ele conseguia ver uma boa parte da ilha de Draken. Ele conseguia ver os limites da ilha flutuante, rodeada por um mar de nuvens brancas que passavam pelas bordas da ilheta como se fossem ondas do oceano. Era uma visão de tirar o fôlego para o jovem dragão, assim como conseguia ver as copas das árvores que cobrem boa parte do terreno insular. Fazendo parecer que uma capa verde estivesse cobrindo cada pedaço de terra, em sua borda, a ilha tinha um enorme cristal que superava e muito a altura das árvores. O cristal apresentava uma grande riqueza de cores, como se um arco-íris estivesse preso no cristal, tinha um formato que lembrava uma garra ligeiramente curvada para dentro da ilha.

Alguns dias atrás, a mãe do Rastaban falou sobre esse e outros cristais, segundo o que ela disse, existem dez cristais iguais àquele que o dragão branco estava vendo, rodeando as bordas da ínsula. Esses cristais existem desde que a ilhota subiu aos céus. Muitos acreditam que seja parte das garras do primeiro imperador dragão há milhares de anos.

Interrompendo o devaneio do Rastaban, as portas do seu aposento se abrem e de lá, em um salto enérgico sob as suas quatro patas, saía uma dragoa com a mesma idade que o dragão branco, apenas com uma diferença de alguns meses, ela foi a primeira dragoa que fez amizade, quando ele reencarnou neste mundo, Layla kasper.

— Ras, vamos a um passeio, vamos, vamos, vamos!

— Para onde? — Rastaban perguntou, realmente curioso com a proposta dela.

— Para onde mais seria, senão para a cidade Tiamat?

— Interessante, eu gostei, mas já avisou para os seus pais?

— Obvio que sim, mas eles só iriam deixar se eu levar mais alguém comigo.

— E você pensou em mim como seu acompanhante?

— Logico, para quem mais eu pediria? — Rastaban deu um sorriso honesto, juntando com a sua vida anterior, ele tinha mais de vinte anos e, mesmo com todo esse tempo, nutria pouquíssimas amizades e Layla era uma delas.

— Tudo bem, vou informar à minha mãe e pedir para ela deixar eu te acompanhar até a cidade.

— Obaaa! — Layla solta um sorriso de pura satisfação.

Depois de algum tempo, Rastaban estava na saída do palácio imperial no sopé da montanha. Foi um simples passeio na capital do império, mesmo assim, ele ficou animado, pois era uma boa oportunidade de ver algo diferente, assim como aprender mais sobre o mundo que estava vivendo atualmente. Afinal, ele não sabia quanto tempo ficaria neste mundo. Já se passaram anos que chegou no novo mundo e nada dizia para ele que sua situação iria mudar tão cedo, pelo contrário, toda sua intuição e sentidos diziam que ficaria décadas, senão séculos naquele lugar. Invés de esperar que o mesmo evento aleatório que levou ele até aquele lugar o devolvesse para o seu lar original, Rastaban achou que deveria tomar as rédeas da situação e buscar por uma solução.

Sendo realista, é muito provável que fique aqui neste mundo para sempre, sem ter a chance de voltar para à Terra. Não quero pensar nisso, pensar no meu antigo lar só faz a saudade que tenho da minha avó se tornar maior, ao ponto de ser quase insuportável e, pensando friamente, é o único motivo que tenho em querer voltar para lá. Se não fosse pela minha avó, provavelmente iria abraçar esta minha nova vida. Tenho pais amorosos, tenho conforto e, principalmente, não sou hostilizado como na vida passada. Assim pensou Rastaban.

Quando Rastaban se deu conta que estava acompanhado, logo jogou esses pensamentos melancólicos de lado. Na sua direita, com um sorriso radiante, estava a sua amiga, Layla estava cantarolando uma música que ela aprendeu recentemente. Na sua esquerda, estava uma empregada designada por sua mãe para acompanhar a dupla.

A serva era uma dragoa comum, o nome dela era Nádia Noury, em suas veias corria a mistura de sangue humano e sangue de dragão. Possuía cabelos negros perfeitamente lisos que terminavam no meio das suas costas, seu corpo era magro com braços e pernas finas, o seu uniforme de empregada destaca ainda mais a magreza dela, porém seu rosto tem uma aparência bastante saudável, aparentava ter vinte e cinco, no máximo. *Na Terra, ela certamente seria modelo de alguma grife de moda, mas, colocando em perspectiva com a beleza da minha mãe, Nádia seria uma mulher simples.* Pensou Rastaban, quando ele olhou novamente para a aparência da sua atual serva, conseguia ver o que denunciava a sua natureza não humana, que eram os seus olhos castanhos claros com as pupilas na vertical.

— Existe algum problema, jovem mestre? — Nádia genuinamente perguntou, depois que o Rastaban ficou poucos segundos a mais do que o necessário olhando para ela.

— Não! Não, nada de errado, não se preocupe, está tudo bem. — Rastaban, com uma voz meio aflita, correu para corrigir a situação, antes que se tornasse um incidente social com potencial de ser uma catástrofe.

Além da companhia de Nádia, as mães da dupla fizeram outras exigências para eles saírem do palácio. Eles tinham que usar uma espécie de um manto que os cobriam quase que por inteiro, por fim, a última exigência era o horário. Eles não poderiam chegar de noite. Apesar da Layla fazer beicinho por causa de todas as exigências, quando estava longe de sua mãe, Rastaban não falou nada, achou que era razoável, já estava satisfeito em poder ver um lugar diferente.

A cidade em si não ficava muito distante. Andando alguns quilômetros pela estrada principal, pavimentada por ladrilhos de pedra cinza, já era possível chegar na capital imperial. Para o jovem dragão branco, só uma palavra podia definir a cidade: colossal. Todo o lugar era adaptado para que um dragão adulto possa aproveitar o espaço urbano com tranquilidade, sem se preocupar em destruir os seus arredores acidentalmente devido ao seu enorme corpo, as ruas da capital são largas, os prédios são estruturas descomunais feitas em pura rocha. A arquitetura das construções era repleta de pilares e arcos em pedra. Isso lembrava o jovem dragão os cenários dos filmes que falam de Roma ou da Grécia, porém, numa escala muito maior, nem tudo na metrópole era tão imenso, existiam também muitas construções menores, essas eram a maioria dos edifícios, feitas para atender a maioria da população composta por dragões comuns. Essas edificações já tinham uma característica um pouco mais moderna.

A cidade era bastante agitada, com inúmeros dragões, verdadeiros e comuns, andando de um lado para o outro, boa parte dos dragões verdadeiros costumam voar e depois pousar em algum lugar específico para realizar seus negócios. Daí, ver algum dragão levantando voo ou pousando na via pública é algo corriqueiro, que ninguém prestava a atenção. Só a dupla de amigos ficavam fascinados com o ambiente ao redor, para eles, tudo era novidade.

Os dragões comuns não tinham a mesma capacidade de voar que os dragões verdadeiros, por isso, eles se deslocam a pé ou em montarias, cada cidadão estava realizando seus trabalhos e vivendo suas vidas. Em alguns momentos, Rastaban via um ou outro indivíduo de outra raça diferente. A sua maior surpresa foi ver uma raça que a sua empregada os chamou de demônios. Eles eram muito diferentes do imaginário que o Rastaban tinha como referência. Os demônios deste mundo tinham uma pele completamente negra e, tanto os homens, como as mulheres dessa raça, pareciam ter corpos bastantes musculosos.

Agora parando para pensar, o que as pessoas do meu antigo mundo iriam imaginar vendo esses demônios? Não consigo imaginar nada de bom vindo disso. Não sei se é porque estou me acostumando com este mundo ou porque estou no corpo de um dragão, mas observando a raça dos demônios, fazendo coisas comuns, vivendo suas vidas como todas as outras raças aqui presentes, seria o equivalente a gringos visitando o Brasil como turistas, nada além disso. O jovem dragão branco refletiu sobre essa ideia.

Durante o passeio, ele percebeu que não eram só as raças que eram diferentes, mas os seus dialetos também, quando alguns dos estrangeiros falavam na língua dos dragões, Rastaban notava um sotaque bastante carregado. Intrigado com isso, questionou a Nádia.

— Nádia, quantas línguas diferentes existe por aí?

— Jovem mestre, huuum... deixa eu pensar por um instante!

— Ras, por que você está interessado nisso? — Layla perguntou.

— Simples, nunca se sabe quando você vai precisar se comunicar com alguém que fala outro idioma, então, é importante aprender isso. — Rastaban respondeu à dúvida de sua amiga.

— Oh! Entendo, entendo! — Apesar da Layla dizer que entendeu, Rastaban achou que ela falou da boca para fora, mas não insistiu no assunto.

— Jovem mestre, pelo que eu me lembro, existem quatro línguas diferentes, língua dos humanos, dos anões, dos elfos e dos demônios.

— Interessante, penso que é bom aprender pelo menos uma das línguas. — Rastaban concluiu.

Enquanto andavam na cidade, a empregada apontava os principais estabelecimentos comerciais, pontos turísticos ou pontos de interesse, ela servia como uma excelente guia turística, respondendo a todas as dúvidas que a dupla tinha a respeito da cidade.

— Nádia, estamos em uma ilha que navega pelos céus, certo? — Em um dado momento, Rastaban perguntou.

— Sim, jovem mestre!

— Como os dragões comuns e as outras raças vieram parar aqui?

— Basicamente, existe dois meios, jovem mestre.

— Quais? — Rastaban estava genuinamente curioso a respeito disso, enquanto Layla estava entretida com os arredores.

— A maneira mais prática é usar os portais de teletransporte que estão nos domínios dos nove clãs, a segunda forma é usando uma montaria aérea.

— E como funciona esses portais?

— Certo, jovem mestre, você sabe que cada clã tem terras próprias em algum lugar do mundo, né?

— Sim, eu sei.

— Pois bem! A ilha de Draken está viajando ao redor do mundo, passando próximo a algum território de algum clã, quando ficamos próximos suficientes desses territórios, o portal se ativa e os viajantes que desejam entrar ou sair da ilha usam o portal em um determinado tempo específico. Se perder esse tempo também perde a sua janela de oportunidade, independentemente se você estiver entrando da ilha ou saindo, pode demorar alguns meses ou um ano para usar o portal novamente, dependendo do caso.

— Então, usar montarias aéreas pode ser a melhor opção?

— Geralmente não, essa forma é mais restrita e controlada pelo exército, normalmente quem chega por essa opção são autoridades de outras nações, que foram previamente autorizadas para entrar ou sair da ilha.

— O exército não controla os portais de teletransporte?

— Sim, controla, mas o controle do espaço aéreo da ilha é muito mais rigoroso.

— Entendi!

Passando em outras ruas, Nádia faz algumas observações, por exemplo, falando da guilda de aventureiros, citando seu papel como uma instituição internacional presente em quase todos os continentes, fazendo funções que não têm ligação direta com os governos, mas que atende às necessidades da população. De acordo com a Nádia, os dragões verdadeiros quase não recorrem à guilda, pois um dragão verdadeiro sozinho equivale a um pequeno exército de mil humanos.

No entanto, os dragões comuns fazem muito uso da guilda, servindo de guarda-costas para os mascates ou curandeiros para cidadãos doentes ou busca de recursos específicos para os ferreiros, os artesões e magos. Quando Rastaban lembrou de sua amiga e virou a cabeça para procurá-la, o que viu foi uma Layla com os olhos brilhando em excitação. *Acredito que a Nádia, sem querer, despertou os desejos de uma certa garota em se tornar uma aventureira.* Pensou Rastaban. Ao dobrar a esquina, o dragão branco viu algo intrigante.

CAPÍTULO 35:
DANÇA DE DRAGÕES

  O grupo do Rastaban entrou numa ampla praça, com muitos comerciantes de rua vendendo seus produtos, essa era uma feira livre bastante agitada com várias vozes, cheiros e cores brotando em cada canto, porém o que chamou a atenção do dragão branco foi o seu centro. Tinha um enorme obelisco, feito em uma pedra negra que havia algo gravada naquela enorme estrutura, Rastaban considerou que a estrutura feita de rocha negra, poderia ter, tranquilamente, uma altura três vezes maior do que um dragão verdadeiro adulto. Ao redor desse obelisco, tinha uma fonte de água cristalina. O cheiro de comida invadia as narinas de todos, então, Rastaban disse:

— O que vocês acham de nós pararmos para comer?

— Boa ideia, Ras! — Layla falou com entusiasmo e com a boca quase babando de saliva.

— Jovem mestre, não acha melhor comer quando voltarmos para o palácio?

— Não se preocupe, não comeremos muito, é um lanche rápido e uma breve parada para descansamos um pouco após esta longa caminhada.

— Entendido, jovem mestre. — A empregada abaixou levemente a sua cabeça.

— Ei, Ras, vamos comer algo doce! Aquela barraca ali parece vender algo de bom! — Layla estava realmente querendo comer algo, pois o seu próprio estômago exigia comida.

  O trio parou numa barraca que vendia algo parecido com uma salada de frutas com cobertura de mel, eles se sentaram perto de uma das mesas simples de madeira que a barraca oferecia. Rastaban e Layla dispensaram as cadeiras, pois, com o tamanho atual deles, sendo maior que um cavalo comum, eles podiam se sentar no chão em suas duas patas traseiras e com a cauda servindo de apoio, que ainda ficaram confortavelmente na altura da mesa, deixando as patas dianteiras para comer a salada de frutas usando um pequeno espeto de madeira.

Foram mais de seis anos para Rastaban se habituar ao seu corpo draconiano, no início, ele tropeçava em suas próprias patas, sem contar a sua cauda que parecia ter vida própria. Agora, ele não precisava pensar muito, para controlar o seu corpo, mas em alguns momentos, como se sentar à mesa, preferia a forma humanoide.

— De certa forma, estou ansioso para fazer o ritual.

As duas companheiras do Rastaban olharam para ele, quando fez esse comentário. A empregada tinha uma expressão facial de difícil interpretação para o jovem dragão, ele não sabia dizer o que a Nádia estava pensando a respeito disso. No entanto, quando o Rastaban viu o rosto de sua amiga, a expressão dela dizia que aquele assunto era desagradável. Meio que ele conseguia imaginar o porquê. Mentalmente, ele pediu desculpas para ela. Diferente do mundo ao redor deles, o grupo ficou esperando em silêncio. Não demorou muito, o funcionário entregou um pote de porcelana para cada um, continha uma rica variedade de frutas de diversas cores e sabores, todas cortadas e embebidas em um mel. Só a aparência da refeição dava água na boca.

Quando a Layla deu a sua primeira mordida em uma das frutas com cobertura de mel, usando algo como um palito de dente, seu rabo se mexia em alegria, era fácil dizer quando a jovem dragoa estava triste ou alegre, basicamente ela era um livro aberto. De certa forma, Rastaban estava surpreso por ela ter se tornado uma amiga para ele, ambos tinham personalidades muito diferentes, assim como os seus objetivos de vida eram dessemelhantes, ele não sabia o que a sua amiga queria ser ou fazer no futuro, mesmo assim, Layla ainda queria andar perto dele para cima e para baixo em todo o lugar.

— O que está escrito ali? — A pergunta partiu da Layla, que já enfiou as últimas frutas no palito de dente.

Rastaban e Nádia dirigiam seus olhares para onde a Layla apontou, que era para o obelisco. As gravuras contidas na sua superfície eram algo que o Rastaban nunca tinha visto antes, nenhum livro que já tinha visto possuía aqueles ideogramas semelhantes. Ele ficou curioso, Nádia, por sua vez, respondeu da melhor forma que pôde, apesar da sua resposta não esclarecer a principal dúvida.

— Este monumento foi feito pelo próprio imperador dragão, mais especificamente, pelo primeiro imperador da nossa nação, ninguém, na verdade, sabe dizer o que está escrito ali, muitos estudiosos tentaram decifrar isso, mas ninguém obteve sucesso. — Disse a Nádia em um tom casual.

O jovem dragão branco olhava para o obelisco negro, então, pensou. *O primeiro imperador foi, de fato, um dragão extremamente importante, segundo o que já li, ele foi o primeiro dragão dourado registrado na história do império e o seu fundador, ele conseguiu unir todos os diversos dragões e organizá-los em clãs, ele fundou a atual estrutura de poder com diversas outras realizações, ele deve ter sido um sujeito esplêndido. Talvez, fosse um reencarnado?* Rastaban riu mentalmente da ideia. *Bela piada, mas, falando sério, a figura do primeiro é tratado aqui no império quase como uma divindade, assim como os outros quatro dragões dourados verdadeiros que vieram depois dele.*

— Ras! Ei, Ras! — Layla estava balançando seu amigo para os lados, tirando ele de seus pensamentos. — Você está dormindo acordado?

— Ops! Desculpe, fiquei perdido em pensamentos!

— É! Sei que você tem este hábito!

Olhando para o pote de porcelana que ainda tinha metade da salada de frutas, Rastaban tratou de comer o restante, nesse meio-tempo, sua amiga pegou mais três porções da mesma salada, ela amava comidas doces. Quando o grupo terminou de comer, sob os protestos da gulosa dragão-fêmea negra, que ainda queria mais, Nádia pagou tudo com três moedas pequenas de prata, que ela tirou de uma bolsa presa na sua cintura.

Os três ainda ficaram caminhando na feira livre, vendo diversas coisas diferentes e atrações locais, por exemplo, uma dupla de bestiais, ambos pareciam ser do tipo felinos, eles estavam tocando instrumentos musicais de corda em troca de algumas moedas. Rastaban não conhecia a música em si, mas a melodia tinha um ritmo bastante animado, atraindo a atenção de uma certa plateia. De repente, Rastaban é puxado para a frente.

— Vamos dançar, Ras!

— Mas eu não sei dançar!

— Vamos, é só me acompanhar.

Mesmo sobre a tenaz oposição do Rastaban ao convite de sua amiga, ela foi bastante insistente e, mesmo sendo um pouco menor do que ele, Layla tinha mais força física. Com os gritos de incentivos dos expectadores, que estavam naquele local e além do ritmo da música ficando mais agitada, Rastaban cedeu à pressão e acompanhou sua amiga na dança.

Eram movimentos simples de rodopios e giros, suas asas estavam se tocando, as respectivas caudas dos dois dragões formavam correntes de ventos, cada vez que eram lançados para os lados. Rastaban via alegria no rosto da Layla, parecia que as suas respirações estavam seguindo as batidas de mãos e pés das pessoas que apreciavam o espetáculo, seus corações estimulados pelos movimentos dos seus corpos batiam como tambores em seus peitos, outras pessoas, incentivadas com a dança dos dragões, começaram a bailar, alguns sozinhos, outros com seus parceiros. A cada segundo que se passava, a música aumentava o seu ritmo e seu som, quando finalmente termina.

Nesse instante, Rastaban olhou para Layla, o sorriso da sua amiga era descarado, em seguida, a dupla ouviu aplausos das pessoas em volta deles, o desempenho deles foi contagiante para os espectadores, então, o dragão branco abaixou a sua cabeça para a multidão, imitando os atores de teatro quando terminam uma apresentação, Layla imita os gestos de seu amigo, isso faz a plateia ficar batendo palmas por mais alguns segundos, antes de finalmente se dispersar. A dupla de bestiais que estava tocando a música se aproximou deles e falaram na língua dos dragões, com um sotaque bastante carregado.

— Vocês foram maravilhosos, muito obrigado por dançarem com a nossa música. Graças a vocês dois, conseguimos mais moedas do que de costume.

— Vocês foram ótimos músicos, eu e a minha amiga gostamos muito da sua melodia.

— Sim, eu adorei! — Layla estava eufórica.

— Fico muito feliz em ouvir isso, vocês humanos foram um verdadeiro amuleto de boa sorte, espero encontrar vocês de novo.

Rastaban e Layla ficaram congelados, quando os bestiais referiam-se a eles como humanos. Inicialmente, o dragão branco imaginou que tinha ouvido errado, devido ao sotaque carregado do bestial, mas depois que viu que a Layla também ficou surpresa, tinha certeza de que o músico falou humanos. *Será que ele sabe que sou uma reencarnação de um humano? Não, não deve ser isso. A própria Layla foi vista como uma humana, sendo que ela é uma legítima dragão, já até fiz um teste com ela, para saber se ela é uma reencarnada assim como eu, logo nos primeiros meses que a gente se conheceu.* Pensou Rastaban. O teste que ele estava se referindo aconteceu alguns meses depois do primeiro contato, ele falou um monte de palavras aleatórias usando termos brasileiros e estrangeiros para ver se a sua amiga reagia a algum, porém não houve a reação que ele esperava.

Rastaban Terminou de se despedir dos bestiais, no entanto, Layla queria corrigir o equívoco dos bestiais em considerar eles dois como humanos, mas o dragão branco não deixou, pois logo entendeu o porquê houve esse "mal-entendido". Em seguida, se encontraram com a Nádia, ela estava no canto observando a dupla.

— Ras, por que você não me deixou falar a verdade? — Perguntou Layla, meio consternada com a situação.

— Simples, para não causar tumulto.

— Como assim?

— Você sabe, como a maioria das pessoas se comportam quando estamos presentes, né? Eles abaixam as suas cabeças e alguns até se ajoelham. — Rastaban ficava muito incomodado com aquela situação, nunca se abitou a ser reverenciado. Layla fica em silêncio ouvindo pensativamente no que seu amigo estava dizendo.

— Então, se isso tivesse acontecido aqui, não teríamos aproveitado este nosso passeio da mesma forma, estas capas que estamos usando devem ser alguma categoria de artefato mágico, para esconder as nossas reais aparências. — Rastaban olhou para a Nádia e ela faz um aceno positivo com a cabeça.

— Entendi. — Por fim, Layla aceitou a explicação.

Após mais algum tempo, o passeio pela cidade seguiu tranquilamente, com a Layla arrastando Rastaban para todos os cantos que despertava a curiosidade dela, sempre acompanhados de perto pela empregada.

Em um dado momento, eles compraram algumas lembranças. Layla comprou para o seu amigo uma pulseira simples, que lembrava as pulseiras de miçangas da Terra, ela era formada de pedras redondas intercalando entre as cores amarelas e pretas com um par de caninos de algum animal, em retribuição, Rastaban escolheu um colar para ela, que tinha um cristal verde em formato de gota. Para não deixar de fora, eles compraram um anel esculpido na madeira que possuía alguns entalhes de padrão geométrico e deram para Nádia. Ela queria recusar, mas a insistência dos jovens dragões fez que ela aceitasse o presente, sem antes fazer uma profunda reverência para os dois.

O sol já estava descendo no horizonte, quando o trio decidiu voltar para casa. *É meio que uma sensação estranha, chamar uma montanha cheia de dragões de casa.* Pensou Rastaban e continuou. *Sinto que cada vez mais este desejo de voltar para Terra está ficando distante, sendo substituído por aceitar esta minha nova realidade e formar raízes, contudo, por mais que este sentimento de ficar aqui cresça dentro de mim, ainda, sim, quero retornar para perto da minha avó, nunca abandonarei ela, esta é minha decisão final, nada mudará isso.*

Quando eles estavam chegando próximo ao sopé da montanha, passou por eles uma comitiva composta de dragões comuns na vanguarda e logo atrás uma carruagem, cercada por anões vestidos com armaduras de combate, possuindo pesadas placas metálicas, nas suas costas tinha escudos metálicos que pareciam maiores que eles mesmos, presos em suas cinturas, tinham maciços martelos de guerra. Os anões conseguiam acompanhar a carruagem marchando, sem nenhum esforço.

Rastaban olhou para Nádia, quase perguntando se ela sabia de algo, entendendo o seu olhar questionador, ela só balança a cabeça negativamente, diante dessa resposta, ele decidiu continuar em seu caminho independentemente das circunstâncias, pois não poderiam chegar de noite. Após mais alguns minutos de caminhada, o trio vê que a comitiva que passou por eles estava sendo recepcionada por alguns dragões verdadeiros na sua forma humanoide. Rastaban não conseguia reconhecer eles, pois, tirando os seus pais, sua amiga e professora, quase não tinha contato com nenhum outro dragão verdadeiro, não demorou muito para que todos entrassem na montanha. Logo em seguida, quando o grupo do Rastaban chegava na frente do portão principal, veio na direção deles uma empregada pessoal da Imperatriz.

— Jovens mestres, que bom que vocês chegaram no horário combinado, a senhora sua mãe, senhorita Layla, está lhe esperando em seus aposentos, ela pediu para você ir logo antes do jantar.

— Entendido, tchau, Ras, a gente se vê amanhã e obrigada pelo presente. — Layla logo adentra toda saltitante para o interior da montanha. Rastaban era conduzido para um dos vários portais de teletransporte, atrás dele, estava Nádia e na frente estava a empregada pessoal da sua mãe. No meio do caminho, Rastaban perguntou:

— Quem eram aqueles anões?

— Eles são os embaixadores do reino anão e sua guarda pessoal.

— Compreendo, então, quer dizer que os meus pais vão estar ocupados até tarde da noite, né!

— Sim, jovem mestre.

A empregada pessoal da mãe dele respondeu às suas perguntas em um tom solene, não é a primeira vez que isso acontecia, então, ele não deu muita importância para o fato em si. Achou melhor aproveitar o tempo que tinha para tomar banho, comer alguma coisa e ler algum livro. Para o jovem dragão branco, o dia foi agradavelmente agitado.

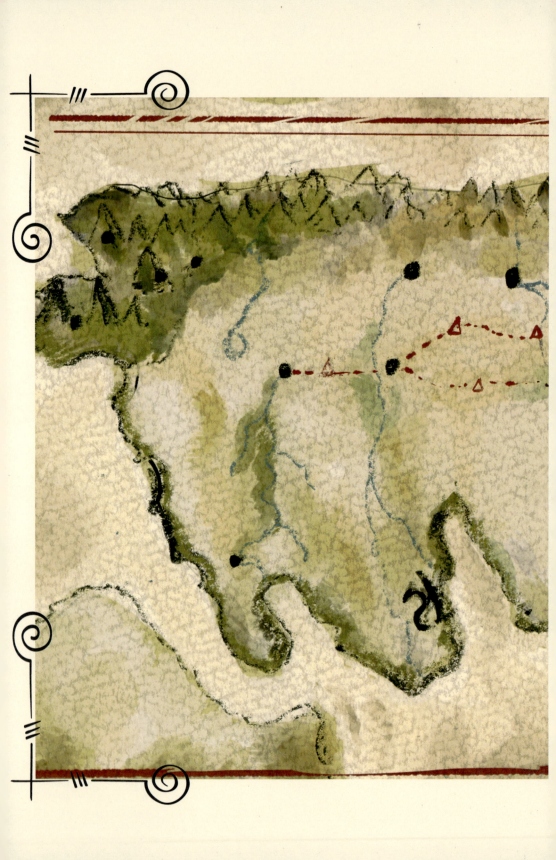

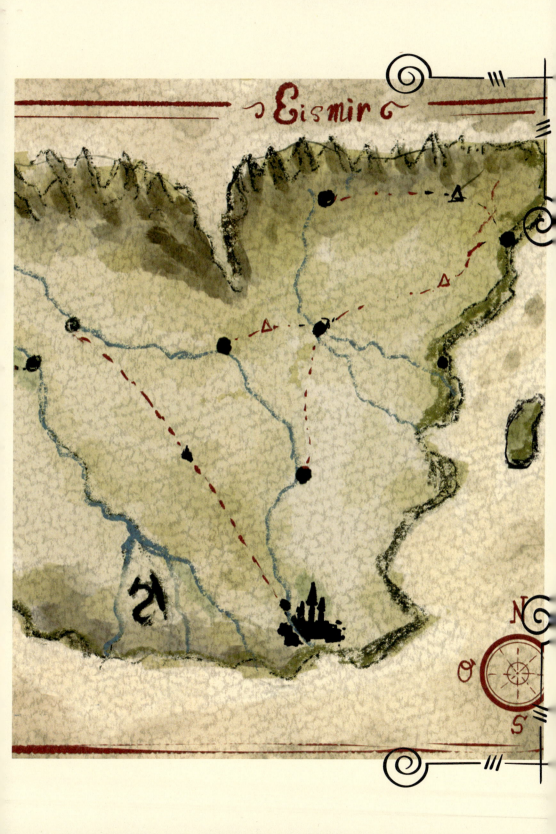

CAPÍTULO 36:

A CALIGEM DO AMANHÃ. PARTE 1

O reino de Oslo fica no extremo sul do continente de Eismir, mais especificamente na foz do rio Volga, as águas doces do maior rio de todo o continente se encontram com as águas salgadas do oceano Tungus, tal localização estratégica permitiu que o reinado de Oslo florescesse como um forte comércio marítimo e com uma indústria naval competente.

Diferente dos outros reinos do continente, onde existe uma forte intolerância a presença de outras raças, Oslo recebia da melhor maneira possível outros visitantes dos outros continentes, na esperança de que esses outros residentes pudessem contribuir de alguma forma a expansão do comércio do reinado, lógico que nem tudo são flores, a comercialização ilegal de escravos com a discriminação de alguns humanos frente aos outros povos se mostrou ser um grande problema por resolver, frente às lideranças da monarquia.

A capital do reino é formada por uma cidade fortificada por uma enorme muralha. A cidade é dividida em setores norte, sul, leste e oeste. Cada setor é delimitado por pontes de tijolos vermelhos desbotados, a metrópole conta com ruas bastantes movimentadas, pessoas de várias origens e histórias caminham apressadamente para resolver seus negócios. E os passos de uma certa jovem não difere dos demais, usando uma capa com um capuz para cobrir o seu rosto, ela se mistura na multidão que borbulha no setor norte da metrópole, apesar de ser o meio da primavera, onde o vento frio ainda se faz presente, contudo, a aglomeração de pessoas faz o clima ser um pouco mais quente que o normal.

A jovem desconhecida entra em um beco. Seus passos são rápidos e leves, fazendo exatamente como foi treinada, ela frequentemente olha para trás para garantir se não foi seguida, abrindo um caminho tortuoso por várias vielas de aspecto suspeito. Ela chega no seu destino, parando em um prédio de aparência decadente, bate na porta de madeira em uma determinada sequência específica, não demora muito, os sons da porta sendo destrancada são ouvidos e, sem perder tempo, a jovem entra no prédio.

Lá dentro, a jovem é recebida por uma bestial mulher-gata, a bestial tem um corpo esguio, mas a sua densa pelagem negra lhe dá uma aparência mais robusta, as duas figuras femininas trocam sorrisos em seus olhares, sinal de que tudo está indo bem até o momento, sem falar nada, elas vão em direção a uma sala, onde outro bestial homem-raposa estava esperando pela jovem.

— Senhor Kitus, tudo já foi encaminhado, no fim da tarde, um bote estará à nossa disposição no setor sul.

— Muito bem! Judy, ótimo trabalho.

— Que horas a gente vai começar, senhor Kitus? Miau!

— Segundo as outras informações, haverá uma reunião ministerial de emergência no início da noite de hoje, esse é o melhor momento para nós agirmos, por isso, Judy e Felin descansem, partiremos daqui a algumas horas.

— Entendido.

— Entendido, miau!

Assim como foi ordenado pelo bestial homem-raposa, as jovens meninas vão em direção a outro quarto, onde tem camas razoavelmente confortáveis para dormir. A mulher-gato pega rápido no sono, mas a menina Judy está inquieta, virando de um lado para o outro, ela tenta dormir um pouco, pois sabe que a noite será longa e cansativa, mesmo assim, o sono não vem, ao invés disso, velhas memórias de anos atrás enchem sua mente. Lembranças amargas de quando ela foi vendida como escrava por seus próprios pais, quando tinha apenas cinco anos, mas, por descuido dos traficantes, conseguiu escapar, vagando sem rumo ao longo do litoral, sem ter o que comer e beber por quatro dias inteiros, seu frágil e pequeno corpo lutava para dar um passo de cada vez e, então, cedendo ao cansaço físico, se encosta em uma árvore e dorme.

Batidas rápidas da madeira tiram a menina de seu devaneio, ela sobressaltada olha para a porta e é o senhor Kitus, usando um uniforme completamente negro com um capuz cobrindo as suas orelhas de raposa.

— Vamos! Já está na hora da gente ir.

A menina acena com a cabeça e acorda a sua colega ao lado, que roncava em seu pesado sono. Depois de alguns minutos, ambas estavam se equipando para ir. Elas saem do prédio com o homem raposa, essas três figuras encapuzadas andam rapidamente em passos furtivos, se misturando no meio da população local. Se alguém os tivesse perseguindo, teria muita dificuldade em rastreá-los, pois aquelas três pessoas são extremamente hábeis em esconder as suas presenças. Traçando as ruas e becos da capital real banhada com a luz laranja do pôr-do-sol, eles chegam nos limites do setor sul da cidade, lá encontram um velho homem maltrapilho encostado numa parede em um beco, após lhe entregar uma moeda de ouro, ele a movimenta com suas mãos sujas e morde, confirmando a veracidade do dinheiro, só então se levanta e retira o pano fedorento onde estava sentado, revelando uma portinhola de madeira que dava passagem para os esgotos da cidade. Sem perder mais tempo, as três figuras entram no esgoto e o velho homem fecha a portinhola, a cobrindo com o seu pano fedorento volta a sentar no lugar.

Descendo por uma escada vertical improvisada de madeira, eles se deparam com uma ampla galeria de esgoto iluminada somente com duas tochas de fogo presas nas paredes. Próximo dali, tem um cais improvisado de madeira e, amarrado a esse cais, um velho bote de madeira. A bestial Felin tampa o seu nariz na van tentativa de conter o mau odor que exalava no local, Judy também sentia esse desconforto, tanto que o seu rosto estava enrugado em uma careta de desgosto. Somente o senhor Kitus parecia não sofrer com o mau cheiro.

Logo, eles três entram no bote e navegam pelos longos corredores do esgoto, o caminho está sendo iluminado por uma tocha de madeira e, usando um mapa como guia, o senhor Kitus indica o caminho por onde deveriam ir, enquanto isso, a Felin está remando e a Judy empunhando um par de adagas, ela está olhando os arredores para prevenir um possível ataque de um monstro do esgoto.

Depois de quase uma hora navegando por águas turvas e fedorentas, eles chegam ao local que parece ser um buraco na parede, atracando o barco para perto da margem, os três descem do barco e se reúnem perto do buraco e, então, o senhor Kitus fala:

— Estamos exatamente de baixo do palácio real, acho que não preciso lembrar o quanto este trabalho é importante, certo?

— Sim!

— Sim, miau!

— Ótimo, cada um tomará as suas posições, agiremos assim que o senhor Lofar der o sinal, vocês não podem ser vistas, em hipótese nenhuma, muito menos, serem capturadas, também não é permitido matar ninguém.

Bastou o homem-raposa ver o olhar de confirmação de suas assistentes para ele dar o sinal, então, as duas jovens meninas ativam o seus equipamentos mágicos, suas roupas negras como o céu noturno as envolvem em sombras, fazendo que qualquer som ou cheiro que elas poderiam produzir fossem anulados. Além disso, os seus corpos se tornaram mais leves, dessa forma, os seus movimentos adquiriram mais qualidade e precisão. Sem demora, ambas meninas partem, entrando no buraco da parede que dá acesso a um corredor elevado.

Enquanto isso, o senhor Kitus retira um pergaminho contendo um círculo mágico, colocando esse mesmo pergaminho no chão, ele derrama a sua mana, fazendo o círculo magico brilhar e projetar no ar um mapa em três dimensões do palácio real e ele vê dois pontos vermelhos subindo rapidamente logo abaixo do palácio. Satisfeito em ver que o círculo mágico está rastreando Felin e Judy, o bestial raposa dirige a sua visão para a entrada do castelo a espera que o senhor Lofar entre no campo de rastreio mágico do pergaminho.

CAPÍTULO 37:

A CALIGEM DO AMANHÃ. PARTE 2

Não muito longe dali, senhor Lofar está olhando pela janela da carruagem, observando o cenário da cidade, a sua chegada à capital real foi há alguns minutos, sem parar para descansar. Ele se dirige logo ao palácio real, a reunião de emergência convocada pelo rei foi para definir os detalhes da guerra que acontecerá entre humanos e anões daqui a alguns meses.

Com o senhor Lofar está com a sua principal empregada e guarda-costas, Cecily, uma mulher bestial cobra, as suas escamas negras cobrem toda a parte inferior de seu corpo que tem o traço de sua raça ofídio, a parte superior de seu corpo tem uma aparência quase humana, com as mesmas escamas negras cobrindo suas costas e uma boa porção de seus braços, a porção visível de sua pele tem um tom marrom claro, seu rosto tem uma beleza que cativa muitos homens que olham para ela, os seus longos cabelos cacheados estão presos em uma tiara preta com babados brancos, usando uma roupa de empregada doméstica perfeitamente alinhada, sua figura esbelta com curvas sugestivas, que lhe dava um ar sensual, ao mesmo tempo, sua postura é bastante profissional, digna de uma serva da alta nobreza.

Chegando na entrada do palácio, os empregados que trabalham no lugar abrem as portas da carruagem adaptada ao senhor Lofar, auxiliado por sua empregada. O senhor Lofar sai da carruagem numa cadeira de rodas, ele está usando um terno cinza formal e cobrindo as suas pernas está a pele de um grande lobo cinzento, que foi devidamente curtido e manufaturado, servindo como uma ótima capa protetora e macia, uma regalia para um nobre que administra uma das principais cidades litorâneas do reino, seus cabelos pretos ondulados amarrados na forma de um rabo de cavalo balançam, à medida que a cadeira de rodas anda, os seus olhos castanhos escuros estão atentos às pessoas em sua volta.

O senhor Lofar e a sua empregada são recebidos por um mordomo que trabalha no palácio, ele prontamente informa que a reunião acontecerá em um dos principais salões do palácio, tal mordomo faz o seu trabalho como guia, enquanto a Cecily está empurrando atrás a cadeira de rodas, onde o senhor Lofar está sentado, mesmo com escadas e outros obstáculos, a empregada não tem nenhuma dificuldade em levar o seu mestre. Parando nas portas do salão, o mordomo que servia como guia dá umas batidas rápidas na porta, e outro mordomo que estava lá dentro abre e ouve as palavras do guia do senhor Lofar e, então, o empregado com uma voz grave e solene anuncia:

— Senhor administrador da cidade de Ran, Lorde Lofar Vorguel anuncia a sua chegada.

Mostrando um sorriso cordial em seus lábios, o senhor Lofar entra no salão, ele está plenamente consciente que está entrando em um território hostil, onde as disputas pelo poder e riqueza são traçadas tão ferozmente como qualquer batalha campal, a única diferença é que o inimigo prefere atacar sorrateiramente, sem aviso, sem gritos de guerra, empunhando venenos e mentiras.

Os nobres próximos à entrada também estão mostrando os melhores sorrisos falsos que podem fazer e o recebem de maneira cortês. O senhor Lofar responde à cortesia da mesma forma, olhando para o salão, que está muito bem iluminado magicamente, o que destaca a beleza da arquitetura do lugar, os vários empregados oferecendo bebidas e tira-gostos, nobres vestindo as suas roupas mais finas e caras, qualquer um poderia imaginar que isso não é uma reunião para discutir assunto de guerra, mas, sim, uma festa, contudo, a quase ausência de mulheres, a falta de uma banda de música e de pessoas dançando no meio do salão mostram claramente que essa reunião não é nada festiva.

Os nobres, como o senhor Lofar, costumam demonstrar o seu poder e riqueza em bens materiais em reuniões como essa. A ostentação é uma forma de medição de sua capacidade financeira, quanto mais dinheiro, mais poder. É uma batalha silenciosa que quem ganha é aquele que atrai mais olhares, por isso que no salão está cheio de nobres com roupas caras ou usando artefatos mágicos avaliados em valores que poderiam suprir as necessidades básicas de uma família comum por anos.

Agora, senhor Lofar está ganhando com uma larga vantagem, devido à sua empregada, a mulher bestial cobra, está praticamente brilhando, suas escamas negras estão lindamente polidas, o decote em seus seios é provocador, seus gestos delicados e refinados mostram uma educação polida a perfeição e, finalmente, a ausência de um artefato mágico de escravidão mostrando que aquela bestial está servindo por livre e espontânea vontade o seu mestre.

Passadas algumas horas, todo o salão cheio de vozes se cala diante da presença de um par de homens vestindo armaduras de batalha completa com uma capa branca presa nas suas costas, em suas cinturas estão espadas tão robustas quanto eles mesmos, esses homens são os guardas pessoais do rei, e, logo em seguida, está o próprio rei, um homem na casa dos seus 30 anos, sendo que os seus 10 últimos anos de vida assumiu o trono sem grandes problemas ou desafios, administrando o seu reinado de uma forma que o comércio está bastante aquecido e a indústria naval está se expandindo.

Quando o rei faz a sua entrada no salão, quase todos colocaram o joelho direito no chão e baixaram suas cabeças, obviamente Lofar não pode se ajoelhar, mas abaixou sua cabeça o máximo que pode e a sua empregada, que estava atrás da cadeira de rodas do nobre, quase tocou sua testa ao chão. No mesmo instante, o nobre ativa o dispositivo mágico, na forma de um discreto anel preso no seu dedo indicador direito. Com isso, Kitus dá a ordem para que as duas meninas iniciem as suas respectivas missões, por meio de um artefato magico de comunicação em formato de brinco.

A essa altura, as meninas estavam nos jardins internos do palácio real, usando as sombras das árvores para ocultar ainda mais as suas presenças, quando o senhor Kitus deu sinal para elas iniciarem. Judy pula para uma das janelas que estava aberta e a Felin saltou para um parapeito do segundo andar do palácio, a velocidade de ambas as meninas era sobre-humana, ao mesmo tempo, completamente ocultas em um silêncio graças aos equipamentos mágicos que elas estavam vestindo.

Felin salta de varanda em varanda, suas garras das mãos e pés se fixam nas reentrâncias da superfície das paredes. Normalmente, isso não seria possível, mas o equipamento mágico reduziu pela metade o seu peso natural, tornando-a leve o suficiente para se agarrar nas menores frestas e realizar os seus movimentos acrobáticos, saltos mortais e piruetas. Tudo com o objetivo principal de chegar e entrar no escritório particular do rei, que fica nos andares mais altos do palácio.

Judy, por outro lado, está correndo pelos corredores internos, guiada pelo senhor Kitus, ela percorre os longos corredores do palácio real sem nenhuma dificuldade, quando tem algum guarda ou empregado por onde ela estava, sua principal tática é encontrar uma sombra grande o suficiente para lhe cobrir e ficar imóvel, com isso, o equipamento mágico apaga a sua presença daqueles que estão próximos a ela, diferente da sua colega gata, Judy tem o objetivo em entrar nos porões do palácio real.

Enquanto a missão de espionagem está em andamento, senhor Lofar está ouvindo atentamente ao discurso do rei, o monarca está animadamente falando sobre o avanço da humanidade e a importância de conquistar novas tecnologias para expandir a influência dos humanos nos quatro continentes do mundo. Lofar não expressa abertamente, mas, por dentro, a ideia de fazer a raça humana avançar por meio de um desnecessário derramamento de sangue faz ele sentir náuseas.

Por outro lado, os outros nobres estão ficando animados com o discurso do rei, em suas mentes, a guerra é o meio mais rápido de obter grandes riquezas, óbvio que nem todos estão completamente convencidos, pois existe a possibilidade de perder. Quando rei terminou de realizar o seu discurso, ele cedeu espaço para os nobres fazerem as suas perguntas e a primeira pessoa que levantou a mão para falar foi Lofar.

— Vossa majestade, nós entendemos a importância dessa luta, mas o reino dos anões fica a quilômetros de distância de onde estamos. Como iríamos contribuir para um campo de batalha que demoraria meses, senão anos, para chegar lá?

— Ótima pergunta, Lorde Vorguel.— O rei fala com animação e continua. — Na última conferência dos reis, a rainha do reino de Odense apresentou a todos os chefes de Estado uma tecnologia capaz de levar as tropas a longas distâncias em pouco tempo.

Novas perguntas a respeito dessa tecnologia surgem por parte dos outros nobres, como é? Como funciona? Até mesmo questionamentos sobre a confiabilidade da rainha de Odense foi levantada, por seu lado, o rei explicou tudo na melhor maneira possível, tirando a maioria das dúvidas, dessa forma, a imensa maioria dos nobres ficaram tão entusiasmados quanto o rei e traçando planos para realizar as operações de combate, cada um querendo ter a honra de participar do campo de batalha e assim gravar os seus nomes na história da humanidade.

O senhor Lofar que está nos fundos do salão fica em silêncio, vendo todo o salão se agitar, para ele é como ver uma infestação de gafanhotos, mortos de fome, por onde passam só existe devastação, onde a sua fome nunca será saciada, sempre querendo mais e mais, e, então, um toque delicado em seu ombro lhe tira do meio de sua visão mental, é a sua empregada Cecily.

— O senhor está bem?

— Hum, oh! Sim, eu... eu só estou um pouco cansado!

Por um momento, ele esfrega os seus olhos com a ponta dos seus dedos e a Cecily lhe oferece uma bebida, ele aceita e toma o doce vinho em um único gole e depois devolve para a Cecily a sua taça vazia, quando ele volta a olhar a reunião dos nobres, sua visão se encontra com as pupilas cor de esmeralda da Condessa Valentine, uma mulher na casa dos seus 70 anos, mas que possui um vigor de uma jovem de 30 anos, mesmo com a sua idade avançada, ela ainda possui uma ferocidade em seu olhar, ao notar a presença do senhor Lofar, ela se aproxima.

— Boa noite! Lorde Vorguel, feliz em lhe ver aqui!

— Boa noite! Condessa, é uma surpresa ver a senhora por aqui!

— Realmente não costumo vir para estas reuniões, mas este assunto em particular é muito importante para ser ignorado.

— Concordo!

— Você participará da guerra, Lorde Vorguel?

— No meu estado atual, atuar diretamente na guerra é impossível.

Lofar desenha um sorriso amarelo em seus lábios, enquanto aponta para as suas pernas, a Condessa nota o seu erro.

— Minhas sinceras desculpas, Lorde Vorguel.

— Tudo bem, a senhora não precisa baixar a sua cabeça desta forma e a senhora terá alguma participação direta nesta guerra? — A Condessa Balança a cabeça e, em sua face, a expressão de desgosto é visível:

— Meus tempos dos campos de batalha já passaram, meu corpo já não é tão jovem quanto antes e, mesmo se não fosse o caso, os motivos para entrar nesta batalha não me dariam nenhuma honra, mas o meu tolo neto está com os seus olhos brilhando.

Lofar olha na mesma direção que a condessa, ambos estão olhando para um jovem rapaz na idade dos seus 17 anos, ele tem a mesma cor esmeralda dos olhos da sua avó, porém falta em seu olhar a mesma dureza que se adquire em um campo de batalha.

— Então, a senhora permitirá que ele entre na guerra?

— Seria tolice minha impedi-lo, às vezes, em um incêndio o melhor que se deve fazer é deixar o fogo se extinguir por conta própria.

— Entendo.

Lofar meio que entendia o que ela queria dizer, apesar de o seu neto ser um rapaz jovem, ele já é um adulto, consciente o suficiente de quais caminhos deveria seguir com as consequências dessas escolhas. Quando a Cecily afaga os seus cabelos negros, o sinal de que a operação de espionagem terminou, o conde dirige a palavra para a Condessa:

— Muito bem! Pelo que vejo, a minha contribuição para a campanha bélica será mínima, devo me retirar, estou muito cansado e cheguei hoje mesmo na capital, até breve, Condessa, foi um enorme prazer conversar com vossa senhoria!

— Sim! Também foi prazeroso para mim conhecer o senhor, Lorde Vorguel, espero ter mais oportunidades em conversar.

— Fico sinceramente lisonjeado, passarei pelo menos uns dois dias na capital antes de voltar para a minha terra, nesse tempo, estarei hospedado na Pousada Royal Nigromante.

— Assim que eu puder, mandarei lhe convidar para tomar um chá com esta velha senhora.

— Ficarei no aguardo, Condessa Valentine, agora, se me der licença.

Lofar e a Cecily abaixam as suas cabeças em sinal de despedida, e a condessa responde com a mesma cortesia, quando eles estão saindo do palácio real, Judy e Felin se encontram com o homem-raposa, Felin aparentemente realizou a sua missão sem nenhum problema, porém o rosto da Judy estava pálido, era como se tivesse visto um fantasma, sua respiração estava ofegante, suor frio escorria pelas suas têmporas, o estado da Judy era tão alarmante que a sua amiga estava muito preocupada, o senhor Kitus também esboçou uma expressão de preocupação em seu rosto, mas não podiam perder mais tempo ali, tinham que sair quanto antes, com isso em mente, ele apressou as ordens para as meninas, então, o trio partiu sem deixar nenhum rastro.

CAPÍTULO 38:

CONSPIRAÇÕES NO CHÁ DA TARDE

Em uma bela manhã ensolarada, numa das suítes mais requintadas do Pousada Royal Nigromante, Lofar está tomando o seu café da manhã acompanhado dos seus empregados Kitus e Cecily, que estão em pé atrás dele, já as outras duas empregadas Felin e Judy estão na outra ponta da mesa em pé, dando o seu relatório da missão de infiltração que realizaram na noite de ontem, primeiramente, foi a bestial gata que falou:

— Depois que cheguei ao quarto do alvo, demorei em pouco, miau! Mas consegui passar pelo sistema de segurança e, como foi orientado, busquei encontrar documentos e relatórios financeiros que tivessem alguma ligação com outros reinos, miau! Fiz uma cópia como fui instruída, miau!

Em seguida, a bestial entregou para o seu senhor um anel com um aspecto de aço escovado com um pequeno cristal vermelho encrostado nele, pegando este objeto, o nobre aperta bem no meio deste cristal e fotos dos documentos se projetam no ar. Com o movimento dos seus dedos, a imagem poderia ser ampliada ou reduzida, podendo ver os detalhes dos documentos como se tivessem com os originais em mãos.

— Só isso que você tem para me relatar? — Perguntou senhor Lofar.

Felin ponderou por alguns segundos até que se lembrou de algo.

— Miau! Quando estava prestes a sair, percebi que alguém tentava entrar no escritório do rei, me escondi nas sombras, então, vi a rainha entrar às pressas correndo direto para a escrivaninha, procurando algo nas gavetas, depois que encontrou, saiu rapidamente, miau.

— E você não viu o que ela pegou?

— Desculpe, não. — A bestial abaixou as suas orelhas como se tivesse sendo repreendida, mas o nobre só perguntou.

— Não se lembra de mais nenhum detalhe? Por menor que seja.

— A rainha tinha um cheiro estranho, de ervas medicinais, miau! — Por um momento, Lofar estava pensativo quanto às palavras da sua empregada gata, mas, em seguida, guardou as suas considerações no fundo da sua mente e partiu para o próximo relatório.

— Tudo bem! Judy, agora é a sua vez, relate tudo o que aconteceu no momento em que entrou no palácio.

— Senhor Lofar, no momento que entrei no palácio, segui as orientações do senhor Kitus, até chegar na entrada dos porões, o lugar estava sendo guardado por dois guardas fortemente armados, consegui criar uma distração e entrar nos porões sem que alguém me notasse, nesse ponto, as comunicações com o senhor Kitus ficaram prejudicadas. — O bestial raposa, dá um passo à frente ficando a vista do nobre e então fala:

— De fato, meu senhor! Acredito que imensos fluxos de mana ambiental estavam sendo canalizados para aquela parte do castelo, gerando uma interferência em nossas comunicações, mas felizmente não foi o suficiente para deixar a Judy completamente no escuro e o pergaminho de rastreamento ainda funcionava. — Lofar ficou satisfeito que os objetos mágicos criados por ele funcionavam muito bem em condições inesperadas, com um aceno de sua mão, fez a menina continuar a falar:

— Como estava dizendo, quando entrei nos porões, o lugar era úmido e escuro, nada fora do comum, desci as escadas até chegar em um espaço onde se tinha várias celas, com diversas pessoas de diversas raças e idade, até crianças mais novas do que eu.

— O quê? — Cecily quase gritou de indignação e inconscientemente chicoteou o ar com a sua ponta de cauda ofídio, quando ouviu que crianças estavam envolvidas.

— Cecily, se comporte, você está na presença do nosso senhor. — Kitus logo repreendeu a sua colega bestial cobra, que prontamente abaixou a sua cabeça em pedido de desculpa, Lofar só fez um aceno com as mãos, perdoando o seu deslize na falta de etiqueta, depois, voltou a olhar para Judy, a menina entendeu o sinal e continuou a falar.

— Até onde consegui verificar, tinha humanos, elfos, anões e alguns bestiais, as condições físicas dos cativos eram, digamos, boas!

— O que você quer dizer com isso? — Perguntou senhor Lofar.

— Eles não estavam feridos, doentes ou desnutridos, suas roupas eram só um trapo, mas é isso, outra coisa estranha que notei foi que todos estavam em um estado catatônico, como se estivessem sonhando com olhos abertos e todos estavam usando uma tiara na cabeça, acredito que seja um objeto mágico e escaneei uma dessas tiaras, mas não me atrevi a retirar daquelas pessoas, pois não sabia do que se tratava.

A menina entregou para o senhor Lofar um anel similar que a sua colega gata usou para fazer cópias dos documentos, quando o Nobre apertou o cristal vermelho, uma imagem de uma mulher humana foi projetada no ar, seu aspecto físico era justamente a descrição dada pela Judy, a mulher de meia-idade estava com uma boa aparência e, se lhe dessem uma roupa mais decente, ela seria tratada como uma cidadã comum, mas o rosto da cativa era inexpressivo, não demostrava nenhum sentimento, era como ver uma boneca humana em tamanho real. Com movimentos dos seus dedos, ele focou a imagem no objeto prateado que circundava sua cabeça na altura de sua testa.

Pelas imagens, Lofar consegue ver que a tiara tinha alguns pequenos cristais verdes no tamanho de grãos de areia intercalando com runas mágicas gravadas no metal, naquele momento, ele não conseguiu decifrar as runas, teria que pesquisar mais tarde. Outro detalhe que não escapou do nobre foi que a mulher em questão tinha uma aparência similar à própria Judy.

Além da imagem dessa mulher, a menina escaneou os outros cativos de outras raças, todos seguindo um aspecto similar, o nobre quase podia ouvir o ranger de dentes da bestial cobra, quando uma criança bestial loba surgiu nas gravações, logo, ele tratou de interromper a projeção das imagens e, por fim, perguntou.

— Você tem algo a mais para relatar?

Judy estava com a suas mãos apertadas entre si, seus olhos estavam olhando para o chão, ela abriu a boca, mas nenhum som saiu, fechando logo em seguida e balançou a cabeça em negação, Kitus iria repreender a garota, mas Lofar impediu com um olhar, então, o nobre falou:

— Muito bem! Agora, temos que analisar tudo o que obtivemos e tentar ligar as peças do quebra-cabeça, quanto antes, Cecily faça a transferências dessas informações para a mansão e diga para os outros que isso é prioridade máxima, Kitus e Felin organizam a nossa saída para amanhã pela manhã, e entre em contato com a capitã da alvorada, diga que quero entrar em contato com ela com urgência.

Todos os empregados do senhor Lofar baixaram suas cabeças em respeito ao seu senhor, em seguida, Kitus desfez a magia de ocultação sonora usada para encobrir as conversas que eles estavam tendo. Minutos depois, alguém bate na porta e o bestial raposa que estava mais próximo prontamente atende, em seguida, volta com um envelope lacrado com cera possuindo o símbolo da família Rívai, que era um escudo com um desenho de uma ave segurando dois machados. Entregando o envelope, Lofar prontamente trata de ler, enquanto está mordiscando um pão de aveia com geleia. Colocando a carta na mesa, o nobre fala:

— Judy, você vai me acompanhar na cerimônia do chá, hoje à tarde, esteja preparada.

— Sim, senhor! — A menina só abaixa a sua cabeça e responde formalmente.

Horas mais tarde, na carruagem, Lofar e Judy estão indo até à mansão dos Rívai, para o encontro social que era a cerimônia do chá, os dois estavam em silêncio, Lofar suspeitava do motivo da menina estar calada, porém ele não queria forçar ela a falar, isso tinha que partir dela, principalmente quando se trata do passado traumático da menina.

No que lhe concerne à Judy, sentia um aperto no peito toda vez que se lembrava daquela mulher na cela e isso a estava consumindo por dentro. Várias perguntas iam e vinham no mar turbulento que eram a sua mente abalada. Ela queria desabafar o que estava sentindo, pôr para fora essa angústia dolorosa, mas, toda vez que tentava, a garganta dava um nó e as palavras simplesmente não saiam. Ela estava grata pelo seu patrão não ter pressionado ela falar, pois sentia que, o que fosse dizer naquele momento, poderia se arrepender amargamente.

Em um dado momento, a carruagem para nos portões da mansão dos Rívai, dois guardas na entrada estavam questionando o cocheiro, ele diz que o dono da carruagem era Conde Lofar Vorguel, convidado pela própria condessa para a cerimônia do chá. Outro guarda olhou brevemente o interior da carruagem pela janela, viu um homem que aparentava ser mais velho que ele mesmo numa cadeira de rodas e uma garota adolescente, porém ambos tinham olhares assassinos como nunca tinha visto em toda sua vida, sentindo que, se atrevesse a fazer algo além do necessário, sua vida corria riscos.

Rapidamente, esse guarda deu sinal para o seu colega liberar a passagem, e a carruagem seguiu o seu caminho, Lofar e Judy ainda conseguiram ouvir um dos guardas falar:

— Por que você está pálido desse jeito? — Sem conseguir se conter, Lofar deu uma risada mal abafada com a mão, fazendo a Judy ficar um pouco vermelha pela timidez, em seguida, ele falou:

— Você melhorou muito de uns tempos para cá!

— O senhor Kitus e a senhora Margaret são rigorosos no treinamento.

— Certamente, eles são, mas também isso é fruto da sua dedicação.

— Senhor Lofar!

— Sim?

— Senhor, saiba que serei eternamente grata por me acolher e me dar um propósito na vida, sem o senhor, provavelmente, eu já teria morrido ou vivido uma vida insignificante, cheia de amargura e desespero. — Judy falou as palavras de agradecimento de cabeça baixa, o conde não falou nada, seu rosto era uma estátua inexpressiva. Novamente, a carruagem parou fazendo a Judy se levantar e pegar nas alças da cadeira de rodas e conduzir o conde para fora do veículo, o mordomo da mansão esperava o nobre para conduzi-lo até o salão de recepção, durante o caminho, o conde falou em um sussurro, suficiente para a sua empregada ouvir.

— Vou confiar as minhas costas para você. — Com essas palavras, um pouco da turbulência emocional que a menina sentia foi apaziguada.

No salão de recepção, Lofar e Judy viram um amplo recinto de teto alto com enormes colunas de mármore branco, vários lustres no teto complementavam a iluminação natural que vinha das amplas janelas, ao mesmo tempo, dava uma visão a um florido jardim, outras flores silvestres exalavam seu suave perfume, elas foram presas em laços elaborados nas cortinas amarelas, várias mesas tinham inúmeras iguarias culinárias que iam do doce para salgado, porém todas tinham algo em comum, poderiam ser comidas com as mãos, sem a necessidade de talheres.

Um batalhão de empregados estava em pé, retos como uma flecha rente à parede, eles estavam de prontidão para servir vários nobres que conversavam entre sussurros, para que somente aqueles próximos a eles pudessem ouvir, por isso que existia dezenas de pequenos grupos de 4 a 5 nobres conversando entre si, contudo, diferente do concílio de guerra que aconteceu na noite de ontem, a maioria dos nobres eram mulheres de meia-idade casadas, elas faziam os seus próprios planejamentos e estratégias de coalizão para se preparar para os ventos da guerra que estava por vir.

Por ser uma das poucas famílias de nobres lideradas por uma mulher, a família Rívai se colocou como uma anfitriã para esse encontro e o fato de quase todas as famílias nobres estarem presentes mostra o prestígio que os Rívai tinham na alta sociedade, eles eram uma família com mais de quinhentos anos de história no reino sendo uma das casas fundadoras.

Esses detalhes e muitos outros não escaparam do poder de percepção do senhor Lofar, que bastou olhar por alguns segundos e ver o emaranhado político e econômico que se formava naqueles risos casuais, olhares frios de cobiça e nas tosses secas de aflição. Se para Lofar a reunião de ontem foi um enxame de gafanhotos, nessa cerimônia do chá, parecia ser o ninho de dezenas de víboras em um ritual macabro de canibalismo.

E assim como na reunião de ontem, a cortesia dos outros nobres frente ao senhor Lofar era na melhor das considerações, fria, não existia nenhuma simpatia ou acolhimento ao patriarca da família Vorguel, por inúmeras razões, apesar de ser um nobre no nível de conde, suas terras eram distantes da capital, para os padrões da alta sociedade, era um estigma de ser malquisto aos olhos da família real, além disso, existia um boato que a família Vorguel estava amaldiçoada, pois todas as crianças nascidas dos Vorguel tinham alguma deficiência física, o caso do atual patriarca da família ser paraplégico desde o nascimento só reforçava a lenda, como também afastava qualquer possibilidade de um acordo matrimonial, particularmente o senhor Lofar achava essa história reconfortante, por fim, o fato da maioria dos seus empregados seres de raças "sub-humanas" diz que o conde tinha gostos repugnantemente esquisitos, frente aos valores daquela elite.

O conde e sua empregada caminharam por alguns minutos às margens do salão até que a matriarca da família Rívai em pessoa os avistou e se aproximou com uma reverência respeitosa, ela estava usando um longo vestido florido de cores brancas e amarelas, seguido de um broche esmeralda fixa no meio do seu peito dando destaque às cores verdes de seus olhos, seus cabelos grisalhos estavam presos em um coque fixo com um prendedor de cabelo banhado a ouro com o símbolo da casa dos Rívai em sua ponta.

— Conde Vorguel, é ótimo revê-lo em tão pouco tempo.

— Sou muito grato pela sua hospitalidade. — O senhor Lofar retribuiu a reverência na mesma medida.

— Conde Vorguel, eu preciso conversar com o senhor em particular, mas antes preciso recepcionar uma importante convidada que está prestes a chegar.

— Compreendo.

Com um aceno de sua mão, a condessa chama um dos seus empregados e diz para conduzir o conde para a mesa principal, em seguida, a mulher se mistura na tumultuada turba de aristocratas, exercendo o seu papel como anfitriã do evento e dando para todos alguns minutos de sua atenção. De forma diligente, senhor Lofar chega na mesa redonda, sentados em suas cadeiras estavam algumas matriarcas e patriarcas ou seus representantes, ali estavam presentes as famílias nobres fundadoras do reino.

— Judy!

— Sim, meu senhor! — A menina se aproxima por trás do nobre e ele segura em seu pulso, batendo discretamente com o dedão em um ritmo que era um código secreto, o qual somente os membros da família Vorguel e seus empregados tinham conhecimento, como se fosse uma segunda língua.

— Por favor, pegue algumas comidas salgadas para mim. — Foi o que todos na mesa ouviram, mas secretamente, Lofar instruía a menina a implantar pequenos objetos de espionagem em pontos estratégicos, dessa forma, ele poderia gravar os sussurros e, com sorte, pegar alguma peça importante do enorme quebra-cabeça que flutuava em sua mente.

— Prontamente, meu senhor. — Judy abaixa a sua cabeça e anda em passos firmes e graciosos até a outra ponta do salão, seguindo as ordens do conde.

— Você tem uma bela jovem aos seus serviços, conde Vorguel. — A voz grossa que vinha da outra ponta da mesa era do patriarca da família Veslke, um homem que estava na casa dos seus setenta anos e que possuía uma das maiores frotas navais do reino. Apesar do nobre em questão tentar disfarçar o seu comentário como algo casual, Lofar conseguiu notar o olhar luxurioso que aquele velho tinha.

— Ela é uma criança que acolhi e, devido a certas circunstâncias, trabalha de forma diligente na minha casa. — Apesar de a resposta do senhor Vorguel ter sido acompanhado de um sorriso, o seu olhar era frio como pedra, mas o patriarca dos Veslke não entendeu a sutileza da mensagem e continuou.

— Onde foi parar aquela sua outra empregada bestial cobra que estava com você no concílio de ontem? — O homem lambeu os seus lábios inferiores, quando a Cecily foi mencionada.

— Ela está organizando a minha partida da capital, devo voltar para o meu território amanhã pela manhã. — Para Lofar, as intenções maliciosas do seu colega nobre eram tão claras quanto o céu sem nuvens, por um momento, o pensamento de mandar descartar aquela maça podre passava na mente do conde.

— Por que a pressa em ir embora? — A pergunta veio em outro canto da mesa, era a matriarca da família Lamborghini, ela era uma nobre com os seus cinquenta anos, seu porte físico denunciava ser amante de uma generosa culinária, suas terras guardavam as fronteiras nortes do reino, contudo, segundo a memória do senhor Lofar, a mulher era negligente na administração das suas terras, pois vivia praticamente na capital do reino desfrutando de um luxo extravagante.

— Tenho negócios urgentes que precisam da minha atenção, é impossível ficar por muito tempo na capital.

— Conde Vorguel, você teria mais tempo de aproveitar o melhor que a capital tem a oferecer, se tivesse empregados de confiança lidando com os problemas das suas terras. — O conde percebeu as pitadas de veneno nas palavras da matriarca dos Lamborghini, quando ele ia responder, Judy aparece do seu lado com um pequeno prato contendo alguns sanduíches cremosos posicionados todos na vertical, dessa forma, passava a mensagem subliminar que aquele simples ato tinha.

Com a presença da Judy, o patriarca dos Veslke fixa o seu olhar na garota, a menina sente o peso desse olhar, então, ela se coloca logo atrás do conde sem nunca fazer um contato visual com o nobre, quando o líder dos Veslke ia abrir a sua boca para falar algo, a voz da matriarca dos Rívai ecoou por todo o salão por meio de um feitiço mágico.

CAPÍTULO 39:

INIMIGOS OCULTOS

— Senhoras e senhores, deixe-me apresentar a nossa ilustre convidada, a vossa majestade do nosso glorioso reino, a Rainha Dahlia Yaloren Heladius Primeira. — Quando a rainha surge do lado da condessa se pondo ligeiramente à frente, praticamente todos no salão ficaram com o joelho direito colado no chão e baixaram as suas cabeças em reverência a monarca, obviamente, senhor Lofar não pôde fazer isso, só conseguiu abaixar a sua cabeça. A matriarca dos Rívai só não fez o mesmo, pois já fizera a reverência quando foi recepcionar a rainha na entrada da mansão, recebendo a permissão de se manter em pé.

A rainha não falou nada, ficando alguns segundos olhando os arredores, como mandava o protocolo, a soberana deveria dar algumas palavras de recepção e, em seguida, permitir que todos fiquem à vontade, mas, dessa vez, a vossa majestade quebrou o protocolo, caminhando calmamente até a mesa principal, onde Lofar e outros nobres-chaves do reino estavam, todos ficaram surpresos e apreensivos, porém não ousaram se levantar, pois desrespeitar a realeza, em um momento tão importante quanto as preparações para a guerra, seria o equivalente a cometer um suicídio político, a própria matriarca dos Rívai ficou com os olhos arregalados, mas não se atreveu a falar nada.

O salão de recepção que até um segundo atrás estava permeado de sons de conversas mal abafadas e tilintares de xícaras, nesse instante, o único som que podia ser ouvido era os passos rítmicos da rainha e da condessa que seguia a vossa majestade de perto. Ela só parou quando ficou ao lado do conde Vorguel, Lofar assim como todos estava surpreso, com o desenrolar inesperado dos acontecimentos, mas, diferente dos outros, ele não estava pensando em um possível risco do seu poder político, mas em conectar a atitude da rainha com as informações que ele tinha até o momento, conjecturando e descartando inúmeras possibilidades, tentando buscar um fio de lógica que ligasse todos os eventos recentes, por fim, a rainha falou:

— Meu povo, obrigado por todo o trabalho duro e esforço que vocês estão construindo neste momento delicado do nosso reino, espero sinceramente que todos cooperem juntos para superar os desafios vindouros, glória ao reino de Oslo!

— Glória ao reino de Oslo! — Todos responderam à rainha como um coral.

— Podem ficar à vontade. — Com essas palavras finais da rainha, todos que estavam ajoelhados e de cabeça baixa ficaram mais relaxados, menos o senhor Lofar, pois, quando conde levantou a cabeça, viu a rainha se sentar à sua direita, esse simples ato mostrou que a realeza estava prestigiando o nobre em questão, o que para a maioria seria o motivo de euforia e de grande honra, para Lofar, era como colocar um alvo em suas costas e reforçar a antipatia que os outros nobres tinham por ele, só isso deixou o humor do nobre taciturno, porém sem deixar evidente.

Como a rainha estava sentada ao seu lado, ele pôde ter uma visão clara dela, sendo uma mulher que estava na casa dos 20 anos, sua beleza era digna de alguém do seu status, seus cabelos lisos compridos tinham uma rara cor azul-marinho com os seus olhos de pupilas amarelas, ela estava usando um longo vestido justo que possuía as mesmas cores do seu cabelo, dando uma ilusão de que o vestido foi feito com os fios de seu cabelo, além de possuir detalhes de flores amarelas feitas de fios de ouro, o seu traje dava um leve destaque às curvas de seu corpo esguio e deixavam somente um discreto decote que exponha a sua pele branca rosada.

O rosto da rainha era uma máscara de gelo, o que dificultava a interpretação de seus pensamentos ou de entender as reais intenções, a matriarca dos Rívai sentou do outro lado da rainha, com todos sentados na mesa, alguns empregados da condessa se aproximam e servem as xícaras de chá quente ao gosto dos nobres presentes, na percepção do conde, esse era o momento mais delicado da reunião, pois um simples ato, por exemplo, em como se segura a xícara, pode ter alguma mensagem oculta que os presentes querem dizer, sem precisar verbalizar.

Com isso, as conversas se desenrolam em diversos assuntos e a rainha tem uma compreensão razoável em todos os assuntos que estão sendo discutidos na mesa, se mostrando ser uma pessoa culta, mas algo em sua linguagem corporal está despertando a curiosidade do conde, sua intuição está lhe dizendo que uma das peças do quebra-cabeça está no papel que a rainha está desempenhando, tirando do seu devaneio, a rainha lhe dirige a palavra.

— Senhor conde Vorguel Lofar, como é a cidade de Ran?

— Vossa majestade, poderia dizer com uma simples palavra, orgulho! — Todos ficaram com pontos de interrogação na cabeça, até a rainha levantou uma das sobrancelhas, desfazendo o seu rosto inexpressivo.

— Por favor, elabore. — disse a rainha.

— Todos na cidade de Ran sentem orgulho em viver lá, todos têm um lar decente para chamar de seu, suas famílias são bem alimentadas, seus filhos crescem com segurança, sendo educados até serem alfabetizados e capazes de realizar operações simples de matemática, claro, temos os nossos problemas, os nossos dias ruins, porém, enquanto existir um Vorguel no reino, o povo de Ran sabe que não ficará desamparado. — Sentindo uma pontada de inveja, o patriarca dos Veslke decidiu pôr o conde numa saia justa.

— Então, nobre Vorguel, quer dizer que Ran é fiel ao senhor, e não à realeza? É isso mesmo, caro colega?

— Senhor Veslke, — A voz do senhor Lofar era fria como pedra. — Todos nós somos nobres que, desde a fundação do reino, fomos confiados em administrar as terras e cuidar do povo, se não fizermos o nosso papel de forma correta, a confiança do povo em nós e consequentemente na realeza será abalada, afinal, confiança não se ganha, se conquista.

— Besteira, conde Vorguel, isso é tolice, os plebeus devem nos servir, independentemente das condições, pois sempre foi assim com os meus antecessores e será com os meus descendentes, o poder que adquirimos vem em nosso sangue com o nascimento e ninguém deve contestar isso.

Quase todos os nobres da mesa expressaram a sua concordância com o patriarca dos Veslke, somente a matriarca dos Rívai e a Rainha ficaram em silêncio, sentindo confiança com a esmagadora maioria dos nobres lhe apoiando, o patriarca pensou que aquela era uma oportunidade de ouro, se colocasse pressão para que as duas mulheres que ficaram caladas também opinassem a favor deles, o conde Vorguel perderia mais prestígio e isso seria o começo do fim para o Vorguel e, com sorte, poderia tomar tudo dele.

— Vossa Majestade, sei que você é de uma terra estrangeira vinda dos reinos do norte, mas, por conta de sua nobre linhagem ancestral, acolhemos em nosso meio como uma de nós, aqueles verdadeiramente dignos desde o nascimento de governar estas terras, diga-me, a vossa senhoria não concorda comigo? — Tolamente, o patriarca dos Veslke começou a falar sem prestar atenção em sua volta, por isso, não percebeu um brilho ameaçador nos olhos da rainha, pondo mais lenha na fogueira, continuou. — Condessa Rívai, você também não se sente insultada em pensar na ideia de estar servindo a esse gado insignificante, a vossa senhoria que vem de uma longa tradição é quem deve ser servida com todas as honras que são de pleno direito. — Os ombros da condessa tremeram levemente, quando o seu nome foi citado, e no momento em que a sua gente foi comparada a gado pelo senhor Veslke seu rosto era como se tivesse comido um inseto.

— Falem, vossas senhorias, mostre ao pobre conde o quão patético é a sua mentalidade e...

Der repente, a voz do senhor Veslke falhou, seu corpo tremia involuntariamente, fazendo as suas roupas brancas ganharem manchas avermelhadas do chá que escapava da xícara, seu rosto pálido estava encharcado de suor frio, o nobre se viu sozinho no amplo salão de recepção em um silêncio, o lugar que até instantes atrás estava tão bem iluminado, agora, era um breu completo, quando ele tentou se pôr em pé, suas pernas trêmulas não respondiam, pela primeira vez em sua vida, o homem sentiu tal horror, ele não conseguiu se lembrar de como foi parar em tal situação, seus pensamentos foram reduzidos aos instintos mais básicos de sobrevivência, ele era com um herbívoro diante de um predador implacável.

Quando um tilintar de uma xícara lhe tira de sua ilusão perturbadora e sua consciência volta ao salão bem iluminado, com uma diferença, quase todos na mesa estavam olhando-lhe com visível preocupação, menos o senhor Lofar que tinha a sua atenção para o chá que estava tomando e a rainha que olhava em direção ao senhor Lofar. Sentindo estar prestes a fazer um ato vergonhoso na frente de todos, pede licença e logo corre para o banheiro.

— Devo admitir que o senhor é interessante, conde Vorguel.

— Muito obrigado, minha rainha, mas não mereço tal elogio, sou só um humilde servo que cumpre o seu papel no reino. — A rainha mostra um sorriso gracioso surpreendendo todos na mesa, pois raramente acontecia.

— Rainha Dahlia, se me permite, gostaria de lhe convidar para o festival de inverno na cidade de Ran, essa é a melhor época para aproveitar as belezas de um lugar tão remoto. — O conde abaixa levemente a cabeça, em seguida, a majestade oferece a sua mão e de forma gentil, Lofar segura e beija a mão dela, simbolizando um pacto firmado entre os dois.

— Obviamente, todos estão convidados. — Os outros nobres na mesa agradeceram pelo convite com um sorriso amarelo em seus rostos, menos a condessa Rívai, que deixava transparecer um orgulho satisfeito em suas feições de uma mulher madura.

— Mamãe! — Uma voz infantil é ouvida por todos, mas quem reage é a rainha.

— Anissa, venha aqui e se apresente aos convidados. — O senhor Lofar percebeu que a linguagem corporal da rainha mudou, saindo de sua persona de uma governante fria e assumindo a postura de uma mãe calorosa.

Com uma etiqueta adequada, a criança se apresenta formalmente, quando ela levanta a cabeça, os cantos dos seus lábios denunciam migalhas de bolo que sua mãe logo limpa com um guardanapo de seda, a princesa era inegavelmente filha da rainha por conta de sua aparência, ao mesmo tempo, não tinha nenhum vestígio biológico de ser filha do rei, parecia ter uns seis anos e estava adoravelmente fofa em seu vestido rosa com babados brancos, logo atrás da menina, fazendo a sua escolta, estava o neto da condessa, Úrik Rívai.

Diferente da princesa que irradiava alegria como um sol da primavera, o garoto já era um quase adulto, seu rosto era apático, o que dizia claramente que estava enfadado com o evento, mostrando preferir fazer outra coisa do que estar ali, mas sua expressão mudou ligeiramente quando viu a Judy, perfurando com o seu olhar a jovem empregada, foi necessário a sua avó chamar por ele três vezes para o garoto voltar a si e saudar todos a mesa.

— Judy, por favor, me traga alguns doces. — Foi o que todos ouviram, mas aquela era a frase/código para recolher os objetos de espionagem, que eles já estariam indo embora.

— Sim, meu senhor!

Sem perder muito tempo, a menina retorna com pequenos bolinhos secos com pedaços de chocolate encrostados na sua superfície, no qual o senhor Lofar dá uma única mordida, em seguida, se dar por satisfeito, quando ele sentiu alguém lhe encarando, quando se vira, percebe que a princesa está quase babando pelos bolos, o conde mostra o seu melhor sorriso com covinhas e oferece o restante dos bolinhos, que a menina pega sem pensar duas vezes.

— Anissa, onde estão os seus modos? — A voz da rainha subiu para uma oitava, fazendo o corpo da criança se encolher, ela tentou corrigir o seu erro, mas a sua boca estava ocupada mastigando o doce.

— Tudo bem! Não se preocupe com isso, como eu mantenho uma creche para os órfãos, sei muito bem como a maioria das crianças se comporta quando tem doces ao seu alcance.

— Mesmo assim, conde Vorguel, isso não justifica a falta de comportamento dela, vamos, agradeça ao senhor!

— Desculpe! E muito obrigada.

— É uma grande honra servi-la.

Com essas palavras, a princesa volta a transparecer sua fofa alegria contagiante.

— Condessa Rívai, acredito que precisamos ter aquela conversa. — A nobre mulher acena com a cabeça, depois pede licença para todos na mesa, dizendo que iria tratar de negócios, Lofar faz o mesmo e segue do lado da matriarca dos Rívai, com a Judy empurrando a cadeira de rodas.

CAPÍTULO 40:

ALIADOS INESPERADOS

A Condessa abriu as portas duplas de seu escritório particular e, com um estalar de dedos, as luzes mágicas das luminárias foram acessando, o conde estava alguns metros a seguindo, sendo empurrado pela Judy. Indo até a sua mesa de trabalho, a matriarca abriu uma gaveta pondo na mesa uma garrafa de uma bebida alcoólica com dois copos de vidro.

— O senhor aceita? — Perguntou a condessa.

— Seria uma honra! — O conde respondeu com um sorriso de canto de boca.

Sem demora, a mulher colocou nos copos uma porção do líquido avermelhado e entregou para o conde que tomou um generoso gole, que lhe deu uma sensação de queimação em sua garganta, descendo no seu ventre e se espalhando no seu corpo, isso foi como despertar do sono com água congelante do inverno, seus sentidos ficaram mais afiados do que nunca e ele gostou disso. A condessa também bebeu sentindo um leve formigamento em seu corpo.

— Quem imaginaria que os orientais iriam conseguir fazer uma bebida tão boa quanto esta aqui. — A condessa falou com uma genuína satisfação em sua voz.

— Matriarca, se me permite dizer, estamos passando por tempos de mudanças. — a mulher balançou a cabeça concordando com as palavras do conde, então, ela acrescentou.

— Agora, cabe a nós entendermos essas mudanças e como vamos encará-las. — Em seguida, a condessa abre outra gaveta e tira alguns documentos e os põe na mesa, em seguida fala. — Senhor Lofar, o que vou falar com o senhor é de vital importância e só o senhor deve ouvir, então... — Condessa olha diretamente para a jovem empregada, senhor Lofar entende o recado e pede para que a menina espere por ele lá fora. Judy faz uma reverência respeitosa e depois sai, fechando as portas duplas.

Logo, a matriarca entrega os documentos que são ordens de requisição de tropas, Lofar analisa atentamente a papelada, tirando o feudo dele, o restante destacou a maioria das suas forças armadas, outros documentos eram ligeiramente diferentes, são relatos de mercadores de algumas companhias de comércio vindo dos reinos vizinhos, neles a história era a mesma, um enorme fluxo de tropas estava sendo deslocado.

— Qual é o seu ponto, condessa?

— Conde Vorguel, assim como o senhor, faço parte de uma das casas fundadoras do reino, o papel dos Rívai é ser o braço armado do reino, mesmo que cada feudo que compõe o reinado tenha o seu pequeno exército particular, somos nós que autorizamos e controlamos os recursos militares de todo reino, com o aval direto do nosso rei. — A condessa enche os copos da bebida e toma mais um gole, para lhe dar forças de dizer o que é necessário. — Como matriarca, é o meu papel formar os futuros combatentes e generais do nosso exército e me dediquei a isso na minha vida toda, tanto que hoje todos os meus filhos e netos ocupam alguma posição no exército e só quem vive comigo é o caçula do meu segundo filho, mas em breve ele vai partir. A voz da matriarca estava carregada de uma raiva mal contida.
— Conde — Valentine Rívai chamou por ele, olhando diretamente em seus olhos. Naqueles pares de verdes-esmeralda, Lofar viu um misto de medo e raiva. — Como uma família fundadora, não sei exatamente qual é o seu papel no reino, se me permite chutar, é vigiar as fronteiras que vêm do mar, dito isso, você tem o controle marítimo de todas as rotas que vêm pelo mar, isso não é algo para ser subestimado, portanto, peço a sua ajuda, o senhor é o único que posso confiar este pedido.

O nobre tamborila com os seus dedos no descanso de braço da cadeira de roda, encaixando uma das peças do quebra-cabeça e avaliando se a condessa na sua frente era digna de confiança ou se era só um ardil para fazer ele baixar a sua guarda, esse esforço mental durou alguns segundos, mas, para a condessa, pareceu ser uma eternidade, por fim, Lofar falou:

— Condessa Valentine, posso dizer pelo menos uma coisa, a senhora está certa em considerar que nós, os Vorguel, temos um papel para desempenhar no reino e para fazer esse propósito a Família Vorguel vive próximo ao mar. De acordo com esses documentos que a senhora me apresentou, seu pedido é uma coleta de informações vindos dos reinos mais distantes, se não, até mesmo, dos outros continentes, estou correto?

— O senhor está absolutamente certo, quero achar algo que convença o rei a não entrar nesse conflito sem sentido, meus filhos não podem fazer isso, como militares, é esperado que eles obedeçam às ordens dos seus superiores sem questionamento, por isso, serei eu a me expor e tentar convencer a vossa majestade a parar essa loucura.

— Só uma pergunta! — Lofar levantou o indicador da mão direita, fazendo a condessa fechar a boca e fazer uma expressão amarga. — Por que confiar em mim para obter essas informações preciosas? Pois a senhora poderia ter obtido isso por meio dos mercadores como fez com os reinos do norte e do ocidente, outro detalhe importante aqui, a sua cerimônia do chá foi outro meio de coleta de informações, seus empregados foram os seus olhos e ouvidos para todo o emaranhado político que está se desenrolando neste exato momento no salão, enquanto estamos aqui. Além do que, independentemente se o reino ganha ou perde, eu vou me beneficiar de alguma forma.

A mulher, que tinha idade para ser avó do conde, olhou fixamente para ele, seu olhar nunca vacilou, mesmo quando a sua manobra de inteligência foi revelada tão facilmente. Ela estava usando cada grama de autocontrole para manter as suas emoções mais intensas sob controle e consequentemente não expor uma fraqueza que poderia ser explorada, mesmo desejando ter uma relação de confiança com o nobre na sua frente, ela tinha que jogar no seguro para manter a sua família a salvo. Então, ela respirou fundo e falou:

— Nestes documentos que lhe mostrei, demonstra que o senhor foi o que menos fez contribuições para este conflito, dando o mínimo que lhe foi exigido, por um lado, mostra que o senhor, no mínimo, não confia que esta operação militar tenha êxito, por outro lado, mostra que o senhor não concorda com a participação do reino, afinal! Mesmo o senhor dizendo que iria se beneficiar independentemente se o reino ganhar ou perder, o seu maior benefício está na retirada total. — No fim do discurso da condessa, senhor Lofar levanta as mãos em sinal de rendição.

— A Condessa tem razão, o maior benefício para mim está na ausência desta guerra, com este objetivo em mente, a senhora pode ser a minha maior aliada, mas precisamos estabelecer uma linha segura para uma troca de informações.

Valentine ficou, por um instante, aliviada quando percebeu que conseguiu convencer o homem na sua frente a ser um importante aliado, mas, quando ela ouviu o nobre falar em troca de informações, ela levantou a sobrancelha, Lofar percebeu isso e decidiu confiar uma das peças do quebra-cabeça político que ele tinha.

— Conforme os papéis que a senhora me mostrou, dois reinos ocidentais, Tiro e Lamarck, o marquesado de Elan e um principado de Tebas ao norte, também estão enviando um contingente militar tão grande quanto o nosso, se não maior, além desse fato, o que eles têm em comum?

A matriarca ficou batendo com os dedos na mesa, pensando na pergunta que o conde fez, depois de quase um minuto, conjecturando tudo o que ela sabia a respeito dos lugares citados, quando veio a resposta, o seu rosto se iluminou, mas, meio segundo depois, ele ficou mais sombrio do que antes, ela teve que pôr a mão na sua boca para conter uma raiva que ameaçava revelar na forma de um grito de injúria.

— O senhor tem certeza disso? — Valentine perguntou com uma voz trêmula, Lofar só balança a cabeça em negação, então, fala:

— Não, não tenho nenhuma prova concreta, somente uma hipótese baseada em provas circunstanciais, por isso que é importante ter um canal de comunicação segura, nós dois juntos podemos revelar e entender a verdade por trás deste cenário, sem arriscar sermos acusados de alta traição.

Mesmo um pouco abalada com a revelação que teve, no fim, a condessa considerou que obteve um importante aliado que se mostrou mais perspicaz do que ela achava a princípio, então, conseguiu sorrir de alívio, eles terminaram a conversa acertando os detalhes importantes e selando sua parceria.

Horas mais tarde, o senhor Lofar e a empregada Judy estão voltando para a pousada, eles estavam cansados, em especial, o Conde que estava sentindo uma dor de cabeça e, mesmo agora com eles estavam sozinhos na carruagem em movimento, seus ombros estavam tensos, não se permitindo relaxar em nenhum momento.

— Judy!

— Sim, meu senhor!

— Obrigado por me defender contra o Veslke, mas sugiro que você seja mais discreta, principalmente na presença da rainha, não sabemos qual é o papel dela, no grande esquema das coisas.

— Entendido, senhor!... Senhor Vorguel?

— Sim!

— O senhor vai mesmo realizar o pedido da condessa?

— Sinto que não tenho opções, além disso, ela é uma pessoa confiável ou, pelo menos, mais confiável do que a própria realeza, sendo que ela detém o maior poderio militar do reino, o pedido dela faz sentido, pois ela teria muito mais a perder do que ganhar. — Lofar sente a inquietação da menina, então, diz:

— Não se preocupe, vou despachar outra pessoa para fazer o trabalho braçal.

— Desculpe, senhor! Não é com isso que estou aflita. — Judy responde apressadamente tentando corrigir o mal-entendido, fazendo o nobre lançar um olhar questionador. — Eu queria falar sobre a mulher das imagens — Lofar logo entende no que a menina está se referindo, então, respira fundo e foca a sua atenção para o que a sua empregada iria falar. — Aquela mulher é...

CAPÍTULO 41:

ESTRADA DE SANGUE

Conde Lofar abre os olhos, se sentindo mais cansado do que nunca, mas, mesmo assim, se força a acordar, pela janela ele conseguia ver que o dia já estava clareando com alguns pássaros iniciando o seu canto diurno.

Arrastando o seu corpo para ficar sentado na cama, ele pega alguns papéis que colocou de lado pouco antes de dormir e começa a revisar os documentos, mesmo indo embora hoje da capital, ele queria tirar todo o proveito da sua estadia na cidade, para fazer negócios e reunir recursos para o seu território. Depois de algum tempo, ele ouve batidas na porta do seu quarto.

— Pode entrar!

— Bom dia, senhor Lofar! Miau!

— Bom dia! Meu se... Senhor Lofar! O senhor não dormiu de noite?

— Bom dia, senhoritas. E não! Cecily, eu dormi, sim, um pouco depois que você se recolheu, não precisa ficar preocupada, só acordei mais cedo, afinal, não consigo relaxar longe de casa.

— Senhor, por favor, não exagere, o senhor precisa cuidar da sua saúde.

— Prometo descansar, quando chegarmos em casa. — O Conde disse isso sem tirar os olhos dos papéis que estavam na sua frente.

As duas mulheres suspiraram ruidosamente, mas não falaram mais nada, elas sabiam o quanto o seu patrão era um viciado em trabalho e, ao mesmo tempo, teimoso, essas duas características pioravam quando ele ficava longe de casa. Com isso em mente, elas começaram a preparar as coisas para a viagem de volta, Lofar guardou os documentos em seu anel dimensional, com ajuda das duas empregadas, se arrumou para tomar o café matinal e deixar a capital quanto antes.

Após fazer o *checkout* da pousada, a equipe do senhor Lofar se dividiu da seguinte forma, Cecily e Judy iriam viajar com ele na carruagem, Kitus e Felin ficariam mais um dia na capital como representantes do conde para tratar de alguns negócios.

A viagem de volta para casa iria demorar pelo menos uma semana na maior velocidade possível e parando só de noite, a estrada era relativamente segura. Pelos relatos dos caixeiros viajantes, os maiores problemas que eles tinham eram a possibilidade de quebrar as rodas da carruagem e ficar dois ou três dias parados amargando prejuízos desagradáveis.

Mesmo assim, a carruagem do conde corria como vento na maior parte do caminho, só paravam próximos ao fim de tarde em algum vilarejo ou cidade pequena para dormir e deixar os cavalos descansando da corrida do dia.

Nesses lugares, o nobre ficava em uma pousada ou recebia o convite para se hospedar na casa do chefe da vila, para essas situações, ou ele tinha o prazer de estabelecer conexões de futuros negócios, ou o desprazer de ser apresentado para alguma filha de algum líder, pois, mesmo que os nobres sejam relutantes em apresentar as suas filhas para o conde, o mesmo não era dito para os plebeus, que queriam usar suas filhas como uma armadilha de mel, dessa forma, subir de status sociais, porém o nobre conseguia evitar qualquer cilada ficando sempre próximo a uma das suas empregadas.

Já era tarde do sexto dia, Judy e Cecily estavam conversando como duas boas amigas, quase como se elas fossem irmãs, falavam de seus passatempos favoritos, enquanto o senhor Lofar estava calado perdido em pensamentos, relembrando do seu último encontro com a condessa dos Rívai, quando tiveram aquela conversa em particular.

— Senhor!... Senhor!... O senhor está bem? — Cecily aborda Lofar que estava com um olhar perdido em pensamentos

— Hum? Oh! Sim, estou bem, só estou um pouco cansado.

— O senhor não quer parar para descansar?

— Não! Só vou conseguir relaxar de verdade em casa.

Judy via que a sua colega tinha uma genuína preocupação com o nobre, ela quase conseguia ver que a bestial poderia ter intimidade a mais com o homem, mas a menina sabia que a realidade era ligeiramente diferente, mesmo tendo inúmeras empregadas que trabalhavam na mansão e poderiam ser a sua amante, aquele homem não demonstrava nenhum interesse, nunca tocou, se aproximou ou mesmo lançou olhar luxuriosos para ninguém, sempre tratou todos com o devido respeito que mereciam, essa característica era agradável para Judy. Ela sentia arrepios toda vez que se lembrava do olhar lascivo que aquele outro nobre se dirigiu a ela na cerimônia do chá.

Em um dado momento, o cocheiro bateu na janela e falou que não faltava muito para chegar em um vilarejo próximo e perguntou se deveria seguir viagem ou parar naquele lugar para descansar, após ponderar um pouco, Lofar achou melhor encerrar o dia, afinal, esse deslocamento estava se provando ser mais desgastante para ele e todos em sua volta.

Foi só o tempo do cocheiro fechar a janela que todos os ocupantes da carruagem ouviram um baque no assento do cocheiro, quando viram, uma ponta de flecha se projetava para dentro da carruagem pingando sangue, em seguida, várias outras flechas foram atiradas fazendo os cavalos relincharem de dor e agonia, logo depois, o veículo saiu da estrada sem nenhum controle, capotando três vezes até finalmente parar.

Como os seus instintos eram mais afiados, Cecily enrolou o seu corpo serpentino no senhor Lofar, ao mesmo tempo, protegeu a sua amiga em seus braços. Depois que o mundo parou de girar, somente a bestial mulher cobra estava machucada e sangrava na sua cabeça e em seus braços.

— Cecily! Cecily! — Judy, com uma voz meio desesperada e meio chorosa, chamava pela sua amiga desacordada. Por sua vez, Lofar lutava para se libertar do aperto sufocante, ele sabia que ainda estavam em perigo, seja quem foi que fez isso, iria chegar até eles para concluir o serviço, por isso, não poderiam perder um segundo a mais.

— Judy se acalme e me ajude aqui! — Depois que conseguiu, com algum esforço e ajuda da menina que com suas mãos trêmulas afrouxar o aperto da bestial, Lofar falou:

— Judy, não temos muito tempo, você vai precisar eliminar as ameaças lá fora, não deixe ninguém escapar, custe o que custar. — A voz do homem estava fria como uma pedra e carregava uma raiva genuína, como nunca havia sido visto pela garota, logo depois, o nobre tirou de seu anel dimensional um frasco de vidro com um líquido vermelho e deu para Judy tomar, ela sabia o que era aquele líquido e o que aquilo representava. Sem questionar, a menina bebeu todo o líquido e depois tratou de sair pela porta da carruagem, que estava virada de cabeça para baixo.

No momento que a Judy pisou no lado de fora, uma flecha espetou o chão a poucos centímetros dela, aquele foi um tiro de aviso, quando ela levantou o olhar, cinco arqueiros estavam empoleirados em árvores próximas, com uma linha de tiro limpa em direção a ela, outros dez homens seguravam espadas afiadas o bastante para cortar a garganta da menina sem nenhum esforço, cercavam o veículo acidentado de todos os lados e com sorrisos desdenhosos se aproximavam mais e mais, até que um deles se pôs na frente dos demais e falou:

— Garotinha! Eu sei que você está com medo. Só vamos levar você e a sua amiga para um lugar especial, se vocês acompanharem a gente, prometemos não machucar você. Afinal, você é mais valiosa viva e inteira, mas se resistir, não teremos...

O homem que se aproximava da Judy tinha um físico de um soldado experiente, sendo um mercenário contratado, adorava serviços fáceis e aquele prometia ser um trabalho mais simples do ano com alto rendimento. Eles só teriam que pegar uma menina e uma mulher bestial e matar um homem paraplégico, em seguida, levar as mulheres para o seu contratante, simples e rápido. O fator de maior complicação poderia ser a bestial. *Bem! Nada como flechas com poderoso sedativo não resolva*, isso era o que ele pensava. Quando o homem ficou a um braço de distância da menina, a força em suas pernas se foi e ele tombou para frente, esse foi a sua primeira surpresa, em seguida, veio sua segunda e última surpresa na vida.

Judy, que via um dos homens se aproximando, inspirou profundamente e depois expirou, já fez aquilo em forma de treinamento diversas vezes, mas era a primeira vez que faria isso em uma situação real. A leve tremedeira em seu corpo parou, sua mente estava limpa, seus sentidos claros, quando o homem tombou para frente, a menina sacou um punhal escondido nas mangas do seu uniforme de empregada e, com um movimento gracioso, decapitou sua vítima.

A empregada nem esperou a cabeça do homem cair no chão, já partiu para cima do seu segundo alvo, ao mesmo tempo, atirou um segundo punhal na cabeça de um arqueiro mais próximo que caiu da árvore feito fruta madura. Quando os restantes dos mercenários tiveram o espírito para reagir ao ataque surpresa, três homens já haviam tombado.

Judy correu com extrema agilidade, um dos mercenários correu para cima dela balançando sua espada em um arco vertical, mas a garota dobrou seu corpo passando ilesa pela trajetória da arma. Em seguida, com a sua mão esquerda, aparou uma flecha que vinha na direção do seu rosto. Sem tempo para respirar, Judy deu um salto no ar girando sobre si mesma e escapando de dois ataques simultâneos de espadas que vinham na sua frente e nas suas costa, quando pousou no chão, usou a flecha em sua mão esquerda e cravou sua ponta na virilha do mercenário na sua frente, o homem gritou de dor fazendo se dobrar para frente, ela aproveitou a oportunidade para agarrar o homem pela armadura e jogar contra o adversário as suas costas, que estava pronto para desferir um segundo ataque de espada, ambos os homens se chocaram caindo no chão.

A menina não perdeu tempo apreciando o seu feito. Bateu o pé no punho da espada que um dos mercenários deixou cair no chão, agarrou a arma no ar e lançou em direção para um dos arqueiros prestes a atirar mais uma flecha, a arma entrou na boca do arqueiro, parando com sua ponta atravessada na nuca dele, matando-o na hora.

Enquanto isso, quatro mercenários corriam para cima da garota, com a intenção de matar, esquecendo totalmente da missão deles. Outros dois homens foram em direção à carruagem tombada para pegar a outra mulher, dessa forma, poderiam cumprir parte da missão, porém, no momento em que se aproximaram da carruagem virada de cabeça para baixo, as pernas dos dois homens perderam força e eles bateram suas cabeças no solo da floresta. Antes que eles pudessem entender o que aconteceu, a cauda de cobra da bestial se enrolou no corpo de um dos mercenários e o puxou violentamente para dentro da carruagem. O segundo mercenário viu horrorizado o seu colega gritar de agonia, tendo as partes de seu corpo sendo rasgados e desmembrados sem piedade. O homem queria correr dali, mas ele não sentia nada da cintura para baixo do seu corpo, então, ele se arrastou no chão, para se afastar o máximo possível da eminente morte, depois de alguns metros, ele sentiu novamente as suas pernas, seu alívio só durou 1 segundo, pois, no segundo depois, a cauda da bestial cobra agarrou sua perna direita, esmagando a tíbia, fíbula e fêmur em múltiplas fraturas, assim como arrastou o homem para o seu amargo fim.

O arqueiro, que estava mais distante do grupo, viu a Judy como uma dançarina profissional, por meio de seus saltos, piruetas e acrobacias. A menina que tinha idade para ser sua filha estava executando uma dança macabra, na qual todos que entravam em seu caminho eram degolados, decapitados ou incapacitados, como se eles fossem amadores.

No início, aquele arqueiro sentiu uma raiva brotar em seu coração, quando viu os seus companheiros mortos por uma simples garotinha. Era humilhante ver que eles, com uma dúzia de homens armados e treinados, se viam incapazes de contê-la. Nem mesmo os arqueiros conseguiram acertar uma única flecha, pois o seu alvo não ficava parado um segundo se quer, às vezes, ela usava os corpos de seus companheiros como escudo de carne para as flechas, se não bastasse isso, os outros colegas arqueiros eram mortos por aquela monstrinha que atirava punhais ou espadas com uma precisão cirúrgica.

A cada companheiro morto, o ódio deu lugar ao medo, esse medo era como uma cobra venenosa contaminando sua mente, sussurrando palavras de prenúncio de sua própria morte. *Mais um caiu, merda eu errei, esse monstro precisa morrer, não quero morrer, Lucius, seu desgraçado atire para matar, filho da puta, Lucius morreu, porra, não estou acertando nenhuma flecha, fica parada, maldita, não quero morrer, vou morrer, não quero morrer.*

Quando a Judy encarou o seu último adversário que estava tremendo de medo em cima de um galho a algumas dezenas de metros de distância, ela bufou de aborrecimento, então, de forma serena, Judy caminha por entre corpos e cabeças, em sua mão esquerda segurava o último punhal. Seu alvo, como último ato de resistência, começou a atirar flechas e mais flechas, o senhor Kitus sempre falava, uma presa acuada é a presa mais perigosa, mas ela nem sentiu a necessidade de correr, desviar ou usar um escudo de carne, a mente da sua vítima já havia quebrado, todas as flechas atiradas nem sequer aranharam uma linha de seu uniforme de empregada, quando o homem atirou a sua última flecha que raspou os fios de seu cabelo, ela atirou o seu punhal que cravou na garganta do pobre infeliz, fazendo ele espalhar massa cerebral, quando caiu da árvore.

Judy se vira em direção ao veículo. A menina viu a sua amiga bestial acordada, saindo da carruagem e carregando o seu patrão em seus braços, como se fosse uma princesa. Isso fez ela sorrir e, daquele sorriso, se transformou em uma gargalhada que ela não conseguiu conter. Após respirar um pouco para recuperar o fôlego, ela correu para os dois:

— Cecily, senhor Lofar, Como vocês estão?

— Estou bem Judy, graças ao nosso senhor. — A bestial ficou levemente corada. — Fico feliz que consegui proteger você. Vejo que fez o que era o meu trabalho, meus parabéns!

— Obrigada! — Dessa vez, a menina sorriu timidamente diante do elogio da amiga.

— Judy, você fez um ótimo trabalho, mas agora precisamos correr contra o tempo, achem qualquer pista do mentor desse ataque, depois, partiremos para caçar a nossa presa, antes que ele descubra que a sua emboscada falhou e tenha a oportunidade de fugir.

— Sim, senhor! — As empregadas falaram em uníssono e rapidamente elas se movimentaram para obedecer aos comandos do conde.

CAPÍTULO 42:

DESCARTANDO AS MAÇÃS PODRES

Rômulo Veslke, patriarca da família Veslke, sempre foi um homem de grandes ambições e desejos, sempre que batia o olho em algo que queria, não descansava até obter aquilo, foi essa característica em sua personalidade que fez dele ser o líder absoluto de sua família, além trazer status e riquezas sem iguais na história dos Veslke com sua indústria naval.

Agora, ele desejava duas coisas. Primeiro, queria as terras litorâneas dos Vorguel, que por sorte só tinha um nobre que poderia reclamar posse daquele lugar, eliminando aquele inútil, já tinha todos os meios preparados para ser dono daquelas terras, era um passo importante que ele iria dar para expandir a sua indústria naval a novos patamares. Segundo, todos os boatos apontam que Vorguel tem um gosto particular em empregadas multirraciais, só o pensamento de pôr suas mãos nelas e fazer o que quiser fazia o meio das suas calças formigar de excitação.

Rômulo estava sentado bebendo uma taça de vinho na cabine de seu navio particular, que estava atracado em um porto obscuro que poucos tinham conhecimento nas margens do rio Volga. Ele mandou alguns homens de confiança para rastrear a carruagem em que o Vorguel estava. Por sorte, se sabia qual trajeto o conde iria usar para chegar na sua casa, eles só tinham que armar uma emboscada, preparar o terreno para parecer que foi um atentado de bandoleiros locais e pronto, colher os frutos que tanto desejava.

A equipe de mais de uma dúzia de homens foi despachada a algumas horas e agora ele estava ansiando receber as boas notícias. Quando, de repente, seus ouvidos capitaram uma comoção no lado de fora, quando ia se levantar para ver o que estava acontecendo, suas pernas simplesmente não responderam ao comando do restante de seu corpo, o fazendo cair e abrir uma ferida sangrenta na sua testa, agora sua mente estava atordoada, *o que está acontecendo no lado de fora? Por que não conseguia sentir as pernas?* Ele gritou por ajuda, mas não obteve respostas, sem esperar por ninguém, arrastou o seu corpo no piso de madeira, sua testa latejava de dor e começou a ficar angustiado com essa situação.

    Quando ele ouviu passos vindos em direção à sua cabine, gritou com raiva por ajuda, quando a porta abriu, Veslke ficou pálido como um fantasma. Ele não conseguia articular nenhuma palavra, seus olhos tremiam como se tivesse um terremoto neles. O homem queria negar o que estava vendo, julgando que fosse uma alucinação como resultado do golpe em sua cabeça, mas a realidade era cruel demais para qualquer um que não queria vê-la, reunindo as poucas gramas de coragem que ele tinha, falou:

    — Vorguel, bastardo maldito, filho de uma meretriz. Você está enganando todo o reino este tempo todo. — Em seguida o velho homem lança a taça de vidro no rosto do Vorguel, por sua vez, o conde só jogou sua cabeça de lado com os olhos fechados, fazendo a taça se estilhaçar no corredor.

    Com a mão esquerda, Vorguel segurava uma faca semelhante às facas usadas por soldados na Terra e em sua mão direita segurava a cabeça decapitada de um dos filhos bastardos do Veslke, que era responsável pela segurança do pai, porém isso não abalava o nobre, que tinha mais simpatia com o seu cavalo do que com o seu próprio filho. O que estava lhe perturbando era o fato do Vorguel estar em pé como uma pessoa normal caminhando tranquilamente.

    Lofar fechou a porta atrás dele. Sem nenhuma pressa, caminhou até o velho e deixou a cabeça da sua última vítima ainda pingando sangue próximo dele, como se fosse um presente, em seguida, guardou a faca na sua bainha, abriu a garrafa de vinho, bebendo alguns goles, depois, fez uma careta de desgosto.

    — Veslke, você tem um péssimo gosto para bebidas. — Indignado, Veslke volta a xingar Vorguel.

    — Seu maldito, filho de mil pais, acha mesmo que vai se safar disso? Quando o rei ficar sabendo... — Lofar abre os olhos que tinham um brilho vermelho nas suas pupilas e encara o Veslke que se calou de horror. Com uma voz calma e mansa, Vorguel disse:

    — Vou lhe dizer o que vai acontecer no futuro próximo. Você vai morrer, toda sua linhagem vai desaparecer e tudo aquilo que você lutou tanto para construir ao longo de décadas vai se desfazer feito pó e, até o ano que vem, não existirá nenhum Veslke caminhando sobre estas terras e, em dois anos, qualquer menção de que existiu algum Veslke no mundo não irá existir.

Minutos depois, Cecily vai até à cabine onde o seu patrão está, dá algumas batidas na porta. Lofar logo sai do cômodo, suas mãos estavam pingando sangue fresco que logo a bestial tratou de limpar, usando o seu avental outrora branco, mas agora tinha vestígios de sangue das suas outras vítimas que eliminara momentos atrás.

— Senhor, por favor! Não se esforce muito, este trabalho é nossa função. — A mulher falava com uma genuína preocupação.

— Existem momentos, como patriarca, que preciso assumir o meu dever, não posso deixar tudo nas mãos dos outros.

— ... Mas, o senhor já fez e ainda faz tanto por nós, não é justo o senhor carregar tanto fardo em suas costas.

— ... Todas as pragas foram eliminadas?

— Quanto a isso, acho melhor o senhor ver por si mesmo!

Lofar quase abriu a boca para perguntar, mas se deixou ser conduzido pela sua empregada que o levou até o compartimento de carga do navio. Judy estava na porta de acesso montando guarda, quando viu o casal, abriu a porta. Nesse compartimento, cheio que caixotes e outras mercadorias, tinha algo que chamou a atenção do nariz do conde, era o odor de gente morta de alguns dias, caminhando mais alguns metros, ele viu uma gaiola de metal com diversas pessoas de diferentes raças, amontoados como se fossem gados prontos para o abate. Em seus olhos era possível ver uma miríade de sentimentos ruins que vão do desespero até a completa resignação, o odor que estava sentindo vinha do corpo pútrido de duas crianças do povo demoníaco.

— O que o senhor quer que nós façamos com eles? — Cecily falou em um tom neutro, sem qualquer emoção. Independentemente de qual fosse a ordem dada pelo seu patrão, ela iria executar sem pensar duas vezes, pois ela tinha fé que o conde sempre iria tomar a melhor decisão possível.

— Cecily, é possível manobrar este navio até a nossa marina particular?

— Sim, é possível, seguindo a forte correnteza do rio, podemos chegar em casa amanhã pela manhã.

— Ótimo! Você ficará responsável por isso. Judy ajude a Cecily colocando o barco em movimento, depois venha aqui comigo, pois teremos muito trabalho a fazer. — Dito isso, Lofar tirou de seu anel dimensional sua cadeira de rodas e se sentou nela. Seus ombros ficaram mais caídos, seu rosto ficou mais cansado e suas pernas ficaram sem vida novamente. Apesar do esforço que ele tinha que fazer para andar, era gostoso ter esses minutos de uma aparente vida normal.

As duas empregadas saíram do compartimento de carga para cumprir as ordens que lhe foram dadas e o senhor Lofar se concentrou para ativar o seu núcleo de mana de quinta camada e cantar a sua magia do tipo mental.

— Scis locum illum inter dormientem et vigiliam, locus ubi adhuc somniare potes, est ubi stabo, vigilans scribens somnia mea et immortales facit. — Terminando de falar o nome da magia. — Somnus Damnatorum.

Com essa magia, tentáculos de mana invisíveis aos olhos saíram do corpo do conde e entraram na mente de todos os cativos dentro das gaiolas de metal. Eles adormeceram sem apresentar resistência, um claro indicativo de indivíduos quebrados mentalmente. Lofar fez uma careta de desgosto, quando percebeu o quão precário era o estado psicológico daqueles indivíduos, normalmente, em uma magia do tipo mental aplicado a uma pessoa que não é o próprio mago, vai surgir uma resistência natural à mana estrangeira, quanto maior é a força de vontade da vítima, mais difícil fica a manifestação do feitiço no alvo. Existem meios de burlar essa resistência, todos envolvem quebrar mentalmente a vítima.

Depois que ele colocou todos os cativos para dormir, Lofar se concentrou em abrir as gaiolas, usando um kit de ferramentas que ele mesmo fez e tinha guardado em seu anel dimensional. Quando ele abriu a última tranca, Judy tinha acabado de chegar para auxiliar o conde. A dupla trabalhou duro para tratar das feridas dos prisioneiros, principalmente daqueles que eram os mais graves. Por causa do seu uso de constante magia desde quando foram atacados, Lofar não tinha mana suficiente para tratar todos completamente, por isso que ele se concentrou em estabilizar aqueles com maiores riscos de morrer. Outros que não foram tratados com magia receberam primeiros socorros da Judy, era só um paliativo para mantê-los vivos até receber tratamento adequado.

Quando terminaram, mais da metade dos 20 prisioneiros tinham uma respiração mais estável, em contrapartida, Lofar e Judy ofegavam pesadamente por causa de todo o esforço físico e mágico que fizeram nas últimas horas.

— Quanto a estes, senhor? — Judy apontou para quatro elfos, todos jovens, mas por causa de todos os seus machucados, era impossível estimar suas idades, todos eram masculinos que estavam em condições muito delicadas.

— Estamos exaustos demais para fazer qualquer cura mágica, ir além disso só iria nos prejudicar. Além disso, não temos os meios de fazer os primeiros socorros necessários sem pôr em risco a vida deles, é duro dizer isso, mas eles estão à sua própria sorte. Eles precisam se manter vivos até chegarmos em casa, onde poderão ser curados adequadamente. — Judy abaixou a cabeça, assentindo com as palavras do nobre.

— Judy! — Conde chamou pela menina, olhando em seus olhos, depois continuou. — Não somos heróis, fazemos o necessário para o bem do nosso povo, mas é impossível salvar todos, por isso que devemos estar preparados para perdas. Por isso, nunca perca de vista o que é fundamental no cumprimento de seu dever.

— Entendido, senhor! — A menina falou como um soldado diante de seu comandante.

— Antes de terminamos, me ajude a armazenar esses corpos. — Lofar apontou para os cadáveres das duas crianças do povo demoníaco.

Com ajuda da sua empregada, Lofar cobriu os corpos das crianças com uma lona empoeirada que tinha no local, o que diminuiu um pouco o odor pútrido no ar, posteriormente, Lofar iria mandar cremar os corpos e espalhar as cinzas em um local adequado. Depois de mais algumas horas, Lofar e as suas duas empregadas chegaram sãos e salvos em casa.

CAPÍTULO 43:

O RETORNO DA ALVORADA

— SEGUREM FIRMES ESTAS CORDAS, PRECISAMOS APROVEITAR TODO O VENTO DE PROA. — Uma voz feminina trovejava ordens, da mesma forma que uma tempestade anunciava seus raios em um barulho ensurdecedor. A capitã da alvorada estava na roda do leme, tentando aproar ao vento, isso fazia o navio ser açoitado em sua polpa por enormes ondas salgadas do oceano Tungus. Quando um marujo na função de vigia no alto do mastro principal conseguiu ver um sinal luminoso que vinha das falésias ao longo da costa do continente do norte.

— Terra avista! — O homem gritou, em seguida, seus companheiros repetiram a mesma mensagem até chegar aos ouvidos da capitã.

— HOMENS, MANTENHAM-SE FIRMES! NESTA NOITE, FESTEJAREMOS ATÉ TERMINAR A ÚLTIMA GOTA DE CERVEJA!

— ROM, ROM! — Em um coro, todos os marujos responderam às palavras da capitã.

— Anuncie a nossa chegada, de imediato!

— Sim, capitã! — Em um ritmo especifico, o marinheiro, ao lado da sua capitã, assoprou no seu apito, transmitindo a mensagem codificada para o marujo no alto do mastro principal.

Esse homem se apressa a cumprir suas ordens, pegando a lanterna ao seu lado, que até então estava coberta por um grosso pano negro, aponta a lanterna em direção à costa e responde ao sinal luminoso. A mensagem que vinha de uma fenda do enorme despenhadeiro rochoso dava boas-vindas e indicava onde deveriam atracar.

Em uma passagem esculpida nas rochas negras da falésia, uma bestial águia terminava de passar suas orientações para o veleiro que estava algumas dezenas de léguas, enfrentando o mar revolto. Em seguida, ela se sentou na sua mesa, manipulando a tinta por meio de uma magia da água, escreveu em um pedaço de papel a mensagem que deveria ser entregue ao seu patrão, quando terminou chamou pela sua assistente.

— Eril, venha aqui!

Uma menina élfica, que aparentava ter uns 10 anos, tinha cabelos ruivos que pareciam ser chamas dançantes a cada movimento de sua cabeça. Foi até a sua colega emplumada, que lhe disse:

— Entregue esta mensagem para o senhor Kitus ou para o conde Vorguel, entendido? — A menina balançou a cabeça em afirmação. — Ótimo! E mais uma coisa, vá para o terceiro corredor norte, vai ser mais rápido chegar na mansão por lá. Agora vá!

A elfa partiu da sala de observação, correndo pelos corredores estreitos, eventualmente, ela se encontrava com outras mulheres bestiais que faziam a patrulha no lugar. Elas eram consideradas empregadas de combate, seus equipamentos eram todos magicamente encantados, isso significava que suas armas, escudos de broquel e até mesmo suas roupas lhes confeririam mais proteções do que se estivessem usando uma cota de malha comum. Esse era o uniforme padrão para toda a equipe feminina que trabalha na mansão do conde Vorguel e o seu entorno.

Eril, ainda sendo uma criança, não fazia parte do grupo de combate a serviço do conde, mas já estava sendo ensinada, assim como outras meninas próximas à idade dela. No momento, ela tinha que se contentar em ser assistente no posto de observação avançado, era meio tedioso, mas era um serviço mais fácil do que estar na cozinha fazendo comida para um verdadeiro exército.

A garotinha chegou na mansão principal, arfando pesadamente, parando por alguns instantes para recuperar o fôlego, quando uma voz amiga falou com ela:

— Eril, o que você está fazendo aqui?

— Irmã Judy! — A menina correu para abraçar a pessoa que ela considerava ser parte de sua grande família, por sua vez, a Judy ficava alegre por ter uma irmã adotiva tão linda e fofa como aquela. As duas meninas se abraçaram, uma apreciando o calor da outra, então, Eril falou:

— Irmã Judy, estou com uma mensagem da Bety para o senhor conde.

— Hum! Esta hora o mestre deve estar no seu escritório, vamos lá, vou acompanhar você. — As palavras da Judy fizeram a menina élfica mostrar um dos seus sorrisos radiantes.

Não demora muito e s duas garotas chegam na frente do escritório do conde, mesmo as portas fechadas, era possível ouvir uma conversa, porém não dava para entender o seu conteúdo. Por um momento, Judy ficou com um pouco de receio em interromper a discussão, mas balançou a cabeça e deu umas batidas na porta. As conversas pararam e a porta se abriu, aparecendo nela uma enorme bestial mulher tigre, com sua habitual expressão mal-humorada.

— O que é? — A bestial perguntou secamente.

— Me desculpe por interromper, senhora Margaret, Eril tem uma importante mensagem para passar ao senhor Lofar. — Enquanto a Judy conversava com a sua superior, a menina élfica segurava e se escondia nas barras do vestido da sua irmã adotiva, se sentindo intimidada pela enorme bestial que parecia ser uma gigante raivosa.

— Margaret, deixe elas entrarem. — As meninas ouviram o conde falar dentro da sala.

Margaret abriu mais a porta e fez sinal com a cabeça para elas entrarem. Judy segurou nas mãozinhas da Eril, lhe dando coragem para entrar no escritório. Lá dentro, Lofar estava sentado na sua cadeira de rodas atrás da escrivaninha, Kitus também estava lá com um caderno de anotações, escrevendo algo e a Cecily estava ao lado do nobre organizando e entregando uns documentos que ele passava o olho, verificando se estava tudo em ordem. Lofar levantou os olhos do documento em mãos, então, gentilmente falou:

— Eril, venha aqui. — A criança se desprendeu da sua irmazona e foi até o nobre, seguindo a etiqueta que lhe foi ensinada, Eril pegou nas pontas de seu vestido e abaixou sua cabeça. O movimento foi desajeitado, mas Lofar sorriu com satisfação. Em seguida, a menina meteu a mão no bolso do seu vestido e entregou o bilhete para o seu senhor. Como recompensa, Lofar afagou com carinho os cabelos ruivos da menina elfa.

Quando as duas meninas se despediram e saíram do escritório, Lofar leu o bilhete que dizia: "O galeão Alvorada está às cinco horas da marina, iniciar os preparativos para atracagem e o desembarque da tripulação".

— Pessoal, "Alvorada" está prestes a chegar, Kitus inicie os preparativos para receber a tripulação e libere as mulheres para receber seus homens. Margaret, reforce a segurança no porto e fale com a chefe de manutenção para deixar uma equipe a postos e Cecily conduza a capitã até a minha presença, preciso urgentemente conversar com ela. — Lofar disse suas ordens, como se fosse um comandante com seus soldados.

— Sim, senhor! — Os três bestiais falaram em uníssono.

Horas mais tarde, um extenso barco medindo 200 metros de sua popa até a sua proa entrava em uma enorme gruta que tinha acesso direto ao mar. A mare alta fazia com que o topo do mastro mais alto arranhasse o teto do lugar, várias mãos estavam puxando um sistema de polias e cordas, para manobrar o navio para a melhor posição. Depois que a âncora foi baixada, um grupo de mulheres, todas empregadas da mansão, estavam eufóricas com a chegada dos seus maridos. Por sua vez, os homens se dividiam em dois grupos, o primeiro compartilhavam essa mesma alegria, afinal, estavam em casa com suas saudosas esposas. O segundo grupo estavam morrendo de inveja, pois eram solteiros querendo sentir a mesma emoção de serem recebidos por alguém especial.

Cecily ficou algum tempo esperando no porto, quando quase todos os marujos desembarcaram, restando alguns trabalhadores no navio, foi a vez da capitã descer. Ela usava roupas de algodão justas com cores vibrantes, acentuando as curvas de seu corpo, também usava luvas e botas de couro negro. Somente duas coisas denunciavam a sua natureza não humana, seus cabelos verdes-esmeraldas amarrados em um rabo de cavalo e seus olhos com pupilas verticais.

— Dione, aqui! — Cecily balançou os braços, chamando a atenção da capitã que andou a passos largos e, por fim, abraçou a sua amiga bestial cobra.

— Como você tem passado, Cecily? — Dione perguntou com a sua voz possuindo uma mistura de alegria e preocupação por sua amiga.

— Eu estou bem, sério! — Cecily retribuiu o abraço, mas depois ficou vermelha de vergonha, quando notou que a sua amiga estava tocando nas partes indiscretas de seu corpo serpentino. O movimento foi tão descarado que fez vários homens se distraírem em seus trabalhos, causando alguns acidentes dolorosos.

— DIONE! — A voz da Cecily subiu para uma oitava, fazendo a capitã gargalhar até sair lágrimas em seus olhos, depois que recuperou o fôlego, ela perguntou.

— Desculpe! Estava com saudades demais para me conter. Então, me diga ainda está cuidando do traseiro pomposo do seu amado?

— Dione, não fale assim do conde, senão vou ficar com raiva de você. — Cecily encarou o olhar da sua amiga para enfatizar o seu ponto. A capitã levantou os seus braços em sinal de rendição.

— Cecily, imagino que você não está aqui só para me ver, certo?

— Sim, senhor Lofar quer conversar com você quanto antes.

— Esperava tirar o restante do dia para descansar e ver ele só amanhã. — Dione suspirou de resignação.

— Desculpe, ordens são ordens. — Cecily se envolveu nos braços de sua amiga e ambas andaram para fora da gruta, conversando sobre como foram os seus dias. A capitã contou como eles sobreviveram a um ataque pirata, simplesmente explodindo os infelizes com várias bolas de fogo, ao contrário que se possa imaginar, a maioria dos marujos da alvorada são magos competentes. A bestial cobra contou sobre a ida dela com o senhor Lofar na capital real e como na volta eles foram emboscados.

— Pela grande deusa! Você se machucou muito? — Dione perguntou.

— Não e qualquer ferida que tive foi curada pelo Conde. — Cecily corou um pouco de vergonha. Dione contorceu os seus lábios em um sorriso presunçoso, o que deixou a bestial cobra ávida em mudar de assunto.

Nos corredores da mansão, as duas mulheres se encontram com outra colega delas, a bestial tigre Margaret, indo até elas em sinal de desafio. Antes que a Cecily pudesse fazer qualquer coisa, Dione se pós na frente, encarando a mulher tigre. As duas mulheres tinham a mesma altura, por volta de 1,95 metros, mas a diferença em seus corpos fazia parecer que a bestial era maior, principalmente para os lados.

— Finalmente, a meia lagartixa voltou para casa. — Dione contrariou sua sobrancelha em aborrecimento, mas resolveu responder à provocação na mesma moeda.

— A gatinha ainda está lambendo as feridas da última surra que dei?

— O quê? — Os pelos da Margaret ficaram ouriçados de raiva. Antes que a discussão das duas mulheres chegasse a um patamar perigoso, Cecily estalou o ar com sua cauda de cobra, chamando atenção para si.

— Vocês duas se comportem. Qualquer briga ou discussão está proibida aqui dentro e vocês sabem disso, se querem resolver suas diferenças, façam isso na arena de treinamento. — Com essas palavras, Margaret só bufou e saiu sem falar mais nada, Dione mostrou o dedo do meio, quando a bestial tigre estava se distanciando.

— Ainda me pergunto como ela conseguiu ser líder de qualquer coisa, com esse temperamento horrível. — Dione falou, voltando a andar com a Cecily.

— Ela é competente no que faz. Recentemente, o senhor Lofar deu para ela uma missão de eliminar toda uma casa de nobre do reino. — Disse a bestial cobra.

— O tal nobre que atacou vocês? — Dione perguntou.

— Sim! Margaret com sua equipe fizeram o seu trabalho em uma noite, executando todos, só poupando as crianças pequenas ou recém-nascidos. — O relato da Cecily fez a Dione ter um arrepio na espinha.

— Às vezes, esqueço que ele tem esse lado obscuro, principalmente quando está com muita raiva.

— É o que o senhor Lofar sempre diz... — Antes da Cecily terminar de falar, sua amiga interrompeu.

— Se certifique de sempre pagar o outro na mesma moeda. — Dione falou, fazendo a sua melhor imitação do conde, isso fez a sua amiga rir como uma garotinha.

— É tão bom conversar com você assim, Dione. Isso me faz lembrar dos velhos tempos.

— É verdade. — Surgiu um sorriso melancólico nos lábios da capitã.

— Quanto tempo você vai ficar aqui? — Cecily perguntou.

— Não tenho certeza, vai depender do chefe, mas não quero partir tão cedo, os homens precisam passar algum tempo de qualidade com suas famílias, antes de outra expedição.

— Fico contente com isso. — Os olhos da Cecily estavam brilhando de alegria. — Podemos nos reunir como antigamente, o que me diz?

— Acho ótimo! — Dione afagou os cabelos negros de sua amiga.

CAPÍTULO 44:

O NINHO DE VESPAS

Dione e Cecily caminharam calmamente nos corredores da mansão até chegar em uma sala com uma porta dupla de madeira. Cecily bateu duas vezes na porta, sem demora, o conde deu autorização para entrar. A bestial cobra abriu as portas, revelando uma sala diferente do escritório. Nesse lugar, tinha uma enorme mesa, com vários frascos de vidro, queimadores acesos e outros equipamentos de alquimia. Se um terráqueo estivesse lá, poderia jurar que aquele lugar é um laboratório de química. Em outro canto da sala, tinha outra mesa com uma pilha de papéis e livros, assim como um sofá e uma mesa de centro que tinha um prato de comida fria e intocado. Lofar estava terminando de retirar o seu sangue do antebraço esquerdo com uma seringa.

— Senhor Lofar, a capitã da "Alvorada" está aqui! — Cecily faz a apresentação da sua amiga.

— Oh! Sim, Dione sente-se no sofá, logo vou atender você! — Lofar fala sem desviar sua atenção. Ele pega a seringa com o seu sangue, coloca todo o líquido em um tubo de vidro, selando o conteúdo com uma rolha e colocando em um suporte de metal. Só então ele se permitiu dar atenção as duas mulheres, Dione estava se sentando no sofá e a Cecily com uma expressão complicada no rosto, ela recolhia o prato de comida.

— Senhor Lofar! Por favor, coma direito, se ficar pulando as refeições dessa forma, o senhor ficará doente. — Cecily olhava para o nobre com desaprovação.

— Desculpa, Cecily, fiquei concentrado demais no trabalho. — As desculpas do conde pareceram ser tão falsas como uma moeda de pirita, fazendo a bestial cobra suspirar.

— Quer que eu traga algo para o senhor comer? — Cecily Perguntou.

— Sim, por favor! — Lofar estava indo até elas, em sua cadeira de rodas.

— Dione, você quer que eu traga algo para você também?

— Só me traga um pouco de cerveja, por favor, Cecily.

— Vou querer também um pouco de cerveja. — Conde falou. Logo a bestial saiu da sala, deixando os dois sozinhos. Dione estava olhando para o conde com uma expressão de poucos amigos, o nobre estava aplicando em si mesmo uma magia simples de cura, Cicatrix, para fechar a ferida de punção no antebraço.

— Muito bem! Dione, vamos ao que interessa. Quais são os resultados de sua investigação no paradeiro da minha irmã?

— Desculpe. A pista que tinha em mãos me levou ao continente de Farir, mas depois esfriou e não consegui encontrar nenhum sinal dela, tenho algumas suposições quanto ao paradeiro dela. Porém...

— Não são nada boas. — Lofar completou as palavras da Dione e ela só acenou com a cabeça. — Como está o comércio de escravos? — Perguntou.

— Também, são péssimas notícias. Continua mais ativo do que nunca, agora os escravocratas não fazem distinção entre raça ou idade, qualquer um fraco o suficiente para ser capturado se torna escravo.

— Merda. — Lofar praguejou.

— Existe um limite até onde minha tripulação pode ir, combatemos piratas e comerciantes de escravos quase toda semana, tanto que os grandes escravocratas colocaram recompensas pela minha cabeça.

— Eu sei, não estou com raiva de você, pelo contrário, estou satisfeito com o seu trabalho, você já faz bastante com os recursos que tem.

— Lofar, também quero perguntar uma coisa. — A voz da Dione se tornou fria como uma pedra. — Que história foi essa que a Cecily me falou, sobre o reino entrar em guerra e tudo mais? — Sem se incomodar com a atitude rude da mulher, Lofar falou sobre os eventos que aconteceram na capital, basicamente repetindo o que a Cecily disse para Dione, no final, ele acrescentou suas hipóteses para os reais motivos do reino entrar em guerra.

— Espere um pouco aí — Dione interrompeu o nobre. — Você acredita que a rainha está influenciando o rei para entrar nesta guerra! Por mil demônios, por que ela faria isso?

— Suspeito que seja por vingança, várias coisas motivaram este sentimento na rainha, como o casamento dela, foi político, para adicionar insulto à lesão, o próprio rei a maltrata e os nobres da corte foram frios com ela, na melhor das situações, mas não me entenda mal, ela não é a verdadeira cabeça disso tudo. Acredito que a rainha seria um agente duplo, o nosso real inimigo é outro.

— E o que você pretende fazer?

— Sinceramente, não sei. Existem algumas coisas que não tenho conhecimento, por exemplo, qual é o real objetivo do inimigo? O que busca conseguir com a magia do ramo mental? Por que estão testando artefatos mágicos capazes de influenciar no psicológico de um indivíduo? Fora outras coisas que talvez eu não tenha considerado.

— Entendi! Tenho mais uma pergunta. Por que você está me dizendo tudo isso? — Dione perguntou.

— Simples! Porque você merece saber, sem o seu conhecimento, você está chutando um ninho de vespas. — Desde a primeira vez que começou essa conversa, Dione arregalou os olhos de espanto. Fingindo não perceber, Lofar continuou. — Tudo está conectado, o comércio de escravos, a trama política da rainha, a guerra. Suas investidas contra os comerciantes de escravos atrasou os planos inimigos, mas não os impediu.

Lofar ia abrir a boca para fazer uma pergunta para capitã, quando um barulho na porta chamou a atenção dos dois. Era a Cecily trazendo dois pratos fumegantes de carne de javali assado, seguido de salada verde e um caldo de feijão, atrás dela tinha outra empregada humana, trazendo duas canecas grandes de cerveja.

— Agora vocês dois devem parar a discussão e comer, não aceito nenhuma desculpa, estamos entendidos! — O brilho selvagem nos olhos da Cecily não deixou espaço para que as duas pessoas mais importantes na vida dela pudessem objetar, por isso, eles só podiam ficar quietos e obedecer. Foi só quando a Dione terminou de comer que percebeu o quanto estava faminta, terminando limpar o seu prato em poucos instantes. Lofar ainda demorou um pouco, mas comeu tudo. Dando tempo para a capitã apreciar uma cerveja laranjada com uma espuma cremosa e levemente doce. Quando a Cecily foi embora recolhendo os pratos sujos e deixando mais uma caneca cheia de cerveja para ambos, Lofar retomou a discussão com uma pergunta.

— Dione, você tem algum relato do movimento das nações dos outros continentes referente a esta guerra?

— Huuuum! Quase nada me vem à mente. Mesmo no império Draken, minha movimentação no território é limitada, sem eu chamar atenção indesejada do exército imperial. Claro, por eu ser uma dragoa comum, tenho mais facilidade de usar os portos do império, mas é isso. — Uma luz de compreensão brilha na mente da capitã. — Mas agora que você me falou tudo isso, faz sentindo a cena que vê no domínio do clã de jade.

— O que você viu, Dione?

— Quando parei em um cais para abastecer e devolver os cativos na sua terra natal, vi uma carruagem chique indo em direção ao território dos elfos, mas o curioso nisso era os ocupantes dessa carruagem, eles eram todos anões. Você sabe que isso significa?

— Sim! Os anões também estão se preparando para a guerra, já havíamos previsto isso. O ponto é que eles estão tendo sucesso nas suas negociações?

— O que você acha? — Dione perguntou, curiosa, sobre a questão que o Lofar apresentou.

— Prefiro pensar que sim! O império Draken e as nações das outras raças vão entrar neste conflito, agora, o nível de envolvimento deles vai depender do poder de negociação que o representante dos anões tem à sua disposição.

— Isso já está me dando dor de cabeça. — Dione esfrega as suas têmporas.

— Vamos encerrar por hoje, vá festejar com os seus homens. — Lofar falou. Terminando de beber os últimos goles de sua caneca de cerveja. — Dione estava prestes a se levantar para sair, quando se lembrou de algo.

— Lofar!

— Sim!?!

— Você se lembra da vez que conversamos, quando saí na minha primeira expedição? — Lofar ficou calado, então Dione continuo a falar. — Bem, se você não se lembra, vou refrescar sua memória. Eu te disse, se você fizer a Cecily infeliz, nunca iria perdoar você. — Lofar estava com uma poker face, olhando diretamente nos olhos da capitã. Por um lado, essa atitude indiferente do seu chefe apertava os botões errados da capitã, por outro, ela estava grata por ter um homem como Lofar sendo seu chefe, se fosse qualquer outro, provavelmente teria a intenção de dominá-la ao ponto de privar sua liberdade. Caso isso acontecesse, faria de tudo para mandá-lo ao esquecimento, por isso, conteve a sua irritação. — Então, seja uma boa pessoa para a Cecily e dentro do possível, corresponda aos sentimentos dela, você sabe muito bem que ela merece isso. — Sem esperar por uma resposta que ela sabia que não teria, Dione foi embora.

CAPÍTULO 45:

AFLIÇÕES DO IMPERADOR

De todas as realizações que conquistei na minha vida, de todos os obstáculos que superei com muito esforço, formar uma família é o que eu mais me orgulho, eu não me importaria se amanhã deixasse de ser o imperador, sei muito bem que alguém tão poderoso ou até mais do que eu assumirá este cargo e conduzirá a nação para o melhor caminho possível, mas, em hipótese nenhuma, deixaria de amar a minha mulher e, consequentemente, o nosso filho, observando os dois aqui dormindo ao meu lado, é algo insubstituível para mim.

Parando para pensar, é quase um milagre eu ser o marido da Aria, a sua personalidade forte com a sua determinação em fazer parte do exército fazia ela ser uma fêmea arisca, quando se tratava em relacionamentos amorosos, no fundo, penso que toda aquela agressividade era para esconder a sua timidez, vendo por essa perspectiva, é até fofo da parte dela, mas, na época, ela afastava qualquer um que tentava cortejá-la.

Quando a vi pela primeira vez, que foi na cerimônia de entrada da academia militar, foi amor à primeira vista, "nossa, que mulher", esse fugaz pensamento surgiu, mas foi forte o suficiente que escapou da minha boca, para a minha sorte que saiu na forma de um sussurro, então, ninguém notou. Apesar de eu fazer parte do Clã do Fogo, poucas pessoas acreditaram no meu potencial, tirando os meus pais, só um amigo meu dizia para mim:

— Griffith, tenho certeza de que você será o próximo imperador!

Eu só fazia sorrir para a declaração dele, assim como qualquer dragão verdadeiro desta nação, ser o imperador é a ambição da esmagadora maioria dos dragões machos e de algumas fêmeas, seguindo o exemplo da imperatriz, Ameli Sofie de Draken, que conduziu nossa nação há 1 mil anos, ela foi a última e verdadeira dragão dourado que surgiu na história do império, talvez a própria Ária queria seguir os passos da imperatriz em algum momento, às vezes, me pergunto se ela está feliz em estar casada comigo, mas logo paro de pensar nisso, é idiota da minha parte ficar me perguntando tal coisa, afinal, se ela quisesse, poderia muito bem partir para bem longe e nunca mais voltar. Vendo-a dormindo graciosamente, só consigo pensar, "sou um dragão de muita sorte, é tanta sorte que me sinto feliz". Uma meia gargalhada ameaçou escapar da garganta do imperador... Ops! Preciso conter a minha alegria, posso acabar acordando-a, por favor, deusa, faça que este tempo dure o máximo possível.

Se ser casado com a mais linda dragoa fêmea não fosse o bastante, agora sou pai, meu filho Rastaban é atualmente uma criança saudável, fiquei inicialmente preocupado, de alguma forma, o percebi apático para um recém-nascido, bem! Pode ter sido apenas uma impressão errada da minha parte, estou longe de ser um mestre curandeiro, mas esse foi o meu palpite dos primeiros dias do meu filho, no seu primeiro ano de vida seu sono era agitado e tinha lágrimas nos olhos dele, mas a minha esposa dizia:

— Não se preocupe, confie em mim!

Nessa época, a nação estava passando por alguns problemas diplomáticos, devido às outras nações, eu estava atolado de trabalho, então, quando ela disse para eu não me preocupar, na verdade, ela queria dizer para eu me focar no problema maior na minha frente e deixar a questão do nosso filho com ela, típico da Aria, tomando decisões bastantes racionais, mesmo em uma situação complicada. Agora, o nosso filho parece ser uma criança mais alegre e disposta, daqui há alguns meses, ele passará pelo ritual da verdadeira forma.

Será que ele ficará surpreso pela grande festa que é esse ritual? E após o ritual, que dragão ele vai ser? Por mim, independentemente do dragão que ele será, vou amá-lo da mesma forma, só fico preocupado com a minha esposa, que vai ser obrigada a deixar o nosso filho ir para um dos nove domínios, para ser devidamente educado para o dragão que ele será, só vamos nos ver uma vez a cada ano, é como dizem, mesmo em um dia claro, pode existir algumas nuvens de chuva. A professora do meu filho, a senhora Ayra, elogia bastante ele, sempre dizendo que ele é bastante esperto, até mesmo para a idade dele, de coração, gostaria que ele fosse o próximo imperador, pode ser só coisa de um pai bobo pelo seu filho, mas quero acreditar que ele vai ser um ótimo dragão.

Griffith olha pela janela e consegue enxergar os raios do nascer do sol banhando todo o território da ilha, expulsando a penumbra noturna, enquanto invade o interior de seu quarto, só isso já lhe diz ser o sinal para ele se levantar e começar as suas atividades do dia, então, calmamente ele cheira mais uma vez a sua esposa, sentindo o seu doce aroma que penetra nas narinas do dragão vermelho. Isso faz ela se remexer um pouco, porém sem nem menção que iria acordar, logo em seguida, ele lambeu o seu filho que também estava em sono bem pesado. Após realizar o seu ritual de carinhos em sua amada família, ele se dirige para a saída do seu quarto.

 Depois que ele sai do quarto e fecha porta, o enorme dragão vermelho muda para a sua forma humanoide, isso porque em algumas partes da montanha o seu acesso é mais conveniente se assumir essa forma. Então, ele desce pela rampa que dá acesso ao seu quarto privativo e entra em uma ampla sala de estar, que tem um formato circular, essa sala é bem iluminada pela luz natural do amanhecer, o lugar é muito bem mobilhado por móveis vindos dos quatro cantos do mundo, cada peça tem centenas de anos de uso, porém ainda estão em um estado físico como se tivessem sido feitas ontem, o exército de empregadas ainda não invadiu o lugar para realizar suas funções diárias, Griffith gostava dessa calmaria do início da manhã. Sem perder tempo, ele se dirige para outra rampa descendente que dava acesso aos banhos, iniciar o dia com um banho quente era sagrado para ele, após trocar as suas vestes, colocando roupas formais, ele sobe novamente para a sala de estar que já tinha o seu principal assistente pessoal lhe esperando, seu nome era Jae-in, um hábil dragão do Clã de Jade, e atrás dele, outras duas empregadas, Isla do Clã das Hidra e Gerlane do Clã da Terra.

 O trio abaixa profundamente suas cabeças em sinal de extremo respeito ao seu soberano, o imperador faz um sinal com as mãos e eles levantam suas cabeças, enquanto ele se dirige para um corredor que dá acesso à sala de jantar, seus empregados acompanham seus passos. Quando o Griffith chega na sala de jantar, ele se senta em uma das cadeiras da ampla mesa retangular e as empregadas Isla e Gerlane lhe servem o desjejum matinal, enquanto isso Jae-in lhe informa sobre importantes notícias.

 — Vossa majestade imperial, os preparativos para o festival este ano estão acontecendo no prazo programado.

 — Ótimo! Este ano quem vai ser o clã anfitrião será o Clã do Ar e o Clã da Terra, certo?

 — Sim, meu senhor!

 — Quantos dragões vão passar pelo ritual?

 — Incluindo o seu filho, Vossa Majestade, terão seis dragões.

Enquanto o imperador comia, ele ouvia Jae-in falar, quando sente mãos finas cobrindo os seus olhos, um doce aroma indistinguível chega no seu olfato, isso o faz abrir um largo sorriso, então, uma voz feminina sussurra nos pés do seu ouvido.

— Bom dia, querido!

Griffith gentilmente pega nos pulsos da dona daquelas mãos e faz ela se sentar em seu colo, a mulher, por sua vez, não apresenta nenhuma resistência, alinhando seus braços em volta do pescoço de seu marido e lhe olhando nos olhos. O imperador, por sua vez, encara o par de azuis-celestes que lhe fitavam de forma amorosa. Tanto o imperador, como a imperatriz tinham uma "habilidade" de criar o seu "mundo rosa", onde ambos demonstravam suas carícias um para o outro, pouco se importando com os seus arredores, claro, evitavam fazer isso em espaços públicos ou em momentos que demandavam seriedade, mas, tirando isso, eles eram o perfeito exemplos de bobos apaixonados.

— Bom dia, querida! O Ras ainda está dormindo?

Aria acena positivamente, enquanto pousa seu rosto no pescoço do seu marido, Griffith sabe muito bem porque ela está agindo assim, tão carente, infelizmente ele não tem nenhuma palavra de conforto para falar, agora, ele só pode afagar os seus cabelos prateados, Griffith percebeu que a sua esposa se tornou uma mãe superprotetora, nada fora do comum, afinal, é difícil para qualquer dragão ter os seus próprios filhos e, quando os tem, quer protegê-los o máximo possível sob suas asas, contudo, essa superproteção pode ser prejudicial. *Talvez, por isso que ela deixou que o Ras acompanhasse a amiguinha dele na semana passada,* pensou Griffith.

— O Ras precisa mesmo fazer esse ritual este ano?

— Você sabe que sim, quanto mais tempo demorar, mais prejudicado vai ser o seu desenvolvimento na magia, ele precisa passar pelo ritual na idade certa, nem antes e nem depois.

— Sim, eu sei, mas...

O casal imperial ainda fica mais algum tempo próximos um do outro, conversando entre si, dividindo suas opiniões e considerações a respeito de seu filho e o futuro dele, depois disso, em um momentâneo gesto de despedida, os chifres de ambos os dragões se tocam, é uma das formas mais profundas de demonstrar afeição entre a espécie draconiana.

O imperador sai dos seus aposentos pessoais e vai em direção ao seu escritório, logo atrás dele está Jean-in, como se fosse a sua própria sombra. Chegando lá, Lorde Greta já o esperava na porta de entrada, como parte do protocolo de etiqueta do palácio imperial, o Lorde faz uma profunda reverência e, com a cabeça baixa, ele diz:

— Vossa Majestade Imperial, requisito uma audiência com o senhor!

O imperador não fala nada, ele só acena com a cabeça e, então, injeta a sua mana nas portas de pura rocha que bloqueavam a passagem para o seu escritório, em resposta à mana do imperador, as portas se abrem e o trio de dragões entram no escritório, lá dentro, o lugar é tão ricamente decorado quanto os seus aposentos reais, com isso, o imperador se dirige por trás de sua mesa e se senta em sua poltrona e, assim, faz um gesto com as mãos para que o seu conselheiro-chefe fale.

— Vossa Majestade, aqui estão os detalhes a respeito da nossa reunião com o embaixador do reino dos anões, por favor, revise o que foi acordado e dê o seu aval.

O conselheiro-chefe lhe entregou um extenso pergaminho, aquilo era os detalhes para o apoio de defesa ao reino dos anões, em troca, os anões se comprometem em fornecer suas mercadorias em custos bastante reduzidos, além de ceder parte dos seus trabalhadores especializados para qualquer empreendimento nos territórios dos domínios dos nove clãs, isentando qualquer taxação a respeito desse serviço em alguns anos. *Esta parceria com os anões foi algo esplendido que só foi possível graças ao conselheiro-chefe*, pensou o imperador, bem o fato daquele pequeno ser ficar aparentemente impassível, diante do conselho, é algo louvável, os anões sabem muito bem como manter a sua fama de carnes de ferro.

Depois de ler tudo atentamente e não encontrando nenhum erro, ele pega uma adaga pousada na sua mesa, faz um leve corte em seu polegar, o suficiente para pingar algumas gotas de seu sangue na tinta para escrever, e depois pega sua caneta, colocando a tinta nela, ele escreve o seu nome no final do documento e entrega para o conselheiro-chefe, antes de deixar o Lorde Greta partir, o imperador pergunta:

— O embaixador vai partir hoje?

— Sim, Vossa Majestade, depois de assinar este documento as negociações vão estar concluídas, pelo que me parece, ele quer partir o quanto antes, acredito que ele quer aproveitar e fechar um acordo com os elfos, já que estamos próximos ao território deles.

— Compreendo, garanta que até o último minuto a estadia dele seja o mais tranquila possível, quero evitar dores de cabeça.

— Claro, Vossa Majestade, se me der licença.

O imperador faz o sinal com a cabeça e, fazendo uma reverência, o Lorde Greta deixa o seu escritório. Griffith olhando para a sua papelada na sua mesa se depara com um nome familiar, Lorde Hondi, capitão da décima segunda divisão do exército, essa hidra era especial de muitas formas, mas o que se destaca nele é sua maestria na magia do ramo mental, no exército, seu trabalho como equipe de resgate dos feridos é digno dos altos elogios e agora ele será responsável por defender o território anão. *Bem, ele é extremamente competente, não vai ter muita dificuldade quanto a isso*, pensou Griffith.

CAPÍTULO 46:
AFLIÇÕES DA IMPERATRIZ

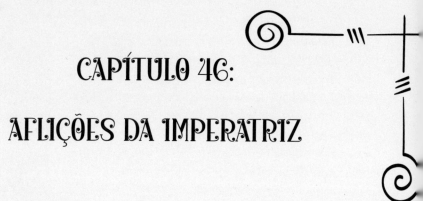

(Dois meses depois)

A imperatriz está terminando de vestir as roupas cerimoniais em seu filho, hoje é um grande dia, ele vai passar pelo ritual da verdadeira forma, observando o seu filho animado, ela não deixa de desenhar um leve sorriso em seus lábios. *Por que as crianças sempre têm pressa em crescer? Deveriam aproveitar o momento que elas têm e deixar os adultos se preocupar sobre coisas importantes no lugar delas,* pensou a Aria. *Será que a minha própria mãe pensou assim, quando me vestia na minha cerimônia da verdadeira forma?*

A maternidade está sendo uma experiência de vida que eu nunca imaginei que seria, ficando ansiosa e preocupada constantemente, mas não consigo evitar, meu filho é tão fofo e lindo que gostaria que ele estivesse assim como criança para sempre, já aceitei o fato que sou uma mãe superprotetora que fica toda alegre por qualquer coisinha boba que o meu filho faz. É até irônico pensar no meu comportamento, décadas atrás. Eu só agia de forma sentimental na frente do meu marido e, antes do casamento, nunca pensei em ter tal comportamento. Não acho isso na totalidade ruim, sinto que melhorei em expressar o que realmente penso e sinto. Meu marido sempre me ouve, fala quando deve falar, penso que foi por isso que me apaixonei por ele, ser um bom ouvinte e falante são as qualidades que mais admiro nele, e agora a nossa criança vai passar por uma importante fase de sua vida, é quase impossível não me emocionar, principalmente com o que vai acontecer depois disso.

— Mamãe, a senhora está bem?

— Estou bem, sim, minha criança! — A imperatriz afagou a cabeça do seu filho. Era uma forma de não preocupar ele e esconder os seus próprios anseios.

Assim como o meu marido me disse, isso é importante para ele, não posso ser egoísta e pensar só em mim, Aria pensou. A imperatriz está na sua forma de dragão e de proposito ela dispensou as empregadas, pois queria ficar sozinha com a criança, queria preservar na sua memória este momento materno, pois, depois deste dia, dependendo do resultado desse ritual, ela teria pouco tempo de convivência com o seu bebê.

— Papai!

As palavras de entusiasmo de seu filho fizeram a Aria olhar para trás, na entrada do quarto, estava o seu marido na forma de dragão, ele também estava usando vestes cerimoniais e estava caminhando calmamente em direção a eles. Ela só pode fazer um sorriso meio melancólico, seu marido, como sempre, se encostou nela e usou uma das suas asas para lhe cobrir, enquanto ele usava uma das suas poderosas patas para fazer carinho em seu filho, então, ele perguntou:

— Já podemos ir? Só falta nós partirmos.

Seu filho, alheio à angústia da imperatriz, disse que sim em um tom alegre, já a própria imperatriz só balançou a cabeça positivamente, então, a família partiu para a entrada do palácio imperial. Lá, eles estavam sendo aguardados por parte do exército imperial, diversos dragões verdadeiros de todos os clãs estavam reunidos aqui, com outras cinco famílias das quais os seus filhos também iriam passar pelo ritual da verdadeira forma. Cada família foi envolta por um número certo de dragões e um dos capitães do exército ficava ligeiramente à frente, para conduzir até o local onde vai acontecer

o ritual. Para a alegria da imperatriz, a sua amiga Hilda, capitã do terceiro regimento do exército, uma dragoa oriental do Clã de Jade, era a sua guia.

Como forma de procissão, todos os dragões partiram da montanha a pé, como era da tradição, eles tinham que entrar na cidade até chegar no obelisco negro, dobrar para a esquerda até sair da cidade, pegando um caminho que dava para o Lago Cooca, na beira desse lago, tinha uma caverna, esse era o local onde iria acontecer o ritual.

Ao longo desse caminho, os cidadãos da cidade davam gritos de alegria, jogando pétalas de flores para a passagem dos dragões. Essa cerimônia acontecia duas vezes no ano, em períodos diferentes. Logo, a cidade imperial se preparava como uma forma de um festival, que, por uma semana, todos os bares da cidade ficavam agitados, as pousadas superlotadas, eventos de músicas e de danças aconteciam diariamente ao longo do tempo desse festival, que terminavam justamente no dia do ritual da verdadeira forma.

E esse ano parecia que a cidade imperial estava mais agitada, mais animada, com muito mais gente, e, de fato, isso era verdade e a grande causa disso era porque o filho do atual imperador iria passar pelo ritual, então, os cidadãos que viviam na cidade imperial capricharam ainda mais na decoração e nos enfeites dos prédios e espaços públicos, era a sua forma de celebrar esse momento marcante.

A imperatriz estava com sentimentos tortuosos, em anos anteriores, ela foi um desses cidadãos que gritava de alegria para aqueles que iria passar pelo ritual, mas, agora, tendo uma real noção no que isso implicava para as mães e seus filhotes, ela só poderia pensar que eles estavam celebrando pela infelicidade dela, claro que isso não era verdade, ela sabia disso, por isso, ela se forçou a dar o seu melhor sorriso, olhando para as outras mães, ela sentiu que elas estavam passando pela mesma situação que ela.

Da posição onde a imperatriz estava, conseguia ver a filha de Zayn Kasper olhando para o seu filho. *Será?* Ela ponderou. *Se for o que eu estou imaginando, ficaria muito feliz, a pequena é uma dragoa adorável, se crescer dessa forma vai ser uma ótima nora.* Ao olhar para o seu filho, que parecia que não tinha o mesmo interesse, ela suspirou. *Parece que ele herdou essa minha péssima característica, certo! Vou torcer por você, pequena Layla, se você me procurar, vou lhe ajudar!* Esses pensamentos ajudaram a aliviar o peso dos sentimentos da imperatriz que vinha carregando por um tempo.

Quando a procissão chegou nas proximidades da caverna, foi recepcionada pelo cerimonialista desse ano, o Lorde Greta Axel, isso porque esse ano a ilha de Draken estava próximo ao domínio do Clã do Ar. Por isso, o líder do clã, Lorde Greta, teria a honra de conduzir o ritual em seu momento mais importante. Apesar de os dragões em suas lendas referirem-se a uma deusa, a população não tem uma religião em si, estruturada em uma instituição, mas um conjunto de práticas ritualísticas que variavam em cada domínio, obedecendo às características dos domínios. O ritual da verdadeira forma era a única prática que todos os nove clãs seguiam sem contestação.

— Hoje, sob a vontade da deusa e na cobertura das asas do grande dragão dourado, nos reunimos aqui, para celebrar o florescimento de novos dragões, senhores pais, deixem que seus filhos caminhem para dentro da caverna, lá eles irão receber suas revelações e suas bençãos.

Aria ouvia a voz altiva do velho dragão do ar que estava usando roupas cerimoniais e segurava um cetro que tinha um brilho dourado, ela sentiu um aperto no peito, quando o filho dela olhou-lhe, mas se manteve firme e disse para ele:

— Vá! Não tenha medo.

Os pais das outras crianças também repetiram os mesmo gestos, a maioria das crianças avançara sem demonstrar nenhum traço de medo, contudo, a filha de Zayn estava bastante receosa por um instante, mas o filho da Imperatriz confortou a menina que se acalmou e conseguiu reunir coragem para entrar na caverna ao lado do garoto. Essa cena provocou duas reações distintas em dois diferentes dragões, um dragão negro soltou uma tosse seca, e uma dragoa branca soltou uma risada tímida. E assim, todas as seis crianças entram na caverna para encarar os seus destinos.

CAPÍTULO 47:

RITUAL DA VERDADEIRA FORMA. PARTE 1

Rastaban, Layla e outras quatro crianças estavam entrando numa caverna à beira de um lago. Isso fazia parte do ritual da verdadeira forma. Rastaban foi só um expectador externo nos anos anteriores, quando o ritual aconteceu, mas, agora, era diferente, ele estava participando ativamente no ritual deste ano. Rastaban não estava com medo, pelo contrário, estava um pouco eufórico por isso, pois ele sabia que depois deste ritual iria conseguir fazer magia, mesmo tendo visto em anos anteriores, as celebrações deste ano superaram suas expectativas. A cidade estava mais colorida, mais festiva e mais agitada, ao ponto que o jovem dragão viu bastante semelhança com um Carnaval de rua, que era celebrado na Terra.

No dia anterior, seus pais orientaram ele pelo que iria passar, depois de fazer uma procissão que passa pela cidade imperial Tiamat até chegar numa caverna à beira do lago. Lá, Rastaban iria entrar no fundo da caverna para chegar em um portão, perto desse portão, ele deve falar alguns versos, se esses versos forem ditos de forma correta, então, o portão vai se abrir e ele deve passar pelo portão. Dentro da misteriosa sala, Rastaban vai receber uma revelação que pode ser de um passado, do presente ou mesmo do futuro. Independentemente de qual for essa revelação, ele deve guardar para si e não dizer a ninguém. Depois dessa revelação, ele deve sair da caverna e, por fim, mostrar o seu verdadeiro potencial por meio de um sopro.

Até que é simples, entra na caverna, recite o verso, passa pelo portão, recebe a revelação, saia da caverna e, no final, faz o sopro, Rastaban pensou. Depois dessa breve explicação, o pequeno dragão branco passou o dia decorando os versos que devia recitar em frente ao portão. Em um dado momento Rastaban perguntou ao seu pai como fazer o sopro, ele disse:

— Quando chegar a hora, você saberá, só confie em si mesmo.

Rastaban estava ansioso. *Depois deste dia, vou poder ter um pouco mais de independência e, talvez, ter uma chance de encontrar uma forma de voltar para Terra. Sendo sincero, eu ficaria mais animado em anos anteriores, mas, agora, tendo criado uma afeição com dois dragões que já considero como meus pais, me sinto mal em pensar na possibilidade de abandoná-los. Foco, Ras, pense no que você teve que passar até chegar aqui, não pode vacilar agora.* Rastaban se repreende mentalmente.

— Ras, por favor, espere por mim, não me abandone! — Rastaban ouviu a voz meio aflita de sua amiga, Layla.

Diferente dele, ela ficou receosa de entrar na caverna, por isso que ele ajudou ela a ter um pouco de coragem, ficando ao seu lado, porém ele ficou perdido em pensamentos e, sem querer, acabou andando um pouco rápido demais. Logo, ele parou para ela ficar ao seu lado.

O outro grupo de jovens dragões estava ligeiramente na frente deles. Eles se conheciam, pois conversavam entre si e, pelo contexto das conversas deles, Rastaban deduziu que todos vieram do domínio do Clã do Ar. Esse domínio se situava em uma faixa de terra que fica no extremo sul do continente de Farir. Pelo que Rastaban sabia, nesse domínio tinha uma das maiores montanhas do mundo, chamada de montanha Annibal. *Este nome me é familiar, mas onde?* O dragão branco pensou. Nenhum deles se dignou a trocar palavras com Rastaban ou com a Layla.

A caverna era iluminada pelos mesmos fungos fluorescentes que tem nas luminárias dos corredores do palácio imperial, contudo, os fungos estão espalhados pelas paredes e teto, isso dava um espetáculo de luz muito bonito, era como ver um céu noturno estrelado. O espaço da caverna é o suficiente para que as crianças caminhassem com tranquilidade, mas, para um dragão adulto, seria impossível na sua forma de dragão, tal adulto teria que assumir a forma humanoide para poder entrar na caverna.

Depois de quase uma hora andando, o caminho se abre em um enorme espaço interno circular. Diferente do túnel do qual o grupo passou, suas paredes têm uma rocha lisa e essa mesma rocha formava um teto abobadado. A única coisa de diferente nessa sala era uma enorme porta dupla de metal, parecia ser feita de ouro. Nessa porta, tinha uma representação de um dragão, que olhava de frente para qualquer um que vinha do túnel, suas asas estavam abertas e estendias para os lados parecendo ser muito maior do que ele já era, ele foi esculpido com uma expressão serena no rosto.

— O que a gente deve fazer agora?

— Eu sei lá, Sonam. Ei, Maya, você se lembra o que o vovô falou?

— Sinceramente, Pietro, às vezes, acho que não somos parentes, nós temos que recitar os versos, quando a gente faz isso, o portão vai se abrir e devemos entrar lá dentro e receber a nossa revelação.

— Mas, Maya, eu não me lembro desses versos.

— Tales, o verso é assim: oh! Grande mãe, que deixou seu local virgem para dar luz aos seus filhos. Oh! Grande mãe, outrora das tábulas do destino que lhe foram roubadas. Oh! Grande mãe, que chorou a perda do seu amado e de seus descendentes. Oh! Grande mãe, que entrou numa guerra em busca de vingança.

A conversa dos dragões chama atenção do Rastaban, Maya é uma dragoa fêmea, de escamas cinzas, apesar de seu pequeno porte, ela tinha um ar de irmã mais velha responsável de cuidar de seus irmãos menores. *Eu nunca tive irmãos e o mais próximo disso que tenho é a Layla, que a considero quase como uma irmã.* Rastaban pensou. Quando ele olhou para os outros dragões, eles eram ligeiramente maiores e cada um apresentava suas diferenças. O Sonam tinha escamas marrons, cor de terra, já o Pietro possuía as mesmas escamas cinza da Maya e o Tales tinha escamas verdes-musgo. Ao ouvir a Maya falar os versos, Rastaban intervém:

— O verso que você falou está incompleto. — Os quatro dragões olharam para ele ao mesmo tempo, quase como se tivessem notado a presença dele só agora. Layla timidamente se esconde atrás de seu amigo, por sua vez, Pietro fala em um tom grosseiro.

— Certo, espertalhão, o que está errado?

— Errado não, eu disse incompleto, ela esqueceu da última frase.

— Então, qual é a última frase?

Rastaban ignorou o dragão que falava de forma rude, olhou para Layla e perguntou:

— Layla, você se lembra dos versos? — Ela balança a cabeça em sinal de afirmação.

— Ei! Esnobe, esquece da sua namorada, eu falei com você.

— Pietro, quieto!

Caramba! Depois de seis anos vivendo neste mundo, esqueci da existência desse tipo de gente com personalidades difíceis de se lidar, felizmente Maya consegue conter ele, isso despertou algumas lembranças desagradáveis, enfim, a melhor forma de lidar com eles é ignorando-os.

— Vou falar em voz alta todos os versos completos, então, prestem atenção, pois só vou falar uma vez. Layla me acompanhe. — Ela olha para ele com determinação, ambos se aproximam do portão e eles começaram a recitar os versos em voz alta para todos ouvirem:

— Oh! Grande mãe, que deixou seu local virgem para dar luz aos seus filhos. Oh! Grande mãe, outrora das tábulas do destino que lhe foram roubadas. Oh! Grande mãe, que chorou a perda do seu amado e de seus descendentes. Oh! Grande mãe, que entrou numa guerra em busca de vingança. Oh! Grande mãe, sentencies se nós somos merecedores de sua benção.

Depois que Rastaban e a Layla falaram essas palavras, o portão faz um barulho estrondoso e se abriu no meio, lá dentro nenhum deles não conseguia ver nada, era um completo breu. Rastaban já sabia que seus olhos de dragão tinham uma boa visão noturna, mas lá parecia ser totalmente inútil. Layla recua alguns passos, mas ele olhou para ela.

— Vamos juntos. — Rastaban disse, estendendo uma das suas patas em direção a ela.

Isso foi suficiente para ela tomar coragem e entrar com ele. Quando estavam adentrando para o interior daquele espaço sombrio, o dragão Pietro tentou passar pelo portão aberto, mas ele foi repulso por uma parede invisível, nesse instante, o portão se fechou.

\\\

Abrindo meus olhos só consigo ver uma silhueta de uma luz amarela ao fundo tremulando solitária no meio do breu completo, logo, consigo sentir água pingando em meu rosto e uma mistura de odores que vai desde sangue, terra molhada até combustível em chamas. Tento me mexer, mas uma dor no meu peito surge como facas quentes enfiadas na minha carne, minha cabeça está uma bagunça. Em que lugar eu vim parar? Será que aqueles malditos estão vindo me pegar? Maldição, preciso sair daqui, droga!

Ainda deitado, consigo focalizar a minha visão, ardendo de forma melancólica está a minha velha companheira carinhosamente apelidada de Spica, nome de uma das estrelas que o meu pai gostava de ver, meu velho avião modelo Taube já esteve comigo há alguns meses, tempo o suficiente para entender o temperamento nervoso dessa velha aeronave. Agora, infelizmente, abatido, não longe da falecida Spica, estava o corpo sem cabeça do oficial Saymon, diferente da minha parceira, ele e eu só nos conhecemos há algumas semanas, nós nos respeitávamos como membros do esquadrão de reconhecimento, mas nada além disso, ontem ele recebeu uma carta que lhe deixou animado. Será que foi carta da sua família? Da sua possível esposa grávida? Bem, não me incomodei em perguntar.

Mesmo sob protestos do meu corpo, tratei de me movimentar, ficar parado só vai piorar a minha situação. Olho em volta constato o rastro de destruição que o meu avião fez durante a aterrissagem forçada, pelo menos uns 50 metros destruindo qualquer planta em volta que estivesse em seu caminho. Cambaleando com as pernas trêmulas, vou em direção ao falecido Saymon. Pego em seu corpo uma pistola e uma bússola, depois quase tropeçando em meus próprios pés, vou até a Spica, vasculho na parte traseira onde Saymon ficava e procuro com as mãos estremecidas o mapa da região, passando em minha cabeça todos os xingamentos que sabia para a pessoa que pensou na "maravilhosa ideia" de fazer uma missão de reconhecimento noturno. Encontro o mapa e logo me distancio do avião ainda em chamas, acho que só não explodiu de vez, devido à leve chuva que está me fazendo ficar molhado até os ossos.

Me afastando da Spica, abro o mapa para me orientar, estávamos sobrevoando perto de um dos braços do rio Somme, havia uma suspeita que as forças inimigas estavam estacionando suas forças para realizar uma grande ofensiva, porém isso não se passava de uma grande suposição, para confirmar, parte do esquadrão de reconhecimento foi designado para a dura tarefa de confirmar ou descartar essas suspeitas e eu fui um dos "felizardos".

Malditos todos que tiveram ideias estúpidas, a começar por mim, que acreditava que a guerra iria durar só alguns meses e viu a oportunidade de ganhar uma grana fácil. Afastando a minha cabeça de pensamentos desnecessários, traço uma rota para o norte, ainda bem que o falecido Saymon realizou o seu trabalho com perfeição, fazendo marcações onde estão estacionadas as forças inimigas, assim posso evitar topar de frente com um esquadrão de dedos nervosos franceses, prontos para fazer buracos no meu corpo, mas isso não quer dizer que devo ficar despreocupado, pode haver batedores na região. Fora que a queda da minha companheira pode ter chamado muita atenção de algum grupo de soldados, lutar nas minhas condições é suicídio, algo que não pretendo fazer.

Já se passou uma semana, sempre andando para o norte, meu objetivo é sair da zona das linhas inimigas, mas as condições do meu corpo estão piores que imaginava, acho que quebrei alguma costela, pois tem uma mancha roxa na lateral direita do meu peito, às vezes, tenho acessos de tosse, em que eu cuspo sangue misturado com saliva, a dor que sinto é, no mínimo, indescritível, mesmo assim, consigo me forçar a andar, o meu progresso é lento, pois evito andar a luz do dia, sempre buscando uma posição para me esconder e uso o breu da noite para realizar a minha viagem o máximo que posso. Mesmo com esses contratempos, consegui percorrer 1 quilômetro, se a minha orientação no mapa estiver correta, ainda preciso andar uns 3 quilômetros, será que vou conseguir? Balanço a cabeça. Tenho que conseguir, tenho que voltar vivo, quero sair desta maldita guerra, foda-se todo mundo, se querem se matar, que se matem, mas vou me manter longe de toda esta merda.

É meio-dia e estou abrigado em uma caverna estudando novamente a rota que devo tomar no mapa, já fiz isso várias vezes, mas todo cuidado é pouco, a falta de uma refeição decente e a dor constante na lateral do meu peito estão se revelando ser obstáculos penosos para a minha mente racionalizar, diante dos problemas que tenho. De repente, ouço um estalo de um galho no lado de fora da caverna, pode ser algum animal da área? Pouco provável, do jeito que as tropas estão lutando, já deve ter servido de refeição para algum bastardo francês. Me ponho agachado, atrás de algumas pedras na caverna, guardo o mapa e saco a minha pistola rezando para não ser nenhum francês, uma sombra de uma pessoa na parede da caverna me diz que Deus me abandonou, ou ele não existe, ou ele é um filho da puta.

Independentemente das opções, tem um soldado inimigo se esgueirando na entrada da caverna, com cautela, me arrasto mais para o fundo, buscando proteção na lateral da parede e nas rochas, pelo que posso ver, é um garoto aparentando uns 18 anos, sou pelo menos 20 anos mais velho que ele. O garoto está empunhando um rifle, ele está cauteloso, parece não querer se aventurar para dentro do meu covil, ele fala algo e outra voz responde, *merda ele não está sozinho*, eu penso. Depois de um longo 1 minuto com aquele garoto ali olhando para fora e para a caverna ele se dispõe a sair, mas o meu acesso de tosse revela a minha presença, logo, o soldado mira o seu rifle em mim, porém sou mais rápido lhe dando um único tiro na sua garganta. O barulho da minha pistola é o suficiente para alertar outras vozes que estavam lá fora, prontamente trato de correr mais para dentro dessa caverna, tiros de rifles e a minha própria tosse se tornam uma sinfonia infernal, cambaleando e olhando para trás, consigo perceber que dois outros soldados estão me caçando.

Encontrando uma fenda na lateral esquerda da parede, me abrigo e respondo com dois tiros da minha pistola aos meus caçadores, que estavam a alguns metros de mim, parece que um dos tiros pegou em alguém, pois consigo ouvir um gemido de dor, sem querer verificar, trato de correr, então, consigo ouvir uma das poucas palavras em francês que conheço:

— GRANADA! — Maldição, minha mente grita, com o coração batendo forte, fazendo a dor no meu peito que já era ruim se tornar quase intolerável, se não fosse pelo meu desespero, estaria no chão chorando feito criança, logo, um estrondo seguindo de uma chuva de pedras cai do teto em minha direção, o que faz tudo ficar escuro.

CAPÍTULO 48:

RITUAL DA VERDADEIRA FORMA. PARTE 2

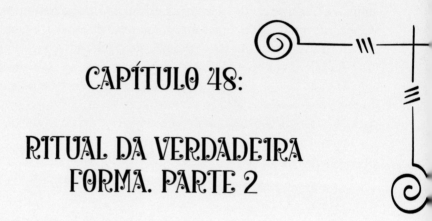

— Ras, Ras, por favor, acorde!

Uma voz chorosa de uma dragoa entra nos ouvidos do Rastaban. Lentamente, ele abre os olhos e vê uma dragoa com escamas negras obsidianas, seu par de chifres eram mais pontiagudos e de aparência mais intimidadora, suas asas ganharam um metro mais de envergadura, uma dupla fileira de escamas pontiagudas correm ao longo de seu dorso terminando no fim de sua cauda, nesse curto espaço de tempo, a dragoa negra cresceu um pouco mais proporcionalmente em todas as direções. Ainda meio atordoado, Rastaban perguntou:

— Layla?

— Sim, sou eu, seu bobo, eu pensei no pior, quando te vi deitado aqui.

Quando a mente do Rastaban se lembrou de tudo que passou, desde o momento que entrou na caverna até o fim de sua visão, em um impulso inesperado ele se colocou em pé olhando para si mesmo. Ele não era mais aquele soldado ferido lutando desesperadamente para voltar para casa, aquele soldado era um humano e, ainda por cima, pertencia ao seu antigo mundo. *O que diabos foi aquilo?* Rastaban pensou. *Aquilo foi real? Parece que foi muito real, quase consigo sentir toda aquela dor no meu peito, o gosto de sangue na minha boca, a fome, o frio, o medo, tudo, todas as sensações e sentimentos daquele soldado, eu consigo me lembrar de tudo.*

— Ras? — Layla, ainda preocupada, chama pelo seu amigo.

Em um ato inconsciente de afogar aqueles sentimentos ruins que ainda estavam na superfície de sua mente, Rastaban olha de volta para sua amiga e abraça, sentindo nela um calor reconfortante o toque de um porto seguro que foi aquela loucura que chamavam de guerra, esse abraço lavou seu interior dos sentimentos pesados, no qual estava encharcado, dando uma onda de alívio, pois não estava morto e enterrado em pedras, e sim vivo ao lado daquela que ele confia de coração e alma. A sua amiga, no entanto, foi surpreendida pelo abraço repentino se tremendo toda pelo toque até que não consegue aguentar mais, então, ela empurra o Rastaban para longe. Perdendo o equilíbrio, Rastaban cai em cima de algo, batendo sua cabeça em uma superfície dura. Com isso duas vozes masculinas reclamam da dor:

— Ai!

— Ai!

Esfregando sua cabeça no local da dor, Rastaban olhou para fonte da outra voz, vendo outro dragão, tão branco quanto a neve, passando a sua mão em sua própria cabeça e fazendo uma careta de dor.

— Quem é você? — Rastaban perguntou, ainda confuso.

— Seu idiota, eu sou o Pietro, não está me... — Ele prageja algumas palavras, mas, quando ele se olha, sua expressão de espanto é evidente.

O dragão Pietro, antes tinha escamas cinzas, mas agora suas escamas são um puro branco, então, ele se lembra de algo:

— Maya? — Pietro corre para acordar sua prima.

Rastaban lembrou dos outros, olhando em volta, ele vê os dragões, Maya, Sonam e Tales desacordados no chão, porém todos eles mudaram drasticamente. Começando pela Maya, suas escamas outrora cinzas agora são um azul-marinho e, na lateral da sua cabeça, tem, além dos chifres, um par de barbatanas. Sonam tinha escamas mais robustas e pareciam serem feitas de ametista. Tales foi o que mais mudou, seu corpo assumiu o formato de um dragão oriental com escamas de cor verde. Pietro corre para acordar os seus amigos. Vendo transformações tão diferentes. Rastaban se lembrou dele mesmo, só agora prestando a atenção nele que percebe que também mudou um pouco. Suas escamas que eram de um branco pálido, agora eram de um branco perolado, as garras em suas patas estão com uma aparência mais rígidas e afiadas, suas asas estavam maiores, assim como todo seu corpo ganhou alguns centímetros a mais.

Então, ele voltou a ter ciência de que todos eles ainda estavam em um ritual. Olhou para o portão de ouro e ele estava lá, fechado, como se nunca tivesse sido aberto antes. Por curiosidade, Rastaban tocou no portão e recitou novamente aqueles versos, dessa vez, não aconteceu nada. Recitando mais vezes e nada. *Merda, talvez, uma pista que buscava depois de tanto tempo estava bem na minha frente, mas agora não consigo abrir esse maldito portão, por que a visão foi algo que aconteceu no meu antigo mundo? O que isso quer dizer? Essa é a primeira pista que tenho desde que vim parar neste mundo, mas por que uma guerra? Sinto uma enorme pontada de frustração, por estar tão perto e, ao mesmo tempo, tão longe.* Rastaban precisou respirar fundo para se acalmar, entrar em desespero agora não iria ajudar ele em nada. *Vamos terminar logo com isso.* Rastaban finalizou seus pensamentos. Soltando um longo suspiro, o dragão branco caminhou para perto da sua amiga que está murmurando algo para si mesma:

— Ainda é cedo demais, não estou preparada.

Quando Rastaban chamou por ela, Layla soltou um gritinho de espanto, ele e os outros dragões olham para ela um pouco perplexos. Percebendo a situação em que se encontrava, ela trata de se cobrir com suas asas de vergonha.

Sorrindo meio que sem jeito, Rastaban incentivou a dragoa negra a finalizar o ritual. Os outros dragões, sem esperar por eles, se encaminham para sair da caverna, eles conversavam entre si de forma animada, cada um estava apontando as mudanças que sofreram. Só bastaram alguns minutos para convencer Layla a sair da sua concha em forma de asas negras e prosseguir com o ritual, no meio do caminho em que ela estava andando ao seu lado, Layla perguntou:

— Ras, a sua revelação foi, digamos, muito chocante?

— Você sabe que no momento não podemos falar nada a respeito da nossa revelação, certo?

— Não é isso que eu estou perguntando, é que, quando você acordou, parecia estar com medo!

O dragão branco respirou fundo, então, disse:

— De certa forma, sim! Foi chocante, tanto que ainda consigo me lembrar cada detalhe.

— Não precisa ter medo, Ras, vou te ajudar sempre que você precisar. — Layla estufa o peito querendo demonstrar sinal de confiança e coragem.

Rastaban só disse:

— Obrigado!

Já no lado de fora, ele vê uma enorme plateia dividida em dois grupos, do seu lado direito eram todos dragões verdadeiros, tinha pelo menos algumas centenas, com representações de todos os dez clãs, sendo estes os Clã da Água, Clã do Fogo, Clã do Ar, Clã da Terra, Clã de Jade, Clã das Sombras, Clã do Sol, Clã Dragão-Fada, Clã das Hidras e Clã Dourado. Do seu lado esquerdo, tinha em sua esmagadora maioria de dragões comuns, uns se pareciam como lagartos bípedes, outros tinham feições mais humanoides com algumas características físicas que os denunciavam como sendo híbridos de dragões com outras raças. Alguns ele conseguiu reconhecer quando fez o passeio pela cidade, apesar dele ter feito o passeio só uma vez há algum tempo atrás e à beira do lago tinha um velho dragão verdadeiro, era o Lorde Greta. Líder dragão do Clã do Ar e conselheiro-chefe do império.

— Cidadãos do império, hoje estamos reunidos aqui para celebrar o crescimento de nossa raça e a fortificação de nossa nação, por meio desses jovens dragões que vão crescer ainda mais e se tornar os guardiões de nosso legado, agora, cada um deles vai revelar o poder que reside dentro deles.

Todos os seis dragões que estavam participando do ritual ficaram enfileirados, um do lado do outro. Rastaban estava na ponta direita e a Maya estava na ponta esquerda. Então, Lorde Greta chamou um de cada vez, começando pela Maya. O velho dragão do Clã do Ar falou algo para ela e, em alguns segundos, ela soltou uma poderosa rajada de água em direção ao lago. Rastaban ficou impressionado com aquela demonstração de poder, o feito daquele sopro pareceu ser um jato de água de alta pressão, ele sabia que aquilo não poderia ser subestimado, se bem controlado, aquele sopro poderia cortar metal sem muita dificuldade.

Quando a dragoa Maya terminou, ela ficou ofegante como se tivesse feito um grande esforço físico, vacilando em seus passos, quando voltou a ficar na fila com os outros dragões. Depois disso, outro dragão foi chamado para soltar o seu sopro. Sonam demonstrou o seu sopro na forma de uma areia causticante, outro dragão, Pietro, soltou um raio de luz concentrado como se fosse um laser bastante poderoso, o Dragão Tales foi o mais inusitado para o Rastaban, o "sopro" daquele dragão foi, na verdade, um poderoso soco no ar que produziu uma onda de choque direcionada para o lago. A cada dragão que liberava o seu poder, a plateia vibrava de alegria.

Da perspectiva do Rastaban, era como se fosse um gol que estivesse sendo feito no final de um campeonato.

Quando foi a vez da Layla, ela reuniu toda a coragem que tinha e foi para perto do velho dragão, ouvindo as palavras do Lorde Greta, ela fecha os olhos e, logo depois, solta um poderoso cone de chamas negras que tinha dezenas de metros de extensão em direção ao lago, aquelas chamas eram fortes o suficiente para evaporar uma boa porção do lago, quase formando uma neblina no local. Depois que ela liberou todo o seu poder, gritos de alegria ecoaram ainda mais fortes. Fazendo os seus pais soltarem um largo sorriso de orgulho em sua filha, quando Layla olhou em direção para eles.

E então chegou a vez do Rastaban, ele se dirigiu para a beira do lago, para fazer a sua demonstração, nesse breve tempo, Layla deu-lhe um sorriso de incentivo que ele retribuiu com outro sorriso. Já ao lado do dragão do ar, Rastaban percebeu que ainda tinha que crescer muito fisicamente para ficar equiparado com um dragão adulto, pois a diferença dele com o velho dragão do ar era de dezenas de metros de altura. Sem cerimônia e com o olhar frio, Greta Axel falou:

— Tente se lembrar dos sentimentos da sua revelação e jogue tudo isso para fora em forma de seu sopro. — Depois, ele dá alguns passos de distância.

Exatamente como que ele falou, Rastaban tentou lembrar da sua revelação, não foi difícil, pois ainda estava com a lembrança bastante fresca na sua mente. Ele sentiu uma estranha empatia por aquele soldado, quase como se ele fosse seu primo perdido. As ondas de angústia, medo, raiva e desejos de voltar para casa, de querer viver, eram algo que o Rastaban compreendia muito bem, assim como aquele soldado, Rastaban queria voltar a ver a sua avó, tudo isso estava preso na sua garganta, sentindo uma enorme vontade de gritar, desabafar tudo aquilo, tirar esses sentimentos pesados que transbordavam em seu peito, ele se viu incapaz de conter isso. Então, ele gritou para o alto, porém o que saiu de sua boca não foi uma voz, mas, sim, um poderoso feixe de luz branca, seu brilho era tão intenso quanto o próprio sol, o ar se agitou violentamente produzindo ventos escaldantes, o jovem dragão branco teve que cravar suas garras na terra para que seu corpo não fosse jogado para trás. Esse raio de luz continuou subindo aos céus, dispersando todas as nuvens em seu caminho, seguindo para o vazio do espaço.

Quando Rastaban terminou de soltar aquele imenso poder, fumaça branca saía de sua boca, seu corpo estava trêmulo, mas ainda conseguiu se manter em pé, ele estava ofegante, porém se sentindo mais leve por dentro, olhando em volta percebeu um silêncio anormal. *Será que eu exagerei?* Esse pensamento durou só um segundo, pois, no segundo seguinte, houve uma explosão de alegria, todos que ele conseguia ver gritaram em excitação pela demonstração de poder, em seguida, do seu lado esquerdo, a população gritava:

— Dragão Dourado, Dragão Dourado, Dragão Dourado, Dragão Dourado, Dragão Dourado.

Quando sentiu que não iria aguentar mais em se manter em pé, desabando para o lado, alguém o apoiou em suas enormes patas, era a sua mãe que tinha água em seus olhos e um sorriso radiante, seu pai estava logo atrás dela, Rastaban só conseguiu dar o seu melhor sorriso antes da sua mente desvanecer de exaustão.

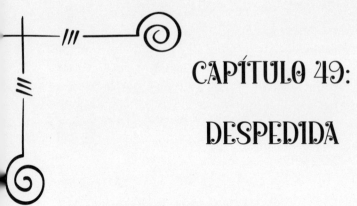

CAPÍTULO 49:

DESPEDIDA

(Ponto de vista de Layla Kasper)

Desde quando eu tinha três anos, observava o Ras andando por aí ao lado da sua mãe, a imperatriz Aria, e suas empregadas pessoais, aparentemente ele era como qualquer outro filhote de dragão, contudo, diferentes de outros, ele raramente socializava, além dos seus pais. Sempre estava com a cara enfurnada em algum livro, ele até conseguia ler livros que tinha dificuldade de ler, devido às palavras difíceis, mas foi só quando eu tinha quatro anos que tomei coragem e conversei com ele. Seu comportamento e maneiras de falar eram, digamos, mais maduras, era isso que eu sentia nele, não era exatamente igual a um adulto, ainda assim, ele não agia como os outros de mesma idade.

Teve uma vez que ele falou um monte de palavras estranhas. De alguma forma, aquilo soou engraçado para mim, era bobo rir daquilo, mas ainda assim não conseguia parar de rir. Desde então, eu sempre procurava estar perto da companhia dele, ele era engraçado e me sentia bem. Não sei o porquê me sentia assim, eu adorava estar perto da minha mãe e do meu pai, porém nem sempre eles podiam ficar comigo e era o Ras que ficava ao meu lado, não deixando me sentir só.

Quando tivemos aulas particulares de teoria da magia por nossa professora Ayra, eu me deparei com o meu primeiro grande medo. O ritual da verdadeira forma, quando a professora explicou esse ritual e os resultados dele, eu chorei, a ideia de me separar dos meus pais me assustou muito, o primeiro pensamento que tive foi: *vou ter que me separar dos meus pais?* Mas a matriarca do clã dragão-fada me tranquilizou. Quando disse que isso dificilmente iria acontecer comigo, contudo, a tranquilidade só durou alguns segundos, quando a matriarca afirmou ser provável que o Ras poderia passar por isso.

Aquilo me assustou de uma maneira diferente. *Ras vai estar destinado a ficar longe de todos que ele gosta? Longe de seu pai? Longe da sua mãe? Longe até mesmo de mim?* Aquilo era desconfortável para mim. Me via na situação dele, quando observei a reação dele, percebi que ele não gostou da ideia. Mas diferente de mim, ele não chorou, se manteve firme, apesar da péssima notícia, foi nesse instante que notei que ele era forte, ele tinha uma força que eu não tenho. Então, em toda a oportunidade que tive, procurava ficar perto dele. Queria fazer o máximo de boas memórias com ele, queria, de alguma forma, ajudar ele a não se sentir só.

Em um belo dia, convidei ele para me acompanhar em um passeio na cidade imperial Tiamat, em um determinado momento do passeio, ele declara a sua vontade de querer passar no ritual. Aquilo foi surpreendente para mim. *Ele não se importava em estar só? Em ficar longe de todos?* Então, outro pensamento passou na minha cabeça, *será que estou exagerando? De outro modo, ninguém iria fazer está declaração de querer fazer esse tipo de ritual.* Não conseguia tirar qualquer conclusão disso, portanto, não sabia o que deveria fazer, pois, assim como eu não queria me afastar dos meus pais, eu não queria me afastar do Ras.

Ouvindo uma música na feira da cidade, eu arrastei o Ras para dançar comigo. Nossa, como aquilo foi bom. Dançar me afastou de pensamentos complicados que não entendia direito e aos meus olhos, Ras parecia brilhar com suas escamas brancas. Meu coração batia forte, não sei se foi devido à dança ou pelo Ras, mas me sentia eufórica, como nunca havia me sentido em toda a minha vida. Depois disso, andamos mais algum tempo na cidade e compramos presentes um para o outro, eu comprei para ele um bracelete simples e ele comprou um colar, sempre que eu posso, uso o colar que ele me deu e, quando a gente se vê, noto a pulseira em seu pulso, isso estranhamente me deixa muito feliz.

Quando aconteceu o dia do ritual da verdadeira forma, foi uma festa inesperada, nunca imaginei que seria dessa forma. Com vários dragões reunidos e celebrando esse evento, contudo, eu não conseguia ficar animada. Estava nervosa, não queria ser obrigada a ser separada de todos que me importo, inconscientemente meus olhos procuraram por Ras, quando eu consegui vê-lo, andando ao lado de seus pais, impassível diante do que lhe aguardava, aquilo me deu coragem, segui o seu exemplo e não deixei o medo assumir o controle de mim, mas teve momentos que eu fraquejava, porém o Ras estava lá comigo para me apoiar.

Na minha revelação, me via crescida, quase igual a minha mãe. Eu era forte, maior e me sentia capaz de qualquer coisa. Estava no cume de uma montanha, mas, atrás de mim, estava ele, o Ras, maior, mais forte e muito mais bonito do que a sua versão do passado, suas escamas brancas agora tinham um brilho encantador, seus olhos cor de ouro eram gentis, suas asas cobriam quase todo o seu corpo, como uma lustrosa capa branca, e, estranhamente, ele parecia estar abatido e triste. Eu queria ajudá-lo de alguma forma, queria aliviar a sua dor, queria dizer uma palavra amiga, mas não consegui pensar em nada. Quando ele parou do meu lado, eu só podia fazer uma coisa. Encostar a minha cabeça nele, percebi que ele ficou surpreso com a minha reação, todavia, ele não se afastou, ficou ali parado olhando para o horizonte, sem dizer nada ou fazer nada.

Ficamos assim por longas horas, em algum momento, eu falei algo. Na minha revelação, não pude ouvir o que falei, mas seja o que for, durou longos um minuto, de uma fala cheia de nervosismo e de coração acelerado, por sua vez, o Ras ouviu tudo, em silêncio, quase como se estivesse refletindo em cada palavra que saia da minha boca, quando terminei de falar, senti seu olhar pesando em mim. Me virei para encarar aquele olhar cor de ouro e, então, ele falou algo, quando ele falava sentia minhas emoções perdendo o frágil equilíbrio que tinham e se transformando em lágrimas, nesse instante, minha revelação terminou.

Quando abri meus olhos, meu coração estava agitado, imagens da minha revelação flutuavam em minha mente, estava abalada, confusa e sem saber o que fazer nessa situação. Respirei fundo para me acalmar, depois de alguns segundos que levou para me recompor, eu me fiz a pergunta:

— Onde eu estou? — Olhei em volta e observo o portão dourado fechado e a sala de pedra lisa, quando me lembrei do Ras, me virando para os lados, constato o Ras e os outros dragões desacordados espalhados pela sala. Vou em direção ao Ras. Sacudi ele para fazê-lo acordar, não demorou muito ele acordou, depois de um breve instante que o levou a sair de sua sonolência. Se pôs de pé mais rápido que uma batida do coração, ele se olhava e se tocava em sinal de quase desespero, quando chamei pelo seu nome. Ele olhou para mim, agora ele tinha íris amarelo-ouro, isso me fez relembrar da minha revelação, contudo, numa atitude inesperada, ele me abraçou. Não sei o porquê ele fez isso, porém essa atitude dele provocou duas reações. Uma reação foi o corpo trêmulo dele foi relaxando e voltando ao estado normal, outra reação foi o meu corpo ficar trêmulo diante do calor que ele emanava. Numa ação instintiva, eu empurrei ele, estava ficando nervosa, murmurava para mim mesma:

— Ainda é cedo demais.

Na minha revelação, eu era muitos anos mais madura, sentia que nós dois ainda tínhamos que ter mais maturidade para um abraçar o outro.

Depois de um instante de constrangimento da minha parte, me dirigi para a saída daquela sala, ao lado do Ras, de certa forma percebi ele abatido e novamente isso me lembrou da minha revelação, mas diferente da minha revelação eu falei algumas palavras de apoio e ele só disse "obrigado". Não tenho certeza se as minhas reais intenções foram claras, mas, de fato, eu faria de tudo para ser o seu suporte, para estar perto dele.

Já no lado de fora, cada dragão que passou pelo ritual teve que fazer uma demonstração de seu poder por meio de seu sopro em direção ao lago. A cada demonstração dessas novas habilidades, os dragões que nos assistiam soltavam vivas de alegria, principalmente a plateia da nossa esquerda composta em sua grande maioria de dragões comuns.

Quando chegou a minha vez, eu respirei fundo e segui para perto do líder do Clã do Ar, que na sua forma draconiana era tão intimidante quanto o papai, mas diferente do meu pai, o olhar do dragão do ar era frio, aparentando não ter nenhum tipo de sentimento, quando parei perto dele, com suas palavras em um tom solene, ele me disse:

— Tente se lembrar dos sentimentos da sua revelação e jogue tudo isso para fora em forma de seu sopro.

Fiz exatamente o que ele me disse. Lembrei da minha revelação, mas uma coisa me intriga. Por que eu não conseguir ouvir o que eu e Ras falávamos naquele momento? Por que ele parecia triste? Por que eu chorei? Essas e outras perguntas martelavam a minha cabeça e o meu coração, nesse momento, um desejo brotou em mim. *Quero que o Ras fique ao meu lado para sempre.* Quando esse desejo surgiu, me lembrei de como os meus pais ficam juntos um ao lado do outro e comecei a imaginar eu e o Ras da mesma forma, quando isso aconteceu, uma onda de vergonha por ter tal pensamento invadiu o meu peito, senti a necessidade de gritar e, então, soltei uma enorme chama de cor negra que se estendeu por dezenas de metros de distância, quando terminei, estava exausta, mesmo assim, tive tempo de olhar para os meus pais que me davam sorrisos calorosos no meio de toda a euforia que a plateia fazia diante do sopro que realizei.

Voltando para o meu lugar, pude ver que era a vez do Ras. Meu coração batia forte só de olhar para ele, por que estava me sentindo assim, eu gostava do Ras da mesma forma que gostava dos meus pais? Não, aquilo era diferente, não sei como explicar, balançando a cabeça para me livrar desse sentimento complicado que não sabia definir, dei o meu melhor sorriso de apoio a ele. Acho que por ora é a melhor coisa que posso fazer pelo Ras.

Quando o líder do Clã do Ar disse as mesmas palavras que me falou para o Ras. teve um instante de calmaria, fiquei prestando atenção no Ras, que estava de olhos fechados, seu rosto tinha uma expressão de agonia. Quando de repente, ele solta o seu sopro nos céus. Foi uma demonstração de poder que não se igualava a nenhum outro dragão que demonstrou hoje. Até as minhas chamas negras não eram nem um decimo em comparação ao raio de luz que saia da garganta do Ras. Eu, que estava logo atrás dele, fiquei encantada, aquilo era algo lindo de se ver, nunca vi nada parecido com aquela luz que brilhava tão intensamente quanto o próprio sol. Quando ele terminou, seu corpo tremia, fumaça branca saia da sua boca, parecia que ele iria cair a qualquer instante. No momento que pensei em ir até ele, a Imperatriz correu para segurar o Ras, ao mesmo tempo, a plateia explodia em alegria e exaltava em várias vozes dizendo: dragão dourado.

Demorou vários minutos para que o êxtase dos dragões fosse acalmado o suficiente para que o Lorde Greta tivesse condições de falar. Em seu discurso solene, ele anunciou em qual clã cada um que participou do ritual iria entrar. Não foi surpresa nenhuma que fui designada para ir ao Clã das Sombras, o mesmo clã que os meus pais pertenciam, mas o anúncio de que o Ras iria para o Clã do Sol me abalou. Sim, eu sabia no fundo do meu coração, nós dois seríamos separados, mesmo que não querendo aceitar. Já sabia, ainda assim, não queria isso, com muito esforço contive a tristeza que ameaçava assumir posse em meu coração. Não queria mostrar isso na frente de ninguém, mas eu vi a mãe do Ras me encarar com um olhar de ternura. Desconfio que ela soubesse o que se passava na minha cabeça, pois, enquanto ela segurava o Ras que estava desacordado devido ao esgotamento de mana, ela me disse para me aproximar, lentamente eu me aproximei e, com a sua outra pata, ela afagou a minha cabeça e me cobriu com suas asas para não deixar que ninguém vissem as surdas lágrimas que caiam em meu rosto.

Após alguns dias de descanso, a professora que dava aulas de magia nos ensinou o nosso primeiro feitiço. Essa magia dava aos dragões a possibilidade de assumir uma forma semelhantes às outras raças, isso nos permitiu andar em duas pernas. Fui a primeira a realizar o feitiço e estava vestida com uma certa capa, quando fiz exatamente o que me foi instruído, vi o meu corpo brilhar e o senti formigar. Quando o brilho se apagou em várias partículas de luzes que pairavam no ar, pude ver que o meu pequeno corpo tinha uma pele branca rosada, escamas negras eram visíveis nos meus braços e pernas, meus cabelos curtos eram tão negros quanto as minhas próprias escamas, um par de chifres saia nas laterais da minha cabeça, fazendo uma curva para baixo e afunilando até terminar em uma fina ponta próximo as minhas bochechas. Com ajuda de um espelho, pude ver o meu rosto, ele tinha traços finos, nariz pequeno, uma pequena ilha de escamas separava as minhas sobrancelhas e, para completar, a íris nos meus olhos eram igualmente negras.

Essa aula prática foi feita individualmente, então, o Ras não estava presente, o que fez surgir uma onda de curiosidade. Queria saber da opinião do Ras, queria ver como o Ras era nessa forma, ele seria bonito? Eu estaria bonita para ele? Agora com o meu corpo nessa forma, o maior desafio foi se manter em pé e andar. Meu senso de equilíbrio era horrível, eu tropeçava constantemente, estava irritada por conta da dificuldade que era me locomover nesse corpo. Várias vezes tive que conter a vontade de voltar para a minha forma original, passei horas treinando até que pude dar passos desajeitados e esquisitos.

No dia seguinte, tive minha primeira aula de voo, novamente era uma aula individual, então, novamente o Ras não estava presente. Nessa aula, treinava em um pequeno descampado que ficava próximo à montanha da ilha. Meu instrutor que era um dragão do Clã do Ar dava orientações de como devia movimentar minhas asas e como eu deveria fornecer mana suficiente para distribuir em meus músculos e assim ter força suficiente para sustentar o meu voo. Fiz exatamente como me foi orientado e consegui voar com tranquilidade. *Nossa, como é agradável, voar pelos céus é muito revigorante, espero poder voar ao lado do Ras. Logo, logo.*

Depois de passar algumas semanas treinando o meu voo e a minha caminhada em duas pernas, pude tirar duas conclusões. Não nasci para andar em duas pernas. A outra conclusão era que eu amo voar. Após algumas semanas que se passaram, consegui me encontrar com Ras. Ele estava na sua forma humanoide, ele usava roupas leves e simples, naquela forma ele era tão pequeno quanto eu, sua pele era tão rosada quanto a minha, mas, devido às suas escamas brancas que estavam espalhadas nos seus braços, pernas e pescoço, parecia que a sua pele era mais clara, seu cabelo que era ligeiramente maior do que o meu, parecia ser feito das nuvens que cerca essa ilha, de tão branco que era. Nas laterais da sua cabeça, saia um par de chifres, porém diferentes dos meus chifres, os chifres dele fazia uma curva para cima até terminar em uma ponta alguns centímetros acima do topo de sua cabeça. Seus olhos ainda tinham aquele amarelo-ouro que eram mais vívidos do que nunca, sua pupila na vertical de alguma forma me lembrava dos olhos do imperador. Quando nossos olhares se encontraram, instintivamente virei a minha cabeça para o lado, não sei o porquê eu fiz isso, queria me mostrar para o Ras, na minha forma humanoide, mas de repente uma onda de vergonha tomou conta de mim e não consegui encarar o rosto dele.

— Layla, você está bem?

Ras com sua voz cheia de preocupação perguntou se eu estava bem. Sem conseguir falar, só balancei a cabeça em sinal de afirmação. Ras coçou a bochecha e, então, ele falou:

— Você está bonita.

Senti o meu rosto se iluminar e, novamente por instinto, um largo sorriso surgiu em meu rosto, estava quase explodindo de alegria. Nesse dia, passamos quase o dia todo juntos, passeando na cidade imperial, em duas ocasiões tive que ser segurada pelo Ras. Por mais que havia treinado no passado, percebi que faltava muito para andar razoavelmente bem em duas pernas. Não estávamos sozinhos, a empregada da imperatriz, Nádia Noury, nos acompanhou.

Em nossas conversas, Ras confessou estar tendo dificuldades em voar, parecia que no seu nível atual, segundo ele, só podia sustentar o voo em alguns minutos antes de cair no chão. Em compensação, ele conseguia andar em duas pernas como se fosse a coisa mais natural do mundo. Fiquei impressionada diante dessas diferenças em nossas habilidades, mas, diferente de mim que não gostava de andar em duas pernas, Ras mesmo sendo ruim no voo ele não parecia odiar, pelo contrário, ele estava fascinado em poder voar, mesmo com as dificuldades que ele passava, aquilo enchia os seus olhos de brilho.

Três meses se passaram, quase que no piscar de olhos. Nesse tempo, eu e o Ras treinamos o básico em nossa magia, voo e andar bem! Este último vale mais para mim do que para o Ras, que conseguia correr em duas pernas sem problema nenhum. Eu ainda tropeçava em meus próprios pés, mas, com ajuda do Ras, estava ficando cada vez melhor, após esses três meses. Chegou o dia da minha partida da ilha de Draken. Eu iria para o domínio do Clã das Sombras. Felizmente, não ficaria sozinha. Minha mãe estaria comigo, mas não podia deixar de me sentir triste, pois iria me separar do meu pai que ficaria na ilha a trabalho e iria me separar do Ras.

Nossas coisas que usaríamos no domínio do Clã das Sombras já foram enviadas para lá alguns dias antes. Só faltavam nós duas partir da ilha, depois de uma breve despedida que dei ao meu pai, eu e minha mãe voamos da montanha em direção a uma guarnição do exército da ilha. Era por lá que a maioria das pessoas entrava e saia da ilha, usando um portal de teletransporte, durante todo o caminho, eu fiquei calada, minha mãe também não falou nada, mas estava sempre perto de mim me confortando. Quando chegamos na guarnição, ficamos em uma sala de espera. Estávamos aguardando a nossa vez, eu estava perdida em pensamentos olhando as nuvens na borda da ilha, quando uma voz familiar chega nos meus ouvidos.

— Lady Sulritê Kasper e Lady Layla Kasper.

Era a Imperatriz Aria, em sua forma de dragão. Ela estava mais bonita do que nunca, com as suas asas que cobria todo o seu corpo, tinha várias tonalidades de azuis, em seu olhar tinha uma ternura materna. Eu e minha mãe abaixamos nossas cabeças em sinal de respeito, assim como todas as pessoas presentes naquele local.

— Por favor, levantem suas cabeças. — Falou a imperatriz e então a minha mãe perguntou.

— O que traz aqui, Vossa Majestade?

— Esta criança queria se despedir de sua querida amiga.

Quando a Imperatriz falou essa frase, a figura do Ras saiu por trás da mãe dele, levantei a cabeça para me encontrar olhando diretamente nos olhos do Ras. Nessa altura, eu não sabia o que deveria pensar, o que deveria falar, como deveria agir, estava feliz por ver ele, estava triste por me separar dele. Nesse conflito interno, me vi congelada. Quando gentilmente a minha mãe tocou em mim e o meu corpo foi em direção a ele, Ras tinha um sorriso tênue em seu rosto, isso me deixou mais congelada ainda, então, ele falou:

— Layla, você já está partindo, né! — Eu só balancei a cabeça em sinal de afirmação. — Você está com raiva de mim?

— É claro que não, só que...

— Eu sei como deve ser difícil passar por uma mudança tão grande quanto esta, mas lembre-se, você não vai estar sozinha, sua mãe vai estar com você.

— Este não é o problema, é só que...

— Só quê?

— Eu, eu não quero me separar de ninguém, não quero me separar do papai e...

— E?

Nesse momento, sem eu perceber, Ras estava praticamente a um braço de distância de mim. Senti o seu par de íris cor de ouro vendo em detalhes as minhas emoções que já ameaçavam sair do controle no menor deslize possível. Foi então que o Ras mudou para a sua forma humanoide, nessa forma ele era bem menor do que eu que estava em forma de dragão, porém me sentia menor do que ele, me sentia desamparada, frágil, sem a presença dele e, então, ele abriu os braços, nesse instante não me contive. Mudei para minha forma humanoide e pulei em seus braços e comecei a chorar. Disse-lhe aquilo que estava me angustiando, desde antes do ritual da verdadeira forma até agora.

— Eu não quero me separar de você. — Dizia isso entre lágrimas.

Gentilmente, Ras fez carinho em minha cabeça, enquanto eu encharcava sua camisa com

as minhas lágrimas. Ficamos alguns minutos assim, então, eu ouvi o guarda falar:

— O portal de teletransporte vai ficar aberto daqui a um minuto. Todos os passageiros se organizem em uma fila única, por favor!

Com isso, Ras me tira de seu peito. Eu ainda estava soluçando, ele termina de enxugar as lágrimas em meu rosto e fala:

— Layla, me ouça. Isso não é um adeus definitivo, nós ainda vamos nos ver. Até lá, seja forte, seja feliz, faça novas amizades e, quando a gente se encontrar novamente, teremos muitas novidades para conversar, entendido?

E foram com essas palavras que dei um breve adeus para o único dragão que amei em toda a minha vida, mas que só viria entender, de fato, esse sentimento anos depois.

CAPÍTULO 50:

A MESTRA

Rastaban estava meditando na sala de estar, nos aposentos privados da sua família. Era madrugada, faltando algumas horas para o raiar do dia. Após o ritual da verdadeira forma, Rastaban teve acesso à mana, era como se ele estivesse descobrindo um novo braço ou uma nova perna, sentindo a mana fluir de seu peito, penetrando em seus músculos e ossos. Essa energia era quente e reconfortante, fazia ele se sentir mais leve e forte. Com os olhos fechados, conseguia ver um ponto brilhante bem no meio do seu peito e de lá saíam linhas cintilantes, semelhantes ao sistema de veias e artérias, se espalhando por cada centímetro do seu corpo.

Ao fazer essa meditação, Rastaban podia conhecer o fluxo de mana em seu corpo, assim como tentar manipulá-lo da forma mais eficiente possível, evitando o desperdício de mana. Assim explicou a sua professora Ayra. Logo após realizar o seu sopro no final do ritual, Rastaban usou uma quantidade absurda de mana, logo no início. Por isso que ele soltou todo aquele poder e desmaiou quase que na mesma hora. Conforme havia dito a professora, inconscientemente ele usou uma quantidade de mana equivalente a um dragão de nona camada, aquilo foi algo raro de se ver, pelo que a sua professora disse para ele. Rastaban tinha um enorme potencial.

Abrindo os seus olhos, ele vê o horizonte do céu noturno gradualmente clareando. O silêncio do início da manhã só era interrompido pelo som do vento fresco que ainda não foi aquecido pelo sol. O suor pinga no seu rosto graças à meditação que acabava de fazer. Segundo sua professora, todo dragão utiliza a mana refinada no seu núcleo, quanto mais camadas o núcleo de mana tem, mais refinada é a mana do dragão, um dragão verdadeiro no fim da sua vida pode chegar até sexta camada, um dragão poderoso pode chegar até nona camada. Com essa explicação, Rastaban perguntou:

— O máximo é até a nona camada?

Respondendo sua pergunta, a professora disse:

— Não! Se o dragão for o verdadeiro dragão dourado, então, ele consegue acessar a décima camada.

Olhando para as suas mãos, ele observa os detalhes das escamas brancas encrustadas nas costas da sua mão. Percebendo o quanto elas eram ásperas ao toque, prestando atenção em cada detalhe, em cada reentrância, como se essa ação esvaziasse a mente dele, que estava tumultuada pelos recentes acontecimentos. Então, ele ouviu o seu pai:

— Filho?

— Oi, pai!

— O que você está fazendo aqui sozinho?

— Manipulando o fluxo da minha mana interna.

— Oh, sim! Isso é bom, mas não exagere.

Estranhamente surgiu um silêncio incomum entre pai e filho, olhando para o seu pai que estava em pé olhando para o horizonte, Rastaban não sabia dizer o que ele estava pensando, sua expressão facial não dava nenhuma dica. Foi nesse momento que o filho lembrou de uma pergunta que queria fazer há muito tempo:

— Pai, o que significa ser um dragão dourado?

Rastaban percebeu que a sua pergunta desfez a face tranquila do imperador que olhava para o horizonte, fazendo suas sobrancelhas se movimentarem para cima e para baixo. Pensando na melhor forma de responder à sua questão. Quando finalmente suas sobrancelhas pararam, ele deu ao seu filho um olhar firme, se agachou até ficarem suficientemente próximos e, com uma voz tranquila, ele falou:

— Ser o dragão dourado é ser o dragão mais poderoso de todos, é carregar o destino de todo o império, é viver em função de garantir o bem-estar de cada cidadão, seja ele o mais altivo dragão ou o mais humilde cidadão. Óbvio que nem sempre isso é possível, ouso dizer que é um ideal quase inalcançável, mas é com esse propósito que o Clã Dourado existe.

As mãos calejadas de seu pai passaram gentilmente na cabeça do seu menino, afagando os seus cabelos brancos. São nessas ocasiões que o Rastaban percebe o quão gentil seu pai era, o amarelo brilhante de seu olhar mostrava toda a dignidade e nobreza que ele tinha. Ninguém que o Rastaban já conheceu nesta vida ou na vida antiga tinha essa mesma aura de grandiosidade.

— Obrigado, pai!

Griffith mostrou um sorriso gentil que só fazia para sua família. São esses momentos que o Rastaban tinha com a sua família neste mundo que fazia ele se questionar. *Por que eu deveria voltar para à Terra?* Mas aí ele lembra da sua avó. Ela era alguém que ele amava, de fato, e sentia muita falta dela, mais do que tudo. Ele não podia abandoná-la.

— Você sente saudades de sua amiga, né?

Sem querer, Rastaban faz uma expressão de tristeza, quando lembrou da sua avó, mas o seu pai interpretou de forma errada, acreditando estar lembrando da Layla, no entanto, ele não fez questão de corrigir o erro. Já fazia um mês desde que se despediu da Layla. Ela ficou, para sua surpresa, bastante apegada a ele. *Acho que devo escrever algumas cartas para ela.* Rastaban pensou.

— Quer tomar banho com o seu velho?

Depois que passou pelo ritual, tomar banho com seu pai logo no início da manhã se tornou quase um hábito deles. O filho só balançou a cabeça em sinal de afirmação. Seu pai, que na sua forma humanoide tinha aproximadamente 1,70 de altura, tirou seu menino de sua postura sentada do chão e o segurou em seus braços. O corpo, na forma humanoide do Rastaban, era similar ao de uma criança, com os seus seis a sete anos, sendo ligeiramente magro, porém já possuía uma musculatura aparente. Seu pai calmamente andou para o piso inferior onde fica a área de banhos. Esse espaço tinha uma enorme piscina de água quente. Chegando lá, Rastaban mudou para a sua forma de dragão e pulou na piscina. Isso dava-lhe uma sensação agradável, em sentir o calor da água quente aquecendo as suas quatro patas, asas e cauda. O seu pai se manteve na sua forma humanoide, mas, se ele quisesse, poderia muito bem entrar na piscina na sua forma de dragão que ainda iria sobrar espaço, de tão grande que era o lugar.

— Pai! Onde fica o domínio do Clã do Sol?

— Fica no continente demoníaco, está ansioso para chegar lá? — Griffith responde à pergunta do seu filho, ao mesmo tempo, faz outra pergunta, segurando o seu próprio queixo pensando em algumas coisas.

— Na verdade, não. Não queria me separar de você e da mamãe. — Rastaban confessou.

— Filho, eu sei que você é forte e não estou me referindo ao poder mágico em seu corpo, mas estou me referindo aqui e aqui. — Seu pai estende dois dedos dele, batendo levemente no peito e na cabeça do pequeno dragão, então, ele continua. — Seu coração e sua mente são as suas verdadeiras armas. Mesmo o mais poderoso dragão pode ser derrotado se não tiver um coração forte para encarar as dificuldades da vida, assim como uma mente forte para se focar naquilo que é importante. Eu acredito que você tem isso. Confie em si mesmo sem ser arrogante e você irá superar quaisquer desafios.

Depois de alguns minutos, pai e filho terminam de tomar banho, ambos vestindo roupas limpas, e foram tomar o desjejum matinal. A mãe do Rastaban, na maioria das vezes, acordava nessa hora e acompanhava o desjejum. Como sempre, seus pais ficavam que nem amantes em lua de mel. Para o próprio bem do dragão branco, ele aprendeu a ignorar seus pais, quando ficavam grudados dessa forma.

Esse clima de paz e tranquilidade durou dois meses, nesse período, Rastaban, se dedicou às aulas de voo, os quais gostava de coração, e nas aulas de introdução a magia em que se dedicava totalmente, nesses dois campos, ele teve bastante progresso surpreendendo muito seus instrutores, enquanto não estava nessas aulas, ele ia para a biblioteca. Após o ritual, ele recebeu a permissão de ler livros mais avançados, adquirindo um conhecimento a respeito deste novo mundo que ele esperava que ajudasse a viver, enquanto procurava uma forma de voltar para Terra. De noite, Rastaban jantava com sua mãe, eles conversavam bastante sobre muitas coisas, em especial, sobre as dúvidas que ele tinha. Sua mãe respondia tudo claramente e com uma paciência que só uma mãe teria com o seu filho.

Isso tudo mudou no dia anterior da partida do Rastaban da ilha de Draken. Era início da tarde após o almoço, ele estava na biblioteca terminando de ler sobre círculos mágicos. Quando o assistente pessoal de seu pai, Jae-in, abordou-lhe, ele é um dragão verdadeiro do Clã de Jade e está na sua forma draconiana, com o seu tom de voz grave ele falou:

— Senhor Rastaban!

— Sim!

— O Imperador convoca a sua presença.

Isso nunca havia acontecido, seus pais mantiveram uma certa distância entre o local de trabalho deles e o filho deles, pois entendiam que o Rastaban, por mais inteligente que fosse, ainda era só uma criança, seria demais para ele falar sobre políticas internas ou externas do império. Isso nunca incomodou o dragão branco de fato, ele não tinha interesse em como funciona o governo local. Logo, suspeitou que essa convocação tinha a ver com a partida dele da ilha. De qualquer forma, Rastaban prontamente segue em direção à sala de audiência do seu pai. Como mandava o protocolo, todo dragão verdadeiro deve se apresentar na sua forma de dragão, independentemente de quem ele for.

Chegando lá, Rastaban se depara com uma porta enorme semelhante ao portão dourado na caverna, contudo, esse portão tem entalhes com os brasões de todos os 10 clãs, formando um círculo em toda a extensão, no centro desse círculo tinha o brasão do Clã Dourado com linhas conectando todos os 9 clãs. A porta era feita de pura rocha que media centenas de metros de altura.

Do lado da enorme entrada, tinha dois dragões do Clã da Terra em sua forma draconiana, os dragões desse clã desenvolveram escamas que lembram as gemas minerais. No caso específico desses dois dragões, o da direita tinha escamas que lembrava um âmbar em quase toda a extensão do seu corpo, o outro dragão da esquerda tinha escamas marrons escuras que lembrava uma gema do tipo jaspe. Eles eram guardas que protegem a entrada desse lugar e só permitiam a entrada de alguém, se esse indivíduo foi convocado pelo conselho ou pelo próprio imperador.

— O senhor Rastaban veio aqui sob ordens do próprio Imperador.

Anunciou o guia e, sem cerimônia, os dois guardiões tocaram suas enormes patas na superfície do portão. Em seguida, suas patas brilharam e com isso o portão colossal fez um poderoso rangido, começando a abrir no meio, se dobrando para fora. Quando as portas foram suficientemente abertas, Rastaban e Jea-in entraram rapidamente.

No lado de dentro, o dragão branco se vê em um corredor interno que logo dava para uma sala bastante iluminada. Chegando nesse espaço, ele percebe que era um salão oval, cercando ao longo de toda a extensão da parede, uma plataforma de mármore trabalhado, o mesmo nos os pisos e nas paredes desse salão. Essa plataforma era dividida em cabines, cada cabine tinha tamanhos iguais, totalizando dez cabines. Esse lugar lembrava ao Rastaban um pouco da arena do coliseu, pois, independentemente de quem entra no salão oval, vai ver os dragões em uma posição elevada, de tal forma que o indivíduo no piso inferior será obrigado a levantar a sua cabeça, se quiser olhar para qualquer dragão que estiver nas cabines.

Olhando rapidamente para o seu entorno, Rastaban percebe que a maioria das cabines está vazia, somente em duas dessas cabines estão ocupadas. A cabine na sua frente está um poderoso dragão vermelho-rubi que ao longo dos seus seis anos nesse mundo aprendeu a amar e respeitar como um pai, o imperador Griffith, e, ao seu lado, a mais amável mãe deste mundo, a imperatriz Aria. Ambos estavam na sua forma de dragão. Do canto do seu olho no lado esquerdo, Rastaban vê uma fêmea dragão, ocupando uma das cabines. Sua aparência era semelhante à dele, com escamas completamente brancas, porém em uma tonalidade diferente, seus olhos tinham um cinza brilhante. Ela ostenta joias feitas de ouro e diamantes presas em seu chifre, isso lhe dava uma certa imponência, contudo, inferior à aura de grandiosidade que os seus pais inspiram, principalmente quando eles estão na sua forma de dragão.

— Rastaban Lucca, fique no centro do salão!

A voz do seu pai reverberou por todo o salão. Isso fazia Rastaban sentir um certo calafrio na espinha, quase pensando se fez algum erro grave. Seus passos eram tímidos, mas fez o que foi ordenado. Quando ele ficou no meio do salão, abaixou sua cabeça, tocando até o chão, como mandava a etiqueta. Quando ele pôde se levantar novamente, seu olhar viu a sua mãe com os olhos fechados se preparando para ouvir algo desagradável, com a mesma tonalidade de voz, seu pai continuou:

— A partir de amanhã, você Rastaban Lucca irá sair do seu clã temporário, o Clã Dourado, e irá para o clã o qual você pertence, o Clã do Sol. Essa decisão é válida até que o conselho decida o oposto. Você tem algo a dizer?

Rastaban pensava em muitas coisas desde antes do ritual, se perguntava o porquê foi parar neste mundo ou como poderia voltar para Terra. Estava até mesmo curioso sobre como era esse mundo além dessa ilha. Sua mente sempre foi um turbilhão caótico de pensamentos, mas quando o seu pai fez uma simples pergunta, pela primeira vez nesta vida, sua mente ficou em branco. Ele tentou formar alguma palavra, contudo, sua voz não saia. Desde que veio para este novo mundo, sem saber de nada, sem conhecer ninguém, habitando um corpo que não era humano, a única forma que ele achou de sobreviver era aprender a confiar nesses dois dragões que são instituídos como sendo seu pai e mãe. Agora, isso tudo iria mudar, a partir de amanhã, ele iria ser novamente obrigado a encarar o desconhecido.

Oh! É isso, estou com medo, um medo vindo do desconhecido, este tipo de medo não é proveniente do pavor de ser morto ou de ser ferido gravemente, ainda, sim, é um medo paralisante que me impede de fazer qualquer coisa. Foi o que ele pensou e, mesmo entendendo isso, não conseguia parar de sentir esse medo. O seu dilema interno durou algumas batidas frenéticas do seu coração que pareciam tambores na caixa torácica, quando ele ouviu uma voz feminina vinda atrás dele.

— Por que está com tanto medo, criança?

Dirigindo seu olhar instintivamente para a fonte da voz, seus olhos se arregalam. Ele vê a figura de Jae-in mudar, uma luz branca azulada passava em todo o seu corpo, mudando sua aparência de um macho dragão oriental para uma fêmea dragoa branca. Sua voz era envelhecida, denunciando a sua maturidade elevada, todavia, seus passos eram firmes e olhar afiado, possuía uma cor amarelo-trigo que não dava nenhuma indicação de qual seria a sua idade, porém as duas vozes femininas que falaram em uníssono deram mais tempero ao desenrolar dos eventos que aconteciam no espaço de alguns segundos.

— Mãe?

Virando sua cabeça como um chicote, Rastaban tem a visão da sua mãe e da outra dragoa branca com os olhos arregalados, contudo, o que chamou a sua atenção foi o seu pai. Sua face estava impassível, então, sua voz poderosa ressoou novamente pelo ambiente.

— Lady Rashne Grunder. É bom lhe ver!

— Também estou feliz em lhe ver, vossa majestade. Minha filha anda dando muito trabalho?

— Mãe! — Seu pai solta uma gargalhada, indiferente aos protestos tímidos da sua esposa, em seguida, ele fala:

— Eu não seria metade do dragão que sou hoje, se não fosse por ela estar ao meu lado, mas... O que lhe traz aqui?

— Estou aqui por causa desta criança.

— O quê?

— Isso mesmo o que você ouviu. Eu vou treinar esta criança.

A dragoa branca troca algumas palavras com o imperador, como se estivesse se encontrando com ele casualmente na esquina de alguma rua. Quando ela para ao lado do Rastaban anunciando com o peito estufado que iria treinar o pequeno dragão, o medo que antes afligia o coração do Rastaban, agora, era substituído completamente por surpresa. Não foi só ele que ficou nesse estado, seus pais assim como a outra dragoa branca também ficaram surpresos. Essa mesma dragoa branca foi a primeira a conseguir se recuperar da surpresa e, então, falar:

— Mas, mãe!... Quero dizer, Lady Rashne Grunder, por que esse súbito interesse em treinar esta criança, sendo que você dispensou outros candidatos tão promissores quanto este ou até mais?

— Além do óbvio potencial do garoto, tenho três principais motivos. Primeiro, a sua irmã, a imperatriz está uma pilha de nervos de preocupação pelo seu filho, eu posso ter sido uma boa instrutora ensinando vocês duas como serem guerreiras e mulheres de orgulho, mas sinto que falhei em ensinar vocês a serem mães, o que pode ser mais difícil do que encarar um campo de batalha, por isso que ela vai se sentir mais aliviada se eu estiver a frente da orientação dele.

Mesmo com a sua voz envelhecida, o timbre da sua voz era alto e claro, sua postura altiva mostra que ela tinha total convicção em suas palavras, isso fez com que engrenagens da mente do Rastaban girassem para tentar entender o desenrolar dos acontecimentos.

— Segundo, como avó, quero estar perto do meu neto, e terceiro, é um segredo!

— Segredo? — Indagou tanto o imperador, como a imperatriz.

— Sim, segredo, mesmo se todo o conselho estivesse reunido aqui, mesmo se a minha vida dependesse disso, não poderia revelar o segredo. Vocês sabem o que isso significa, né, vossas majestades?

O casal imperial trocou olhares entre si, quase como se eles estivessem tendo uma conversa telepática, então, ambos chegaram a um entendimento silencioso, o imperador solta um suspiro e fala:

— Muito bem! De hoje em diante, Lady Rashne Grunder, representante do Clã do Sol, será a guardiã e mentora de Rastaban Lucca.

— Sinto que a minha presença foi um total desperdício aqui. — Lamentou a dragoa branca que estava ao lado do casal imperial.

— Não se sinta assim. — Retrucou a mãe do Rastaban. — Você atendeu um pedido egoísta da minha parte.

— Estou aqui como líder de um clã, atendendo a uma solicitação ao Clã Dourado, lembra? É claro que iria atender a qualquer pedido.

Ambas as fêmeas dragão trocaram sorriso em seus olhares, mas logo em seguida todos se voltaram a olhar para o pequeno dragão branco, era a vez dele falar algo. Rastaban já entendia parcialmente todo o desenrolar dos acontecimentos. Quando sentiu a pata dianteira da vovó dragão ao seu lado confortando-o, conseguiu reunir forças para falar.

— Imperador Griffith e Imperatriz Aria, me sinto extremamente honrado por ter feito parte do Clã Dourado neste curto espaço de tempo.

Ele abaixou a cabeça não só como sinal de respeito, mas também para evitar olhar para os seus pais, não por alguma culpa ou por vergonha, mas para manter estável o frágil equilíbrio emocional que mantinha dentro dele. Antes que tivesse chance de levantar a cabeça, Rastaban sentiu dois pares de braços lhe envolvendo em um caloroso abraço. Seus pais, ambos na sua forma humanoide, abandonaram a plataforma em que estavam e correram para abraçá-lo, sem querer fazer nada, ele se permitiu sentir os últimos momentos que estaria ao lado do seu pai e da sua mãe, antes da separação.

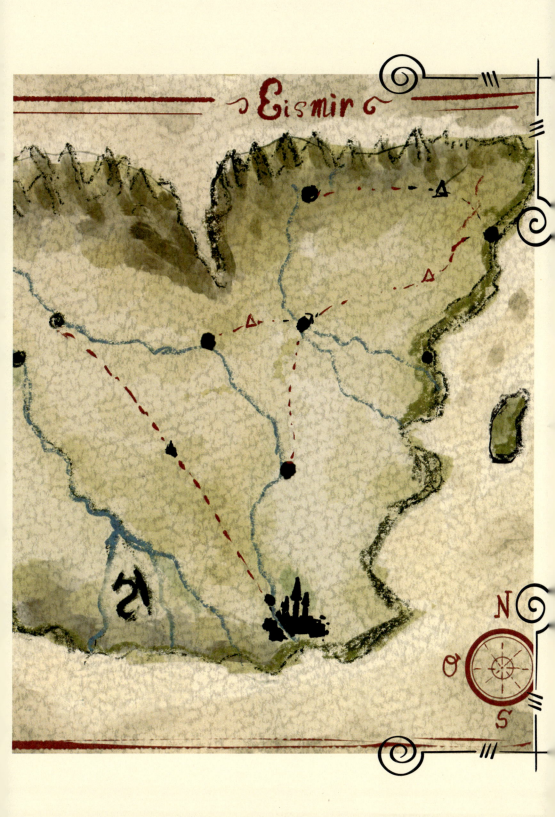

CAPÍTULO 51:

O RANCOR DO PASSADO AINDA VIVE

Baskarô Genor Regin é um anão na casa dos seus 100 anos e já passou por muita coisa na sua vida, agora com o prenúncio de uma guerra, ele amaldiçoava constantemente os descendentes das "bestas selvagens" que ousavam perturbar a sua paz, esses malditos estavam forçando-o a trabalhar feito um louco. Baskarô gostaria de desfrutar os 50 anos finais de sua vida com os seus netos no conforto da sua casa, mas a vida não quis assim.

Baskarô, o embaixador dos anões, aliviado após conseguir retornar de uma jornada insana em busca de aliados para combater as "bestas selvagens" que ameaçam invadir as terras de seu povo, assim que ele pisou em terra firme, jurou para todos os deuses que conhecia que jamais faria uma viagem em alto-mar, já achava mais tentador a ideia de lutar na linha de frente nesta guerra do que velejar em um maldito barco, pois era melhor ter uma morte rápida por uma espada ou feitiço perdido do que ter as suas entranhas sendo reviradas 24 horas por dia, 7 dias por semana, era uma tortura que não queria passar novamente.

— Senhor Genor, fico feliz que tenha retornado!

Quando o embaixador teve condições de levantar a cabeça e ver quem lhe falava, era outro anão usando uma bengala para ajudar em sua caminhada manca, Varlem Blackarion, um dos mestres de forja mais famosos e ricos da terra dos anões, sua família e ele mesmo foram responsáveis por fazer verdadeiros milagres com as ferramentas mágicas que criaram ao longo das eras.

— O que o traz aqui, senhor Blackarion? — O embaixador estendeu sua mão e o mestre ferreiro prontamente apertou-a.

— Sei muito bem que o senhor tem negócios urgentes com relação ao tumulto que as "bestas selvagens" estão provocando, por isso, gostaria de lhe oferecer uma carona até o centro da cidade, enquanto nós conversamos sobre algo do nosso interesse. — O embaixador ficou curioso com o que aquele anão famoso tinha a dizer, por isso, aceitou a oferta de imediato.

Ambos os anões saíram do porto escoltados por outros de seu povo, trajando armaduras metálicas foscas que pareciam pesar algumas centenas de quilos, mas se moviam como se não fosse nada. Eles entraram na carruagem decorada em ouro e gemas encantadas que alimentam de mana as formações mágicas que o veículo possuía, puxada por animais semelhantes a javalis com enormes presas e pelagem densa em marrom escuro. Quando a escolta do Blackarion subiu na carruagem, permanecendo no lado de fora, o veículo começou a andar.

Dentro da carruagem, o embaixador estava impressionado com o conforto que aquele meio de transporte proporcionava, estava agradavelmente frio lá dentro, os assentos eram um doce alívio para a sua lombar dolorida, não se ouvia nada no lado de fora e, quando a carruagem começou a andar, não sentiu nenhum balanço ou solavanco. Por um momento, ele invejou o anão mais rico do reino, se tivesse algo parecido, sua viagem teria sido menos estressante.

— Senhor embaixador Genor!

— Desculpe, ainda estou me recuperando da longa jornada. Sobre o que o senhor deseja falar?

— Não se preocupe, aqui, pegue um pouco deste hidromel, isso vai acelerar a sua recuperação. — O anão serviu o embaixador e a si mesmo em copos de cristais uma bebida amarela avermelhada, que, de fato, serviu como um bálsamo para o estômago maltratado do embaixador. Ele apreciou ainda mais o fato de conseguir tomar a bebida sem que a maior parte do líquido fosse derramada, devido às trepidações que geralmente esses veículos provocavam ao correr.

— Venho até o senhor, caro embaixador, pedir que convença os líderes da nossa nação a se juntar à caça à minha sobrinha renegada.

— Por quê? — Questionou o embaixador levantando uma sobrancelha.

— Porque isso é do interesse da nossa nação. Veja bem! Dentro da minha família, guardado a 7 chaves, estava um dos segredos de forja que preservamos por milênios. Nós, anões, só sobrevivemos e conseguimos construir um estado próspero por causa, em parte, dessa técnica especial.

— Espere um pouco, é a primeira vez que ouço isso. — Disse o embaixador um pouco surpreso.

— Claro que é a primeira vez, é um segredo, lembra? Já estou falando muita coisa só dizendo que existe tal técnica. Dizer qualquer coisa a mais forçaria a minha mão a matá-lo. — A declaração de Varlem fez o embaixador cuspir parte do hidromel de volta ao copo de cristal.

— Senhor Varlem, você me permite fazer algumas perguntas?

Agora, o embaixador já estava começando a se arrepender de ter aceitado essa carona, mas o assunto em si não poderia ser ignorado. O mestre ferreiro concordou com isso, Genor engoliu uma dose de hidromel para lhe dar coragem, depois perguntou.

— Como esse segredo se perdeu?

— Embaixador, eu confesso que sou uma pálida sombra, se comparado ao meu falecido irmão em talento para forjar, que o grande Troner o tenha, por isso, o nosso pai confiou a ele o segredo da nossa família. Antes, ficava um pouco ressentido, pois, se comparado ao meu irmão, tudo o que eu produzia parecia ser um pedaço de lixo, não importa o quanto me dedicasse em produzir uma peça, parecia que o meu irmão era capaz de fazer uma versão melhorada. Com o tempo, fui percebendo que meu trabalho não era ruim, sou capaz de fazer coisas dignas dos reis.

Baskarô sabia o quanto era difícil forjar algo decente e o quanto um verdadeiro mestre de forja pode ser exigente, por isso, sentiu empatia pelo anão à sua frente, para perdê-la segundos depois.

— A desgraça da minha família aconteceu no dia em que nasceu a primeira e única filha do meu irmão. Primeiro foi o fato daquela aberração nascer cega, se já não bastasse isso, meu irmão parecia ter ficado obcecado pela garota e a gota d'água foi ele decidir que aquela inútil herdaria o legado da nossa família. — Baskarô viu o senhor Varlem tremer de tanta raiva, uma aura azul violenta se rompia no corpo dele, os cabelos do anão, de um laranja intenso com mechas brancas, se agitavam no ar como se ele estivesse numa tempestade, a mão que segurava o copo de cristal se apertava com tanta força que rachava o copo para que, no próximo segundo, a magia do veículo o consertasse, gerando um ciclo que não parecia ter fim. Depois que

Varlem percebeu que estava se exaltando, respirou fundo para se acalmar e não assustar ainda mais o embaixador.

— Me desculpe, embaixador! Como pode perceber, este é um assunto espinhoso para mim, que me causa muita angústia. Para resumir, depois que o meu irmão faleceu em um acidente há três anos com sua esposa, aquela maldita cega fugiu com o legado da nossa família, deixando somente migalhas para trás. Por causa dessa atitude, suspeito que aquela inválida matou o próprio pai.

— Entendi, senhor Varlem! — O embaixador tossiu limpando a garganta, então, continuou. — Mas por que ela faria tal coisa, já que o seu irmão já tinha decidido que ela herdaria o legado da sua família?

— Não é óbvio! — Varlem bufou de aborrecimento, Baskarô só balançou a cabeça negativamente, então, o anão rico explicou. — Por ganância, ela pode usar o legado que a minha família construiu com sangue, suor e lágrimas para fazer peças de forja extraordinárias, vender a quem pagar mais e viver em um luxo como se fosse uma rainha.

Mas não é isso exatamente o que você faz? Baskarô pensou, mas o que ele disse foi:

— Compreendo, senhor Varlem, porém uma coisa não está clara para mim, é por que isso é do interesse da nossa nação?

— Caro embaixador, vou contar um segredo comercial, a mais ou menos seis anos, quando meu irmão ainda era vivo, ele trabalhou em um empreendimento secreto com uma liderança de outra nação, Yakov Smert, o rei dos demônios. — Baskarô ficou com os olhos arregalados. Varlem fingiu não perceber, então continuou. — Juntos eles criaram algo, se me permite dar um palpite, é uma arma capaz de atacar e se defender, algo como um artefato de destruição em massa, veja estes papéis que aquela inválida não conseguiu levar.

De seu anel dimensional, o anão tirou rascunhos que possuía uma lista consideravelmente grande de nomes de feitiços, alguns o embaixador conhecia, outros ele não sabia como eram de fato, pois só poderiam ser ensinados para os magos do exército, mas Baskarô sabia que aqueles feitiços poderiam nivelar montanhas ou transformar uma simples casa de madeira em uma fortaleza inexpugnável. A existência de tal arma seria, ao mesmo tempo, um sonho para qualquer governante ou o seu pior pesadelo.

— Pelas barbas de Troner! Será que o seu irmão conseguiu fazer tal monstruosidade?

— Sim, ele e o rei demônio conseguiram, pois já fomos pagos de forma bastante generosa, entretanto, esse não é o ponto. Embaixador, preste atenção! O legado da minha família foi capaz de fazer isso, agora imagina o que eu seria capaz de fazer para defender a nossa nação ou, pior, se os nossos inimigos tiverem posse de tal conhecimento, nossa gente seria exterminada em um piscar de olhos.

O embaixador estava assustado demais para reagir imaginando tal cenário, então, Varlem resolveu bater no ferro, enquanto ainda estava quente.

— Senhor embaixador, as outras nações não são confiáveis, no mínimo. Sei que o senhor não pode falar para mim que sou um civil nada a respeito do que aconteceu com os encontros que teve, mas, se me permitir, vou adivinhar qual foi o resultado da sua jornada. Seu encontro com os demônios não lhe rendeu nenhum apoio com tropas, no máximo, o senhor garantiu um fornecimento de recursos materiais. Os elfos são uns bastardos, incapazes de mover as suas bundas moles para longe do mato que eles chamam de casa, pior ainda, eles negaram qualquer apoio. Os dragões são os únicos que nos forneceriam tropas, mas eles fariam isso, sem antes sugar o máximo que podem do nosso povo. — Varlem sabia que estava certo quando viu os olhos do embaixador arregalados de espanto, então, ele continuou: — Caro embaixador! Eu não sou burro, não passo os meus dias só levantando o meu martelo de forja, converso e negocio com todo tipo de pessoas, sei muito bem como cada povo pensa, isso não vai ser muito diferente dos seus líderes, portanto, volto a reforçar a importância de achar aquela aberração cega e recuperar o meu legado.

As últimas palavras do Varlem fizeram com que o embaixador despertasse de seu pesadelo. Agora, as demandas do anão mais rico do reino deixaram de ser algo excêntrico, de alguém amargurado e passaram a ser uma questão de segurança nacional.

— Só uma última pergunta, senhor Varlem! O senhor tem ideia do paradeiro dessa renegada?

— Não! É por isso que vim até o senhor, se trabalharmos juntos, eu e o reino, poderemos ter mais sucesso em achar aquela cega e recuperar o que é meu por direito.

— Eu entendi, senhor Varlem. Farei tudo o que estiver ao meu alcance para convencer os meus superiores, não será uma tarefa fácil, e eles vão querer ouvir essa história pela sua boca. Tudo bem para o senhor?

— Eu não me importo, desde que eu tenha o que é meu por direito. Só não aceito divulgar para ninguém os segredos da minha família, é algo que pertence somente a mim e aos meus descendentes.

— Farei o meu melhor.

— Ótimo! Ficarei aguardando boas notícias.

Varlem estendeu as mãos e Baskarô apertou firmando o acordo, tão logo, a porta da carruagem foi aberta por um dos seus guardas, sem que o embaixador notasse, eles já estavam parados a alguns segundos em frente à sede do governo.

Baskarô queria que esse dia terminasse logo para que pudesse descansar em sua casa, mas a realidade parecia ser muito cruel com ele, pois, a partir de agora, teria que ficar em longas reuniões informando os resultados dos seus vãos esforços, assim como uma possível crise que caiu em seu colo.

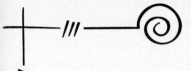

EPÍLOGO

Terra dos Eternos ou, como alguns gostam de pensar, a terra dos deuses. Seres que existem além de qualquer lógica, acima de qualquer princípio, dogmas, leis naturais ou criadas pelos mortais, pois eles mesmos criam as suas regras. Todo esse poder não vem do nada, eles se alimentam das energias emanadas do rio das almas. Para tanto, criaram outros seres, uma versão inferior de suas próprias imagens, mas capazes de manter o rio das almas estável e eterno, essas criaturas receberam vários nomes, porém a maioria os denomina como pastores.

Um desses pastores está adentrando em território perigoso, desde o momento que pisou nesse lugar, sentiu uma enorme pressão envolver todo seu ser, ele estava sendo avaliado, testado, desnudado de qualquer partícula de sua essência e, principalmente, estava sendo intimidado. Ele caminhava por uma densa floresta de árvores colossais, em contraste, sentia-se com o um pequeno roedor cercado por predadores. Por causa da sua condição de pastor, conseguia avançar em seu caminho, de outra forma, já teria colapsado e sua existência se perdido como poeira ao vento.

O pastor andou por um longo caminho, tanto que perdeu a noção do tempo, poderia ter se passado 1 segundo ou 1 milênio e não saberia dizer, mas sentia que estava no caminho correto, de outra forma os guardas da entidade que governa essas terras já o teriam localizado e confrontado. Enfrentar um desses guardas era possível, fora desse lugar, mas, em seu território, as chances foram reduzidas a 0.

Atravessando a densa folhagem, seus olhos foram recompensados pelo que estava procurando, o Castelo da Dama Vermelha. Tinha a aparência de um castelo medieval, a única coisa racional que poderia definir o lugar, de resto, suas dimensões eram quase incalculáveis, as suas torres tocavam nas nuvens e suas muralhas pareciam inexpugnáveis. Só de olhar para aquilo, fazia-o sentir que deveria dar meia volta e correr para salvar sua existência. Seu corpo implorava para ele sair de lá. Sua mente dizia que não valia a pena tanto esforço para sofrer desse jeito, mas o seu senso de dever o forçava a dar mais um passo para cumprir o que lhe foi atribuído, sabia que, se deixasse esse questão de lado, as consequências seriam piores.

Quando deu mais um passo em direção ao castelo, um barulho chamou a sua atenção e, olhando para trás, avista outro ser a poucos passos de distância dele. Rapidamente, o pastor caiu com seus dois joelhos e sua testa no chão, então, ele fala:

— Me desculpe por entrar sem ser anunciado, mas requisito uma audiência com a soberana deste mundo, tenho algo urgente a relatar.

— Erga-se, cria dos eternos, aqui você só deve se prostrar diante da Dama Vermelha.

No momento que o pastor fez o que lhe foi ordenado, ele pode ver com atenção quem falava. Era uma figura feminina, usava um longo vestido branco mesclado com peças de uma armadura prateada brilhante, que cobriam seus ombros, antebraço e quadril. Ela empunhava um longo bastão de madeira, para um ignorante era uma mera madeira, mas um sábio conseguia ver uma arma mortal. A beleza descomunal desse ser poderia fazer qualquer mortal declarar amor eterno simplesmente por vê-la, não importava os chifres e escamas espalhadas em seu rosto oval e delicado, que brilhava como se fosse ouro. Da mesma forma era os seus cabelos que pareciam fios dourados sob a luz do dia, contudo, o pastor não sentiu tais emoções calorosas, mas, sim, arrepios, seu olhar de uma íris âmbar brilhante continha as pupilas verticais de um predador, que não conseguia disfarçar o seu descontentamento.

— Minha soberana previu sua vinda, por isso que estou aqui, para guiá-lo até ela. Aviso-lhe para que preste os seus devidos respeitos, minha senhora não está com o melhor humor para coisas sem sentido. — O pastor engoliu um bocado de saliva e depois acenou com a cabeça.

Essa sentinela toca nos ombros do pastor e desloca ambos para frente da entrada do salão de conferências da soberana, em um piscar de olhos. Eles estavam diante de uma porta dupla de proporções gigantescas, mas isso era irrelevante para o pastor, pois o que afligia o seu ser era a enorme aura mágica que conseguia sentir extravasando pelas frestas da porta. A sentinela se colocou ligeiramente à sua frente, depois que bateu com seu bastão no chão, as portas rangeram e se abriram.

Dentro desse salão, que mais parecia ser um enorme corredor, o pastor e a sentinela caminhavam sobre um tapete de um vermelho vivo. Tanto do seu lado direito, como do seu lado esquerdo, ele só conseguia ver dragões dos mais variados tipos, tamanhos e cores, mas algo era comum entre todos eles, a sua aura hostil.

Quando pastor e sentinela param de andar, estão em frente de um trono majestoso, feito de ouro e gemas preciosas, mas o seu assento estava vazio, no entanto, isso iria mudar logo, pois a sentinela fala:

— Todos se curvem para Senhora dos Elementos, Possuidora das Tábulas do Destino, a Dama Vermelha, Mãe de todos os Dragões, Tiamat. — Todos os dragões abaixaram suas cabeças, a sentinela dobrou os seus joelhos e abaixou sua cabeça, o pastor repetiu sua ação, quando se encontrou com a sentinela.

Em seguida, toda a pressão que o pastor estava sentindo momento antes se foi. Ele não ouviu nenhum som, só sentia uma calmaria no ambiente, porém isso não confortou o coração dele, pelo contrário, deixou ele mais ansioso, pois sabia que estava no olho da tempestade, portanto, seu tormento estava longe de terminar.

Passos ecoaram no salão, o pastor, de cabeça baixa, não conseguia ver a recém-chegada e nem precisava, pois só o peso do olhar dela fazia ele se sentir pequeno e miserável. Ele sentiu um aperto no peito, quando ela falou:

— O que o traz à minha presença?

— Venho alertar para uma crise que está prestes a acontecer no Rio das Almas e que... — De repente, ele ouve o estrondo de um trovão perto dele, interrompendo a sua fala.

— VOCÊ VEIO ATÉ MIM POR ISSO? — A voz da Mãe de Todos os Dragões parecia um coro de deusas furiosas.

— Um dos meus colegas usou, sem a sua autorização, um membro de vossa linhagem. — Quando pastor disse essas palavras, sabia que estava selando o fim de sua existência, por isso que ele fechou os olhos para o abate final, mas nada aconteceu, invés disso ele ouviu:

— Bom, assim como já havia previsto.

— Espere! O quê? — O pastor ficou perplexo, tanto que ele quase levantou a cabeça para olhar nos olhos da soberana, mas a aura dela o impediu.

— Você espera mesmo que eu não saiba o que as minhas centelhas estão fazendo nos diversos universos? Você acha que sou tola a esse ponto?

— Não, altíssima soberana, não queria dizer tal coisa.

— Agora, fale-me dessa crise que você citou.

— Certamente, Dama vermelha. Como bem sabe, a entropia é algo natural que todo sistema organizado produz, em outras palavras, é um grau de desorganização nas variáveis possíveis em um sistema, portanto, cada universo produz a sua própria entropia. Eventualmente, essa entropia aumenta de forma e o universo em si morre, não existe nada que possamos fazer para conter isso, podemos até fazer uma leve comparação com a existência de um mortal, só que numa escala cósmica. Nós, pastores, existimos para que esse ciclo natural de nascimento e morte no multiverso ocorra de forma tranquila e que não abale o rio das almas, pois isso iria perturbar a terra dos Eternos.

Os dedos da mão esquerda de Tiamat estavam tamborilando no descanso de braço do trono, enquanto ouvia essas palavras, mas o movimento para, quando o pastor fala:

— Existem situações nas quais algo ou alguém se utiliza das forças entrópicas, acidentalmente ou intencionalmente. Nesses casos, a vida útil do universo diminui, em situações como essas nós, pastores, iremos intervir para evitar a morte prematura de um determinado mundo. Conseguimos até prever tais eventos simplesmente olhando para o tecido do espaço-tempo. No entanto, a atual crise em curso é a pior que já presenciamos, pois ela funciona em um efeito cascata que se propaga no multiverso matando diversos mundos, se tal evento acontecer, vão existir duas possibilidades. Na melhor das hipóteses, uma boa parte do multiverso é destruído, enfraquecendo a terra dos Eternos, como nunca aconteceu em toda sua existência. Na pior das hipóteses...

— O Rio das Almas é consumido pela entropia e a terra dos Eternos desaparece. — Disse a Mãe de Todos os Dragões, com um tom de voz neutro.

— Sim!

— Entendi! Vou me reunir com os outros Eternos para achar uma medida que possa solucionar esse problema. Só tenho algumas perguntas.

Estranhamente, o pastor sentiu um frio na espinha, seu corpo tremia como se fosse uma folha numa tempestade, ele teve que usar cada grama de sua força de vontade para se manter são.

— Você explicou para as quatro almas mortais os desafios que eles iriam enfrentar? Você informou para a minha centelha os perigos que o aguardava?

O pastor ficou calado, seu pânico era imenso, tanto que impedia de dizer alguma palavra inteligível, ele queria mentir, mas sua condição de pastor o impedia de fazer isso diante de qualquer Eterno e em qualquer circunstância.

Então, ele sentiu uma força opressora agarrando todo seu corpo de modo que sentiu dor pela primeira vez em milênios, depois, foi suspenso no ar, sendo obrigado a ter uma visão aterradora. Todos os dragões olharam para ele com puro ódio, que só foi superado pela sentinela que estava na forma de um majestoso dragão dourado, de sua boca escapava labaredas brancas prestes a serem liberadas e pela Dama Vermelha, que, na sua forma física, era uma mulher de cabelos pretos ondulados usando um longo vestido vermelho. O rosto dela seria de uma beleza sem igual, se não estivesse desfigurado pelo puro ódio, que ameaçava explodir como uma erupção vulcânica. Sua mão direita estava fechada em si mesma, segurando o pastor a distância. Por fim, a Mãe de Todos os Dragões fala:

— Sua existência só não será apagada aqui e agora, porque você não foi o autor desse ato e teve o ímpeto de fazer o seu trabalho, apesar das consequências que o aguardava. Mas, se algo acontecer com a alma da minha centelha, você e todos de sua raça serão exterminados e qualquer um que ficar no meu caminho conhecerá a minha cólera. Essa proteção também se estende para as outras três almas. Agora, saia dos meus domínios, antes que eu mude de ideia. — Com um pensamento, Tiamat transportou o pastor para fora de suas terras.

Depois, a Mãe de Todos os Dragões se põe em pé, suas palavras se pareciam com rugidos de uma fera sedenta de sangue:

— QUALQUER UM QUE SE ATREVER A FERIR AS MINHAS CENTELHAS TERÁ SUAS ENTRANHAS RASGADAS PELAS MINHAS GARRAS, TENHAM A OUSADIA DE ME DESAFIAR E VIVERÃO O VERDADEIRO TERROR. — Todos os dragões rugiram em resposta à Dama Vermelha, suas palavras se espalharam para além das suas terras, sendo ouvidas por todos os Eternos.